Madre de leche y miel

Novela

Najat El Hachmi
Madre de leche y miel

Traducción de Rosa Maria Prats

DESTINO

Ediciones Destino, un sello editorial de Editorial Planeta, S. A.
Avda. Diagonal, 662-664, 08034 Barcelona (España)
www.edestino.es
www.planetadelibros.com

Adaptación de la cubierta: Booket / Área Editorial Grupo Planeta
Fotografía de la cubierta: © David Burton Photography
Primera edición en Colección Booket: septiembre de 2025

Depósito legal: B. 13.334-2025
ISBN: 978-84-233-6840-2
Impreso en España

Biografía

Najat El Hachmi nació en Beni Sidel (Marruecos) en 1979. A los ocho años se trasladó a Vic (Barcelona), ciudad donde se crio. Estudió Filología Árabe en la Universidad de Barcelona, ha sido mediadora cultural y técnica de acogida antes de dedicarse de lleno a la escritura. Es autora de novelas tan conocidas como *El último patriarca* (Premio Ramon Llull, Prix Ulysse y finalista del Prix Mediterranée étranger), traducida a diez idiomas, *La cazadora de cuerpos*, *La hija extranjera* (Premio Sant Joan de narrativa) y *Madre de leche y miel*, los dos últimos editados en Ediciones Destino. En 2019 publicó el manifiesto *Siempre han hablado por nosotras*, que tuvo una gran repercusión en los medios y entre los lectores. Actualmente colabora en *El País*. En 2021 ganó el Premio Nadal con su novela *El lunes nos querrán*. *Los secretos de Nur* (2025) es su primera novela juvenil.

@najat_el_hachmi

A mi madre, que, sin saber leer, me enseñó a escribir

La mayoría de las madres son capaces de dar leche,
pero solo unas pocas saben además dar miel.

El arte de amar,
ERICH FROMM

Siete eran siete, las hermanas sentadas alrededor de una mesa de madera, sobre la alfombra de rafia estampada. Humeando frente a ellas, una bandeja llena de vasos estrechos donde habían echado ya el té burbujeante. Dicen: Cuéntanos tu historia, hermana nuestra. Cuéntanos todo lo que te ha pasado durante este largo tiempo que has estado lejos de nosotras. Cuéntanos, querida Fatima, qué hiciste para llegar al extranjero, para sobreponerte a todos los obstáculos. Nárranos, dulce hermana, nárranos.

Primera parte

La antigüedad
de una mujer

1. Un montón de telas de vivos colores en medio del paisaje polvoriento

Hablaré para vosotras, hermanas, hablaré para deciros cuanto queréis escuchar. Esta voz mía os narrará los hechos que desconocéis de aquella que salió del mismo vientre que vosotras. Dadme té para calentar mi lengua y cerrad la puerta, porque estas palabras mías no pueden salir de aquí. Son solo para vosotras, vosotras que podéis entenderlas y guardarlas. Sin revelarlas al mundo, que todo lo juzga.

Seguro que os acordáis del inicio del viaje. Vinisteis; os reunisteis todas el día de mi partida, aquel día en que se me hizo en la garganta un nudo áspero y seco que no lograba deshacer ni con toda el agua fresca del pozo. No me entraba ni un pedazo de pan, solo quería agua y más agua para poder sacarme esa aridez de dentro. Ay, ese polvo en la garganta, hermanas, cuántas veces lo hemos sentido, cuántas, cuantísimas veces nos lo hemos tragado, hemos tenido que disimularlo.

Vinisteis aquel día aunque a todas os suponía un esfuerzo desplazaros. Tú, Aicha, tenías a Salim enfermo del hígado, pensábamos que no saldría de esa. Un niño que siempre había sido la envidia de las vecinas porque te había crecido rollizo y ni un constipado había tenido hasta entonces. Pero los ojos de la gente son terribles. Por muchos amuletos que le pusieras. Se resistió durante muchos años a los elogios de las mujeres hasta que, cuando enfermó, se puso enfermo de verdad. El pobre. Y míralo ahora, tan alto y fuerte, que Dios te lo guarde.

Tú, Fadma, como vives aquí, cerca de casa de nuestra madre, venías a menudo a visitarnos; acababas sus tareas y, hala, el pañuelo en la cabeza, la niña a la espalda y cogías el camino polvoriento hasta aquí con esas sandalias de goma tuyas tan bien abrochadas, que dejaban un rastro de pisadas tras de ti. No venías nunca con las manos vacías, siempre traías un hatillo con algún manjar que hubieras recogido en el huerto o en la cocina. Higos, olivas o un pan que hubieras hecho aquel mismo día. Lo mismito que la abuela, ¿os acordáis? Cuando venía, nos reuníamos a su alrededor y esperábamos impacientes que deshiciera el nudo de su hatillo. ¿Sabes, mi querida Fadma? No he dejado de pensar en ti ni un solo día. En la compañía que nos hacíamos, en las cosas que nos contábamos de camino hacia cualquier lugar o durante las agotadoras tareas del día a día. O incluso cuando no hablábamos pero la una podía sentir la respiración de la otra, tanto de día como de noche, cuando dormíamos lado a lado. Aunque hace tanto tiempo de todo eso. Recordándote en el extranjero, hermana, pensé que tal vez hubo momentos en los que no te sentiste suficientemente querida, porque vivías cerca y no eras la más añorada de nosotras. Te aseguro que en estos años que he vivido alejada de aquí te he llevado siempre en mi pensamiento. Que no os sepa mal a las demás, pero es que Fadma, mamá, Fadira y yo nos hacíamos tanta, tantísima compañía.

Pues bien, vinisteis todas, y eso nos hizo sentir como en los días de fiesta, aquellos fabulosos días en que las siete volvíamos a reunirnos en casa como cuando éramos pequeñas. Bueno, las seis, claro; pero tú, Fadira, eres nuestra desde hace tantos años, que es como si ya fueras una hermana más. Os decía, pues, que teníamos aquella extraña sensación que hacía que, a medida que ibais llegando y os quitabais vuestras ropas de calle y os sentabais en la habitación de invitadas, no supiéramos si reír o llorar. A veces hacíamos las dos cosas a la vez. Nos mirábamos, nos tocábamos, nos besábamos e intentábamos llenar los vacíos del tiempo que habíamos pasado sin vernos; nos explicábamos las pequeñas y las grandes cosas que nos habían pasado. Tú, Miluda, hiciste un inmenso esfuerzo para venir desde Serwan; en aquel entonces, el viaje desde allí no era nada sencillo: tuviste que alquilar un coche y traerte a rastras a tu hombre, que ya era mayor. Aunque es verdad que a Bel'id yo siempre lo he visto mayor, con su larga barba blanca y vestido con el *qubbu** de lana, como nuestro padre. ¡Pero, Miluda, si ya era así el día de tu boda! Nació siendo anciano. Aunque, claro, antes tenía dientes, ¿verdad? Es broma, mujer, que todos sabemos que te ha tratado siempre como a una reina, sin levantarte nunca la voz y mirando por ti para que no te faltara de nada. Así estás, mírate: eres, de todas nosotras, la que conservas más belleza y juventud. Dios te guarde, hermana, esta piel tan blanca y este rostro redondo que parece un espejo.

Tú, Najima, viniste de Nador con tu *abib*, el hijo de tu marido, que fue quien te trajo hasta la puerta; por entonces todavía estabais bien y te cuidaba como si fueras su madre. No como ahora, pobre desagradecido.

Por entonces, tú, Malika nuestra, aún no te habías casado, fuiste la última de nosotras en encontrar marido. Eso sí, te morías de ganas de marcharte de casa de nuestro padre. Yo, que había vuelto, te decía que no tuvieras prisa, que eras afortunada de no haber conocido el matrimonio, de no haberte visto obligada, como nosotras, a

* En cursiva, primera aparición de los términos y expresiones amazigh recogidas en el Glosario (pág. 375).

vivir en casa ajena. Pero tú, siempre tan tozuda, maldecías tu suerte y decías que en casa de nuestro padre no había sitio para ti, que el lugar de una mujer es la casa de su marido, y que todas debemos encontrar nuestra propia habitación. Padre no te dijo nunca que te fueras. Su único deseo era que encontráramos nuestro lugar en el mundo, pero no nos echaba, porque nunca le hemos molestado. Aunque tal vez sí que estuviera un poco harto de tanta mujer. Lo que a ti te pasaba, Malika nuestra, te lo digo yo, es que te morías de ganas de probar marido, descarada. Y mírate ahora, tan casada, con tus siete brazaletes y tus pendientes largos. No sabes cuánto lamento no haberte acompañado. Con lo que había esperado el día en que fuera yo misma quien te pusiera la henna.

El día de mi partida, si lo recordáis, nuestra madre, que había madrugado aún más de lo habitual, estaba ya en la despensa cuando llegué yo para hacer el pan. Hoy no, me dijo, hoy no hace falta que lo hagas tú, ya me ocupo yo de eso. Que no, madre, que soy yo quien desde pequeña lo amasa cada madrugada, y hoy nada va a cambiar, hoy también os dejaré preparadas las hogazas de pan para las comidas del día. Así pensaréis en mí cuando esté lejos, madre; y eso no debería habérselo dicho nunca. Madre, me reproché durante todo el viaje haberte dicho eso, pero me salió sin pensar. Quería hacer una broma, pero cuando escuchamos esas palabras en el ambiente tibio de aquella pequeña estancia de techo bajo que habías construido con tus propias manos, te pusiste a llorar y ya no paraste hasta vete tú a saber cuándo. Perdóname por haber provocado tus lágrimas. Tus hijas me han contado que te pasaste semanas sollozando, hasta que se te secaron los ojos, pero que la cara de tristeza que se te puso ya no se te ha quitado nunca. Pobre madre mía. Pues ahora, madre, ya estoy aquí, y puedes ver que he sobrevivido y he vuelto a vosotras. ¿Lo entiendes, verdad, por qué me marché? Tú, que conoces los latidos del hígado, el del amor por los hijos, puedes comprender muy bien qué me arrancó de tu casa, de nuestra tierra. Aquel día amasé pan porque quería comportarme como si nada; quería celebrar que nos reuníamos todas, quería vivirlo como si fuera una fiesta.

Llegasteis por la mañana, muy temprano, y apenas si pudimos sentarnos todas juntas, y menos aún hablar como lo hacemos hoy, con tiempo y calma. Todo era trasiego: nuestra madre hirviendo huevos para mi viaje; Fadma con el *remsemmen* recién hecho que me había traído, aún caliente; Miluda, con el pequeño Nurddin agarrado a su cintura, entrando y saliendo de la habitación de invitados para entretenerlo. Todo era un ir y venir. Yo preparaba mi bolsa, aquella enorme bolsa de rafia de cuadros que nuestro padre me había traído de la ciudad, una como las que él había utilizado cuando, unos años antes, trabajaba en el Al Garb y en Argelia.

Una vez cocido el pan, tuve que envolver los utensilios: la artesa de barro, el cedazo y la plancha de hierro. Eran los míos, los que había salvado de donde ya sabéis, lo único que me llevé. Los protegí con una manta y los puse al fondo de la bolsa. Madre, anda que no me dijiste veces que no era buena idea llevarme todo aquello, que me pesaría mucho y me dificultaría el viaje. Tenías toda la razón, porque no sabíamos si en el nuevo sitio encontraríamos la harina adecuada, o si habría un fuego lo bastante grande como para poner la plancha encima; no sabíamos nada sobre lo que nos esperaba al otro lado. Y os disteis un hartón de reír porque me iba a llevar, envuelto para que siguiera fermentando, un pedazo de masa madre que había alimentado durante años. Vosotras, que enseguida os habíais acostumbrado a utilizar la levadura que compráis en la tienda, no me entendíais; pero ya lo sabéis, a mí no me gustaba el pan hecho así, para mí tenía siempre aquel regusto a moho. En cambio, la masa viva de nuestra madre, que ella había recibido de la abuela y la abuela de la bisabuela —y vete tú a saber de cuántas mujeres hacia atrás venía esa herencia—, dejaba en la lengua una muy leve acidez que era el sabor más nuestro que yo pudiera recordar. Y, ya os lo adelanto, suerte tuve de poder saborear, en medio de la niebla, aquel pan que me unía a vosotras, a nuestra madre y a la abuela. Me dijisteis: se te echará a perder durante el viaje, o te la quitarán en la aduana. Pero no os hice caso. No era posible que algo que venía de un tiempo tan antiguo se estropeara tan solo porque se fuera al extranjero.

Recuerdo que llevaba un vestido de Argelia, que entonces estaba de moda. ¡Vaya escote tenía! Y aquellas mangas cortas abullonadas y la pequeña pedrería sobre el pecho y las gomas finas en la cintura. Ahora no cometeríamos la osadía de llevar ropa tan atrevida. Antes de marcharme me puse, cómo no, mi qubbu, aquel vestido de calle de color berenjena que nos había regalado nuestro padre en la última Fiesta Grande. ¿Lo recordáis? Está viejo y gastado, pero aún lo tengo. No lo voy a tirar nunca, nos lo hizo nuestro padre. Nos había comprado la tela, como cada año, pero yo no podía pagarme la confección y cuando, unos meses después, me preguntó qué me había hecho con el último regalo... no dije nada, me quedé mirando al suelo. Me daba vergüenza tener que pedirle dinero. Me pidió que le devolviera la tela y yo pensé que se había ofendido, pero unos días más tarde volvió de la ciudad con el qubbu cosido y me dijo parece mentira que no puedas pedirle a tu padre lo que te hace falta. Me atreví a replicarle que no era justo que me pagara la confección a mí y a vosotras no, pero me contestó que la justicia no es darle a todos lo mismo, sino a cada cual según sus necesidades. Le juré y perjuré que tarde o temprano le devolvería el dinero, pero hizo que me callara.

Sobre nuestra ropa puse otra manta. Ya sabéis que yo prefiero una buena manta de lana gruesa que esas de colores chillones que nos llegan de Melilla, pero la verdad es que son más ligeras y se lavan bien, así que me llevé la del pavo real y la del tigre. Le dije a nuestra madre que las otras os las diera, pero ella me respondió que mis cosas no se tocarían hasta que yo volviera. Si hubieras sabido que tardaría tanto, ¿verdad, madre?

Hacia media mañana, Abrqadar dijo vamos, es la hora, y todos vuestros sollozos, los de las siete, se elevaron y llenaron la habitación de las invitadas y el patio de dentro, que es donde teníamos preparada la bolsa. Los niños os miraban sin saber qué hacer, y algunos de ellos se preocuparon porque solo nos habían visto llorar así, juntas y a la vez, cuando alguien se moría. No se había muerto nadie, pero lo parecía. El llanto de cada una de nosotras crecía cuando se encontraba con el de las otras, y de pronto era imposible parar. Nuestra madre lloraba en silencio, y, si hubiera podido, lo habría hecho en su habitación; pero delante de nosotras, todas abrazadas como estábamos, no podía aguantarse. Nos decías ya está bien, ya está bien, y parecía que nos riñeras, madre, como cuando éramos pequeñas y nos decías que nos calláramos para que dejásemos de berrear. Y ahora, miradnos, volvemos a llorar como entonces. Nuestro padre se había ido al huerto. No soporta las despedidas, él no, no puede con ellas. Ni cuando tenía que marcharse al Al Garb las soportaba, así que solía irse de madrugada para no tener que decirnos adiós. El día antes, hacía que fuéramos a su habitación, nos dejaba cenar con él y hablaba con nosotras durante un buen rato. Antes de acostarse, nos alargaba la mano para que se la besáramos y nos daba las buenas noches como si fuera un día más, pero a la mañana siguiente ya no estaba. Y a nuestra madre le resbalaba alguna lágrima silenciosa por la mejilla.

Y eso mismo hizo nuestro padre el día antes de que yo me fuera. Me invitó a cenar con él y me contó alguna historia de su madre, que por entonces ya empezaba a estar enferma. También me habló mucho de cuando yo era pequeña. No tenías miedo, me decía, eras la niña sin miedo. Caminabas a tientas en medio de la oscuridad, y salías afuera sin ni siquiera llevar una cerilla para guiarte. No lo había visto nunca, y menos aún en una mujer. Y menuda fuerza tenías: cuando levantamos la casa, con lo pequeña que eras, ya cargabas ladrillos y baldosas. Todo eso sin fijarte nunca en nada que no fuera el trabajo, sin distraerte ni un momento. Sin chismorrear ni hablar mal de nadie nunca. Mi Fatima, les decía yo a tus tíos, es como un hombre. Puedo fiarme de ella y dejar que vaya a donde quiera porque es como un hombre. Y mira lo lejos que te vas ahora. Nuestro padre lloró, entonces, pero de una forma diferente a como lo hacemos las mujeres. Me decís que cuando se le murió la madre sí que lloriqueó como un niño pequeño, pero, claro, entonces yo no estaba, no pude estar. El día antes de que me fuera lloró mirándome a los ojos sin decirme nada, y a mí, al mirarlo, también me empezaron a resbalar las lágrimas por las mejillas. Aquí, en la barbilla, se me juntaban. Pero el de nuestro padre era un llanto tranquilo, que ni hace sollozar ni llama más llanto. A la mañana siguiente, nuestro padre se había ido a trabajar el huerto bien temprano. Abrqadar me explicó que había ido a buscarlo y le había dicho que viniera a despedirse, pero que él, sin dejar de remover la tierra, le había contestado ve y dile que Dios la haga llegar bien, que la lleve a buen puerto.

Eso, yo ya lo sabía, nuestro padre no vendría a despedirse, y así fue como me quedó de él aquella imagen suya, en el huerto, removiendo tierra para plantar vete a saber qué; él, nada menos, que no paraba nunca de trabajar y regar. Así que, cada vez que añoraba mucho a nuestro padre, solo podía recordarlo en el huerto, una imagen que no había visto aquel día pero que después volví a imaginar muchísimas veces.

Por si la despedida no fuera ya lo bastante difícil, se

me hizo aún más cuesta arriba cuando empecé a llamar a Sara Sqali y ella que no aparecía por ninguna parte. Ya sabéis que decía que no quería separarse de su abuela, que aquí estábamos bien y no había ninguna necesidad de irse tan lejos. La niña siempre ha tenido, desde pequeña, su propio criterio y, siendo tan tozuda, cuando se le mete algo entre ceja y ceja no hay quien la haga cambiar de opinión. Como si no le hubiera yo explicado suficientemente el peligro que corríamos si nos quedábamos, pero nada, que ella quería mucho a la abuela, a su tío, a sus tías y a los primos. Que no, que desde que habíamos vuelto a casa de su abuelo estaba mejor que nunca. Así que, justo cuando Abrqadar empezó a insistir en que ya nos teníamos que marchar, que la aduana es así, nunca se sabe lo que te puedes encontrar, entonces venga gritar Sara por aquí y Sara por allá. Dentro de casa, afuera, por los caminos... Driss se acercó al huerto y a la fuente, pero nada. Hasta que nuestra madre, que por casualidad había ido a la despensa a buscar algo para hacer la comida, se la encontró allí dentro, acurrucada entre sacos de cebada y olivas, ya sin lágrimas y sollozando, abrazada a sus rodillas. Pero hija mía querida, le dijiste, ¿verdad, madre? Y no sé cómo, pero conseguiste convencerla. Mientras la niña se despedía de cada una de vosotras, me parecía que en cualquier momento mi cuerpo se abriría en canal y que esas dos mitades caerían al suelo. Ese dolor aquí, en el vientre, me duró mil años, hermanas. Cuando la tuvimos que arrancar de nuestra madre, a la que se había aferrado con una fuerza extraordinaria para su edad, me pareció que nadie había vivido nunca nada igual.

La otra imagen que nunca se me borrará de la cabeza es la de vosotras diciéndome adiós desde el camino de detrás de casa. Subimos al coche, y yo no podía dejar de mirar por la ventanilla. Allí estabais, todas juntas, erais un montón de telas de vivos colores en medio del paisaje polvoriento; allí, todas juntas, entre los diferentes tonos de ocre, formabais una mancha de colores muy bonita. Agitabais vuestros pañuelos sin dejar de sollozar. Yo asomaba la cabeza por la ventanilla y os veía cada vez más pequeñas, hasta que ya no pude distinguiros una a una. Y luego fuisteis un punto de color en el horizonte, hasta que, finalmente desaparecisteis de mi vista. En aquel momento me parecía que el llanto no se me acabaría nunca. Lloraba por mí, que me iba sin saber dónde ni lo que allí me encontraría, y lloraba por vosotras después de mi marcha; os imaginaba volviendo a entrar en casa y os veía juntas, como si fuera un día de fiesta, aunque no hubiera nada que celebrar. Lloraba por mí y por vosotras, hermanas, lloraba por todas, por nuestra desdicha, esta desdicha que es solo de mujeres.

2. Salir de madre

Fatima n Zraizmas n Ichata n Mumna supo que era ella misma por primera vez el día que cumplía exactamente dos años de vida. Dos años lunares, que era lo que contaba su madre cuando levantaba la vista para ver cómo cambiaba aquella figura suspendida en el cielo, que tenía un nombre diferente según fuera llena o no. Fatima había nacido en Entrefiestas, ese mes del calendario musulmán que traducían así a su lengua hablada porque era el mes que había entre el 'Id Pequeño, la celebración que daba por terminado el Ramadán, y el mes del 'Id Grande. Unos días antes, Zraizmas había levantado la mirada al caer la noche, justo después del cielo violeta, había contado con los dedos —empezando por el meñique—, había cuchicheado algo que Fatima no había conseguido entender y había dicho «cumple dos esta próxima luna fina»; y la pequeña Fatima, aunque por su edad no le tocara aún comprender el significado de las palabras de su madre, había apreciado en su voz un timbre al decir aquella frase, cumple dos, que le había llamado la atención, así que se detuvo a observar la expresión de su cara. Ni nos hemos dado cuenta de que mi Fatima cumple dos años... es que empezó a caminar tan pronto, y a hablar tan claro desde hace tantos meses —por la gracia de Dios, que nos la conserve muchos años—, que para mí que esta niña ya nació sabiendo.

Zraizmas volvió a sacar el tema al día siguiente, durante el desayuno, rodeada por un par de cuñadas con las que vivía en la casa familiar —mujeres de los hermanos de su marido— y por su suegra; y sus interlocutoras, para disipar cualquier posible indicio de su envidia, no dejaban de repetir *tbark Alah, tbark Alah.* Fatima era una niña extraordinaria, y eso su madre lo había visto enseguida por cómo, siendo aún una recién nacida, había trepado agarrándose a su piel hasta encaramarse al tembloroso pezón de su pecho derecho y por cómo se había aferrado a él como si aquello lo hubiera hecho siempre; y también por cómo abrió los ojos en aquel mismo momento, mientras que el resto de sus hijos —y todos quienes habían nacido en aquella casa— habían tardado varios días en hacerlo. Es cierto que Zraizmas había escuchado, entre las viejas, historias antiguas que nunca sabía si creerse y que hablaban de criaturas recién nacidas con los ojos ya totalmente abiertos al mundo o con la boca repleta de dientes. Pero aquellos ojos abiertos los había visto ella misma, y no se lo decía a nadie por miedo al mal de ojo, que no hay que pregonar ni las cosas buenas ni las feas de los niños, las buenas para no despertar envidias y las malas para no provocarles sobresaltos que se les acabarían metiendo dentro del cuerpo y les causarían males físicos incurables, de pequeños o cuando fueran mayores. El caso es que Fatima había empezado a mirar de una forma tan precoz... y, encima, lo había hecho para escrutar la cara de su madre. Nadie me ha mirado nunca así, se decía Zraizmas, como si pudiera verme completamente —lo que hay en mi cabeza, en mi corazón y en mi hígado— y como si también conociera mis recuerdos y mis penas. La cautivaron tanto aquellas dos pupilas que jamás la abandonaban que decidió no seguir aquella costumbre de tiznar a los bebés los ojos y las cejas para protegerlos así de los yins, porque los afeaban haciéndolos parecer viejos diablillos. Eso sí, le había cubierto aquella robusta y redondeada cabeza suya con un pañuelito blanco de algodón para evitar que se le enfriara, y la había untado con aceite de oliva, le había puesto henna en el ombligo y le había preparado miel con comino por si le daban cólicos; pero no quería estropearle con *zasutch* aquella fascinante mirada fascinada desde un buen principio por el mundo y por su madre, que era ella. Zraizmas tenía tres hijos mayores que Fatima, pero al nacer ella descubrió que los alumbramientos no se acumulan, que cada uno es único y diferente, y que por mucha experiencia que tuvieras, nunca sabías cómo sería el siguiente; las mujeres estamos en manos de Dios, se decía, sin saber demasiado bien si eso la aliviaba.

Cumple dos, había dicho, y las demás mujeres ah, sí, ha llegado el momento. Es verdad, es verdad.

Días después, Zraizmas subía del río, donde había lavado la ropa, con Fatima colgada a la espalda y el hatillo húmedo de lo que había lavado sobre la cabeza. Zraizmas sabía caminar sin tener que sujetar los bultos con la mano, una destreza que las demás le admiraban, pues ellas siempre temblaban y tenían que hacer grandes esfuerzos para mantener el equilibrio. En nuestra casa, eso sabemos hacerlo todas, decía cuando le elogiaban aquella virtud, para nosotras no tiene ningún mérito, hasta las pequeñas saben llevar hatillos sobre la cabeza sin sujetarlos. Y, mientras seguía pronunciando las palabras para decirlo, por dentro seguía preguntándose si era pertinente decir en nuestra casa para referirse al lugar donde había nacido y vivido hasta su boda con Omar cuando tenía exactamente catorce años lunares, dado que la casa de cualquier mujer no es la de sus padres sino la de su marido, y en la paterna no somos más que invitadas de larga duración. El caso es que su figura mayestática se desplazaba con gracilidad, como si se deslizara entre el verdor ondulante de los campos de cebada. A media mañana subía de hacer la colada. Las concuñadas de la casa se alternaban para hacer la comida y aquel día le tocaba a Jedduy. De repente, Zraizmas se sintió débil, se notó las piernas blandas y le vino al vientre un balanceo como de cuna que la incomodaba. Ay, Señor, Señor, dijo en voz alta, dando seguidamente un suspiro muy profundo; tuvo que dejar el hatillo junto al camino y sentarse un momento, y se ajustó la tela con la que sujetaba a la niña que cargaba a su espalda, y comprobó con la mano que la niña continuaba bien sentadita sobre la tela y que sus piernas le abrazaban los riñones. No quería quedarse allí, en medio del camino, a la vista de las miradas indiscretas de los vecinos de los alrededores, ¿qué dirían si la veían allí parada como una cualquiera? Pero no podía hacer otra cosa, o cogía un poco de aliento o no tendría fuerzas para subir la empinada cuesta que aún le quedaría después de haber cruzado la carretera, aquella oscura serpiente mal asfaltada y llena de socavones que hacía poco que atravesaba el paisaje, y por donde muy de vez en cuando pasaba algún coche, aunque fuera más habitual ver burros con las alforjas cargadas, que circulaban por allí para ahorrarse las irregularidades de los caminos antiguos. Montados sobre aquellas bestias, muchas veces solían ir hombres medio adormilados que querían evitarse la caminata hasta el Mercado de los Miércoles o incluso hasta la mezquita. A Zraizmas le parecía que ir a la mezquita en burro era algo sucio, aunque muchos lo hubieran hecho así desde siempre.

La madre de Fatima había decidido subir sola porque ella lavaba más deprisa que ninguna y el trabajo es el trabajo, y no se entretenía a chismorrear con las demás mujeres que se reunían en el río, alrededor de aquellas piedras enormes que ellas mismas habían dispuesto en círculos para embalsar el agua, estrechando su paso. Había ido temprano, como siempre, para no tener que tragarse las horas de sol, y se había llevado a las niñas y a su sobrina la mayor, que se encargaba de ellas. Su sobrina le había dicho que se quedaba un poco más con las chicas: hablaban, hacían como que seguían lavando y, de vez en cuando, estallaban en risas de júbilo. *Lala*, yo me quedo, le había dicho la hija del hermano mayor de su marido, y aunque no fuera muy recomendable dejar solas a las muchachas casaderas cuando estaban fuera de casa, el caso es que las niñas iban con ella y cerca estaba Omar, su marido, que se había llevado a Abrqadar para que lo ayudara a recoger patatas. Además, a su sobrina se la veía tan contenta y despreocupada, que le sabía mal obligarla a irse ahora camino arriba. Ya tendrá tiempo para llenarse la cabeza de problemas, se había dicho.

Zraizmas se decidió a hacer un esfuerzo para no seguir allí en medio, al alcance de todas esas miradas que no tenían otra cosa que hacer en la vida que dedicarse a criticar a las mujeres de los demás, y para no tropezarse en la carretera con esos hombres viejos que iban a la mezquita antes de tiempo para charlar un rato con el imán o con los jornaleros que algunas casas alquilaban, y que solían ser tan desvergonzados que se atrevían a mirar sin disimulo a las casadas. Se volvió a colocar el hatillo sobre el pañuelo húmedo, del cual sobresalían, a cada lado, dos espléndidas trenzas que le colgaban por detrás. Ya empezaba a notarse las gotas de sudor que le resbalaban espalda abajo. Ay, Señor, ay, madre de mi abuela.

Al llegar a casa y descargar con fuerza el bulto sobre el suelo de la sala de las niñas, su suegra, que estaba sentaba ante la puerta con una pierna doblada y la otra estirada mientras separaba las lentejas, le dijo *ah bniti*, *ah bniti*, hija mía, hija mía, quién te manda ir a lavar la ropa, como si no hubiera mujeres solteras en esta casa... Y con la niña, además, ¿qué pasa, es que no podías dejarla aquí? Como si no supieras que no es bueno acercar a los niños pequeños al agua. Y cuando su suegra decía que algo no era bueno quería decir que era una norma establecida, una prohibición explícita más que un consejo, y ese no ser bueno era algo muy serio, y si hacía falta se añadía un por Dios que rubricara la orden.

Zraizmas se sentó delante de ella, donde la luz era más tenue, y al encorvarse ya se había deshecho el nudo de la tela, había puesto la mano vuelta hacia arriba bajo la niña y la había deslizado con destreza de los riñones al vientre; luego, sin apenas mirarla, se la acomodó en el regazo y se apartó la parte de arriba de su *riisar*, la tela que le cubría el cuerpo, para sacarse un pecho moreno de pezón oscuro que la niña buscó con avidez hasta cogerlo con sus manitas. La madre de Fatima no dejaba de hablar, pero la niña la buscaba con la mirada y, cuando ambas se encontraban, Zraizmas sonreía y Fatima abría aún más los ojos y chupaba con fuerza. Si pasaba mucho rato sin que sus miradas se encontraran, la niña se paraba y no volvía a succionar hasta que su madre le devolviera la mirada.

Ay, Zraizmas, ¿qué te pasa? Estás pálida, le había dicho su suegra. Se te ha bajado toda la sangre de la cara. Se habían mirado un instante y su suegra lo había entendido. Así que ahora ya no hay más remedio. Y gritó Jedduy, eh, Jedduy, prepáranos una tetera, que Dios te guarde. Y su cuñada vino secándose las manos en el delantal y le dijo que ya tenía el agua en el fuego, que la había oído llegar, pero que estaba ocupada friendo una sartén de pimientos y no los podía dejar. Zraizmas pensó claro, eso debe de ser, como si no te conociéramos y no supiéramos que a ti no te gusta servir a nadie, ni siquiera un vaso de té, que tú vienes de familia de rancio abolengo y costaste una dote como no ha habido otra y que aquí todavía están pagando. En las brasas salen más sabrosos, le dijo su suegra, y así no gastas aceite. Ya lo sé, lala, pero me apetecían mucho así, y a tu hijo también le gustan para acompañar la *charmila*. Y entonces Zraizmas dice, tapándose la nariz, no me habléis de comida ni de pimientos ni de nada. Y ¿no me digas?, le dice entonces

Jedduy. ¿Te has vuelto a quedar? Enhorabuena, hija, ya te tocaba ir a por el siguiente, ¿no?

Zraizmas no podía decir que ahora mismo no le apetecía para nada otro embarazo —y menos aún otro parto, que luego nunca se sabe cómo saldrá— porque tenía la sensación de que a ella, con cada niño que le nacía, las fuerzas le menguaban, y eso que podía dar gracias a Dios de que hasta entonces sus alumbramientos no habían sido complicados y los críos habían nacido llenos de salud, pero el caso es que cuatro ya daban mucho trabajo. Y ahora que Fatima cumpliría dos años le daba pena tener que destetarla. Pues claro que sabía que no era bueno seguir dándole pecho a esas edades, pero, vamos, que con un nuevo embarazo no podía ni pensarlo, no tenía más remedio que quitárselo. Corrían mil historias sobre los efectos perjudiciales, incluso mortales, de combinar el embarazo y la lactancia. Cambió a la niña de pecho y volvió a mirarla a lo más profundo de sus ojos, esperando ese momento en que, con los ojos en sus ojos, le diera otra vez un vuelco el corazón. Aquella sensación no la había tenido con nadie. Cuando tuvo a su primer hijo era tan joven y estaba tan aturdida que casi ni se enteró de haberlo criado; y, por si fuera poco, Jedduy la convenció de que lo destetara, y eso que el niño solo tenía unos meses y apenas había empezado a probar las patatas y las zanahorias chafadas. Zraizmas era por entonces tan confiada que dejó que su cuñada la engañara, y, cuando se dio cuenta y se lo contó a su suegra y a Omar, le dijeron de todo, que cómo podía ser tan tonta para hacer caso a mujeres perdidas que no hacían más que engañar, que tuviera cuidado, y que dónde se había visto que una madre le quitara a un hijo algo tan vital como su leche y qué tenía que hacer que fuera más importante que alimentarlo. Se lo puedo volver a dar, había dicho Zraizmas, y eso solo hizo que el enfado de ellos aumentara: Pero ¿estás loca?, le había gritado Omar. Parecía que Zraizmas también se hubiera olvidado de las mil historias que corrían sobre el peligro de dar el pecho a los niños cuando ya los habían destetado, porque la leche se pudría y se volvía veneno y los podía matar. Por eso se recomendaba a la madre que los primeros días después del destete se abrochara el vestido hasta arriba y estuviese pendiente de que el crío no la buscara mientras ella dormía. A partir de entonces, fue su suegra la que se encargó de Abrqadar, tú todavía no tienes edad para cuidar de nadie, le dijo a Zraizmas, que tuvo que acostumbrarse a ver cómo el niño llamaba *imma* a su abuela y por su nombre o lala, tía, a su propia madre, como hacían sus sobrinos. Pero no tuvo demasiado tiempo para lamentarse de su error porque enseguida volvió a quedarse embarazada, un hecho celebrado aunque recibido con cierta preocupación porque no eran demasiado buenos los embarazos con menos de un par de años entremedias, pero, claro, si destetas, ¿qué quieres? A las dos niñas que vinieron después les dio el pecho hasta que ellas quisieron: a la primera hasta que con un año y medio empezó a caminar y a distraerse con cualquier cosa que descubría y se olvidó de su madre; y a la segunda durante dos años, aunque le costó la misma vida porque era movida y nerviosa, gritona y poco agradecida, siempre andaba chillando. Era difícil para comer, difícil para dormir y difícil para todo. Por eso estaba tan asustada cuando se quedó embarazada de Fatima, pensaba que podía nacerle otra como su hermana, y menudo alivio que sintió cuando vio que la niña trepaba sola agarrándose a su piel para buscar el alimento y la miraba de aquella forma, como si en ella estuviera toda la sabiduría del mundo. De ahí la pesadumbre que le producía destetarla ya, porque con Fatima todo había sido fácil y agradable. Si por ella fuera, seguiría hasta que la niña se cansara, pero le habían repetido tantas veces el grandísimo peligro que suponía seguir dándoles el pecho después de los dos años que no se lo podía ni plantear. Tenía que hacerlo por la salud de su hija, pero le dolía el vientre solo de pensarlo. Bueno, aunque ahora no le quedaba otro remedio.

Mira que te avisé, que fueras quitándoselo poco a poco, insistió su suegra. Si primero se lo hubieras dejado de dar a mediodía, cuando come, y se lo hubieses mantenido solo para dormir, ahora no estarías así. Zraizmas no decía nada, había apoyado la espalda y la cabeza contra la fría superficie de la pared; que no es bueno, que cogerás frío, ponte al menos un cojín en los riñones, pero a ella le sentaba bien aquel fresquito, y cerraba los ojos, y aquel pecho redondo y moreno que la niña le iba vaciando emergía de la tela. Zraizmas se abanicaba ese largo cuello suyo, que le brillaba ligeramente por el sudor, con un trozo de la tela de su riisar mientras se mantenía en aquella posición, con las piernas dobladas y bien apoyadas en el suelo y los tobillos cruzados. Una vez que Fatima hubo acabado y dijo su acostumbrado *safi*, ya está, Zraizmas la cogió y la miró un momento, y se sonrieron mutuamente. No hay más remedio que hacerlo, prenda mía, dijo como si hablara consigo misma; pero la niña parecía entenderla.

Lo que Fatima aún no entendía era que lo que tenían que hacer le provocaría el primer dolor profundo de su vida, que los siguientes días significarían un sufrimiento parecido al de una enfermedad, con el desconsuelo añadido de no saber el porqué ni de dónde podía venir aquella cruel imposición. Desde mañana, dijo Zraizmas, y su suegra sacudió la cabeza, mañana, mañana. Para que me haga a la idea, lala, total, ya no viene de un día. Y así aprovecharía la última jornada de lactancia de Fatima, aquella niña que había resultado una delicia criar, a la que solo con su leche se le habían hecho los primeros meses unos mofletes bien rellenitos y unas lorzas tan blanditas que daba gusto tocarlas y que había que limpiar con un trapo mojado en agua entre los pliegues. Aquella niña le había traído una abundancia de leche tan inusual que tenía que llevar un paño de algodón sobre cada pecho. Fatima, la que desde que nació había sido de buen dormir, de buen comer y de buen llevar, siempre tranquila, dulce y risueña, la que agradecía los masajes que le daba cuando la tumbaba sobre sus piernas, mientras que los otros tres a duras penas habían aguantado un par de minutos. Ni cuando Zraizmas le pasaba las manos untadas de aceite por los bracitos, ni cuando se los doblaba para estirarlos, ni cuando le ponía y le ajustaba los paños —con los brazos estirados y cruzados y las piernas muy pegadas y rectas—, ni siquiera entonces se inquietaba; más bien al contrario, parecía agradecer aquel ritual y cerraba los ojos como si reposara. Fatima había empezado a gatear con pocos meses, vestida, para no pelarse las rodillas, con el *serwal* que había heredado de sus primos; y enseguida quiso ponerse de pie, se apoyaba en la mesita baja que preparaban en la habitación de las niñas para que comieran o en el poyete que había en el patio, junto a la madriguera de la coneja y el silo. Cuando quisieron darse cuenta, ya caminaba, así que Zraizmas no tuvo tiempo de hacer que diera sus primeros pasos acompañándola con las manos y aquella típica tonada con que se marcaba el ritmo de los pasos. *Daa-dach, Daa-dach*. Cuando se puso de pie sin agarrarse a ningún lado, ella misma gritó reclamando la atención de su madre con cara de satisfacción, de haber conseguido lo imposible. Mantenía los bracitos en alto y sonreía con una luz centelleante en el fondo de sus pupilas. Tenía exactamente nueve meses lunares. Hija mía, dijo entonces Zraizmas, y lo primero que hizo fue cogerla con un movimiento brusco, asustada por una precocidad que seguro que algún peligro debía de tener. Pero después miró a Fatima, y cómo le había cambiado la expresión: de la satisfacción de hacía unos segundos al desconcierto. Entonces la dejó otra vez en el suelo y la animó a que diera un paso hacia ella. La niña no se atrevió entonces, pero solo unos días después ya se tambaleaba dando sus primeros pasos por el patio ante la mirada estupefacta de las cuñadas de Zraizmas, que no habían visto nunca que una niña echara a andar tan pronto.

Zraizmas se pasó el resto del día lloriqueando, pensando que si aquella era la última vez que le daba el pecho antes de la siesta, que si aquella la última antes de cenar y que si la última antes de llevarla a dormir. Si lloras se te pondrá agria la leche, le decían, pero no podía evitarlo. Fatima no se despertaba por las noches, pero a Zraizmas le habría gustado que aquella noche se desvelara y que le cogiera el pecho durante todas aquellas horas que no parecían pasar nunca. Daba vueltas y más vueltas en la cama. La niña dormía junto a ella y sus hermanos, colocados uno detrás de otro por orden de edad, más cerca los más pequeños y más lejos los mayores; así sería hasta que tuvieran la edad de irse a dormir a la habitación de las niñas, primero, y a la de los hombres directamente, si eran chicos, cuando fueran mayores. Tenía la tentación de despertar a Fatima, pero no lo hacía y volvía a dar vueltas. Menos mal que Omar tenía el sueño profundo y no la oía renegar ni chasquear la lengua ni notaba cómo apretaba los labios. Mañana sería el gran día.

Cuando la claridad comenzó a colarse por uno de los postigos de la habitación que estaban desajustados, Zraizmas se levantó de golpe. Por suerte, en la casa tenían una vaca, flaca y cansada, cierto, pero vaca, al fin y al cabo, algo no demasiado habitual en la zona. En otros tiempos, solía explicarle la abuela Ichata, estos campos eran más verdes, llovía más y podían tener pastando vacas como si estuviéramos en Suiza. La abuela Ichata era la que mejor contaba historias y, cuando hablaba, nunca sabías si lo que decía era cierto o se lo inventaba. Lo que de verdad había pasado parecía un cuento antiguo y los cuentos antiguos parecían la pura verdad. Hablaba de

Suiza como si hubiera vivido allí, pero ni tan solo habría sabido decir si era una tierra grande o pequeña, cercana o lejana; solo era que algunos hombres habían emigrado allí y, a partir de sus descripciones —traducidas en voz de sus mujeres—, ella creaba todo un universo de referencias que daba por ciertas y demostradas. En cualquier caso, daba igual lo que contara, porque la abuela Ichata siempre afirmaba rotundamente que ella no mentía nunca, y añadía un *wa Alah*, por Dios, para rubricar aquella certeza. Así conseguía sembrar la duda entre sus hijas y sus nietas, que la escuchaban atentamente, porque sabían que ningún adulto con dos dedos de frente se atrevería a jurar por Dios algo que no fuera cierto.

La abuela decía que aquellos campos habían sido verdes y que la abundancia había prevalecido un día en aquellas tierras yermas. Pero ahora solo quedaba aquella vaca, de la que la familia de Omar sacaba leche para fermentar; había que agitar la leche en la bota que colgaba del gancho del techo para después separar la mantequilla. Aquel gancho se utilizaba también para mecer la cuna de los bebés. Y la vaca servía también para alimentar a los niños cuya madre se moría al nacer ellos, aunque en estos casos se intentaba que primero los amamantara cualquier mujer de la familia, convirtiéndose así en hermanos de leche del resto de sus hijos.

El padre de Omar decía a menudo que tendrían que vender a aquel animalucho triste, que se estaba quedando en los huesos, pero la verdad es que suerte tuvo Zraizmas de tener aquella vieja vaca el día que destetó a Fatima. O eso al menos pensó cuando se levantó de madrugada para ordeñarla. Le apretó las ubres con insistencia, hirvió la leche y esperó a que la niña se despertara. Se quedó, hecha un ovillo, en la habitación de fuera, junto al fuego, acuclillada y con las rodillas separadas, sintiendo el calor del brasero en la entrepierna y los pechos tirantes. Se los tocaba de vez en cuando para comprobar que no le saliese leche. Y allí estaba, muy quieta, cuando oyó unos pasitos que atravesaban el patio y luego, de un salto, la niña se le echó encima y le rodeó el cuello con sus bracitos, 'uuh, 'uuh, dijo, que era el sonido que la niña utilizaba para pedirle el pecho, un sonido que le venía del fondo de la garganta.

Zraizmas iba a pasarse el día explicándole que no podía ser, que tomaría lechecita de la vaca y que esa leche la haría crecer y crecer hasta llegar al cielo, pero la niña la probó y dijo que no la quería. Después se pasó las horas buscándola y lloriqueando, primero, y gimoteando sin parar después. Lala, llévatela, le dijo Zraizmas a su suegra, y eso fue aún peor. Fatima lloraba como no lo había hecho nunca y Zraizmas huyó de casa para hacer las tareas de fuera: limpiar el corral de las gallinas, coger hierba para los conejos, buscar cebada, barrer el patio de fuera... y, para quitarse la angustia de encima, habría seguido barriendo y barriendo camino abajo hasta llegar a la serpenteante carretera. Al volver se encontró a la niña dormida, y ni siquiera preguntó si había llorado poco o mucho.

Cuando Fatima se despertó de la siesta, sus primas se la llevaron a pasear por los campos y la distrajeron con el columpio que habían colgado del algarrobo del final del patio de fuera, le enseñaron cómo se jugaba a las siete piedras, le hicieron una muñeca atando dos cañas cruzadas y hasta jugaron con ella a las casitas; y la niña se distraía, pero con los ojos más tristes que le hubieran visto nunca y sollozando intermitentemente, eco de la llorera de la mañana. Cuando la tarde se fue haciendo noche, en aquella hora extraña en que el cielo se tiñe de melancolía, momento de encerrar a las gallinas, entrar la vaca y el burro y encender los candiles y las velas, el momento de ir a las habitaciones a recogerse, Fatima empezó a dar un chillido agudo y ensordecedor, un grito que parecía venir del comienzo de los tiempos, que llenó la casa hasta la madrugada. La suegra de Zraizmas se la llevó al dormitorio de las chicas, y la meció y la meció caminando arriba y abajo mientras le cantaba *Alah ia munana* con una voz rota que aumentaba la sensación de que algo grave sucedía. Si el padre de Omar se quejaba, la suegra que nada, que no te metas. Si Omar preguntaba, que eso no era cosa de hombres, le decía su madre. Zraizmas estaba en su habitación hecha un ovillo, con los labios sobre la mano hecha un puño y con las lágrimas resbalándole mejillas abajo en silencio. Sus otros hijos se aferraban a ella, asustados por el griterío de su hermana, y preguntaban, sin recibir respuesta, que qué le pasaba, si no sería que Fatima se había puesto enferma. Nada, nada, pero Zraizmas seguía llorando a lágrima viva y la leche no paraba de salirle del pecho. Quería ir a buscar a Fatima, abrazarla, mecerla y poderse mirar a los ojos como habían hecho madre e hija desde que ella naciera, pero no, eso habría sido aún peor. Porque, cuando al anochecer había comenzado de nuevo el llanto, Zraizmas no había podido reprimirse y había ido corriendo a coger a su hija, a abrazarla con fuerza; la niña enseguida se le había echado a los brazos buscándole los pechos con las manitas diciendo *'uuh*, *'uuh* y dejó de llorar. Cuando le dijo que no, mi niña, que no puede ser, Fatima la había mirado con una intensidad insoportable, los ojos llenos, y le había suplicado a su madre acariciándole las mejillas, besándola por toda la cara. No puedo, hija mía, no podemos, pero Zraizmas no podía soportar aquella carita de desconcierto que no era capaz de entender por qué la privaban de un placer del que había disfrutado sin restricciones hasta el día anterior.

Zraizmas le devolvió la niña a su suegra y se escondió en su habitación y recordó a su madre, a su abuela y a todas las mujeres que pudiera nombrar, pidiendo a sí misma por dentro una resistencia, *sbar*, que no sabía si podría tener. Fatima volvió a llorar, y siguió así hasta la madrugada, cuando finalmente se hizo el silencio, un silencio que muy pronto rompió el canto del gallo.

Durante los siguientes días, madre e hija se fueron acostumbrando a esos cuerpos desgajados el uno del otro, a aquella separación definitiva que las convertía en personas diferentes para toda la vida. Zraizmas lloriqueaba por los rincones y Fatima iba llorando menos, aunque de vez en cuando suspirara como quien ha sufrido una gran pena —es un suspiro de persona mayor, decían—, y así, poco a poco, volvieron la una a la otra, mientras la herida iba cerrándose. Zraizmas sintió un enorme alivio cuando finalmente pudo llevarse a Fatima a la habitación y la puso a dormir junto a ella —porque seguía siendo la más pequeña— y por fin pudo abrazarla y arroparla, y dejar que se le durmiera en el hueco de las rodillas dobladas en el suelo. Sin embargo, cuando Fatima la miraba y ella le veía en los ojos aquel deseo desesperado de volver a chuparle el pecho, de tener su piel llenándole la boca, con los ojos en sus ojos hasta que les diera de nuevo un vuelco el corazón, cuando Zraizmas leía todo eso en las facciones de la pequeña pero, aun así, Fatima no decía nada, no expresaba ya su deseo, a ella se le hacía un nudo imposible de deshacer en la garganta que le decía, en lo más profundo, que Fatima había cambiado y que ella había cambiado, que nada sería lo mismo. Le entristecía, por mucho que la niña pareciera haber nacido sabiendo, aquella madurez repentina; de algún modo, era como si su pequeña, al no reclamarle más el pecho, hubiera aprendido los límites de la vida.

En cualquier caso, fue durante aquellos días cuando Fatima descubrió el desconsuelo, la extrañeza, la sensación de no estar en ninguna parte: se había quedado sin casa por primera vez. Se le formó en el vientre una desazón que con el tiempo fue atenuándose hasta volverse mortecina, pero que ya no la abandonaría nunca; y, desde entonces, siempre que tiene que separarse de alguien, se le viene encima toda esa tristeza cuyo origen, por descontado, ella desconoce. La tristeza de tomar conciencia de ser ella misma fuera de su madre.

3. Madre de madre

Fatima n Zraizmas esperaba la visita de la abuela Ichata con un brillo intenso en aquellas pupilas suyas de color marrón algarroba que enmarcaban sus ojos almendrados. Sabía que tenía los ojos así porque muy a menudo su madre se los señalaba y se lo decía, que eran como dos almendrucos. Son tus ojos dulces como la almendra, y a Fatima le llamaba la atención la asociación de aquellos dos términos que empleaba Zraizmas, «dulces» y «ojos», y se quedaba un buen rato pensando y preguntándose si las partes del cuerpo se podían probar para descubrir su sabor. A veces Fatima se callaba así, de repente, y nadie podía adivinar que, dentro de su mutismo, eran las palabras, las frases y los relatos los que ocupaban sus pensamientos. De vez en cuando cometía el atrevimiento de preguntar por qué decimos las cosas así o asá, pero ya se lo habían enseñado, que las niñas no tenían que preguntar tanto y que hay cosas que son como son y no hay que darles más vueltas. Las palabras también son como son y punto.

A Fatima le gustaba la visita de su abuela materna por muchas razones, y una de ellas era que la abuela Ichata siempre contestaba sus preguntas, y que para hacerlo siempre le contaba historias. Historias a veces poco creíbles pero que ella juraba que eran del todo ciertas. A esa edad, cinco años lunares y unos meses, Fatima no dudaba para nada de la veracidad de lo que relataba su abuela y solo deseaba que volviera a visitarlas, que llegase y se sentara frente a su té con menta y que con aquella voz ronca fuera desgranando las anécdotas con sus pausas de siempre, con el ritmo pertinente. La abuela Ichata tenía unas pestañas largas y rizadas que casi le tocaban las mejillas cuando cerraba los ojos y que, cuando los abría, le rozaban la parte de debajo de las cejas. Fatima se quedaba hipnotizada con aquel aleteo de las pestañas de su abuela, un movimiento que nacía de aquellos párpados tiznados de un khol ligeramente azulado que ella misma elaboraba en un mortero en forma de cañón, un polvo finísimo, como no había otro igual, porque Zraizmas tenía la paciencia de pasarlo por un cedazo de malla muy tupida, un cedazo pequeño que solo utilizaba para el polvo de pintarse los ojos. La abuela Ichata tenía también la piel oscura, de un tono avellana tostada, y unos labios aún carnosos, teñidos siempre por la corteza de nogal que masticaba de buena mañana y que daba a sus encías un color como de algarroba que resaltaba sus blancos dientes, grandes y superpuestos. Pero eran sus rituales lo que a Fatima le gustaba observar cuando las visitaba y se quedaba unos cuantos días, por las fiestas o porque echaba de menos a su hija. Ichata hacía sus abluciones temprano, en cuanto se levantaba, después rezaba en silencio con un murmureo cadencioso que a Fatima le sonaba diferente al rezo de los demás, sobre todo al de los hombres; el suyo era más hacia dentro, como si su abuela, toda ella, se evadiera de repente de la realidad y estuviese en otro lugar, en otro mundo. Si Fatima le hablaba mientras rezaba, ella no hacía como su madre, que la miraba riñéndola con los ojos pero seguía recitando moviendo los labios, no, la abuela continuaba tranquilamente con su letanía y la miraba dulcemente sin responderle. Después le diría no hablemos con quien reza, Fatima mía. Acabada la oración, Ichata siempre, pero siempre —no se olvidaba nunca—, cogía un trozo de corteza estrujada y se lo metía en la boca, y su dureza inicial se iría reblandeciendo con la saliva. Se sacaba un trocito y se lo daba a su nieta, solo mastícalo, no te tragues la saliva. A Fatima le gustaba aquel amargor suave del nogal, un amargor que hacía que se le despertara la lengua y le hacía cosquillas entre las encías y los dientes. Que la abuela le diera su trocito ya ensalivado no le daba asco, al contrario, le gustaba y le recordaba a todas aquellas veces que las mujeres reñían a los niños que rechazaban la saliva o limpiaban el borde de la garrafa del agua o se secaban la mejilla cuando los besaban. ¿Te doy asco?, les decían, ¿yo?, que soy tu madre, o ¿yo?, que soy tu abuela, ¿te doy asco? Fatima tomaba nota de la norma, no pueden darnos asco los nuestros, pero por dentro se decía que algunas salivas no le gustaban nada, como por ejemplo las de algunas tías paternas o las de los primos. En cambio, la de su abuela tenía un perfume agradable que no sabía identificar y que era dulce. Dulce como los almendrucos. Mientras Ichata masticaba la corteza con las muelas, metía un dedo en la bolsita del khol, estiraba del párpado inferior y se tiznaba el borde del ojo por dentro. Después cogía un trapito que solo usaba para eso y decantaba un segundo el cántaro de aceite de oliva para impregnarlo lo suficiente como para poder limpiarse el polvo sobrante y dejarse así bien definidos los ojos, que ahora parecían más profundos, los más oscuros que Fatima hubiera visto en su vida. La niña no dejaba de observar a su abuela, que para hacer todo aquello se había sentado en el suelo con las piernas abiertas y los utensilios sobre la tela donde los guardaba. Años más tarde, Fatima caería en la cuenta de que todo aquello lo hacía sin espejo, porque decía que no le hacía ninguna falta, que con los dedos ya se las apañaba para verse y que los espejos engañan, que no son buenos. Por eso no dejamos que los niños pequeños se acerquen a ellos, y, en su casa, los pocos que tenía estaban siempre cerrados con una especie de postigos de madera pintada. El mejor espejo, decía, son los ojos de quienes te quieren bien. Después del khol, la abuela, que seguía masticando ruidosamente el nogal, se quitaba el pañuelo de la cabeza, se soltaba las trenzas —las llevaba sujetas en un recogido— y empezaba a deshacérselas. Fatima estaba fascinada por esa acción. El pelo de su abuela, tan ordenado y contenido, peinado con obediente disciplina, iba abriéndose y extendiéndose ante sus ojos a medida que los dedos de su abuela se deslizaban por las trenzas. De repente, una cabellera rojiza y rizada, brillante, se desplegaba en oleadas sobre la espalda de Ichata. A Fatima le parecía ver una hoguera que ascendía y se elevaba, y se elevaba, y aparecía entonces una imponente capa que transformaba a la madre de su madre en una figura de otro mundo, en una mujer como las que salían en los cuentos que ella narraba. Su pelo la cubría hasta la cintura, y Fatima no podía dejar de mirarla, sobre todo a la cara, porque de repente la mujer que veía era otra, una mujer más joven o sin tiempo, de todos los tiempos y de ninguno. Tendrías que ir así, le había dicho alguna vez, e Ichata se había echado a reír. ¿Quieres que parezca una loca? Pero es que Ichata le había contado a Fatima la historia de Nunya, la muchacha a la que una bruja había raptado y encerrado en una torre y que pudo escapar gracias a la longitud de sus cabellos, unos cabellos que aquella pérfida mujer contaba cada noche uno a uno para asegurarse de que no los hubiera usado para dejar subir a nadie a la torre. Cuando la abuela decía que con el pelo suelto parecía una bruja, Fatima más bien pensaba que era como Nunya. Cuando tenía que imaginarse a la protagonista de aquella historia a través de las palabras de Ichata, ella le ponía los ojos tiznados de su abuela y esos cabellos suyos, tan largos que le llegaban a las piernas cuando estaba así, sentada. A su abuela no le duraba demasiado aquella hoguera en la cabeza. Enseguida se untaba las palmas de las manos con aceite de oliva y se las pasaba por todo el pelo. Después, con un peine de carey, empezaba a peinarse con un gesto cadencioso que también fascinaba a la pequeña Fatima. Y cuando acababa, Nunya volvía a ser la abuela Ichata, y Fatima no deseaba otra cosa que volver a ver aquellas trenzas deshechas. Entonces la abuela salía al patio poniéndose el pañuelo y escupía la corteza en el rincón de fregar los platos.

Un día, Fatima cogió a su hermana pequeña, que se arrastraba por el suelo, y se la puso sobre un costado, apoyada en el hueso de la cadera. Con la niña así, al cuello, se fue detrás de la casa de adobe, que era donde empezaba el camino que llevaba a la de la abuela. Años después, en la familia se haría famosa la anécdota de la vez aquella que Fatima la quiso visitar. Todavía le faltaban unos meses para llegar a los tres años lunares. Y su madre la llamó para desayunar, y venga buscarla, la buscaba en la habitación de las niñas, en la cocina, en la despensa de techo bajo, dentro y fuera de la casa, y gritaba su nombre cada vez con mayor angustia. Ah, Fatima, ah, Fatima, pero Fatima no respondía. Su madre se lo dijo a su suegra, a sus cuñadas y a sus sobrinos, y todos se pusieron a buscar a la niña aquí y allá, por las chumberas de alrededor, por el gallinero, por el establo donde guardaban el asno y habían tenido la vaca, incluso llegaron hasta pasado el algarrobo, donde salían a hacer sus necesidades, al camino que conducía a casa de los vecinos, el que llevaba a la carretera. Miraron hacia el horizonte y, de pronto, rompió la línea una figura blanca que se fue acercando por el camino de atrás. Era Ichata, y llevaba al cuello a Fatima. Cuando llegaron ante Zraizmas, Ichata dijo, poco a poco, no te asustes que no es bueno. Quería visitar a su abuela, es lo que me ha dicho. Despacio, despacio, no demuestres tu espanto o la asustarás. *Smelah, smelah.*

Y ahora Fatima esperaba paciente mientras su abuela llegaba, y se ponía una mano en la frente para ver mejor bajo la solana, y colocaba de vez en cuando a la niña a su lado diciéndole *iwa qim*, venga, para ya, aun sabiendo el poco caso que le haría. Aquel día Zraizmas la abrazó con tanta fuerza que tuvo la sensación de que volvería a fundirse en el cuerpo de su madre, y pudo escuchar, con la cara apoyada en su pecho, el latido de su corazón acelerado. Al entrar en casa las rociaron a las dos con agua para expulsar del cuerpo el sobresalto, porque podía acabar en enfermedad si se quedaba dentro. Una vez pasado el mal trago, todos relatarían la proeza que suponía que una niña que aún no tenía los tres años lunares siguiera el camino hasta la casa de su abuela, un camino que solo había hecho unas pocas veces subida a la espalda de su madre y que podría haber confundido con el de la fuente de agua dulce o con el del Mercado del Miércoles o el de la escuela, ya que todos ellos eran bifurcaciones del mismo sendero. Aun así, desde el día aquel del susto tan grande que le dio a su madre —Fatima le vio incluso una expresión que aprendió a relacionar con el sufrimiento—, nunca más fue por su cuenta a visitar a la abuela Ichata. La esperaba, con los ojos centelleantes y con su hermana colgada en un costado. Aquella hermana nació unos meses después de que Fatima descubriera por primera vez que era un ser diferente de su madre, aquella primera escisión de su vida que hoy por hoy era ya un recuerdo enterrado que solo daría señales de vida en momentos de gran incertidumbre, como el de estar en una ciudad sin saber si era aquella la ciudad, muchos años más tarde. Cuando nació su hermana sintió también cómo la proximidad física con su madre disminuía, pues la pequeña siempre estaba pegada a Zraizmas, y a duras penas podía cogerla, abrazarla y darle besos a ella. Además, la había desplazado literalmente de su lado porque, como ahora ella era mayor que la que había nacido, le tocaba dormir un poco más allá, separada de su madre por su hermana pequeña. Quizá fuera entonces cuando Fatima quiso ir a buscar a su abuela, para tener de nuevo a una mujer para ella sola, ahora que su madre no podía estar por ella. Pero poco a poco se fue acostumbrando a aquella tristeza, porque de hecho ya había vivido la más dolorosa, la de la separación primera. A medida que su hermanita fue creciendo, su madre también volvió a ser la de antes, la que se la colgaba a la espalda, la que la acunaba para dormir y la que, de vez en cuando, le volvía a dar masajes con aceite de oliva. Quizá la mayor punzada de celos la había sentido Fatima cuando veía a su madre dándole el pecho a la pequeña, aquel pecho lleno que ella quería tocar y que a veces Zraizmas le dejaba acariciar. Un pecho del que a menudo se escurrían algunas gotas que ella le suplicaba que le dejara recoger con la lengua. Su madre, pacientemente, le volvía a decir lo mismo, esta no es tu leche, es de tu hermana, la tuya se acabó porque te hiciste mayor, y cuando los niños se hacen mayores, caminan y tienen dientes para comer, a las madres se les secan los senos. Esta leche que me ha vuelto a salir es de tu hermana. Pero Fatima veía cómo se derramaba, tan blanca, sobre la piel morena de Zraizmas, y no le parecía distinta de la que había tomado ella. Claro que de eso hacía ya tiempo, porque ahora ya ni su hermana tomaba pecho. Y desde que la pequeña había empezado a arrastrarse por el patio, a pronunciar sus primeros sonidos y a dejar de estar tan pegada a su madre, Fatima se había fijado en ella y había empezado a jugar con la niña. Su hermanita la buscaba y decía algo parecido a su nombre. A sus tres años lunares, apenas si se le entendían algunas palabras, y aunque podía dar algunos pasos ella sola, siempre prefería arrastrarse de lado por el patio, sobre una de sus nalgas. A diferencia de Fatima y del resto de mujeres de la familia, la pequeña no tenía la característica frente amplia y clara, al contrario: el pelo le nacía muy cerca de las cejas, y eso le daba un aspecto algo extraño. Siempre estaba riéndose, y le gustaba chuparle a Fatima toda la cara, la barbilla, la nariz e incluso los ojos. Debe de ser porque los tengo dulces, pensaba ella mientras se tiraba por el suelo echándose a reír por las zalamerías de su hermanita. La enternecía que la quisiera tanto y se le pasaba aquel enfado soterrado provocado por la tristeza de haberse visto obligada a separarse de su madre. Fatima, a menudo, la llevaba así, apoyada en un costado, o le pedía a su madre que se la colgara a la espalda. Y ahora mismo esperaban a la abuela, que tenía que llegar por el camino de detrás de la casa; y cuando Fatima empezó a distinguir las formas ondulantes de Ichata entre los tonos ocres del paisaje, corrió para acortar la espera. La abuela Ichata, que era menuda pero tenía una fuerza tremenda, las cogió a las dos de un solo movimiento brusco y rápido. Y las recibió con besos y Dios os guarde y dándole palmaditas en la espalda a Fatima. Dios te guarde, hija mía, me has venido a recibir, y Fatima no decía nada, pero miraba a Ichata con aquellas chispas en sus pupilas de color algarroba. No deberías cargar a tu hermanita, hija mía, y Fatima se daba cuenta de que la abuela le hablaba más a ella, porque su hermana no podía entenderla. Abundancia de Dios, qué mayor te has hecho, Fatima *inu*, Fatima mía. Y a Fatima aquel posesivo le parecía la palabra más dulce del mundo. Ser de la abuela y ser de su madre era lo que más deseaba, y aquel «mía» se convertía en pertenencia profunda. Pocas personas la llamarían así, Fatima inu, Fatima mía.

4. Sin saber si aquella era la puerta, aquella la calle o aquella la ciudad

Abrqadar se volvía de vez en cuando en el asiento delantero del coche para decirme va, ya basta, cállate, mujer, cállate, pero él también tenía los ojos enrojecidos y la voz rota. Y evitaba como fuera mirar a Sara Sqali, que sollozaba a mi lado mirando por la ventana. Al llegar a la ciudad, tantas distracciones nos concedieron una tregua. Aquellas casas blancas con pisos, las calles, el ruido, el mercado de los arcos y el olor a pescado podrido hicieron que me olvidara por un momento de los llantos que me resonaban en la cabeza. Recorrimos la carretera que va de la ciudad a la frontera; yo miraba las casas que se asomaban a ella. Algunas, blancas con puertas azules; otras, torres de color amarillento con el enrejado de las ventanas de hierro retorcido. Había gente caminando por el arcén, a veces en burro, y motos ruidosas. Conforme nos acercábamos a la frontera, nos cruzábamos con mujeres con enormes bultos a la espalda. Mujeres viejas sin dientes, otras como nosotras, y otras más corpulentas y con el pañuelo atado bajo la barbilla; eso sí, todas cargadas como burras. No entendí por qué no podían pasar sus cosas por la frontera sobre algún animal, como hacemos nosotras con el agua o la cebada, pero por lo que se ve no lo tenían permitido. Abrqadar me explicó el porqué, aunque no lo escuché demasiado, no podía apartar los ojos de toda aquella hilera de personas cargadas como animales. Hasta que mi hermano nos dijo que ya habíamos llegado, que teníamos que bajar del coche. Tenemos que pasar a pie la frontera, me dijo. Hicimos cola un buen rato, llevando la bolsa de rafia entre los dos y haciéndonos sombra con la mano en la frente. Vosotros no lo sabéis, pero el sol de la frontera es seco, más seco que el de casa. Los policías miraban los pasaportes con una mezcla de asco y desprecio. A veces, sin que a simple vista hubiera ninguna razón para hacerlo, se paraban en el de alguien y decían algo en árabe que yo no entendía. Entonces apartaban a un lado a aquella persona y la hacían esperar más que al resto. No podía entender por qué los apartaban, no sabía nada de aquella gente, pero me angustiaba verlos a un lado, no podía dejar de pensar que cuando nosotros estuviéramos frente a los policías podía pasarnos lo mismo, y me cogió un miedo terrible a ser yo también apartada a un lado. Ya sabéis cómo me hice el pasaporte, y aunque Abrqadar me había dicho que no tendría ningún problema con el documento, yo no podía olvidarme de que me había saltado una norma. Aunque no me había quedado más remedio, ya lo sabéis, no podía elegir. Os aseguro, hermanas, que aquel rato se me hizo siglos, que el corazón me latía con tanta fuerza que me lo habríais podido escuchar y que el sudor me chorreaba debajo de la ropa. Le cogía la mano a Sara Sqali con fuerza y no dejaba de repetir por dentro *ah sidi abbi sidi*, Señor, Dios mío, Señor. Si el policía nos dejaba pasar, no sabía lo que me encontraría al otro lado, pero aún me daba más miedo que me negara el paso, porque a este lado sí que sabía lo que me esperaba. Ya veis qué locura, hermanas, preferir ir hacia lo que desconocemos que quedarnos en casa. Pero vosotras ya sabéis cuáles eran mis circunstancias, y entendéis como madres cuáles eran mis miedos. No había opción de quedarnos aquí, por eso me adentraba en la oscuridad. No sabéis cómo le miré los relucientes zapatos al aduanero mientras escuchaba su respiración y cómo pasaba las páginas del pasaporte. No sé qué le dijo a Abrqadar, nuestro hermano le contestó algo y después suspiró y siguió pasando páginas. Ya sabéis cómo me funciona la cabeza... solo en aquel rato tuve tiempo de imaginarme mil cosas que podrían pasar: que nos descubrieran, que me llevasen a la cárcel, y también a Abrqadar, y que Sara Sqali se quedara sola y desprotegida y los hijos de mi hermano sin su padre. Y tú, Fadira, sin marido. No os agradeceré nunca lo suficiente todo lo que arriesgasteis por mí, querida. Sí, ahora decís que no fue nada, pero sabéis bien qué vida tan distinta habría tenido que llevar si me hubiera quedado aquí. Y sabéis los riesgos que comportaba mi viaje.

En Melilla nos esperaron en una plaza grande de baldosas, que me gustó porque estaba llena de árboles y arbustos muy verdes; pensé, mira, parece que aquí llueve más, como si la lluvia cayera solo a este lado de la frontera a pesar de estar tan cerca de nuestras áridas tierras. Nos sentamos en uno de los bancos porque todavía faltaba rato para subir al barco, y se nos acercaron unas palomas que querían comer. Abrqadar se fue y volvió con una botella de agua. Y suerte que tuve, porque durante el resto del viaje no fui capaz de probar bocado, y eso que llevaba la comida que me habíais preparado. Aún tenía en la garganta aquel nudo de polvo.

Abrqadar y yo hablamos del pasado, de cuando éramos pequeños. Mientras tanto, Sara Sqali jugaba delante nuestro, en un *parqui* especial para los niños. Él no decía gran cosa, se limitaba a escuchar cómo le traía a la memoria hechos que vosotras ya conocéis. No decía nada, pero sonreía y perdía la mirada como si retrocediera en el tiempo. Cuando fui a pagar la mensualidad a su maestro y me dijo que hacía días que no había pisado la escuela, cuando nuestro padre lo pilló fumando y lo echó de casa y juró y perjuró que hasta que no volviera a tener aliento de buen musulmán no pondría los pies en su casa... Y nosotras venga insistirle, que había muchos musulmanes que fumaban y que, en todo caso, Abrqadar lo único que había hecho era probarlo y que no lo haría nunca más, que nos lo había prometido sobre el Corán. Sabíamos, claro, que hacía tiempo que fumaba, pero nos hubiéramos inventado lo que fuera para que lo perdonara y nuestro hermano dejara de estar expulsado y dejara de vagar por la intemperie de los campos. También hablamos de cuando se quedaba sin cenar por llegar tarde. Aquella era una norma sagrada de nuestro padre, quien no esté a la hora en la mesa no come. Y a nosotras, las chicas, Abrqadar siempre nos acababa dando pena, no podíamos imaginarnos un castigo más triste que irse a dormir con el estómago vacío. Siempre nos ha parecido eso más cruel que una bofetada, pero en eso nuestro padre no cedía nunca. De modo que le acabábamos dando a escondidas un pedazo de pan untado con aceite o unas olivas negras. Sentados en la plaza, le confesé a Abrqadar que una vez nuestro padre nos pilló a Fadma y a mí cruzando el patio con un plato de charmila que yo llevaba escondido detrás, y que me había chorreado por todo el vestido, dejándome perdidita con la salsa. Si tanta pena os da, la próxima vez vosotras lo acompañaréis en el ayuno, dijo padre.

Después Abrqadar cambió mucho, se convirtió en un hombre responsable, y más aún cuando se casó y tuvo a su hijo Driss. Se dejó el bigote y no se lo ha vuelto a afeitar; eso siempre le ha hecho parecer mayor.

Allí estaba yo, en la plaza de aquella ciudad fronteriza, hablando con mi hermano, como hemos hecho siempre. Pensaba que no llegaría nunca aquel temido momento. Pero él miró el reloj y dijo levántate, camina. Ya es la hora. Llegamos adonde estaban los barcos, todos enormes, con un rumor mortecino como el de la respiración de una mujer gorda. Vi el agua sobre la que flotaban y me vino un cierto pavor. Miré hacia arriba. La claridad se escurría por algún horizonte que yo no llegaba a divisar, y eso me angustió un poco. Abrqadar dijo o sea que así, Fatima, y yo, sí, hermano, así. Así me marchaba. Me volvió a preguntar si quería que me acompañara, al menos hasta mi destino, y le recordé que tenía que encargarse de su familia, que debía estar con su mujer y sus hijos. Nos abrazamos y me dio el pasaporte. Sara Sqali se le agarró a las rodillas y dijo sí, tío, ven con nosotras, acompáñanos hasta donde vamos, tío, no nos dejes solas. Ya sabéis que a Abrqadar también le agobian las despedidas, así que disimuló las lágrimas, se deshizo de los brazos de la niña y dijo que Dios os lleve a buen puerto, y me recordó que buscase a gente de los nuestros para que me guiaran, que no tuviera miedo ni vergüenza.

Señor, Dios mío, Señor amado. Si alguien me hubiera dicho que cuando subiera aquella estrecha escalera hasta el barco el corazón me iba a estallar en mil pedazos, me lo habría creído. Con cada escalón que pisaba me parecía que se me acababa el aire, y que el alma se me iba, con cada suspiro. Hermanas, aún no sé cómo llegué hasta arriba. Cómo supe encontrar el pequeño camarote que me correspondía. Cómo fui capaz de hablarle a un desconocido, hermana mía, me dijo —y eso me alivió un poco la vergüenza de hablarle a un hombre que no fuera de mi familia—, me dijo mira, hermana, por aquí y por allá. Fuimos por una escalera estrecha en la que tenías que agachar la cabeza para no golpearte con el techo y por unos pasillos estrechos enmoquetados también con el techo bajo. Todo el rato tenía que agachar la cabeza. Aquellos pasillos, que yo descubría por primera vez, parecían no acabarse nunca, estábamos en lo más profundo del barco. Aparecían centenares de puertas de camarotes minúsculos a uno y otro lado de aquellos estrechos pasillos, donde nuestros pasos sonaban amortiguados por aquella moqueta azul. Con la niña, que no paraba de lloriquear, fuertemente apretada contra mí, dejé que aquel chico me guiara, es que no tenía otro remedio que fiarme de él. ¿Quién os habría dicho —¿verdad?— que vuestra hermana, que no ha levantado nunca los ojos hacia el rostro de un desconocido, tan discreta ella, tendría que verse en la situación de hablar con forasteros? Pues lo hice, no os riais, igual que después haría tantas cosas que nunca me habría visto capaz de hacer. Dios nos da fuerzas cuando pensamos que ya se nos han acabado, nos guía siempre sin que seamos conscientes. Aquella noche, estoy segura, mis ángeles de la guarda estuvieron muy atentos. No sabéis qué pequeño era el camarote donde tenía que dormir. Un armario, eso era. A cada lado un par de camas, una encima de otra. Era tan estrecho que no sabía dónde poner la bolsa ni cómo quitarme el qubbu. Llevaba mi documentación pegada al pecho, me daba un miedo terrible perderla aunque solo fueran unos trozos de papel. Igual que el poco dinero que llevaba y el Corán de oro, y también las setenas, porque no las quería llevar puestas para no llamar la atención, así que las envolví y me las escondí también en el escote. Mira que llegan a caber cosas en el pecho de una mujer. Hasta hacía poco había tenido también tres brazaletes anchos de aquellos como combados que se llevaban entonces, pero uno lo había vendido para pagarme el viaje y tener dinero por si me pasaba algo cuando llegara, ya veis que dentro de mí ya sabía un poco lo que me esperaba. Las mujeres tenemos esa especie de conocimiento, sabemos cosas sin saber cómo las sabemos. Los otros dos brazaletes se los dejé a nuestra madre, para que pudiera ayudarme si me pasaba algo. Aunque no sé cómo me podría haber ayudado desde tan lejos. A veces pienso que aquellos brazaletes desparejados se los dejé en parte para tener que volver, como en prenda. Me contasteis que se los puso y que no se los quitaba nunca, aunque ella sea una mujer de las de antes y prefiera la plata.

Como no sabía si entraría alguien en aquel diminuto camarote del barco no me atreví a quitarme el pañuelo ni el qubbu. Así, vestida me dormí. Bueno, pues intenté dormir. Me alivié de las humedades en un pequeño baño, pero no pude lavarme, y menos aún hacer las abluciones. Subí como pude a la litera por una escalera minúscula. Por momentos llegué a pensar en estirar la manta en el suelo y tumbarme allí, pero no sabía si durante la noche entraría alguien para ocupar las camas vacías. Yo le pedía a Dios que no, dormir con un hombre en aquella habitación minúscula me habría resultado una tortura. Si hubieran sido mujeres, aún. Pero un hombre y una mujer desconocidos durmiendo juntos en el mismo lugar es una vergüenza, no lo habría soportado. Bien, es una forma de hablar, hermanas, fuera de nuestro lugar aprendemos a soportar cosas que en casa serían impensables. Y anda que no tuve que hacer esfuerzos para adaptarme a cosas muy diferentes de las que conocía. Por suerte, Dios me escuchó y aquella noche no entró nadie. Me tumbé en la litera, con el techo a dos palmos, y me sentí como si estuviera dentro de una caja. El vaivén del barco, hermanas, se te queda grabado en el cuerpo y no se te va durante días. Aquel bamboleo era al principio suave y agradable, pero acabó convirtiéndose en un movimiento muy molesto. Casi echo la poca agua que había bebido aquel día. Y allí estaba yo, escuchando los pasos de quienes aún caminaban pasillo arriba, pasillo abajo, pensando en vosotras, en aquella mancha de colores que se iba haciendo pequeña y en nuestro hermano, que contenía el llanto al pie del barco. Pensaba quién te manda hacerlo, Fatima, quién te obliga a iniciar un viaje tan incierto, si ni siquiera sabes si te conducirá al lugar adecuado. Y, allí tumbada, me decía que no había rezado las oraciones del día, que tenía que guardármelas en la memoria para recuperarlas cuando llegara, y volvía a recordar que yo no sabía absolutamente nada del lugar al que iba ni si sería bien recibida ni si allí podría hacer pan o si me podría lavar. Ni siquiera si llegaría, porque lo único que tenía era un pedazo de papel con una dirección. Yo miraba aquel papelito una y otra vez. Me decía si hubiera hecho como Malika y Najima, que habían ido un par de años al colegio, ahora podría leer lo que dice aquí, podría tener alguna guía para el viaje. Pero ya sabéis que a mí me pilló tarde y no aprendí nunca ni una sola letra. Miraba aquel papel de vez en cuando para comprobar que los trazos que había dibujados no hubieran cambiado.

Sara Sqali se había tumbado en la cama de abajo, con esos ojos tan abiertos que pone ella, y se había aferrado a las sábanas. Sobre todo, le decía yo una y otra vez, si oyes cualquier ruido, avísame enseguida. Se hacía el silencio en aquel rumor, pero no durante mucho rato porque la niña no hacía más que preguntar, ¿estás despierta, mamá? Y yo que sí, duérmete ya, cállate y duerme, pero al cabo de un rato volvía a decir mamá... No estaba habituada a dormir en una cama, y, además, desde hacía un tiempo, nos habíamos acostumbrado a echarnos siempre una junto a la otra, no una encima de la otra como en aquel grotesco camarote del barco. Si os digo la verdad, yo intentaba no mirarla demasiado, porque si la miraba aún se me hacía más grande aquel nudo de polvo en la garganta y no quería que me viera preocupada, aunque fuera difícil esconder la angustia que todo aquello nos producía a las dos. En esa noche de vaivén incesante, a veces me decía mira lo que le haces a tu hija, cómo la puedes llevar por el mundo así, sin saber qué os encontraréis, sin saber nada. Pero una hija debe estar siempre con su madre, mientras la tenga a mi lado nada le puede pasar. Vosotras me aconsejasteis que la dejara con nuestra madre hasta que averiguara qué había en el extranjero, pero os aseguro que si me hubiera tenido que despedir de ella, se me habrían desgarrado las entrañas de dolor, no lo habría soportado.

Nos dormimos las dos allí, mecidas por aquellas aguas inmensas que yo no podía ni imaginar. Pero no durante mucho rato, porque de pronto se encendieron las luces y empezó un trasiego más propio del día que de la noche. Un extraño rugido nos despertó y nos levantamos asustadas. Yo había soñado que dormía aquí, en casa, en el suelo, e incluso me parecía percibir el olor de ese primer té que nuestra madre prepara nada más levantarse. Pero no, estábamos más lejos que nunca, y aún más lejos llegaríamos. Recogí la bolsa, intenté que Sara Sqali se lavara la cara en el minúsculo lavabo y salimos. Traté de rehacer el camino que nos había llevado hasta el camarote, pero todos los pasillos me parecían iguales, todas las puertas se repetían una y mil veces. Topamos con una señora mayor, una rifeña con un deje de Alhucemas, y le pregunté si ya habíamos llegado y si sabía dónde estaba la salida. Me dijo que sí, que su nieto la estaba esperando y que podía acompañarnos afuera. Aquella mujer fue una gran bendición. Una vez fuera, les dije que tenía que buscar la estación de autobuses, que mi hermano me había dicho que estaría cerca del barco. Resultó que ellos también iban a la estación. Arrastramos las bolsas hasta allí pasando por calles asfaltadas llenas de coches y de edificios enormes que Sara Sqali no dejaba de mirar. Le pedí al chico que, por favor, Dios velara por sus progenitores, me ayudara a comprar los billetes. Lo hizo, cogió un par de billetes del dinero que Abrqadar me había cambiado en Melilla y me quiso explicar su valor, pero en vez de decir duros y francos decía miles, como hacen los árabes, y no lo acabé de entender. Me tuve que fiar de él aunque no lo conociera de nada; si me engañó o no, eso queda entre él y su Señor, y en su conciencia, pero lo que a mí me salvó fue que me llevara hasta donde había una ventanilla para comprar los pasajes y que hablase con la mujer que estaba al otro lado del cristal. Si lo hubiera tenido que hacer yo, ya os digo que no habría podido.

Nos acompañó hasta donde debíamos esperar el autocar y nos despedimos. Aquella pequeña nueva despedida me hizo pensar en la del día anterior, y se me hizo otra vez el nudo en la garganta; pero entonces miré a Sara Sqali y me di cuenta de que estaba tan hambrienta que le di el remsemmen que tú me habías traído, Fadma nuestra. Se lo comió tal cual, frío, sin té ni café, qué remedio. Yo seguía sin poder tragar ni siquiera mi propia saliva. Cuando llegó el autocar, no sabéis qué vergüenza me dio enseñar los billetes al conductor. Era un hombre. De acuerdo, un cristiano, pero hombre al fin y al cabo. Y yo no sabía ni una palabra en su lengua. Me sentí como una idiota. No lo quería mirar porque era un hombre, y no le podía hablar porque no sabía, de modo que al final levanté los ojos con los pasajes delante y se los enseñé. No sé qué me dijo mientras me señalaba algo fuera del autocar. Yo pensaba que me apartaba, como los de los pasaportes que los guardias echaban a un lado. Pero detrás de mí había uno de los nuestros, que me lo tradujo, tía, le ha dicho que ponga la bolsa abajo, en el maletero. No sabéis la vergüenza que pasé, las mejillas me ardían.

Sara Sqali y yo nos sentamos al fondo. Recordé las palabras del chico, cuando el conductor pare y ya no siga será que habéis llegado a Barsiluna, la gran ciudad desde donde tendría que coger un tren para ir a otra más pequeña. Fuimos por unas enormes carreteras de asfalto, deprisa, y atravesamos campos, pueblos y ciudades, y vimos bosques, montañas y, a veces, el mar, aunque me daba miedo mirarlo. Lo que más me deslumbró, hermanas, fue el verdor, cada vez más intenso, que pasaba ante mis ojos, y que se hacía más abundante cuantas más horas de viaje llevábamos. Ahora entendía por qué aquel era un país próspero y el nuestro no. Por la lluvia, que no escaseaba. Lo que no entendía era por qué Dios había dispuesto que en algunos lugares hubiese tanta vida y en otros no nos quedara otra cosa que las migajas resecas que nos daban unos campos yermos desde hacía mucho tiempo. Por momentos, gracias a ese paisaje que pasaba tan deprisa ante mí, me olvidaba de mi desgracia, de la despedida y de mi nudo en la garganta. Y entonces sentía un poco, solo un poco, de calma.

El autocar se detuvo y yo pensé que ya habíamos llegado, aunque me parecía que era demasiado pronto, porque los emigrantes, cuando nos cuentan sus historias, siempre hablan de muchas horas de viaje. Envié a Sara Sqali para que le preguntara al chico que nos había dicho lo del maletero si ya habíamos llegado, y volvió para decirme que aún quedaban muchas paradas, y que la nuestra era la última y que el conductor nos avisaría, que él se lo había pedido. Imaginaos, hermanas, hasta qué punto estábamos en manos del Señor allí, completamente desprotegidas, en tierra desconocida y sin poder hablar con nadie.

Pero Dios es muy grande, hermanas, y aunque estuve todo el camino sufriendo por si llegábamos a la gran ciudad o no, finalmente las horas volaron y nos llevaron a buen puerto. Cuando el conductor nos avisó sentí un gran alivio, cogí a Sara Sqali de la mano y fui a buscar la bolsa. Me sentía alegre. Hasta que me di cuenta de algo: el chico que me había traducido lo del maletero no estaba, se había bajado antes que nosotras y yo no me había enterado.

¿Y ahora qué, Fatima —me dije—, qué piensas hacer? Al salir de la estación, un edificio tan grande como una gran mezquita lleno de gente yendo de aquí para allá, me saqué del pecho el papelito con las letras escritas. La gente que veía por la calle me resultaba familiar y extraña al mismo tiempo. La piel, por supuesto que la tenían más clara. Pero no todos, y algunos llevaban bigote como nuestros hombres. Las mujeres sí que eran diferentes, llevaban pantalones y faldas cortas, y algunas llevaban el pelo como ahuecado. Les enseñé a ellas aquel pedazo de papel, pensé que, fuera como fuese, me enseñarían cómo llegar a la estación. Que a ellas podía mirarlas a los ojos y que con los ojos más o menos nos entenderíamos. Y la verdad es que no sé, hermanas, si os digo la verdad aún no sé, a día de hoy, cómo llegué al tren, qué hice para subirme al correcto ni cómo averigüé dónde me tenía que bajar. Ya sabéis que yo no había estado nunca en un tren. Recuerdo haber pasado mucho rato bajo tierra, en el andén, cogiendo a Sara Sqali con fuerza de la mano; lo cierto es que me daba miedo que se cayera a la vía porque por allí pasaban como un rayo los trenes y nos levantaban la ropa. Yo preguntaba y volvía a preguntar, y no entendía nunca la respuesta, así que esperaba a ver si entendía mejor la siguiente. Eso es ir por el mundo a tientas, hermanas. ¿Y si me perdía?, pensaba, ¿y si me perdía para siempre? Pero volvía a mirar a la niña y recordaba lo que sabía en lo más profundo de mí, que no podía hacer otra cosa, que no podía volver atrás ni quedarme donde estaba.

Finalmente hice caso de alguien que movía mucho la cabeza de arriba abajo para confirmarme que aquel era el nuestro; aquella mujer me miraba e intentaba ser muy expresiva, y creo que me dijo subid, subid, o algo así. Una vez dentro, Sara Sqali y yo nos asustamos al entrar en un túnel oscuro donde no veíamos nada, donde no sabíamos si estábamos en este mundo o en el otro. Hasta que la luz del exterior nos inundó los ojos y tardamos un rato en volver a ver. Y pudimos observar aquellos grandes edificios, que eran todos grises y parecían encajonados como si no cupieran en la tierra donde los habían construido. Pisos y más pisos con las ventanas pequeñas como una colmena. El tren empezó a hacer paradas, y yo me inquieté porque no tenía ni idea de en cuál me tenía que bajar, de manera que me pasé todo el viaje enseñando otra vez el papelito con la dirección y diciendo *¿da?* ¿Aquí? Y la gente me miraba extrañada, claro, nunca habían visto a una musulmana como yo, y arrugaban la frente y me decían que no con la cabeza. Al final, le enseñé de nuevo el trozo de papel al único hombre que quedaba en el vagón y él me contestó que sí, hizo un gesto exagerado con la cabeza para decirme que sí. Era un hombre mayor, con un montón de manchas en la calva y bajito, tal vez por eso me atreví a hablarle, pero también porque no tenía más remedio. Hermanas, ya sabéis que cuando es un caso de necesidad tenemos que saltarnos las normas, Dios nos perdona. Aquel hombre me hizo tan feliz diciéndome que sí que no paré de bendecirlo a él y de bendecir a sus familiares y a sus antepasados. Me miró extrañado, no debía de entender nada de lo que le decía. Sí, ahora os reís al imaginarme diciéndole a un cristiano desconocido Dios te guarde, pero ya me gustaría veros en la misma situación. ¿Qué habríais hecho vosotras, eh?

Al bajar del tren, un frío seco me recorrió toda la columna. Llevábamos horas de viaje y yo no había comido nada; Sara Sqali, al menos, había ido pelando huevos en el autobús y cogiendo pedacitos de pan, pero yo no había podido. Solo podía pensar en llegar. Donde fuera, pero llegar.

Tuvimos que volver a preguntar por la dirección que llevábamos apuntada, tuvimos que esforzarnos para entender los gestos de quienes nos guiaban. Yo miraba a un lado y otro de las calles por donde pasábamos para ver si descubría a alguien como nosotras, que hablara nuestra lengua, pero no había forma. Sabía que algunos emigrantes habían ido a parar a esa misma ciudad, si es que era esa y no me había equivocado, pero a mí los nombres de lugares extranjeros se me mezclan, y entonces no distinguía los de los países de los de las ciudades o los pueblos. No sabía nada, hermanas, y de nuevo lamentaba haberme quedado sin aprender de letras. No lo sé, todavía no sé cómo llegamos hasta la puerta. Una chica de pelo largo y rubio, casi blanco, y vaqueros muy ajustados a las piernas nos sonrió y nos acompañó por una calle serpenteante donde había unas piedras en el suelo, unas piedras que después Sara Sqali me explicaría que eran muy antiguas. Nos dejó delante de una puerta de madera sin barnizar que tenía algunos agujeros; la fachada estaba llena de grietas y con el revoque abultado, y parecía que la casa estuviera a punto de caerse. Aquella casa era tan vieja que no parecía del extranjero. En la puerta había una aldaba en forma de puño, y la chica nos la señaló. La golpeé contra la madera con todas mis fuerzas. Levanté la mirada y me di cuenta de que la luz de aquella ciudad era diferente, como apagada. Era ya tarde y pronto oscurecería. Llamé de nuevo con fuerza. No me atreví a gritar desde fuera para que nos abrieran, solo llamaba y llamaba. A Sara Sqali se le formó esa arruga que se le forma en la frente cuando está preocupada. Mamá, mamá, iba diciendo, pero yo la mandaba callar. No está, mamá, ¿no ves que no está? Yo seguía llamando sin estar segura del todo de que aquella fuera la puerta, aquella la calle o aquella la ciudad. De hecho, si habíamos llegado hasta allí no era más que por lo que ponía en aquel pedazo de papel que yo había guardado del último paquete que habíamos recibido Sara Sqali y yo. ¿Acaso podíamos estar seguras de que los que nos habían guiado siguiendo aquellas letras no habían entendido mal la puerta, la calle o la ciudad? Y allí estaba yo plantada, con la bolsa a un lado y la niña al otro y sin decir nada por fuera, porque no quería que Sara Sqali se preocupara aún más, aunque seguro que ella podía leerme la inquietud en la cara. Por dentro, en cambio, me mortificaba, me decía mira que eres boba, Fatima, mira que atreverte a ir tan lejos sin ninguna certeza. ¿Quién te mandaba, Fatima? Invocaba a mi madre, a su madre y a su abuela y a todas las mujeres que nos han precedido, y les pedía fuerzas para aguantar aquel momento. Pedía a nuestro amado Señor que me ayudara una vez más. Rezaba para ver aquella puerta cerrada abierta por fin. Pero no se abrió, no se abrió, y yo levantaba la vista al cielo y decía Señor, Dios mío, Señor.

5. Tu casa no es tu casa

Fatima estaba apoyada en la pared encalada del patio, justo debajo de la ventana de la habitación de sus padres. Se había puesto las manos detrás de las nalgas, con las palmas sobre el adobe blando, y movía el cuerpo golpeándoselas suavemente de vez en cuando. Iba peinada con la raya a un lado, y llevaba el pelo recogido en una trenza gruesa y redonda. Aquellos ojos suyos de algarroba le brillaban mientras apretaba con fuerza los labios hacia dentro.

Su padre había vuelto de viaje ese mismo día, y cuando su padre volvía después de pasar un tiempo fuera —algo que ocurría a menudo—, su madre avisaba a los niños y corría la cortina de la puerta; así todo el mundo sabía que allí no se podía entrar sin pedir permiso. Eso obligaba a Fatima, a sus hermanas y a Abrqadar a quedarse en los lugares comunes de la casa familiar, que Omar compartía con sus hermanos y las mujeres y los hijos de estos. Es decir, que podían ir a la cocina o quedarse en el patio de dentro o en el de fuera o, como mucho, quedarse en alguna de las dos piezas de uso diario —la de los chicos y la de las chicas, las llamaban— siempre que no las utilizaran para otra cosa; pero a menudo las mujeres los echaban porque, si dejaban que los niños jugaran allí, acabarían desdoblando las mantas que ellas habían colocado alineadas contra la pared. La habitación de las chicas estaba al lado de la cocina, pegada a la de los chicos, y el resto de habitaciones del cuadrado que conformaba la casa eran las de Omar, Bagdad y sus otros dos hermanos, Alal y Muhand. Claro que había otra habitación, la única elevada, que estaba construida sobre la cocina y servía de atalaya y que, además, tenía un nombre diferente, la llamaban *zgoft*. Pero los niños la tenían más vetada aún que el resto de la casa: era la de invitados, y tenía el suelo cubierto de alfombras de calidad, colchones esponjosos forrados de terciopelo en vez de mantas y sus correspondientes cojines bien alineados contra una pared impecable pintada hasta la mitad de turquesa. Era también la habitación donde Omar y sus hermanos se reunían o recibían visitas masculinas. El único inconveniente era que para llegar hasta allí había que atravesar todo el patio, de modo que cuando venía un hombre que no era de la familia las mujeres de la casa tenían que correr a esconderse en sus habitaciones y tratar de no tropezarse con ninguno de ellos cuando salieran. Y, en todo caso, si eso sucedía, la mujer corría con vergüenza a camuflar su presencia, mientras el visitante, si era un hombre como es debido, fijaba la vista en el suelo para no ofender a su anfitrión. Había otra estancia con la que casi nadie contaba. Era la de la abuela Mimuna, que cuando enviudó decidió construirse una fuera de la casa, con una entrada que daba directamente al exterior, y no al patio, como era costumbre. Decían que era para dejar sitio a sus hijos, ahora que ya estaban todos casados y con críos, pero todo el mundo conocía el carácter arisco de Mimuna y sabía que le gustaba ir a su aire, que nadie la molestase. No es que se construyera su habitación demasiado lejos —estaba pegada a la casa familiar— pero que su puerta no diera al patio lo cambiaba todo, pues daba la impresión de estar de espaldas a la realidad del interior del patio. A Fatima no le gustaba la abuela Mimuna, cuando esta la miraba se sentía penetrada, como si la observaran por dentro, pero de una forma que la inquietaba. Aunque con Abrqadar, que llamaba madre a la abuela Mimuna, las facciones se le transformaban, la mirada dejaba de ser de juez y la voz surgía menos tensa, más modulada y menos implosiva. Las hijas de Zraizmas y el resto de sus nietas ya se habían dado cuenta desde pequeñas de que a la abuela Mimuna no le hacían demasiada gracia las mujeres. Con ellas era mucho más severa, decía que no era preciso cogerles afecto porque, de hecho, tarde o temprano serían de otro, forasteras. Y eso, que Fatima le había oído decir más de una vez, no lo acababa de entender.

Ahora Fatima esperaba apoyada en la pared de la habitación de sus padres después de que Zraizmas la hubiera preparado para recibir a su marido. Casi siempre la tenía a punto por si Omar venía de improviso, pero a veces alguien lo divisaba de lejos, montado sobre el asno de uno de los chicos del mercado que lo traía desde allí, y entonces Zraizmas empezaba las tareas de costumbre. Hervía el agua para las abluciones, lavaba menta, escaldaba el té en el fondo de la tetera y disponía los vasos de ribetes dorados sobre la bandeja de plata mediana con patas, la de invitados que tenían en el estante del fondo de la habitación. Incluso sacaba los azucareros de los días de fiesta, también de plata con patitas. Si, en cambio, Omar bajaba directamente del coche a la carretera serpenteante, Zraizmas tenía que hacer todo eso muy deprisa para recibir a su marido como merecía, a la vez, claro, que no podía dejar de escuchar el reguero de cosas que le contaba sobre su estancia fuera. Que si ahora estaba con un campesino argelino que le reconocía su gran capacidad de trabajo, que si en el Al Garb, pese a ser musulmanes, algunas cosas les daban igual y no cumplían con normas básicas. Que si llevaba tantos días de viaje, que si se habían quedado tirados no sé dónde. Omar hablaba siempre de unos paisajes, un mundo, unos caminos, una geografía que Zraizmas no pisaría nunca y que solo podía imaginarse como variaciones de las tierras que ya conocía, retocadas aquí y allá por las descripciones que hacía su marido. Fatima observaba que Zraizmas siempre sabía anticipar el regreso de su padre y no entendía cómo lo hacía. Miraba la luna y decía sí, ya toca. Entonces se bañaba toda entera, cabeza incluida, se peinaba durante un largo rato, se pintaba los ojos y se ennegrecía las encías, se ponía el riisar de los días de fiesta, los amplios brazaletes de plata y los grandes broches a lado y lado del pecho. Todo eso habiendo vaciado la habitación la misma mañana, habiéndola limpiado encorvada sobre el suelo con el trapo de fregar, habiendo sacudido las alfombras, que en el caso de la habitación de los padres de Fatima no eran de rafia sino de lana, blanda y con unos dibujos que a las niñas les gustaba reseguir con los dedos. Zraizmas también ponía las mantas buenas alrededor de la pared donde estaba extendida la alfombra y unos cojines de terciopelo granate que a Fatima le gustaba tocar como si los peinara. Cuando su madre acababa de poner orden, encendía un bastoncillo de incienso de suave perfume y bajaba la cortina de la entrada. Todo esto lo hacía de buena mañana y así la estancia no se llenaba de calor, permanecía fresca todo el día. Cuando su padre volvía de sus estancias afuera normalmente ya era por la tarde. Llegaba siempre cargado con las bolsas de tartán muy llenas, compraba cosas que normalmente no estaban al alcance en el pueblo de Fatima, donde solo había una tienda minúscula que a duras penas tenía aceite para cargar los candiles, cerillas y pipas a granel que las mujeres hacían comprar a los niños en pequeñas papelinas. Cuando volvía, el padre de Fatima traía fruta dulce que no tenían en su huerto, manzanas, peras y plátanos en invierno, ciruelas, melocotones y albaricoques en verano. Y unas sandías enormes que Fatima no sabía comer sin que el agua de la fruta le rezumase por la comisura de los labios. También traía cacahuetes, galletas redondas y unas pastas blandas y dulces que se deshacían en la boca y que se llamaban magdalenas. Unas pastas que cabían en el hueco de la mano, rayadas. Apoyada en la pared, Fatima no podía dejar de pensar en aquella comida dulce y blanda. Sabía que si entraba su padre le diría ven, hija, ven, Fatima mía, y le haría sentarse en su falda, le pasaría la mano por el pelo y le tocaría el dorso de la mano. Le diría como mi Fatima no hay nadie, y aquel posesivo que seguía a su nombre le resonaría dentro todas las horas de los siguientes días porque era de las expresiones que la hacían más feliz. Fatima mía eran dos palabras que la envolvían con los brazos de su padre y la niña se paraba a reflexionar sobre el hecho de que unas simples palabras, que le llegaban a los oídos sin tan siquiera tocarla, le hicieran sentir una calidez como esa. El calor del torso de su padre cuando se la sentaba encima le duraba un rato, pero el Fatima inu, Fatima mía, la acompañaban hasta que se lo volvía a decir. Las palabras duran más que las cosas, se decía ella. Pero ahora todavía estaba bajo la ventana intentando decidirse a entrar. Después de ponérsela en el regazo, su padre le diría que no tenía ninguna hija como ella, que entre todas las niñas de la casa no había ninguna tan trabajadora, tan buena chica, tan discreta. Fatima aún recordaba el día que, no hacía mucho, Zraizmas le había servido el pan a su marido y este lo había cogido y lo había mirado con cuidado girándolo entre las manos, oliéndolo y, finalmente, pellizcando un trocito que se había llevado a la boca sin mojarlo en nada. Señora, que era como llamaba a su mujer cuando estaba de buen humor y se entusiasmaba con algo, señora, este pan no lo has hecho tú. Es esponjoso, tierno, no hay ni rastro de olor a fermento y por fuera no es ni demasiado blanco ni demasiado tostado, tiene el punto justo de dorado. Tiene todas las cualidades de tu pan, pero es diferente en algo. Este pan, añadió el padre, no es ni del cielo ni de la tierra, es de otro mundo, como hecho por los ángeles. Zraizmas, que había preparado aquella sorpresa, sonreía intrigante. Señor, tienes toda la razón, este es un pan que no has probado nunca antes porque las manos que lo han hecho son las más puras que hayas conocido. Entonces Zraizmas llamó a Fatima y esta se sentó al lado de su padre y él le empezó a preguntar. Fatima mía, ¿sabes quién ha hecho este pan? ¿Verdad que no es de tu madre? Y la niña, con las mejillas encendidas, encogía los hombros, se miraba los dedos al final de las piernas estiradas y no decía nada. Señora, ¿me quieres decir tú quién ha hecho este pan? Es quien tú crees, señor, por supuesto, es tu tercera hija la que ha amasado, formado y cocido estas hogazas.

Entonces Fatima quería marcharse corriendo y ahorrarse la vergüenza de los elogios de su padre, aunque por dentro se sentía exultante. La cara de placer que ponía al comerse aquellos pedazos de pan que ella había hecho le parecía lo más maravilloso que había visto nunca. La noticia se propagó de inmediato por toda la casa. Fatima n Zraizmas n Ichata n Mumna, que no tenía más de siete años lunares, hacía un pan como nunca habían probado por aquellos parajes y casi sin que su madre hubiera tenido que enseñarle. Si a Fatima le preguntaban cómo había aprendido, ella decía que se lo había visto hacer muchas veces a Zraizmas. Y más importante aún, que era algo que le gustaba. No contaba, claro, que también veía que su madre, con los seis hijos que ya tenía, la niña de la frente estrecha que todavía se arrastraba por el patio y a quien Fatima siempre andaba quitándole de las manos el yeso de las paredes para que no se lo comiera, la suegra a la que tenía que servir y todas las tareas de dentro y fuera que tenía que hacer, estaba siempre cansada y quejándose de dolor de espalda y de rodillas. Si al menos le hago el pan, se decía Fatima, ya le ahorraré una de sus tantas fatigas. Sus dos hermanas mayores la ayudaban, aunque sin la destreza extraordinaria de Fatima. Ya se sabía que Aicha era fuerte y rápida, pero la voluntad le cambiaba a menudo, y si lo único que quería era quedarse tumbada sin hacer nada o vagar por los huertos no se lo podía impedir nadie. Fadma era más voluntariosa, sabía que la peor vergüenza para una mujer era la pereza y se esforzaba por cumplir con las tareas que su madre le mandaba, pero se cansaba pronto. El chico era el chico, claro, y no podía encargarse de ninguno de aquellos trabajos pesados, como máximo iba a buscar el agua o pastoreaba las ovejas y las cabras, cuando tenían. Fatima, además, cargaba con la hermana de la frente estrecha, que, por algún extraño motivo, solo quería ir con ella. De modo que la llevaba a menudo en brazos o colgada a su espalda o la tenía cerca mientras trajinaba. El día que su padre la felicitó tanto por el pan la hermana de la frente estrecha estaba también junto a ella.

Ahora Fatima seguía sin atreverse a entrar en la habitación de sus padres. Le daba vergüenza porque cuando estaban así, los dos juntos allí dentro sin nadie más, el aire de la estancia cambiaba. Fatima notaba un olor dulce que no sabía comprender. También la luz, fuera de aceite o natural, parecía transformarse alrededor de la pareja. Su madre seguro que no era la misma. Cuando su padre venía, Zraizmas entraba en el baño que había tras el tabique junto a la puerta y salía con el pelo suelto, extendido en regueros oscuros que casi le llegaban a la parte posterior de las rodillas, unos regueros ondulantes y bruñidos. Se ponía una cinta sobre la frente, que se ataba detrás de la cabeza, y caminaba por la alfombra arrastrando las telas de unos vestidos que no eran el riisar que la envolvía entera hasta acabar en aquellos dos broches que eran un triángulo con un círculo encima. Llevaba una especie de túnica suelta, sin cinturón. Tiempo después, Fatima escucharía con atención una conversación entre las mujeres en que estas se preguntaban si era más decente que una mujer llevara cinturón o no. Ahora que el riisar estaba en desuso y las fajas de lana empezaban a ser sustituidas por cordones ligeros, no quedaba demasiado claro si la mujer provocaba más deseo sujetándose el vestido o no. Porque se había dado el caso de una chica, una joven de una casa vecina, que escandalizaba a su familia porque atravesaba el patio con una *qandura* suelta. Claro que también llevaba la cabeza descubierta delante del resto de sus cuñados, imagínate. Zraizmas, en cambio, solo vestía así para estar con su marido dentro del dormitorio, y no salía nunca de allí sin antes haberse recogido y cubierto el cabello y vuelto a poner la ropa que le correspondía por edad. Esa mujer de dentro de la habitación solo la podían ver Omar y sus hijos. A Fatima aquella imagen de su madre la turbaba, la fascinaba de tal forma que no podía apartar los ojos de ella. Como no podía apartar los ojos de ella cuando se bañaba y le miraba los pechos, largos y redondos, derramados sobre el vientre blando, con esos pezones oscuros y los grandes círculos de un marrón más claro que los rodeaban. Cuando cogía agua con una pequeña garrafa de cerámica y se la tiraba por encima, a Fatima le parecía que aquella visión de su madre desnuda con el agua resbalándole sobre la piel tersa de los pechos era la más bonita que había visto nunca.

Pero ver a su madre así también le daba una cierta vergüenza, como si accediera a una intimidad que no le correspondía. Si, además, Zraizmas estaba con su padre, la intimidad se le hacía a Fatima insoportable. Sabía que si se decidía a cruzar el umbral de la puerta, su padre la invitaría a formar parte de ese mundo de dos, diciéndole ven, Fatima mía, pero cuanto mayor se hacía más le costaba penetrar en esa nube que formaban sus padres. Una nube en la que su madre se sentaba inclinándose ligeramente hacia su marido y él la miraba sin pausa, como si no existiera nada más en este mundo.

Su madre asomó entonces la cabeza desde detrás de la cortina, y al ver a Fatima allí apoyada le dijo que entrara a saludar a su padre. Al principio ella rechazó la invitación, pero al ver que Zraizmas insistía, dejó los zapatos alineados detrás de la puerta y se fue hasta el fondo de la habitación, cogió la mano de su padre y la besó, y este le devolvió el beso en la frente. La hizo sentarse a su lado y le acercó un vaso de té de los que ya habían servido para que se enfriaran. En la otra mano le puso una de las magdalenas colocadas en una bandeja de plata al lado de la miel y la mantequilla.

Siéntate aquí conmigo que tengo que decirte algo, Fatima mía, algo muy importante. No se lo digas todavía a nadie, pero pronto comenzaremos a trabajar. Tendremos una casa para nosotros solos, hija mía, tu padre ya ha conseguido ahorrar lo suficiente como para poder construirnos una casa nuestra, solo nuestra. En el terreno de las amapolas, ¿sabes el que hay al otro lado del camino y que te gusta tanto porque cuando es primavera se llena de flores rojas? Pues allí levantaremos nuestra casa. Será firme, con las paredes rectas, haré venir a un experto de la ciudad que nos ayudará a construirla como es debido. Tendrá los techos más altos que esta y unas puertas que no nos obligarán a agacharnos para entrar. Tendrá un patio muy fresco que cubriremos para que nos dé sombra en verano y más adelante lo haré embaldosar. En la entrada pondremos dos habitaciones de invitados, una para los hombres, así cuando hagamos celebraciones ellos no tendrán que atravesar el patio y las mujeres no tendrán que esconderse. A un lado estará nuestra habitación, al otro la de tu hermano y una para vosotras, mis hijas. Todas las habitaciones tendrán estantes bien amplios para guardar las mantas, un baño con el suelo de cemento suave. La cocina tendrá también una salida que dará al patio de fuera, así no tendréis que tirar las aguas sucias dentro de casa. Y en el patio de fuera cavaremos un pozo. Hablé con el zahorí y me dijo que ahí tiene que haber agua a la fuerza.

Fatima había escuchado a su padre embelesada, con la magdalena bien escondida en la mano. Se le dibujaba la alegría en la cara al imaginarse una casa solo para ellos, sin sus tíos ni las mujeres de sus tíos ni sus primos, ni aquella estrechez incómoda de peleas y gritos habituales.

De repente se le ocurrió hacerle una pregunta a su padre sin pensársela demasiado, una propuesta que dentro de su cabeza sonaba de lo más razonable: ¿Nos harás una habitación para cada una de nosotras, padre? ¿Qué quieres decir?, preguntó Zraizmas. Ya que le hacéis una habitación a Abrqadar para cuando sea mayor y tenga familia, a nosotras también, ¿no? Los padres, ambos a la vez, rompieron a reír. Ya habían entendido la idea de Fatima y no se podían creer que hablara en serio. La niña apretaba ligeramente la magdalena para comprobar que todavía estaba. Vosotras, cuando os caséis, iréis a vivir con vuestros maridos. Pero no sufras, le dijo su padre, una de las habitaciones de invitados será para vosotras solas, y podréis venir de visita siempre que queráis. Hija mía, añadió su madre, la habitación de una mujer, su lugar en el mundo, no es la habitación de su padre, sino la de su marido. Y yo espero de todo corazón que Dios te lleve a una buena casa donde tengas una habitación propia como es debido.

6. Las madres pueden reventar

Fatima n Zraizmas tenía exactamente ocho años lunares cuando fue plenamente consciente del hecho de que las madres podían reventar, despedazarse en mil trocitos si el sufrimiento de la vida se les había hecho insoportable. Antes de aquel día lo había intuido por las expresiones que utilizaban las mujeres al hablar con sus hijos. Me reventarás, decían, o me has reventado, *aiiaw*, me has reventado, cuando alguno de sus retoños la armaba gorda. Solo que las madres, a menudo, lo decían por cosas que quizá no eran tan graves, porque el niño no quería comer, porque el mayor no respondía cuando lo llamaba o porque huía camino abajo cuando ella lo perseguía. Fatima entendía que en estos casos se trata de una forma figurada de hablar, ya estaba acostumbrada al tono siempre dramático de las señoras de la familia. Aun así, no podía dejar de inquietarse cuando Zraizmas decía ay, que me reventarás, o me ha reventado, te juro que me ha reventado. En general empleaba esas palabras cuando hablaba de Abrqadar, que iba a la suya y no era consciente de la cantidad de trabajo que había en la casa y que a menudo prefería vagar por los campos o por el monte con sus amigos. Que ya está bien que los hombres salgan, pero el hijo mayor de Zraizmas nunca parecía pensar que debía asumir las responsabilidades que le correspondían por edad, que ya no era un niño y que tenía que ir pensando en llevar un sueldo a casa, él, que era el único varón. Además, ya hacía años que no pisaba el colegio, era evidente que su camino no era el estudio. El único chico y todavía gandulea, pensaba Zraizmas, y con un suspiro decía me reventará. Las madres eran quienes debían transmitir a sus descendientes las órdenes de los padres, eran las principales responsables de hacerlos obedecer y, a menudo, de protegerlos de los estallidos que los propios padres pudieran tener si los más jóvenes no hacían caso. Claro que ellas también podían tener esos arrebatos tan masculinos, sobre todo con aquella voz que les implosionaba en la garganta, aunque estaba mal visto que la voz de una mujer saliera más allá de las paredes de su casa. O estallaban zapatilla en mano, persiguiendo al desobediente por el patio.

Fatima no dejaba de dar vueltas a aquella expresión, quería averiguar cuándo era literal y cuándo no. Si decían me has reventado ya se veía que era en sentido figurado, porque la mujer seguía entera delante de sus ojos. Pero Fatima no sabía si eso de romperse en mil pedazos era por dentro, en algún rincón invisible de los cuerpos de las madres. A Zraizmas también le arrancaba esta expresión la hermana mayor de Fatima, Aicha, que a menudo quería comportarse como un hombre y lo hacía siempre que su padre no estaba. Desde que se habían mudado a la casa nueva se había apropiado de una habitación para ella sola, la que estaba al lado de la entrada; se llevaba una radio y dormía allí hasta más allá de las doce del mediodía. Solo tenía once años lunares pero ya era casi tan alta como su madre y tenía la voz más grave que su hermano. Cuando no se levantaba, su madre la llamaba y decía aiiaw, que me revientas. Y aún habría de quejarse más cuando a Aicha le dio por vagar por ahí sin avisar ni adónde iba ni qué hacía, igual que un chicarrón. Y más cuando los vecinos empezaron a decir que la hija mayor de Omar no tenía vergüenza de ir a hablar con los chicos, de conversar con ellos como si todavía fuera una niña pequeña, cuando era evidente que ya era una mujer de la cabeza a los pies. Qué manía con meterse donde no los llaman, pensaba Zraizmas, ¿acaso no ven que se puede tener una planta así y el entendimiento de una chiquilla? Aun así, cuando Aicha volvía, canturreando con esa voz suya de hombretón, su madre la recibía con una mano amenazadora y le decía me reventarás, tarde o temprano me reventarás. También añadía cuando vuelva te juro que le diré lo que haces. Y aunque no lo mencionaba, se refería a su padre. Pero Zraizmas nunca cumplía esa promesa, nunca le decía nada a su marido porque los beneficios de su autoridad no superaban nunca los efectos negativos que esta podía tener en sus hijos. Es decir, una buena zurra o una expulsión o restricciones alimenticias varias, con lo que a Zraizmas no le quedaba más remedio que quejarse y sermonear a su hija hasta que se le acababa la voz. Cuando le mencionaba a los vecinos, Aicha le contestaba que esos se ocupen de sus asuntos. Entonces Zraizmas se desesperaba todavía más y cerrando los ojos, llevándose la mano derecha a la frente, echando la cabeza atrás, volvía a decirlo: Me reventarás, me reventarás.

Fatima no lograba imaginar cómo sería una madre hecha pedacitos. Si se concentraba mucho en la expresión y cerraba los ojos para verla, algo que hacía a menudo con muchas frases que se decían a su alrededor, le venían terribles imágenes de Zraizmas esparcida por todas partes, como si la hubieran inflado demasiado.

Pero un día Fatima descubrió que las madres, de una manera literal, más allá de las palabras, también podían reventar.

Dormía en la tibieza con olor a yeso tierno de la habitación de las niñas, en la casa nueva. Tenía a Fadma a un lado y al otro a su hermana la de la frente estrecha. A ella la despertaban los gallos mucho antes de que el lejano muecín lanzara su voz desde el minarete. Le gustaba estar así, a oscuras, con el calor pesado de las mantas. En aquella época, Fatima aún se sentía el cuerpo entero, sin los nudos que con los años se le irían formando, sin dolor, sin miedos. Los murmullos sordos que lo poblaban todavía no la angustiaban, se los notaba como notaba los latidos del corazón, como lo más natural del mundo. A aquella hora de la oscuridad podía recorrerse con los ojos hacia dentro de la piel, la carne, los huesos y lo que ella llamaba *arrimz*, que era todo y que a menudo se decía poniendo un posesivo detrás: arrimth inu. Aquellos murmullos eran como un cosquilleo, una vibración como de pandero que le nacía en la entrepierna y le bajaba por los muslos y le subía hasta el vientre para llegar al pecho. No sabemos si Fatima tenía mucha conciencia de aquel fenómeno que se producía en su cuerpo, pero lo cierto es que al cerrar los ojos despierta en la oscuridad lo observaba muy atenta. No se ponía boca abajo, claro, su madre ya le había dicho hacía tiempo, una noche en que se la encontró durmiendo así, que solo las perdidas adoptaban esa postura, que era vergonzosa. Fatima no tardaría en darse cuenta de que había un montón de cosas que no se podían hacer porque eran de perdidas. Aunque eso no le impedía estar muy pendiente de sus vibraciones internas en las madrugadas en que abría los ojos mucho antes de la hora de levantarse.

En eso estaba exactamente Fatima aquel día cuando empezaron a oírse golpes en la puerta principal y el sonido de un lamento profundo que surgía de la garganta de alguien. Por un instante le había parecido el bramido de una mula, pero enseguida reconoció aquella voz que golpeaba con fuerza, con una desesperanza que Fatima no había percibido nunca antes. Era Naíma, la hija mayor del tío Bagdad, el segundo hermano de su padre.

Zraizmas salió rápidamente de su habitación, con el pelo suelto y sin cinturón, atravesando el patio tan deprisa como pudo, y en cuanto abrió la puerta la chica se le tiró encima, deshecha. No podía parar de llorar y lo único que se le entendía era *ah* lala, *ah* lala. Zraizmas la sostenía en brazos bisbiseando sin parar smelah, smelah, en nombre de Dios, en nombre de Dios, hasta que finalmente Naíma logró balbucear las palabras que aclaraban el motivo de su desesperanza: Lala, ya no tengo madre.

Fatima estaba en el umbral de la puerta de la habitación de las niñas y observaba la escena con el rostro blanco del que ha perdido toda la sangre. Lala Zamimunt, la mujer del tío Bagdad y madre de la prima que lloraba, cargaba en el vientre al último de sus seis hijos. Naíma fue la primera, lo cual resultó de gran ayuda, porque las niñas son muy útiles para las madres, pero después llegó una retahíla de niños de los que casi ninguno merecía la pena. Iban a su aire, no hacían caso y en cuanto crecían un poco aprendían a gritar e incluso le levantaban la mano a su hermana mayor y a veces también a su madre. No tenían ni de lejos el respeto debido a la mujer que los había engendrado. Eran malhablados, se largaban vete a saber dónde y volvían cuando querían. Unos críos déspotas que Zamimunt a menudo lamentaba haber parido. Los llamaba hijos del mal aunque fueran hijos suyos. Y Zraizmas decía qué quieres, es cosa de su padre, si Bagdad la tratara bien, si la honrase como hay que honrar a una esposa, pero, pobrecita, desde que había llegado a la casa se había convertido en el saco de los golpes sin ningún motivo. Bagdad volvía a menudo con las manos crispadas por la rabia y las descargaba sobre su mujer. La excusa podía ser cualquiera: que ella no lo hubiera oído llegar, que no le hubiese respondido a la primera, que no hubiera corrido a llevarle el hervidor con el agua caliente. Al principio sus otros hermanos le preguntaban el motivo de aquella paliza, pero al final ya se convirtió en una costumbre, una manera de actuar que no tenía defensa posible. A menudo, Zraizmas rescataba a Zamimunt de las manos de Bagdad, se ponía entre los dos sabiendo como sabía que él no la tocaría nunca, dado que las leyes sagradas de los hermanos no permiten excederse con las mujeres de los demás, ni en gestos, ni en miradas, y menos aún tocándolas. La mujer de cada cual es asunto de cada cual. Entonces Bagdad le decía a Zraizmas por lo que más quieras, sal de en medio para que acabe de reventar a esta hija de puta. Pero Zraizmas se llevaba a su cuñada a la habitación de Omar y no la dejaba volver a la de Bagdad hasta que este le juraba por todos sus antepasados que no la tocaría. Algo que no le impedía escupir a un lado y seguir con los insultos que había iniciado con la paliza.

Cuando Omar y Zraizmas se construyeron la casa y se mudaron, a ella se le hacía un nudo en el corazón por tener que dejar sola a Zamimunt. El resto de sus hermanos y sus mujeres le tenían un miedo terrible a Bagdad y no se metían nunca en medio cuando este golpeaba a su mujer. Los gritos ni les inmutaban. Solo algunos niños gritaban déjala, déjala mientras saltaban de impotencia en el patio, pero si Bagdad se detenía un momento y los miraba corrían a esconderse asustados. Por eso Zamimunt trataba siempre de estar cerca de Zraizmas, detrás de quien a menudo se escondía. Bagdad no se atrevía a decirle nada a la mujer de Omar, aunque cuando este volvía de sus viajes nunca faltaban las discusiones a gritos. Bagdad exigía que Zraizmas no metiera las narices en su familia, que un día recibiría ella también, y Omar le recordaba la norma sagrada de no deshonrar a la mujer de tu hermano y juraba y perjuraba que, si se enteraba de que le tocaba un solo pelo, por Dios que no le importaría pasarse la vida en la cárcel por acabar con la vida de un ingrato sinvergüenza como él.

Zraizmas se seguía encarando con él, aunque no sin miedo. En los ojos de Bagdad veía una chispa que no sabía si era pura maldad, posesión o simple locura. El kif que no dejaba de fumar seguro que no lo ayudaba a mantenerse tranquilo. Durante el tiempo que estuvieron construyendo la casa, Zamimunt le decía hermana mía, llévame contigo, aquí nadie moverá un dedo para defenderme, no quiero dejar huérfanos de madre a mis hijos. Ni siquiera su suegra intervenía cuando su marido la cosía a patadas tirada sobre el polvo del patio. Uno de aquellos días en que la había golpeado hasta cansarse, Zamimunt fue a la habitación donde estaban sentadas dos de sus cuñadas y su suegra, y dirigiéndose a esta le dijo te pido que me perdones. Te pido que me perdones el daño tan grande que debo de haberte hecho, un daño que debe de ser tan inmenso que te impide decir ni tan siquiera una sola palabra para detener a tu hijo, que si sigue así dejará huérfanos a tus nietos. Te pido todo el perdón de Dios, lala. Y las presentes cuentan que la suegra, indiferente, siguió masticando lo que tenía en la boca y le contestó que ella no se metía en los asuntos de los demás, que aquello era asunto suyo. Cuando Zraizmas volvió de hacer la colada se la encontró encogida en un rincón de su habitación. Al final la reventará, se dijo pensando en lo que vendría después de que ellos se mudaran a la casa nueva.

El origen de ese odio desmesurado de Bagdad hacia su mujer no tenía ninguna explicación plausible, excepto, claro está, la posibilidad de que alguien le hubiera lanzado un conjuro. Zraizmas siempre le aconsejaba a Zamimunt que fuera con cuidado con el pelo, con las uñas e incluso con los trapos de lavarse del mes, que lo que nos sale del cuerpo puede ser usado para hacernos todo el daño del mundo. Por eso las mujeres, cuando se acababan de peinar, recogían los cabellos que se les habían caído, los liaban bien liados hasta hacer una bola con el propio pelo y los guardaban en algún escondrijo de su dormitorio que solo ellas conocían. Y lo mismo hacían con las uñas que se cortaban, trataban de enterrarlas lejos, escondidas.

Ya hacía tiempo que Zraizmas sufría por Zamimunt. No solo a causa de su marido, también porque no parecía gozar de muy buena salud y con cada hijo que paría se había ido encogiendo sobre sí misma, convertida ya en un simple esbozo de la muchacha de carnes espléndidas que había llegado a aquella casa hacía unos años, con su rostro blanco y aquellos enormes ojos oscuros como la noche, cuya belleza nadie podía dejar de admirar. La luz que tenía en la cara se le fue apagando parto tras parto hasta ese último embarazo. Como si previera su propio final, le dijo a Zraizmas que no lo podría superar, que ya no tenía fuerzas para sacar de su vientre ningún cuerpo más, que le parecía que el corazón le reventaría y que, si la cosa se complicaba, seguro que no lo llegaría a contar. Había intentado de todas las formas posibles no quedarse preñada tan a menudo, se había lavado a conciencia después de yacer con Bagdad para quitarse de dentro toda su agua, había buscado remedios aquí y allá para descansar aunque fuera un par de años de aquella rueda continua de embarazo, parto, amamantamiento, destete, volver a quedarse preñada y volver a empezar todo de nuevo. El vientre me llega ya a los pies, le decía a Zraizmas, pero en eso Bagdad tampoco le daba tregua. Día sí día también la regaba, y a menudo Zamimunt contaba que ella no era de carne sino de corcho, y se daba golpecitos en la pierna al decirlo para demostrar que no notaba nada.

El día anterior, Zamimunt había ido a ver a Zraizmas, que le tenía preparada una sopa muy especiada, aunque todavía no fuera el tiempo. Horas antes había enviado a Naíma a ver a su tía y a pedirle, Dios conserve a todos tus antepasados, que si te quieres ganar un trocito de cielo haciendo una buena acción, que por favor, si no tenía demasiado trabajo, que si podía preparar aquella sopa tan sabrosa que solo a Zraizmas le salía con la consistencia exacta, ni muy espesa ni muy aguada. Zamimunt sabía muy bien que no hacía falta suplicarle tanto a su cuñada, que en todos sus embarazos era la única de la casa que la había atendido, cocinándole cuando tenía las náuseas de los primeros meses, masajeándole las piernas cuando el peso le hinchaba los pies o, sencillamente, preguntándole por su estado. Zraizmas había aprendido en casa de su madre, Ichata, que las mujeres embarazadas eran sagradas, que merecían todas las atenciones, que había que atenderlas en lo que fuera necesario. Y después del parto, claro está, también, porque aún eran muy vulnerables. Pero en casa de la madre de Omar estas normas parecían no respetarse. Por eso sus concuñadas a menudo buscaban en ella el consuelo que no encontraban en su suegra. El atardecer del día antes de la irrupción de Naíma en medio del patio, Zraizmas le había preparado a Zamimunt un bol cargado de aromas. Antes de hundir la cuchara, dejó que se le enfriara sobre la barriga mientras olía su aroma. Menuda mano tienes, hermana mía, le dijo la embarazada a Zraizmas. Y se miraron, y la madre de Naíma, con una rendición extraña en los ojos, le dio las gracias de una forma que parecía una despedida. O así lo contaría Zraizmas tiempo después, cuando hablaba de la muerte de la mujer de Bagdad, una muerte debida, seguro, a la fatiga y a la mala vida que este le había dado.

Aquella madrugada era su hija mayor la que lloraba en el patio. Se habían cumplido todos los malos presagios sobre su madre, Zamimunt no había aguantado el parto y había muerto. Él la ha reventado, lala, no ha parado hasta que el corazón le ha explotado. La voz le salía en alaridos que se elevaban a lo alto. He visto cómo se le escurría, querida madre mía, he visto cómo se le iba el aliento, y he querido retenerlo y no he podido, lala, mi madre se me ha escurrido entre los dedos y yo no he podido hacer nada.

Fatima, asustada, lo veía todo desde el umbral de la

puerta de la habitación donde dormía, no se podía imaginar lo que era una vida sin madre, sobre todo con aquellos chicos tan poco personas que su prima tenía por hermanos.

Desde aquel día, Naíma iba con frecuencia a refugiarse en su casa. Como mujer, debía empezar a ocuparse de todas las tareas que hacía su madre: limpiar, ordenar, amasar el pan, cocinar, lavar la ropa, traer agua. Se tenía que hacer cargo del recién nacido, que sí había sobrevivido al parto. Otro niño de esos que a buen seguro no se compadecería ni un poco de ella, le gritaría y le pegaría a menudo por cualquier cosa. ¿Cómo podría criarlo, tan pequeño y sabiendo además que cuando creciera se convertiría en otro verdugo como su padre? Y, aun así, tan chiquitín, tan frágil, Naíma no podía evitar enternecerse con él, arroparlo, ojos pintados y olor de miel y comino, y llevarlo colgado de sus riñones. Ahora bien, si lloraba, corría a casa de su tía. A veces, le confesaba a Zraizmas, querría que ese niño muriera. Pero lo cuidaba como había visto a su madre cuidar los demás, aunque ella tuviera poco más de once años lunares. Zraizmas le enviaba comida y pan, la ayudaba en lo que podía, pero una hija sin madre está del todo huérfana, aunque tenga padre. Y una huérfana acaba lanzada a la fuerza por aquí o por allá. La pobre Naíma malvivió muchos años con aquellos hermanos que poco se parecían a los de los cuentos, aquellos que son capaces de superar todos los obstáculos y atravesar mundos enteros para rescatar a sus hermanas. Su madre había reventado, en este caso sí, y a Fatima se le metió el miedo dentro, el miedo terrible de que Zraizmas un día también reventara como había hecho Zamimunt. Porque entonces ella sería una hija sin madre.

7. Mi voz escondida bajo un puente

Camina, le dije a Sara Sqali, vamos. Daba un paso detrás de otro como si estuviera en un sueño, como si no estuviese en este mundo. No sabía adónde iba, la bolsa me cortaba los dedos, pero me decía es igual, este dolor en las manos quiere decir que podré hacerme el pan una vez esté en el lugar al que debo llegar. Pero habíamos llegado al lugar y no nos había abierto nadie. Fui caminando a tientas por la calle serpenteante hasta que llegué a una plaza pequeña, de la plaza por una calle estrecha arriba hasta que llegué a una gran avenida, por la amplia avenida hasta otra calle, esta corta y todavía más amplia. Me acuerdo como si fuera ahora, pero a la vez como si fuera otra la que deambulaba perdida por aquellas calles, como una loca, con la niña temblando de frío y asustada. Ni la miraba, clavaba la vista en lo que nos íbamos encontrando para tratar de averiguar el lenguaje oculto de aquel mundo tan diferente al nuestro. Un edificio enorme con cuatro mujeres dibujadas y una explanada de tierra rodeada de arcos me hicieron sentir un poco, muy poco, como en casa. Después, más callejones estrechos que descendían, todos con aquel pavimento de piedras antiguas y relucientes. Hasta que volvimos a estar en otra avenida que se abría sin casas a un lado y donde había un puente enorme como no había visto nunca. Un puente macizo hecho de piedras grandes, sobre un río maloliente que a duras penas llevaba agua. Un agua turbia que fluía muy lentamente, como medio muerta.

Hermanas, qué queréis que os diga, no sabía qué hacer. Estaba allí, en medio de un lugar tan desconocido, las personas que había visto no me entendían y yo no había previsto que en la puerta que ponía en el papel no nos abrieran. El caso es que oscurecía, la claridad se acababa y ya no podíamos seguir deambulando por los callejones. Cruzamos el puente y nos dimos cuenta de que debajo había un trozo donde no llegaba el agua. Aquel puente nos daba cobijo, aunque el suelo estuviera sucio, con latas, cigarrillos e incluso alguna jeringuilla que no sabría hasta más tarde que algunos hombres utilizaban para drogarse. Quitamos toda la porquería que pudimos de un rincón, aplastamos las hierbas y extendimos encima la manta nueva del pavo real azul. Sara Sqali y yo nos sentamos, le di el agua que me quedaba para que se tragara tu remsemmen, Fadma, que ya estaba seco. Yo aquella noche no pude ni beber ni comer. Nos apoyamos en el pilar del puente, yo directamente con la espalda y Sara Sqali sobre mí. Ella permaneció con los ojos abiertos en la oscuridad un buen rato y me decía mamá, tengo miedo. Y yo calla, que solo me falta eso, calla. Entonces me pidió que le contara algo. Como hacéis vosotros, que queréis siempre que os relate alguna de mis historias. Pero Sara Sqali era una niña y le conté un cuento, el de Nunya, ¿lo conocéis, verdad? Cuánto me gustaba esa historia cuando la explicaba la abuela Ichata, que ponía aquella voz ronca cuando la madre no encontraba a su hija raptada por la bruja y nos hacía llorar a todas. Pues aquella primera noche bajo el puente de la ciudad que aún no sabía si era o no era, os lo creáis o no, con el cuerpo dolorido y el rumor del viaje en las carnes, me esforcé en rescatar de la memoria todas y cada una de las palabras del cuento. Imaginad mi voz, que quería esconderse bajo aquel puente, que no me escuchase nadie que no fuera la niña, yo que no sabía si podía estar en aquel cobijo, imaginad aquella voz que venía de tan lejos, de nuestras abuelas y de nuestras antepasadas remotas, y se acurrucaba entre nosotras como una protección contra todo lo que desconocíamos. La voz era mía, hermanas, pero la sentí aquella noche como una mujer más entre nosotras, con Sara Sqali y conmigo. Solo se detenía por culpa de un sonido estridente que la niña me aclararía después que era el de las campanas, la llamada a la oración de los cristianos.

Sara Sqali se durmió así y yo me di cuenta de que ya no podía escucharme, pero de todas formas seguí narrando cómo la bruja peinaba los cabellos larguísimos de Nunya cada noche y cómo se los contaba uno por uno para averiguar si los había utilizado para dejar subir a alguien a la torre. Me seguí relatando la historia a mí misma para distraerme de mi propia desdicha. Me conté en medio de aquella soledad cómo su hermano había visitado a Nunya y, al llegar la bruja, se había escondido, con su caballo y todo, dentro del baúl. Cómo la bruja le había dicho a Nunya hija mía, alcánzame el baúl, y le había parecido tan pesado. Al cabo de un rato llegó la parte del cuento que más me gusta, ya os lo sabéis, cuando Nunya y el hermano huyen, y la chica le va tirando los fardos que le había robado a la propia bruja. Le tiraba un fardo lleno de vientos y la bruja se los tragaba, le tiraba uno con un mar pequeño dentro, y la bruja abría la boca y absorbía toda el agua. Deshacía el fardo del mar grande, y hacía lo mismo. Y ya hace tanto tiempo que relato ese cuento que ya ni me acuerdo. ¡Cómo perdemos la memoria si no la utilizamos!, ¿verdad? Pero en aquella época todavía tenía bien registradas todas las historias, como si fuera una cinta de casete, y me conté el cuento de Nunya entero. Me dormí así, bien aferrada a la niña, a la que no solté en toda la noche, y escuchando mi propia voz, mía y también de todas vosotras, bajo aquel puente lleno de frío.

8. Contornos desdibujados

Fatima no recordaría hoy en qué momento exacto comenzó a tener vergüenza o miedo de hablar con los hombres, porque en aquella época, con ocho o nueve años lunares, todavía se dirigía a ellos sin ninguna dificultad, mirándolos directamente a los ojos. Respetando las normas establecidas, eso sí, no volviéndose de espalda a ellos, vistiendo de forma decente, no diciendo palabrotas cuando estaban delante, no llevándoles la contraria ni desafiándolos, sobre todo si eran mayores y de la familia. Pero aun teniendo bien interiorizadas las reglas que habían de regir el comportamiento de una niña como era debido, el único hombre que realmente le causaba respeto era su padre.

Aquel día que él dijo ¿quién ha hecho este pan? ¿Quién? Fatima temblaba de arriba abajo por si no le había gustado; por el tono de su voz estaba convencida de que se llevaría una buena bronca. Él no era como otros hombres que no se fijaban en los detalles, él estaba siempre en todo y era exigente. Fatima veía en las manos nerviosas de su madre la desazón que eso le provocaba. Si la temperatura, la textura, la cocción de la comida no eran las que a él le gustaban, Omar estallaba en una bronca que podía durar horas y que dejaba toda la casa sumida en una tensión extraña que hacía que ni las pequeñas se movieran. Además, Omar casi nunca estaba, era un hombre de visita, desde que Fatima era muy pequeña se había marchado largas temporadas fuera.

Se habría podido quedar, había heredado suficientes tierras para cultivar, se podía haber conformado con la vida que ya le había venido dada, pero al casarse él y todos los hermanos, enseguida comenzaron a notar las estrecheces de vivir juntos en la misma casa. Por mucho que cada uno tuviera su propia habitación, cuando les comenzaron a nacer los hijos uno detrás del otro la convivencia se hizo cada vez más complicada. Y tampoco había que olvidar que el padre de Omar había tenido un sueldo propio trabajando para los españoles, de manera que no dependía de aquellas tierras tan poco agradecidas de Pozo de Higueras para vivir. Fatima pensaba a menudo en lo que le gustaba a su padre que su mujer fuera por la casa con los vestidos y el cabello sueltos, que era algo que no podría haber hecho nunca en la casa de arriba, que era como llamaban ahora a la que todavía compartían con la familia de Omar, y eso, seguramente, debió de ser uno de los principales motivos para salir a recorrer esos mundos de Dios buscando que su trabajo tuviera un sueldo por recompensa. Y lo había conseguido, gracias a su trabajo habían podido construir una casa como no tenía nadie por aquellos lares y de la cual todo el mundo hablaba.

Pero todo aquello significaba que sus hijos no lo veían más que unos cuantos días seguidos cada cierto tiempo y que su mujer vivía sola con los chiquillos. Había un hombre en la casa, decían, que era Abrqadar, pero este ni mucho menos asumía su papel, no tenía ni la edad ni las ganas. Un día, su padre volvió sin avisar, en una noche oscura sin luz de luna, escondida tras un cielo completamente tapado, y llamó a la puerta principal. Todas las niñas y Zraizmas se sobrecogieron. No se atrevían a abrir, y fue Fatima quien dijo: *¡Chcun!* ¿Quién es?

Omar, al ver que abría su hija, le había dicho: ¿O sea

que eres tú la que haces de hombre de la casa? El padre siempre recordaba que la niña nunca tenía miedo, que podía moverse en la oscuridad y no hacía caso de las historias sobre criaturas misteriosas y peligrosas que salían por las noches.

Aparte de su padre, Fatima no tenía entonces ningún problema con los hombres. Iba por los caminos que llevaban a la fuente de beber, al pozo de agua para lavar, al río, a la tienda, y era ella quien se encargaba de ir al Mercado de los Miércoles. Hablaba como si nada con los chicos y los hombres, no le costaba nada. Claro que entonces Fatima era una niña y los rumores que le poblaban el cuerpo de madrugada eran solo suyos, no los relacionaba con ningún elemento exterior, menos todavía con el encuentro con ninguna persona del otro sexo. Además, no tenía tiempo para fijarse en esas cosas; ella, ya la conocemos, siempre iba al grano. Si le hacían algún comentario, apenas se daba cuenta. Eso sí, sabía perfectamente que una no se podía tomar demasiadas confianzas con los hombres, porque si te acercabas demasiado podías correr peligro. No sabía exactamente lo que eso quería decir, como no sabía qué quería decir «estropearse», pero por si acaso evitaba quedarse a solas con ellos o acercarse más de la cuenta.

Una vez sí que sintió lo que era el peligro de los hombres, lo notó en su propia piel.

Abrqadar salía de casa y no se sabía bien adónde iba ni qué hacía. Si su madre le mandaba alguna tarea cumplía displicente, pero solo aquello que le había mandado, no hacía nunca como Fatima, fijarse en lo que quedaba pendiente y ponerse con ello sin perder el tiempo. Podía ver que ya oscurecía y no pensar en guardar la mula ni las gallinas, podía ver que se habían acabado las ramillas para hacer fuego y no darse cuenta de que hubiera podido ir a buscarlas él mismo. Estaba siempre fuera porque le gustaba, pero también porque su madre le decía anda, ve, márchate. A los hombres, había entendido Fatima, se los animaba a pisar el exterior, los campos y el paisaje que iban más allá del que ella habitaba. Ellos eran exploradores, descubrían los lugares por sí solos, hablaban de una geografía que a las niñas les parecía enigmática, desconocida, como nombres de sueño o de cuento, una geografía imaginada. A Fatima y sus hermanas, siendo niñas y viviendo en el campo, les estaba permitido salir al exterior, pero siguiendo unas normas, unos recorridos específicos. Seguían el camino que había que hacer para buscar los dos tipos de agua, la de beber y la de hacer las tareas, iban por los alrededores de la casa, el huerto, el campo o las higueras. Lavaban ropa en el río escaso de más abajo, recorriendo la pendiente que las llevaba hasta él. Iban al mercado, eso sí que era una buena excursión por el camino polvoriento, un camino donde a menudo Fatima oía los pasos de la mula, su propia respiración y el viento cuando soplaba. No tenía miedo, pero Fatima, aunque se tragaba con avidez las historias de apariciones de cualquier tipo, no había temido nunca que le salieran a ella en la soledad del trayecto. Ve con cuidado, le dijo su madre la primera vez que ella se encargó de la compra, no te salgas nunca del camino. El único momento en que había sentido algo parecido al miedo, una especie de angustia que le hizo abrir los ojos y las orejas, fue al pasar frente a una casa abandonada que ya comenzaba a caerse. Los lugares abandonados suelen estar poblados de criaturas innombrables, eso seguro, pero Fatima no estaba convencida de que aquella fuera la razón por la cual se le habían afilado tanto los sentidos al pasar por delante de aquellas paredes que se iban deshaciendo, por el techo de caña y adobe que parecía replegarse sobre sí mismo. No, lo que a Fatima la ponía nerviosa era el simple hecho de ver aquella decadencia, una casa donde había vivido una familia entera, donde habían pasado tantas cosas, donde habían festejado, cantado y bailado, donde habían crecido chiquillos y que ahora no tan solo estaba vacía, sino también derrumbada. Por eso, cuando ella y la mula pasaban por delante, Fatima desviaba la mirada hacia el camino, intentaba no hacer ningún ruido, casi dejaba de respirar.

Aun así, a Fatima le gustaba encargarse de la compra. Pedir precios, regatear, aprender a escoger la parada que más le convenía. Se encaraba con los vendedores sin ninguna dificultad. A uno podía soltarle: ¡Te diré una cosa, el otro día me liaste bien! Gozaba del privilegio de ser una mujer medio hombre ahora que aún era una niña. Porque ya lo había entendido, las mujeres no van al mercado, y todavía menos las esposas como es debido. Al principio esta norma se le hacía extraña, como un vuelco de una lógica que en su cabeza caía por su propio peso: al hacerte mayor deberías poder ir más por el exterior, dado que ya conoces, dado que tienes hijos y los cuidas y ya eres una persona adulta. Pero en el caso de las mujeres parecía más bien que estaban obligadas a hacer el camino inverso: cuando eran pequeñas gozaban de unas libertades que a medida que crecían se les iban recortando. Lo primero que notó Fatima es que a partir de una cierta edad que no sabía exactamente cuál era pero que pronto descubriría, ya no podías mirar a los hombres a los ojos, ya no les podías hablar con tanta confianza si no querías que te malinterpretaran. Lo que aún no sabía era qué podían malinterpretar. Fuera como fuese, tenía plena conciencia de estar viviendo una edad privilegiada en la que se le permitía hacer cosas que cuando fuera más mayor le quedarían del todo vetadas, más todavía si encontraba su propia habitación y se iba a vivir allí.

Un día Fatima descubrió el peligro de los hombres, así, por casualidad, sin haber pensado nunca antes en ello. Luego ya se diría a sí misma, que anda que no eres burra, que mira que fiarte así. Ella era la encargada de llevar la mesada al maestro de Abrqadar. Zraizmas no quería mandárselo a su hijo porque ya la había perdido en más de una ocasión. Fatima había ido esa vez como las otras; el maestro la recibía en un despachito, un cuarto pequeño construido en medio del patio de la escuela, por donde había que subir los peldaños de una escalera corta sin barandilla. El hombre estaba gordo, era de piel blanca, mejillas enrojecidas y pelo liso. Siempre se reía, se reía antes y después de recibir a Fatima. Ella entraba en el despachito y se sentaba delante de la mesa donde él apoyaba el culo para hablarle: que cómo estaba, que si no había pensado su propuesta de la última vez —que siempre era la misma, que asistiera a clase—, que le prometía ponerla en un lateral, sentada con las niñas, si lo que no quería era mezclarse con los niños. No, señor, le respondía Fatima, en casa me necesitan más que aquí. Entonces sacaba del cajón los quesitos en forma de triángulo y le daba uno a Fatima, que no podía apartar los ojos de la caja de donde los había sacado, con una vaca extraña dibujada que llevaba un pendiente y reía. No decía nunca que no, le encantaba el gusto exótico de aquella masa pegajosa que poco a poco se le deshacía en la lengua, aunque siempre tenía la sensación de que hacía algo prohibido, ilícito. Porque no tienes que aceptar nunca la comida que te ofrecen, nosotros no pasamos hambre, no queremos dar esa impresión, todavía menos si quien te obsequia con alguna cosa buena es un hombre. Pero Fatima tenía cierta confianza con el maestro, le vendía huevos de las gallinas, algún conejo o pollo. Sin que su padre se hubiera enterado nunca, claro, eran ventas que escapaban a la estricta contabilidad que él llevaba, solo de cabeza, del dinero que dejaba en la casa. Si al regresar preguntaba por qué faltaban un conejo o un pollo, Zraizmas decía que había venido su padre de visita sin avisar o que alguno de los niños se había puesto enfermo y había tenido que hacer caldo para curarlo. El caso es que a menudo Fatima iba a ver al maestro y recibía como recompensa uno de aquellos quesitos que degustaba lentamente mientras él la miraba recorriéndole el rostro, las manos, la frente ancha y desnuda. Lástima, repetía, lástima, y ella intentaba seguir concentrada en el sabor salado que se le adhería en el paladar, donde nacían los dientes, el sitio en el que notaba cosquillas.

Aquel día Fatima no supo exactamente por qué el maestro fue más allá de mirarla, de escrutarla con sus ojos redondos. No sabría explicar ahora por qué él se le acercó tanto aquella vez, son cosas que no cuenta nunca, que se quedan guardadas siempre tras el silencio de las palabras. Lo que más ha callado Fatima es lo que más le duele, pero no cuesta imaginársela allí quieta, como si no fuese ella la que recibía los dedos del maestro, que, escurriéndose como serpientes, se le posaron en el serwal ancho de algodón que ella llevaba bajo la falda. Un serwal ancho con una goma en la cintura que le permitía el descenso hacia sus carnes, unas carnes desconocidas para ella misma que ahora aquel hombre de fuera, venido de vete a saber de dónde, exploraba con toda la tranquilidad del mundo. Y, cosa curiosa, observó Fatima, ponía cara de estar realizando un gesto cotidiano, como quien se enjuaga los dientes o se seca las manos después de lavárselas.

9. Hermana de frente estrecha

Fatima continuó con sus tareas cotidianas como siempre, trabajaba como nunca y nadie habría dicho que por dentro llevaba una nueva huella, un estremecimiento que le hacía percibir como ajena parte de su cuerpo. Se había quedado muy quieta cuando el maestro le recorrió los contornos del bajo vientre, si lo recordara ahora diría que dejó de respirar, que dejó de estar allí. Quizá sí que se desdobló y pasó a mirarlo desde fuera, pero si el hecho la angustiaba tanto era porque su cuerpo del todo del todo no dejó de estar. Sus carnes temblorosas, de una forma que no podía entender, habían respondido a los dedos de aquel hombre como no habría querido nunca, como una cualquiera, o como lo que se suponía que hacían las desvergonzadas, y eso que nunca nadie le había hablado de lo que sentían aquel tipo de mujeres que se saltaban las normas establecidas. A una perdida de las de verdad, putas mencionadas con mil eufemismos, no la habían visto nunca en casa de Fatima, pero estaban presentes en cada momento como una representación de todo aquello que una chica como es debido tenía que evitar. Las perezosas, las insolentes, las obscenas, las provocadoras, las que no cubrían adecuadamente sus cuerpos, las que, no teniendo ya edad para hacerlo, hablaban abiertamente con los hombres, las que coqueteaban, las que eran bellas de una forma exuberante y no se esforzaban por disimularlo, las que hablaban de la atracción que sentían por algún hombre sin tapujos... En general toda mujer que se opusiera deliberadamente a lo establecido era considerada una cualquiera. Nadie le había dicho a Fatima si también las cualquieras notaban la tirantez bajo el ombligo, pero comenzaba a intuir que si las putas buscaban a los hombres era porque querían sus cuerpos. Ella no había buscado el cuerpo del maestro, ¿o quizá sí? Se había quedado helada bajo el tacto de aquella piel desconocida, pero también era verdad que le había cogido una especie de curiosidad, un deseo extraño de descubrir qué más pasaba. Justo debajo del ombligo, antes de llegar a los contornos, Fatima tenía aquella piel tensa como la de un pandero, tanto que si la golpeaba con el dedo le producía una resonancia muy adentro, más abajo, en un rincón del cuerpo que sentía como unas brasas que más tarde o más temprano acabarían incendiándola toda. Por eso intentaba no tocarse mucho, sobre todo cuando de madrugada se notaba tan entera, tan toda ella bajo la tibieza de las mantas de lana. Es el demonio quien te tienta, se decía, y deslizaba la mano hasta el pandero. Por supuesto no había osado nunca ir más allá de la parte baja del vientre, donde ya se le paraba el corazón, se le abría la boca en una respiración densa y los ojos se le entrecerraban como si estuviera poseída. No, no había ido tan lejos nunca, y ahora aquel hombre rollizo de rostro infantil le había recorrido la entrepierna como si nada, como si tuviera todo el derecho del mundo y lo hubiese hecho toda la vida. Fatima quería gritar, pero la resonancia del pandero no llegaba solo a las brasas, que ya eran una gran bola de fuego, sino que se le esparcían por todo el cuerpo, primero hacia los pezones oscuros como botones negros, también hacia la garganta, que habría querido estallar en mil sonidos desconocidos, suspiros antiguos, guturales, nunca antes articulados. Y los muslos y las nalgas se le endurecían y, de repente, toda la piel, la carne y quién sabe si los huesos se le unían en un solo estremecimiento. Mientras deseaba que el maestro detuviera sus dedos suaves de persona que trabaja con bolígrafo, también quería que siguiera hasta descubrir el final de aquella historia que ahora le poblaba el cuerpo entero.

Se lo reprocharía largamente, Fatima, se diría que eres una cualquiera, traerás desgracias por tu comportamiento indecente. Pero más que la decencia, lo que a Fatima le preocupaba era un hecho de orden práctico: sabía que estropear a una niña, a una mujer, tenía algo que ver con los contornos de las piernas, pero no sabía exactamente en qué consistía eso, de modo que ahora sospechaba, estaba casi convencida, que quizá el maestro la había estropeado. Y estropeada no servía para nada, estropeada era ser una fragmentada, defectuosa, un sucedáneo de mujer. Podría ser trabajadora, buena cocinera, cumplidora, ahorradora, buena persona, callada, devota, atenta, servicial. Podría ser una belleza excepcional, que el pelo le llegara hasta detrás de las rodillas, oscuro y liso, y que en su rostro tan blanco la gente se pudiera ver reflejada, podría tener unas carnes llenas de salud. Una mujer podría tener todas las cualidades del mundo, pero si estaba estropeada no servía para nada. Ni para darla como comida a los perros. Por eso, cuando durante la noche de bodas descubrían a una así de defectuosa, la devolvían a su padre diciendo que su hija así no valía nada.

Por eso, hacía tal vez un par de años que Zraizmas había decidido realizar el ritual de cerrar a sus hijas, a las mayores. Las había aleccionado siempre sobre la importancia de conservar algo que llevaban en la entrepierna y que nombraban con el eufemismo de qandura, vestido, pero que no explicaban nunca exactamente qué era. Aicha había preguntado qué era la qandura, qué aspecto tenía, cómo sabían si todavía la tenían o no, pero Zraizmas la había hecho callar, ¡sinvergüenza! Pero no debía de confiar en que sus advertencias a las niñas surtieran el suficiente efecto —no saltar, no abrir demasiado las piernas y, por descontado, no acostarse con hombres desconocidos—, de manera que un día decidió cerrarlas o, mejor dicho, cerrarles lo que fuera. En medio del patio colocó un brasero, lo encendió y comenzó a tirar sustancias extrañas que tenía envueltas dentro de un papel azul que alguien le había traído de la tienda del especiero. Cada cosa que lanzaba al fuego ardía de una manera diferente, desprendía olores extraños desconocidos para Fatima y sus hermanas. Después todo consistía en quitarse los serwales y ponerse de pie con las piernas abiertas sobre las brasas, dejando que el humo les llenara las faldas y les subiera hacia arriba, hacia arriba hasta los contornos que a partir de aquel día quedarían sellados para siempre. Primero pasó Aicha, que no paraba de reírse, mira que eres descarada. Fadma, disimulando un poco más las cosquillas, y Fatima, finalmente, que intentaba que su cara no reflejara para nada la sensación agradable que el humo le provocaba cuando la penetraba. Aicha le hacía sonidos extraños, ah, ah, te gusta, ¿eh?, y ella calla, madre, dile que se calle. A la hermana de la frente estrecha, que también las miraba sentada en el suelo con la saliva resbalándole cuello abajo, la madre no pensó siquiera en cerrarle lo que fuera.

Pero, a pesar de aquel ritual, Fatima no sabía nada. Ni si de verdad estaba sellada ni si la había estropeado el maestro. Habría querido que alguien le explicara exactamente cómo se hacía eso de estropear a una mujer, pero no, todavía tendría que vivir muchos años con aquella desazón, un miedo que no podía compartir con nadie y que se iría haciendo cada vez más profundo. Cuantas más resonancias y brasas encendidas y estremecimiento de los contornos notaba, más miedo le cogía. Ahora, cuando se dormía, soñaba despierta que el maestro seguía y seguía tocándola con sus dedos suaves que se le hundían hacia aquellas cavidades que ella misma desconocía, aquello que la madre le tendría que cerrar, y detrás de lo que estaban las brasas. Soñaba que se desnudaba entera y él la miraba con calma, como si la examinase. Soñaba que le recorría los contornos del cuerpo entero y este se le erizaba, le temblaba todo en un espasmo que la hacía estallar en mil pedazos. Hasta lo había llegado a sentir, aquel espasmo, bajo el peso de las mantas, y haciendo su respiración tan silenciosa como podía, sin atreverse ni a tragar saliva. Cuando aquello se acababa, era como si volviera de muy lejos, y se decía nunca más, juro señor Dios mío que nunca más lo volveré a hacer, pero llegaba la noche y no sabía parar.

Quizá por eso Fatima todavía trabajaba más, se encargaba de más tareas en la casa de su padre. Se decía si me mantengo ocupada se irán las brasas, los espasmos nocturnos, si agoto las fuerzas del día, por la noche caeré rendida y ya no oiré esos murmullos, que si les presto atención se hacen cada vez más audibles.

Fatima se propuso olvidarse de lo que había pasado y volver a ser la de antes, pero quien la conocía la notaba más distraída, algo nada habitual en ella. Había quemado algunos panes por primera vez en su vida, a menudo su madre la encontraba embelesada, con la mirada perdida y apoyando la cara en una mano, y entonces le decía, ¿qué te pasa? Quítate la mano de la cara, que no eres ninguna huérfana. Se había equivocado de camino hacia el mercado un par de veces y había tardado mucho en regresar.

Pero el peor descuido que tuvo Fatima —y del que se acordaría toda la vida— fue desatender a su hermana de la frente estrecha. Como ahora ya era más grande y, aunque desgarbada, conseguía caminar, Fatima la dejaba en el suelo del patio para poder hacer las tareas. Le decía no te muevas de aquí, le dejaba un par de muñecas hechas con cañas entramadas y un trapo que le gustaba chupar. A Fatima le parecía que la niña le hacía caso, que cuando asomaba la cabeza para ver que todavía estuviera donde la había dejado, la encontraba jugando tranquilamente. Pero no se había dado cuenta de que cuando no la miraba, la niña iba directa a las paredes y sacaba pedazos de yeso encalado y se los comía. No lo había visto Fatima ni tampoco el resto de sus hermanas, que no tenían el deber de ocuparse de ella, ni lo había visto su madre, que se afanaba por atender a las pequeñas mientras trabajaba de sol a sol. Todo el mundo veía a la niña como siempre, distraída en su propio mundo, y no pensaban siquiera que todavía persistiese en la manía de ir por ahí comiendo yeso y tierra.

Hasta que una mañana se despertó con unos gritos atronadores que inundaron la casa, retorciéndose sobre su propio vientre, el rostro tenso como si tuviera cuerdas. Enseguida comenzó a sudar y a aferrarse con los dedos a las mantas. Después lo relatarían las mujeres que allí estuvieron, que, al llevársela a lavar, se las habían visto y deseado para deshacerle el pequeño puño cerrado. Pero antes de eso lo intentaron todo para apaciguar el sufrimiento de la criatura: cuando consiguieron que parara la tensión y le destaparon el abdomen, le pusieron aceite de oliva caliente. Zraizmas le dio un masaje largo rato, pero los gritos no paraban. Después rompió un huevo y pareció que la niña mejoraba, pero no tardó en ponerse a bramar de nuevo. Le pusieron hojas de aloe abiertas por la mitad y el líquido viscoso tocándole la piel. Al cabo de un rato probaron con lejía sobre la barriga. Zraizmas parecía mantener la calma, pero Fatima podía observarla cada vez más angustiada, con las manos que se movían deprisa sobre la piel de su hermana. Fue a buscar a la abuela a la casa de arriba, y esta, poniéndole una mano en la frente, había comenzado una letanía cadenciosa. Dijo id a buscar a la *rqabra*, la comadrona, y esta, al llegar, le miró la lengua a la niña, el fondo de los ojos, y dijo: ¿Qué ha comido esta niña? ¿Sabéis si ha comido algo extraño? Parece envenenada. Y les pidió una palangana y levantó a su hermana, la sostuvo por las axilas y le puso los dedos en la boca hasta hacerla vomitar. Sacó una masa blanca y pegajosa que poco tenía que ver con la cena del día anterior. La comadrona la obligó a vomitar hasta que ya no salió más que un líquido aguado. Entonces la niña dejó de llorar y todas las mujeres suspiraron aliviadas. La taparon, le pusieron un poco de colonia en la cabeza, que le habían sujetado con un pañuelo de algodón, y la dejaron descansar.

Fatima lo vio todo con una desazón insoportable en la parte alta del vientre. Se decía seguro que eres tú quien ha traído esta desgracia, seguro que es tu comportamiento de perdida el que nos ha llevado a la desdicha. Pero al ver a su hermana respirando profundamente, agotada y durmiendo todas las horas que vinieron, respiró tranquila. Dios mío, señor, perdóname, pensó, no volveré a notar nunca más ni las brasas ni los estremecimientos.

Hasta que, al día siguiente, al ponerle la mano sobre la frente a su hermana, la descubrió muy fría, con los dedos cerrados aferrados a la manta. Fatima le tocaba las manos, los pies, y no entendía cómo podía ser que alguien estuviera tan frío. Nunca había visto aquel helor en una persona, y comenzó a sacudir a la niña para ver si despertaba. Del fondo de su garganta le salió un grito ensordecedor con la palabra «madre» y enseguida se derrumbó en medio de los cuerpos dormidos del resto de sus hermanas con la madre al final de todo.

10. No me sostenían ni el cielo ni la tierra

Cuando abrí los ojos, me pareció que hacía muy poco que los había cerrado, que no había dormido nada. Pero había pasado mucho rato porque ya clareaba. Oía ruidos extraños que no reconocía y notaba aquel hedor. Aquella pestilencia del río me provocaba náuseas. Se parecía mucho a la de las pieles de conejo cuando las adobamos para hacer panderos. Más tarde veríamos que estábamos rodeadas de fábricas de pieles. Años después, el gobierno de allí les prohibió tirar la porquería a los ríos, pero cuando nosotras llegamos todavía tenían por costumbre apestar la ciudad con aquel olor. El caso es que me desperté con una especie de ardor en la nuca. Notaba el murmullo del barco en el cuerpo. Notaba el movimiento del autocar en la cabeza, las piedras antiguas del puente se me clavaban en la espalda. Toda yo era como si no fuera yo, como cuando se te duerme un brazo o una pierna. Aquella madrugada tenía el cuerpo de corcho. Le di prisa a Sara Sqali, que decía que tenía sueño, le dije que teníamos que darnos prisa, que a Dios gracias que durmiendo allí toda la noche no nos había pasado nada, que quién sabía si aquello que habíamos hecho estaba permitido por las normas del país. La pobre, si la hubierais visto, llevaba el pelo erizado de no haberla peinado en todo el viaje, la cara como si le hubiera dado el sol muchas horas, y en la frente todavía aquella arruga de preocupación. La acurruqué en un rincón para hacer el pipí de la mañana, pero no tenía agua ni para lavarme ni para nada. Fue entonces cuando me cogió esa comezón en la nuca, un ardor insoportable. Ya no me compadecía de mí misma, había llegado al límite de la compasión, ahora estaba enfurecida. ¿Por qué, Dios mío, nos pones tantos obstáculos?, dije, ¿por qué no me das un poco de alivio? Me sentía más que denigrada, hermanas, como otras veces, pero me parecía que ya no podía caer más bajo. La comezón me hizo correr como si me persiguieran, correr a tientas por los callejones desconocidos, intentando averiguar cómo podía volver a aquella casa de la calle. Tardamos un rato en tropezar con alguien a quien preguntarle, pero no hizo falta porque siguiendo aquel callejón ancho del puente me di cuenta de que la ciudad era un brazalete, porque ya volvíamos a estar en el lugar desde donde habíamos partido. Dije es un brazalete y la pobre Sara Sqali me miró sin entender nada. Dentro del brazalete están las callejuelas tan estrechas y la explanada de tierra con arcos. Decidí bajar un callejón a mano derecha y me encontré enseguida en la placita, desde donde fui a parar al camino serpenteante y a la puerta del día anterior. Todo esto a ciegas, algún buen espíritu nos debía de guiar sin que yo lo supiera. En los peores momentos, hermanas, siempre siento una compañía que me enseña el camino y que me impulsa a hacer cosas que no sé y me hace decir cosas que no he dicho nunca. Así que estábamos de nuevo frente a la puerta. La golpeé con todas mis fuerzas. El ardor era cada vez más intenso, quería correr para huir, quería gritar fuerte hasta que mi voz atravesara los campos y las ciudades y llegara a los oídos de quien me pudiera entender. Grité, hermanas, como si quisiera haceros llegar la voz hasta aquí. Sal, sal de aquí de una vez, bramaba, sal ya de tu agujero y recíbenos como nos merecemos. No sabéis lo desesperada que estaba, hermanas. Ahora mi cuerpo no era de corcho, ahora me hervía entero, y yo, allí... pensé que me volvía loca, os juro, hermanas mías, que tuve la certeza de que ya no volvería nunca de aquel estado de desesperación. Dejé en paz el pomo y comencé a golpear la puerta con mis propios puños, con todas mis fuerzas, sabiendo que sería un escándalo, que los vecinos vendrían a ver qué pasaba. Pero yo entonces ya no pensaba, la comezón era insoportable. Y de repente, por fin aquella puerta vieja y agujereada se abrió y salió un hombre. Un hombre de piel blanca con el pelo liso, cortado con flequillo, unas mejillas rojas y una gran barriga. Hijo mío, no era a ti a quien esperaba, le dije directamente a la cara pensando que no me entendería, creyéndole un cristiano. Siento decepcionarte, hermana. ¿A quién buscas? De repente, al escuchar nuestra lengua en su voz, dejé de notar todas aquellas cosas raras, como que era de corcho o de fuego o que era un sueño o estaba muerta. Miré a aquel hombre, no tuve ninguna vergüenza. Lo miraba porque no sabía lo que me decía, pero no quería que dejara de hablar, quería que dijese todas las palabras, las que fueran, porque por primera vez desde que había salido de viaje me sentía un poco acogida, solamente porque hablaba la misma lengua que nosotros.

No sé si Sara Sqali lloraba, si hacía frío o calor, si el cielo estaba limpio y claro o estaba nublado, no recuerdo nada, hermanas, solo el alivio de oír la voz de aquel hombre al que no conocía de nada. Cuando llevaba un rato hablando fui capaz de escuchar lo que me decía más allá de sentir el canto monótono de una lengua conocida, me di cuenta de que sus palabras también tenían un significado. Entonces sí que me entró vergüenza y bajé los ojos. Sois la familia de Mohamed Sqali, dijo, solo podéis ser su familia. Nos pidió que pasáramos dentro, pero yo, ahora mirando al suelo o a un lado, le contesté que no, que quería ver a mi marido, que solo había venido por eso. Fue entonces cuando me explicó que Mohamed

Sqali se había ido a vivir a otro piso, que él se había quedado el suyo pero que enseguida lo avisaría para que viniera a buscarnos. Le dije que me enseñara dónde estaba, que eso le haría ganarse el cielo. No sé por qué le supliqué tanto si de hecho aquel hombre ya estaba dispuesto a ayudarnos, pero es que todo fue muy confuso en aquel momento, debéis pensar que tenía la cabeza aturdida después de tantas horas sin comer, con aquel nudo de polvo en la garganta. Me dijo que mejor que lo esperáramos dentro, que enseguida vendría con Mohamed. Entramos a oscuras en una casa con olor a humedad, subimos unas escaleras estrechas teniendo que agachar la cabeza para llegar al piso de arriba. Las paredes de la escalera se deshacían aquí y allá, y los escalones eran viejos y desgastados, rematados con unas maderas traveseras. Dentro del piso había olores extraños que yo no sabría identificar, de tabaco y café, pero también como de rancio. Bien, ya sabéis que los *sufrías*, los hombres que viven solos, no son precisamente famosos por su pulcritud. No saben nada de limpiar ni de cocinar y hacen lo que pueden, pero no lo consiguen.

Aquel hombre hizo que nos sentáramos en una salita que tenía una estufa con un tubo largo ennegrecido del que no veíamos el final porque recorría el pasillo y se perdía en la oscuridad. Nos sentamos en unas butacas viejas de cuero que chirriaban y el hombre nos trajo un par de vasos con café con leche, un café amargo que yo no me podía tragar. Aun así, hice un esfuerzo y saqué los últimos trozos de remsemmen para Sara Sqali. Le dije que lo mojara en el café, que así el milhojas se le haría menos seco y la bebida menos amarga. El hombre dijo que ahora volvía. Yo me quedé allí mirando fijamente el suelo de baldosas con las juntas muy negras. La ventana de la cocina daba a la salita y, al cabo de un rato, me levanté y eché un vistazo. En los fogones tenía puesto papel de aluminio para no tenerlos que limpiar. El fregadero estaba lleno de platos. La encimera estaba a rebosar de ollas quemadas y cazuelas con restos de comida de vete a saber cuándo. Los olores me mareaban. Por un momento pensé en ponerme a limpiar todo aquel desbarajuste, pero no lo hice. Volverá enseguida, me dije, y con Mohamed Sqali. Nos iremos a su casa y esto no habrá sido más que una pesadilla que olvidaremos bien pronto.

El hombre gordo de flequillo liso volvió, pero lo hizo solo. Se quedó de pie en el umbral de la puerta de la salita y yo mirando al suelo y esperando a que me diera alguna explicación. Hermana mía, comenzó a decir, hubiera querido no tener que darte nunca una noticia como esta. Algo así no lo querría para ninguna mujer de mi familia, para ninguna mujer digna, pero no me queda otro remedio. No te mereces este trato, ni tú ni tu hija, pero Mohamed Sqali ha dicho que no os quiere aquí, por lo que parece no os ha pedido que vinierais. Me ha dado este dinero para compraros los billetes de regreso.

Yo, hermanas, podéis poneros en mi lugar, en aquel instante escuchaba sus palabras pero me resonaban dentro como si las dejase caer en un pozo. ¿Qué es lo que pasa realmente?, le pregunté al hombre, sin levantar nunca la mirada y rascando con una uña una suciedad pegada al suelo. No tenía ánimo ni para llorar, pero le insistí: Hay algo más, ¿verdad, hermano mío? No hace falta que te tortures, me dijo, no sacarás nada de hacerte mala sangre. Pero yo solo quería saber la verdad, y le supliqué que me la dijera. Que nos habían llegado rumores, pero yo no me los había querido creer. A veces me pasa, que todavía soy demasiado inocente, y mirad si he recibido lecciones en la vida. Pero no podía creer los rumores que del extranjero traían algunos inmigrantes. Que Mohamed Sqali estaba con una cristiana, que vivía con ella y que incluso había tenido un hijo con ella. ¿Es eso? Y el silencio de aquel hombre no hizo más que confirmar todas las noticias que nos habían llegado. Entonces me sentí estúpida, me dije mira que arriesgarte así a viajar por el mundo sin nada, sin saber ni de letras ni de caminos extranjeros ni de ciudades lejanas, mira que ir a buscar a un marido que ya se ha olvidado de que lo es, un padre que ya no recuerda que engendró a una niña. Allí dentro, en aquella casa húmeda, hedionda y vieja, en un mundo tan desconocido, me dije de todo, hermanas, no sé durante cuánto rato, pero me reñí tanto por dentro. Ya sabéis que a mortificarme no me gana nadie. Había creído, qué cándida, que si Mohamed Sqali nos veía recuperaría toda la memoria que había perdido y haría como habían hecho tantos otros hombres que habían olvidado a su familia estando en el extranjero. Este mal de la desmemoria lo sufren muchos hombres, ya lo sabéis. Se marchan y se despiden con toda la pena, se van con la boca llena de promesas de regreso cargados con todo tipo de bienes, de regalos y prosperidad, pero una vez que han cruzado el mar les coge la enfermedad del olvido. No se acuerdan ni de que tienen mujeres ni hijos, ni padres ni hermanos. Ya hace años que algunas mujeres les hacían conjuros para impedir que aquel mal se les pusiera dentro. A mí, ya lo sabéis, me da mucho respeto la magia, no creí necesario tomar ese tipo de precauciones con Mohamed Sqali. Le dije adiós y basta, y todavía le deseé que llegase a buen puerto. No he podido entender ni entenderé nunca como es que un padre se puede olvidar de sus hijos por el simple hecho de no verlos, de no tenerlos físicamente presentes. Eso las madres no lo haríamos nunca, estamos atadas de por vida a aquello que ha salido de nuestro propio vientre. Ellos no, ellos, si los niños no están delante, es que no existen. Si ellos también llevasen dentro a sus hijos, si los pariesen, ya veríamos cómo les dolería el hígado. A mí, el hígado, el amor por Sara Sqali, es lo que me llevó hasta allí, tan lejos de todo.

Al hombre que me hablaba le dije que nos acompañara a verlo, que nos acompañara hasta donde vivía Mohamed Sqali. Que se ganaría el cielo haciéndonos ese favor. Corren historias, las conocéis, de emigrantes afectados por el mal de la desmemoria que al ver a su familia se curaron de repente. De pronto, con las personas queridas enfrente, viéndolas y tocándolas con sus propias manos, todos los recuerdos regresaban y lloraban. Lloraban porque tomaban conciencia de la nostalgia que habían sufrido, lloraban porque se daban cuenta del olvido que habían padecido y lloraban por tantos años de soledad, de miseria, de comer mal y estar rodeados de mugre. Lloraban, también, porque los años perdidos ya no volverían. Yo creía firmemente que, si Mohamed Sqali nos veía, a él los ojos también se le llenarían de lágrimas, que se le juntarían en la barbilla, se desharía de la cristiana y su hijo y nos acogería como nos merecíamos. Pero el hombre me dijo que aquello no era buena idea, que no hacía falta hacerse más daño. Que lo mejor que podíamos hacer era volver a casa. Se ofreció a comprarnos los billetes y dejarnos su piso hasta que llegara la hora de marcharnos. Yo me quedé muda, hermanas, mirando al suelo sin saber qué hacer. Solo podía suspirar, ay, Señor, ay, Señor. ¿Qué te he hecho, Dios mío, para que me traigas tanta desgracia?

Estuve un rato así, diciéndome tantas cosas que ya ni las recuerdo. Hasta que finalmente miré al hombre y le dije que no podía, que lo que no podía era volver a casa, que eso no. Que de hecho yo ya no tenía casa.

Hermanas, ¿no estáis ya cansadas de escucharme, seguro que queréis seguir aquí sentadas oyendo mi letanía? ¿Sí? ¿No se os hace pesado mi relato? Dios os guarde, queridas mías, el interés y la paciencia, no sabéis el bien que me hace poderos hablar, poder hacerlo en esta intimidad que no he encontrado en ningún lugar más. El corazón que no se desfoga acaba estallando hecho pedazos y yo solo cuando estoy aquí puedo deshacerme de todas las desazones que llevo guardadas tantos años.

¿Qué voy a deciros de aquellos primeros días, qué os puedo decir? Que no sabía si estaba en el cielo o la tierra, que todo me parecía una especie de sueño. Yo a duras penas me había movido de dos casas, la de nuestro padre y la de Mohamed Sqali. Había visitado a alguna tía en la ciudad, había ido a casamientos y fiestas de nacimiento, pero no había pasado nunca más de tres días fuera de las dos casas que no se puede decir que fueran las mías. Sí, sí, me diréis que la casa de nuestro padre es mi casa, pero yo tengo siempre la sensación de que no he encontrado nunca mi lugar, que soy extranjera en todas partes. De repente me encontraba allí, en medio de aquel país desconocido, con el cuerpo que no sabía cómo adaptarse, cómo ponerse. Entendí aquella expresión de nuestras abuelas, aquella que dice que no te sostienen ni la tierra ni el cielo y que expresa tan bien la pena, la incertidumbre. Así mismo estaba yo. La ciudad era extraña, fría. El frío que hace allí no os lo podéis imaginar, ay, hermanas mías, no lo habéis sentido nunca. Sales a la calle y se te hiela la nariz, tanto que no la notas, las manos se vuelven ásperas, aún más a quien ya las traía de aquí, de trabajar el campo. Las manos se me cuarteaban, hermanas, os lo juro, la piel se tensaba tanto del frío que se acababa rasgando. Cuando llegamos todavía no había empezado el invierno más crudo, pero ya nos levantábamos con la calle llena de escarcha, cubierta de una niebla espesa que tardaba horas en levantarse. Yo no sabía si estaba viva o muerta, por Dios os lo digo, me parecía que todo era un sueño. La niebla la veía por la ventana, porque durante días no me atreví ni a salir. El hombre, que fue muy amable, suerte tuve de tropezarme con él, hizo una bolsa con sus cosas y se marchó.

Antes yo le había dado dinero y le había rogado que me hiciera una compra para poder alimentarnos un par de días, hasta que decidiésemos qué hacer. Él no lo quiso aceptar, y, ante mi insistencia, se marchó a toda prisa. Agradecí al Señor que hubiera puesto a un buen musulmán como aquel en nuestro camino. Aunque, no os lo negaré, mi pesadumbre era enorme, me fiaba porque no tenía otra alternativa, pero no he confiado nunca en ningún hombre, nunca, y mis pensamientos se llenaban de historias horrorosas, no podía dejar de imaginarme que si nos quedábamos dormidas podía venir y cogernos desprevenidas, a mí o a Sara Sqali. No se sabe nunca qué tienen los hombres en la cabeza. Tuve que sobreponerme a mis propios miedos, me dije que iría con cuidado y cuidaría de mí y de mi hija. No podía hacer nada más, no conocía a nadie allí ni sabía dónde estaba ni hablaba la lengua ni nada de nada. El hombre se fue y volvió cargado con un par de bolsas. Había galletas, leche, patatas y zanahorias. Nos dijo que iría a buscar algún lugar para nosotras, que no sufriéramos, que nos podíamos quedar allí, que ya vería cómo nos podía ayudar. Que no es bueno que una niña esté en casa de un sufría. Nos enseñó la habitación donde dormía, donde había una cama para dos personas sin cabezal ni nada y todavía por hacer. Ya os digo que los hombres solos no se hacen nunca la cama, siempre las encontraréis así, con las mantas revueltas. Cuando él me explicaba cosas, yo todo el rato miraba a un lado o al suelo. Lo último que quería era perder las normas de la decencia, por mucho que aquella fuera una situación tan poco decente. Nos enseñó cómo funcionaban los fogones y se marchó por la estrecha escalera.

Suspiré profundamente invocando a nuestra madre y maldecí a Mohamed Sqali. En poco tiempo había pasado de desear que nos recibiera y recuperara la memoria a no decirle más que hijo del mal, deseándole todas las enfermedades terribles que me venían a la mente.

Me dije tonta tantas veces como queráis, pero también me desfogué insultándolo. Sara Sqali de vez en cuando repetía las mismas maldiciones que yo, decía Dios te dé tal cosa o tal otra. A mí entonces ver a la niña tan pequeña diciendo palabras de vieja me provocaba un poco de risa. Traía el cuerpo raro de todo el viaje, pero de repente, cuando me hice a la idea de que Mohamed Sqali no nos recibiría, me cogió una especie de impulso, como un resorte que me hubiera hecho levantarme disparada, y después ya no paré. No me lo podía permitir, queridas. Sentirme abatida. Hice lo que sabía hacer y le pedí a Dios que nos protegiese en aquella incertidumbre tan grande. No penséis que no tenía ningún miedo, pero comencé a enderezarme y a limpiar, y aquello fue como un exorcismo.

Los sufrías, ya lo sabéis, tienen las casas que dan asco. Los hombres son así, pero, pese a la suciedad, en aquel piso pequeño había un grifo del que manaba un buen chorro de agua. Aquella agua me hizo un bien que no os podéis imaginar, hermanas, ver con qué facilidad llenaba los cubos, pensar que no tenía que hacer el esfuerzo de ir a buscarla, me parecía una maravilla. Era agua limpia y dulce, no salada como la que tenemos en el río de aquí cerca. Las que vivís en la ciudad ya sabéis la diferencia entre abrir un grifo y tener toda el agua del mundo, no tener que usarla a cuentagotas por el trabajo que supone tener que ir a buscarla. Pues llené un par de cubos, busqué trapos y jabón bajo el fregadero y me puse a limpiar. Sara Sqali me miraba a ratos y otros daba vueltas por el piso. Yo le decía no toques nada, que no es nuestra casa. Dejé la cocina brillante. No sé de dónde me venía aquella fuerza que ahora ya no tendría ni aunque se acumulara toda la suciedad del mundo en algún lugar. Ahora ya no tengo esa forma de hacer que tenía de joven, como si fuera un torbellino que todo lo transformaba, eso ya no lo puedo hacer. Me canso, a veces me parece que las manos se me han muerto. Pero todas hemos perdido con los años, ¿verdad? El tiempo nos pesa sobre los hombros.

Sara Sqali no había cumplido aún los siete años lunares. Yo trabajé un buen rato hasta dejar la cocina limpia como nunca. Comencé por los fogones, que daba miedo verlos de lo sucios que estaban, llenos de hollín, los hierros cubiertos de restos de vete a saber cuándo. Los rasqué con un cuchillo, lo fregué todo con fuerza hasta que al final se vio la superficie blanca de la cocina. No me atreví a abrir el horno, aunque parecía también ennegrecido. Limpié todas las cazuelas, rascándolas a fondo, tiré comida podrida, fregué y fregué durante horas la cocina, el suelo de la salita, llené bolsas y bolsas de basura con envases, papel, pieles de naranja, colillas. ¡Cuántas colillas había! No sabéis cómo cambió aquel piso, no sabéis qué olor tan diferente había cuando acabé de limpiar. Después hice un estofado de patatas, no tenía ganas de ninguna otra cosa, hermanas, el plato más simple y aburrido que nos quejamos aquí de tener que comer siempre. Saqué de la bolsa de rafia el fardo con las pimientas que me había traído y de repente aquel rincón del mundo tan extranjero se llenó un poco de nuestros aromas. Fue un momento breve en el que me sentí confortada, no tan lejos de todo.

Sara Sqali y yo extendimos la manta en el suelo —que todavía olía de haber estado bajo el puente—, nos sentamos y serví en un plato de cristal de color marrón el estofado. Entonces me di cuenta de que aquel hombre no nos había traído pan. Ni me había fijado. Tuvimos que comernos las patatas con tenedor, no sabéis qué sabor más insípido tienen nuestros platos si no nos los podemos comer como es debido, con pedazos de pan. Pero estábamos muertas de hambre, y ni llaves teníamos para salir a comprar. Y aunque las hubiera tenido, ¿cómo habría encontrado una panadería? ¿Cómo habría pedido el pan? ¿Cómo habría guiado mis pasos hasta las tiendas extranjeras? Nos tragamos con ansia las patatas, que no se deshacían aunque estaban cocidas, y nos cogió una profunda añoranza cuando fuimos conscientes de que la salsa se desperdiciaría y se quedaría en el plato sin el pan para mojar.

Sara Sqali se durmió enseguida. Estaba muy quieta, como cuando se ponía enferma, y de repente vi que se había quedado dormida así, sentada. Me parece que le había pasado un poco como a mí y que las especias de la cazuela la habían hecho sentir en casa, aunque entonces era una niña y los niños, ya lo sabéis, están siempre en casa si están con su madre. Estaba agotada, pobre criatura, de tantas sacudidas, de tanto aguantarse inquietudes. Bastante triste debía de ser ya para ella ver que su padre no la quería ni recibir. Pero quizá eso lo pensé yo y no ella, porque ella, al fin y al cabo, apenas lo había conocido; ella se dedicaba a enviarle maldiciones y a decirme déjalo, mamá, déjalo, ya nos apañaremos nosotras. Ya conocéis estas salidas de Sara Sqali, os las he venido explicando desde que la niña era pequeña. La estiré sobre la manta, no quise utilizar la habitación del hombre, me daba cosa. Sentí cómo el cuerpo de mi pequeña encontraba poco a poco algo de paz, pobre niña, con aquella arruga de preocupación en la frente que, a medida que se dejaba ir sobre el suelo, se le iba marchando. Durmió no sabéis cómo aquel día, no se levantó hasta el día siguiente hacia mediodía. No tuvo un sueño tranquilo, se movía y revolvía y mascullaba cosas que no le entendía, a veces le rechinaban los dientes. Tantos sustos, la incertidumbre, no son buenas para nadie, pero menos aún para una niña. Pasaron horas y horas y yo no sabía ni qué momento del día era ni qué oración tocaba. Habría querido pasarme un poco de agua por encima para sacarme el cansancio y el viaje de la piel, pero si hubierais visto el baño de aquel piso, hermanas, ya os digo yo que no habríais puesto allí ni un dedo, ni la nariz habríais asomado, de lo sucio que estaba. Las manos y, un poco, la cara, nos las habíamos lavado en la cocina. Pensé que más tarde ya lo limpiaría, pero me daba cosa y vergüenza tocar el baño de un hombre desconocido. Solo mirar me venían náuseas. Pensé en mis oraciones, todas las que no había rezado desde que nos habíamos marchado y que tenía que recuperar; pensé en hacer las abluciones, pero no me atreví a pisar descalza el suelo de la ducha. Además, no sabía ni por dónde salía el sol ni por dónde se ponía, no tenía manera alguna de averiguar dónde estaba La Meca. Dios me perdone.

Aquel primer día, hermanas, no lo podré olvidar nunca. Con la niña dormida se hizo un silencio de ensueño. Me parecía que las paredes crujían, que de las casas de alrededor llegaban sonidos que yo no podía distinguir porque no los reconocía. Mirando por la ventana veía algunas cabezas de cristianos que iban y venían, hablaban aquella lengua tan extraña que a mí me sonaba a simple canturreo. De vez en cuando también pasaban coches y motos. Oscureció mientras aquellos murmullos se iban aplacando. Cada vez había más silencio, un silencio de muerte, chicas. No se oía nada, y la oscuridad cayó sobre mí. No lloréis por mí, hermanas, que de todo eso conseguimos salir. No me atreví a encender la luz, no me atreví a moverme. Me acurruqué al lado de Sara Sqali y, lo creáis o no, su respiración lenta, a la que estaba acostumbrada desde que nació, me dio una gran paz. Poco me imaginaba que durante tanto tiempo mi hija sería mi única compañía, la única persona con quien podría hablar mi lengua, la que me haría sentir en casa. Sí, hermanas, los hijos son lo único que a las mujeres nos hace sentir de alguna parte, somos de donde son ellos. Y ya lo dicen, que la mujer que ha criado no estará nunca sola. Ahora que lo recuerdo todo, veo que si no hubiese sido por la niña, no habría tenido fuerzas para resistir aquella soledad tan profunda, no habría aguantado vivir tan lejos de vosotras durante todos estos años. Por eso a veces no sé si Sara Sqali es mi hija o mi hermana, a veces soy consciente de que le he hablado como os hablo a vosotras. Durmió muchas horas aquella noche y yo a su lado escuchando su respiración, como cuando era un bebé y me levantaba para comprobar si estaba viva o muerta, cuando la tenía en la caja de zapatos metida en algodón.

Me dormí yo también y tuve unos sueños extraños en los que salía aquel profesor de Abrqadar que era gordo y blanco de piel, quizá porque el hombre que nos había dejado su casa se le parecía bastante. Soñé también que estaba aquí con vosotras, que dormía a vuestro lado, pero de repente os levantabais y decíais ponte el qubbu para salir, y yo os decía, pero, hermanas, ¿por qué dormís vestidas? Después se mezclaban todos los rostros, de momentos diferentes. Me encontraba por la calle con Mohamed Sqali pero no le reconocía y le preguntaba a la niña ¿este es tu padre? Y la niña me decía que ella no lo sabía, que no lo había visto nunca. Me quedaba angustiada porque quería que Sara Sqali me dijese si era o no su padre. Que si no lo era dejaría marchar a ese desconocido, pero que si lo era le gritaría sin parar ¿cómo nos has abandonado así? ¿Qué hemos hecho mal? Quería gritarle muy fuerte pero no podía porque no lo reconocía. El grito retenido me hizo un agujero en el cuello que me esforzaba por tapar con las manos, pero se hacía tan grande que ya ni con las dos manos conseguía taparlo. Era como si yo me escurriera toda entera por ese agujero.

Al día siguiente no os tuve a vosotras para que me descifrarais los sueños, ni tampoco a nuestra madre. No os tuve ni os tendría durante mucho tiempo, mucho más de lo que había previsto. Esperé a que el hombre volviera, deseé que viniese pronto para marcharnos de aquel piso de sufría, que no era lugar para una mujer como es debido. No sabía adónde iría, pero pensaba que aquel sí que no era mi sitio. Tenía aún un poco de dinero del brazalete, pero nada más, ni palabras ni conocimiento para moverme sola. De manera que esperé. Y pese a que me cansé de esperar, seguí esperando. Las horas no sé cómo pasaban, porque en el piso solo había un reloj y era de números, no de manillas, y ya sabéis que yo esos no los entendía, que siempre os preguntaba a las más jóvenes para que me lo descifrarais. O sea que no sabía si el tiempo pasaba deprisa o poco a poco, ni tan siquiera si pasaba. Iba arriba y abajo por el piso, que acababa en una pared abrupta al final del pasillo. La niña incluso corría a ratos de las ganas que tenía de salir afuera. Acostumbradas como estábamos a esta casa de estancias amplias donde el aire se renueva cada tarde, y donde teníamos el poyete de afuera —que nos servía para charlar cerca del pozo— y nuestras caminatas cerca de los huertos y entre los campos. Con lo acostumbrada que estaba Sara Sqali a correr por aquí descalza. Tenía esa manía, de pequeña: en cuanto podía, se deshacía de los zapatos y ni el suelo áspero ni las piedras le hacían ningún daño. Pues imaginadnos allí, en aquel pisito en el que apenas había una sola ventana. Por muy limpios que hubieran quedado la cocina y el salón, seguía siendo un cuchitril con las paredes ennegrecidas de tanto utilizar la estufa y con todo el yeso agrietado o reventado. Sara Sqali miraba por la ventana y yo le decía sal de ahí, que no es decente que las mujeres miremos por la ventana. Pero, pobrecita, no tenía ni siete años lunares. Para entretener en algo las horas, y escupiendo a cada rato para quitarme el asco, finalmente decidí limpiar el baño. Calenté agua y saqué todo lo que pude con el culo de una botella de lejía que había quedado. No me atreví a bañarme por miedo a que el hombre entrara de repente y por no dejar a la niña sola.

Ya lo tenía todo aseado y ordenado, no me quedaba nada por hacer más que esperar. Aquel silencio, hermanas, tan aterrador. Me parecía que me había vuelto loca, mi único consuelo era la voz de la niña. Por eso quizá comencé a hablarle, más aún de lo que había hecho, le hablé, pobrecilla mía, como si fuese mayor de lo que era y me pudiese entender. Ahora pienso que quizá no debería haberlo hecho, que debería haber seguido tratándola como la niña que era porque quizá la hice crecer antes de lo que le correspondía. Pero, qué queréis, nuestro viaje la hizo madurar. Y, en definitiva, tampoco es que le contara cosas raras, solo hacía lo que hago aquí con vosotras: rescatar los recuerdos de tiempos pasados, historias que me hacían cierta gracia, que me entretenían. Los cuentos de los mayores son los hechos verídicos, ¿verdad? Le hablé del día que fui sola, de pequeña, a buscar a la abuela Ichata después de nacer nuestra hermana de la frente estrecha. Le hablé mucho de la abuela y de nuestra madre y de todas vosotras. De aquel día que tú, Aicha, te tiraste un pedo y comenzamos a preguntar quién había sido, ¿quién? Y tú oliste y dijiste yo no porque este no es mi olor. Cuando escuchó aquello, Sara Sqali se rio con fuerza. Le hablé del perro que habíamos tenido que matar porque había cogido la rabia y cómo nuestro padre decía que no era capaz de hacerlo. Al final se lo tuvimos que decir a la abuela, que cogió un tronco y, tan apartada como pudo del animal, se lo clavó en la cabeza. Después lo tuvieron que quemar. También le expliqué cómo era aquel burro tan tozudo que teníamos, *Orejón*, que siempre se escapaba. No sé cuántas palabras utilicé, hermanas, para llenar el silencio. Estábamos la niña y yo y las palabras, nada más, rememorando imágenes, haciendo que nuestro mundo apareciera ante nosotras, un mundo que ya quedaba muy atrás, y gracias al cual se apaciguaba una nostalgia todavía tierna, cruda, que después fermentaría formando un poso viscoso. La niña se durmió y yo pensé y recordé, me hablé a mí misma. Cuando viniera aquel hombre le diría que me dejara las llaves; aunque le pareciese una descarada, le diría que aquel sería de los últimos favores que le pediría. Me vino una tristeza enorme cuando la luz fue menguando, hermanas, allí me volvió el nudo en la garganta lleno de polvo, el nudo doloroso. Me sentía expulsada de todo, de mi tierra, de las dos casas que no eran mías y, sobre todo, es que me invadió una añoranza imposible de soportar, una nostalgia de morirme, como aquellas tardes de aburrimiento en que no te vienen más que malos pensamientos. Las lágrimas se encontraban en mi barbilla y yo sollozaba mirando aquella ventana estrecha por si veía un pedazo de cielo. Necesitaba el cielo y la luna y las estrellas para poder pensar que muy lejos de allí vosotras veríais el mismo cielo, aquella luna y aquellas estrellas. Pero era un pedazo muy pequeño como para encontrar consuelo. Y era gris y estaba helado.

Las lágrimas no duran siempre, hermanas. A mí se me acabaron todas durante aquella tarde de añoranza y después me nació un repentino resurgimiento. Quién sabe de dónde nos viene a las mujeres esta fuerza que se manifiesta de repente, esta capacidad que tenemos de sobreponernos a las dificultades. No lo sé, quizá es que Dios no nos abandona del todo. Pero aquella tarde, apoyada en aquel trozo de pared abombada junto a la estufa fría, hermanas, creedme, allí, con las manos puestas sobre el vientre, cogida al cinturón de cuerda, allí mismo dejé de ser mujer. Me hice hombre de repente. Toda la vida me lo había dicho nuestro padre, que yo era como un hombre porque no tenía miedo ni debilidades, que no dejaba nunca el trabajo por hacer y que además era discreta y no me habría pasado nunca por la cabeza rendirme. Que podía fiarse de mí y dejarme sola porque de pensamiento era más un hombre que una mujer. Pues allí, en aquel piso de la ciudad extranjera, decidí serlo del todo, un auténtico macho. Me recordé a mí misma por qué había llegado allí. Que había ido a encontrar mi sitio, mi hogar, pero que este me había rechazado. Me vinieron las palabras que repetía tan a menudo nuestra madre: ponte derecha, sobre tus pies. Camina sobre tus propios pies que por algo tienes un buen par.

11. Las madres pueden ser devueltas

Fatima había descubierto, con la muerte de la hermana de la frente estrecha, que las madres, al margen de estallar o marcharse para no volver, también podían ser devueltas. Lo había entendido por los gritos de su padre, por la bronca que le había echado a Zraizmas por la muerte de la niña. Le había dicho: «Coge y vete ahora mismo, sal de aquí, apártate de mí», y a Fatima le parecía que aquellas eran las palabras más tristes que se le podían decir a alguien que caminaba por la habitación con el pelo deshecho, sin cinturón, solo porque a él le gustaba verla así. Le parecía que era lo más terrible que podía pronunciar un hombre a quien Zraizmas procuraba atender en todo momento, prever sus necesidades, ser en todo como él quería. Y era lo más terrible que se le podía decir a la persona con quien compartía aquel aire denso que se formaba en la estancia cuando Omar volvía de viaje, siempre, decían algunas cuñadas de Zraizmas, como si estuvieran recién casados.

La muerte de su hermana, que Fatima, sin decirlo, asumía como un castigo por sus murmullos internos, por el efecto que habían tenido en su cuerpo los dedos del maestro recorriéndole los contornos, casi las deja a todas medio huérfanas. Durante unos días todo estuvo más que decidido, Omar juraba y perjuraba que no volvería a mirar más a Zraizmas a la cara, lo cual era una prueba clara de su rechazo, incluso odio, hacia la mujer que no había sabido cuidar lo suficiente de aquellos hijos que habían engendrado juntos. A Fatima le daban ganas de ir a explicarle a su padre que la culpa era toda suya, pero entonces se daba cuenta de que tendría que hablarle de los dedos del maestro, de los contornos, de los murmullos y las brasas, y solo de pensarlo ya se fundía de vergüenza. Si lo hacía, seguro que a quien expulsaría de casa sería a ella. Todo eso no lo podría contar nunca, ni siquiera al resto de las hermanas.

Los días que siguieron resultaron insoportables. Zraizmas quería llorar como era debido la pérdida de su hija, pero si su marido la veía así, enseguida le reprimía las lágrimas recordándole que la culpa era de ella. No tienes más tarea en la vida que encargarte de ellos mientras yo estoy fuera, le había dicho. Pero no sirves ni para eso. Y te llaman mujer, ¡qué mujer! Y seguía empeñado en afirmar que la repudiaba, que volviera a su casa. Zraizmas lo evitaba a cada rato, le servía las comidas casi sin pronunciar palabra, a veces hacía que se las llevaran las niñas si escuchaban a Omar gritar no quiero ni verte, y se escurría por el patio, por la casa, como si quisiera esconderse entera, que no notara su presencia, como una sombra. Y Fatima pensaba, pero si esta es su casa, ¿por qué le dice que vuelva a la otra? Si este es su hogar, el que estaba escrito para ella, el que ella había ayudado a construir con sus propias manos, donde se había quedado embarazada, había parido, amamantado y vuelto a quedar embarazada, parido, amamantado. Era la casa de sus hijos, de su cuerpo, no entendía por qué ahora su padre la quería expulsar como castigo.

Y si su madre era expulsada, ellas tendrían que separarse, las hermanas mayores y Abrqadar se quedarían con el padre. Había habido algún caso conocido de divorcio en Pozo de Higueras, los hijos de más de siete años se quedaban y los más pequeños se marchaban con la madre hasta que también cumplían esa edad; entonces tenían que volver y la madre no los veía más. Si se los quedaba más tiempo del estipulado, en caso de que le dejaran hacerlo, claro está, el niño o la niña se convertía en una molestia en la casa a la que había vuelto, la del abuelo materno. Si a la madre no le correspondía quedarse, menos aún a sus hijos, que a menudo eran calificados de «hijos ajenos» y se podía escuchar al padre de la mujer diciendo: «Lo que no haré será criar hijos ajenos». De manera que las madres se tenían que conformar con desprenderse de los hijos, que por ley eran más del padre que suyos. Solo les quedaba la esperanza de que, como en los cuentos, los hijos guardaran el recuerdo de la madre hasta que fuesen lo bastante mayores como para ir a buscarla ellos mismos, por su propio pie. Así lo contaban las mujeres, como un final que demostraba que, tarde o temprano, siempre se acaba imponiendo la justicia. Pero a Fatima le parecía una verdadera estafa no ver a su madre durante el tiempo en que todavía eres niña y reencontrarla después, cuando ya te has hecho una mujer. Además, todo dependía de la casa adonde fueras a parar, eso también lo empezaba a tener claro: si te casabas con una buena familia, compasiva, quizá sí que te dejarían ir a visitar a la madre que habías perdido de pequeña, pero si eran duros quizá no la volverías a ver nunca más.

Fatima no sabía cómo hacerlo para evitar que su padre expulsara a su madre de casa. Imaginaba lo que vendría sin Zraizmas, sentía un peso en el pecho y le parecía que se moría. Se moriría seguro si ella no estaba. Su padre era amable y dulce los primeros días que volvía de los viajes, pero después, cuando ya se sentía en casa, comenzaba a encontrar pegas a todo, a controlar cada gesto, cada paso de todos los miembros de la familia. Hacía lo que era poco habitual en un hombre, decía a las mujeres cómo tenían que llevar a cabo su trabajo. Y no sabías nunca por dónde le podía venir el disgusto. A veces voceaba y voceaba durante horas sin que nadie pudiera adivinar cuál había sido el detonante de su enfado. No, Fatima no quería quedarse sola con aquel hombre y toda aquella retahíla de hermanas que además le irían siendo devueltas a medida que fueran cumpliendo los años, arrancadas de su madre.

Enfadado como estaba, Omar detenía de vez en cuando su soliloquio y miraba a las mayores, y les decía: ¿Vosotras qué? ¿La preferís a ella? ¿Queréis que se quede aquí esa madre que ha permitido la muerte de vuestra hermana? Y tanto Fatima como Aicha y Fadma callaban clavando la vista en el suelo, no podían decir nada si no querían darle al padre más excusas para seguir maldiciendo en medio del patio. Caminaba y gritaba, caminaba y gritaba, y a Fatima le venían ganas de decirle todas las cosas que sabía, de suplicarle que por favor, por favor, por todos tus antepasados, ¡no expulses a madre!

Pero no decía nada y pensaba, repasaba mentalmente todos aquellos momentos del día en que su madre era el refugio al que regresar, era tibieza reconfortante, era miel que se desliza garganta abajo. Lo era siempre que decía Fatima inu o hija mía, cuando la peinaba con paciencia, a diferencia de los tirones que le daba Aicha, cuando se tiznaba los ojos o se oscurecía las encías con nogal y le dejaba un trozo a ella. Era miel los días de diario, cuando, de buena mañana, repartía trozos de pan para mojar en aceite de oliva y les decía a cada una, coged, coged, como si fueran invitadas en lugar de ser sus hijas. Su madre era miel cuando cogía las primeras cebolletas del huerto y se las daba a probar, cuando les repartía a partes iguales los higos que había reunido, cuando le decía a Aicha que hiciera el favor de no comerse todas las granadas porque también tenían derecho los otros hermanos. Zraizmas era dulzura cuando Fatima volvía exhausta de trabajar en el campo, con la falda cogida a la cintura y el jersey arremangado por encima de los codos, y su madre estaba en la cocina con el estofado a medio hacer. Entonces Fatima decía madre, tengo un hambre, y esto huele tan bien, y Zraizmas cogía un pedazo de pan y lo mojaba en el líquido caldoso lleno de especias. A Fatima le parecía que aquel era el manjar más delicioso del mundo, notaba el pan reblandecido por el jugo, empapado de todas las pimientas que había puesto su madre en la cazuela, podía percibir la acidez todavía viva del tomate, la presencia de todos los ingredientes que, aunque estaban cocidos, aún no se habían fundido en una única cosa.

La madre también era miel cuando se ponían enfermos y hervía un huevo duro que después olfateaban enseguida tras pelarlo, el vapor que desprende es muy bueno, decía Zraizmas. Y si era la barriga, les hacía friegas con aceite o con un huevo crudo. Era miel cuando le pedía a su padre que de sus viajes se acordara de traer algo para las niñas, un brazalete aunque fuese de lata, o ropa, si la encontraba a buen precio. Y les pintaba las manos y los pies con henna las vigilias de fiesta, y les guardaba los vestidos de ir arreglada y se los podían poner cuando venían invitados o había alguna celebración. Zraizmas también les cantaba, sobre todo cuando su padre no estaba, siempre cantaba mientras hacía las tareas. Cantaba o hablaba narrando historias de la familia, de personas conocidas o desconocidas. De vez en cuando se llevaba a las niñas a Sidi Ali, un pequeño templo junto al cementerio con una cúpula redonda que Fatima no se cansaba de mirar, con la tumba del santo en medio, donde su madre apoyaba la frente y movía los labios sin que se le escuchara nada. Era miel cuando, estando allí, respiraba en calma, se llevaba las manos a la frente, a la boca, y se las besaba, se las llevaba al pecho y decía gracias, Señor, Dios mío. Y al salir rasgaba un pedazo de ropa de la que llevaba encima y la ataba al gran árbol, que, más que hojas, parecía tener telas. Y Zraizmas era miel, sobre todo, cuando había fiestas de cualquier clase y conversaba alegremente con el resto de mujeres, cogía el pandero y lo tocaba con una destreza que Fatima admiraba, cantaba al ritmo que marcaba el instrumento, improvisaba versos que Fatima no entendía, pero que le parecían cargados de imágenes nítidas, resplandecientes. Zraizmas era todavía más miel cuando se levantaba, alzando las manos con el pandero que no se paraba, y comenzaba a bailar en medio de la estancia. Las invitadas jóvenes, con la cabeza descubierta y el pelo suelto, se reían y decían tía Zraizmas, resulta que sabes mucho, que sabes bailar, y ella respondía parece mentira que no me conozcáis, si me hubieseis visto las nalgas antes de casarme, la rapidez la perdí al tener hijos, pero, mirad, todavía me queda el vigor necesario para menearme un poco. Entonces Fatima veía que su madre era ella sin ser su madre y le parecía la mujer más espléndida que había visto nunca.

Todo eso pensaba Fatima estando en el patio, en un rincón, con la boca apoyada en la mano, acurrucada a ras de pared mientras su padre seguía hablando y hablando.

Fatima no lo pensó más. Como pudo, para que su padre no se enterara, se deslizó hasta que salió de casa y allí comenzó a correr, a correr descalza por los caminos de polvo como no había corrido nunca, como si la vida entera le fuera en ello. Oía el chasquido de los talones detrás, oía el ruido de sus propios pasos, sentía sus carnes acalorándose, el latido de su corazón acelerado. Fatima corrió y corrió tan deprisa como pudo hasta llegar a casa de la abuela Ichata, hasta estar delante de la puerta y gritar muy fuerte, abuela, abuela.

12. Sangre cerca de los juncos

Zraizmas no fue devuelta. La abuela Ichata vino en cuanto Fatima la fue a buscar, a duras penas tuvo tiempo de ponerse las zapatillas y echarse un pañuelo por encima de la cabeza, caminó tan deprisa como le permitieron sus caderas desgastadas. Cimbreaba ligeramente el cuerpo para darse impulso. Vistas de lejos eran dos siluetas ondulantes en medio del paisaje yermo. Fatima delante, haciendo chasquear las chanclas, la abuela detrás de ella, cogiéndose con una mano los riñones, moviendo el otro brazo tanto como podía. Las trenzas se le escapaban del pañuelo donde las mantenía atadas y se le movían arriba y abajo. No se entretuvo en volver a ponérselas bien hasta que estuvo delante de la puerta de la casa de Omar.

El rato que hablaron con el padre no lo sabe nadie. Horas y horas de modular ella una voz pausada, casi inaudible desde fuera, debajo de la ventana donde Fatima y sus hermanas escuchaban la conversación. Omar no bajaba el tono, más bien al contrario, hablaba con la voz cada vez más fuerte y la iba levantando más en ciertos momentos en los que las niñas detenían su propia respiración, apretaban con fuerza el cuello del vestido y se miraban sin saber qué decirse. Su madre, que era quien las calmaba, se había acurrucado en un rincón de la cocina, secándose las lágrimas con las puntas del pañuelo.

Para eso servían los pañuelos de las madres, se decía Fatima.

Finalmente, la voz de su padre se apaciguó, justo un momento antes de que Ichata llamara a Zraizmas. Las niñas la escucharon lloriquear, pedir disculpas a su padre, la escucharon dándole las gracias por no enviarla a su casa, desearle a Omar bendiciones para él y sus antepasados.

Fatima sintió un cierto alivio, pero a las angustias que ya llevaba en el cuerpo se le añadió aquella, la de descubrir que, efectivamente, una madre, al margen de estallar en mil pedazos o marcharse para siempre, también podía volver a casa. Y este nuevo sufrimiento le fue a parar directamente en medio del vientre, allí donde sentía retorcerse el estómago cuando hacía un rato que no había comido o los días de ayuno. Y el ombligo le latía como si fuese un segundo corazón.

Por eso, a partir de aquel día, Fatima todavía se esforzó más en cumplir con sus tareas cotidianas. Seguía levantándose antes que nadie en la casa, seguía haciendo el pan, trabajando el huerto y haciendo todas las tareas que las horas le permitían. Estaba en todo e intentaba observar por sí misma qué se tenía que hacer, qué era más urgente, no esperaba que su madre le mandara nada.

Lo que no hizo Fatima fue acostarse con sus hermanas pequeñas para cuidarlas, le parecía que, si lo hacía, tarde o temprano les pasaría algo por culpa de sus murmullos internos, sus latidos en el bajo vientre y aquellos contornos desdibujados que le recordaban cada noche el tacto de los dedos del maestro.

Fatima había dejado de tomarse más confianzas de las estrictamente necesarias con los hombres, tuvieran la edad que tuvieran. Seguía yendo al mercado y regateando con ellos lo que hiciese falta, pero no les sonreía, casi no los miraba a los ojos y si le hacían una broma como antes les cortaba con cualquier exabrupto. Echaba de menos los tiempos en los que tenía una relación más espontánea, le gustaba aquella forma más despreocupada de hablar de los chicos, le había gustado acceder a un mundo que sabía que de mayor tendría restringido, la había halagado la manera en que la miraban los hombres del mercado, muy atenta, como si se la quisieran beber entera con los ojos, pero se decía que ya había traído suficientes desgracias a la familia, que la miraran así le despertaba los murmullos. ¿A su hermano también le daba el maestro quesitos de los que se pegaban al paladar? No se atrevió a preguntarle nada a Abrqadar, que había cambiado tanto últimamente que a Fatima le cogía una especie de pudor nuevo cuando le hablaba. Se encargaba de las tareas como debía una buena chica, con la cabeza agachada y la mirada en el suelo. Si le decían algo, contestaba con cualquier insulto, le daba igual que después dijesen de ella que se había vuelto una arisca.

Pero aun con esas precauciones que tomaba, Fatima todavía sospechaba que el maestro la había estropeado. Aunque la madre hubiera hecho el ritual de cerrarla, no sabía si ya había sido demasiado tarde, si con aquellos dedos recorriéndole la piel ya no estaba intacta, «tal y como tu madre te trajo al mundo», como se suele decir.

A veces, cuando se encontraba con la abuela Ichata, tenía tentaciones de preguntarle exactamente en qué consistía eso de estar estropeada, pero la vergüenza y el miedo a ser descubierta no le permitían aclarar su duda para quitarse la angustia. Y continuó así, con el miedo metido en el cuerpo que no encontraba la voz que lo hiciera salir.

Hasta que un día pensó que realmente se había estropeado, rasgado el pandero, que las brasas le habían abierto los contornos.

Fatima estaba en el río, golpeando la ropa húmeda sobre una gran piedra anclada en la orilla; iba tan deprisa como podía, sus manos estaban más que adiestradas para la tarea de batir la tela contra la superficie dura hasta quitarle toda la suciedad acumulada, que bajaba en hilos turbios hacia el agua. Sumergía los pies en la arena húmeda; era un día de calor seco, y el sudor le caía por la nuca. Aquel día las chicas no habían ido al río, no tenían colada, y así, en lugar de la palabrería estridente que acostumbraban a compartir, gozaba del silencio denso de aquel rincón hundido entre los campos. Mejor así, decía Fatima, aunque también era cierto que la ponía nerviosa estar allí sola. En la orilla del agua están todos los peligros, Fatima, y no son pocos los desvergonzados que se ocultan detrás de los juncos para observar a las chicas solteras haciendo sus tareas, para mirar fijamente cómo se agachan, la enorme fuerza con la que sacuden el cuerpo, cómo entreabren los labios para respirar profundamente y recuperarse del esfuerzo. Fatima había escuchado historias de este comportamiento de chicos sin pudor, chicos que no respetaban a las hijas ajenas, que no pensaban en cómo se sentirían ellos si esas miradas fuesen para sus propias hermanas.

Fatima sacudía el cuerpo y no quería ni imaginarse que alguno de ellos la pudiera observar así, intentaba no pensar en ello porque si lo hacía, si por un instante le pasaba por la cabeza la imagen de un hombre agazapado detrás de los tiernos juncos, entonces los murmullos no solo se le despertaban en el bajo vientre, sino que le poblaban el cuerpo entero. Los muslos, el ombligo, los pechos incipientes que ahora a menudo se le endurecían sin saber ella cómo, el cuello, que si lo hubiera dejado ir lo habría estirado hasta dejarlo todo al descubierto, los labios que se le llenaban de sangre y aquellos latidos que no entendía, la boca que se le abría como a punto de beber. Ay, Fatima, Fatima, se decía, e intentaba volver al trabajo, batir todavía con más fuerza el vestido pesado del padre o los gruesos pantalones del hermano. Ay, Fatima, qué pensamientos del demonio te pueblan. Pero no eran ni pensamientos, era su cuerpo que comenzaba a despertarse, que se preparaba para el deseo, a punto del estallido.

Siguió un buen rato, tratando de alejar aquellos pensamientos, cuando de repente se notó la entrepierna húmeda, como si se le hubiera escapado el pipí, como cuando se reía mucho. Dejó la ropa, se arrodilló bajo una higuera resguardada y se puso en cuclillas como cuando tenía que hacer sus necesidades. Se pasó una mano por los repliegues desconocidos de su propio cuerpo, que palpaba solo para las abluciones, y después se miró los dedos. Al verlos le entró un sudor extraño, se le nubló la vista, y eso le impidió ver claramente lo que tenía delante. Le cogió el mismo temblor con escalofríos que le venía cuando tenía fiebre. Los dedos que se había pasado por debajo se le cubrieron con una leve capa de rojo estridente, el rojo de la sangre fresca. Y Fatima no supo si gritar, no supo si llorar, si marcharse corriendo lejos muy lejos hasta estar en un lugar donde no la recordara nadie, donde no la conociera nadie. Para Fatima aquella sangre era la prueba inequívoca de que sí, de que la habían estropeado y que como mujer ya no servía absolutamente para nada.

13. Grifo seco bajo la ventana

Me repetí muchas veces aquella noche antes de irme a dormir que sería un hombre, pero tuvieron que pasar tres días antes de que volviera nuestro benefactor. Tres días así, hermanas, sin saber si estábamos vivas o muertas. Tres días pensando en vosotras, en nuestros padres, en Abrqadar, en que no sabíais si habíamos llegado o no a buen puerto ni qué había sido de nosotras. No hubiera imaginado entonces que tardaríamos tanto en haceros llegar alguna noticia nuestra. Si hubiera sabido al menos escribir. Pero nada, el mío era un silencio del idioma y del lenguaje de los trazos.

Al tercer día, cuando ya comenzaba a pensar en salir y dejar la puerta ajustada, arriesgarme, apareció el hombre y me dijo que había encontrado un lugar donde podíamos quedarnos. Madre mía, me decía a mí misma mortificándome, qué rabia no poder valerme por mí misma, no poder ponerme derecha sobre mis pies para buscarme la vida. Con la mirada en el suelo, le di todas las gracias que pude.

Peiné y vestí a la niña, recogí nuestras cosas y me até el pañuelo bajo la barbilla. Caminamos por la calle, el hombre delante y nosotras detrás. Mira, pensé, es casi como si tuviera marido. Llegamos hasta otra calle serpenteante. Al encontrarnos frente a una puerta de metal gris, el hombre la abrió y me dio las llaves. Mirando a un lado y a otro le volví a desear todas las bendiciones del mundo, toda la buenaventura posible, pero le dije que todavía tenía que abusar un poco más de su buena predisposición, que necesitaba trabajar y que, si sabía de algún lugar, que no dudara en venir a avisarme. Que había escuchado que en el extranjero las mujeres trabajaban a cambio de un sueldo y que yo tenía que alimentar a mi hija, ya que su padre no quería hacerse cargo del fruto de su vientre. Me dijo ya lo sé, hermana mía, si me entero de algo te lo diré enseguida, aunque no puedo prometerte nada. A mí me pareció que ya estaba un poco harto de ocuparse de nosotras, pues en definitiva no significábamos nada para él, y si no hubiera estado viviendo en el piso donde había vivido Mohamed Sqali no habría tropezado nunca con nosotras ni se habría hecho cargo de una mujer y una hija que ni le iban ni le venían. Yo le dije que Dios le compensaría seguro por aquella buena obra que había hecho. Me dijo que después pasaría la propietaria de la casa para cobrar el alquiler, que no había conseguido rebajarlo más aunque ya vería que era un lugar bastante modesto. Le pedí por favor que me contara cuánto dinero tendría que darle, qué billetes y cuántos de cada uno. Y las monedas. El hombre se impacientaba y me lo decía todo rápido, yo me esforcé en memorizar las cifras que me daba, no podía arriesgarme a equivocarme con las cuentas.

Cuando entramos, me pasé un buen rato repasando los billetes, este de tanto, el otro de no sé cuánto. Ya sabéis que entonces todavía tenía la mente clara y por poco que me fijara conseguía que las cosas se me quedaran, aunque ahora, con la cabeza como la tengo, llena de problemas, ahora un aprendizaje así no podría hacerlo. Entramos, y yo estaba tan contenta de no tener que vivir en casa de un sufría que ni me había dado cuenta del lugar tan espantoso que a partir de entonces sería nuestra casa. La puerta metálica emitía un sonido de cuchillo mientras se afila, al lado había una ventana con una reja como si estuviéramos dentro de una cárcel. El piso estaba a ras de suelo; primero una especie de salita que daba directamente a la calle, después una habitación oscura, otra todavía más oscura y, al final, una pequeña sala con un fregadero colgado bajo un grifo oxidado. Encima del grifo, una ventana estrecha y alargada empañada de suciedad de quién sabía cuándo. Hermanas, no sabéis cómo se me encogió el corazón al ver aquel sitio. Las paredes, en lugar de yeso tenían cemento, el suelo de baldosas mugrientas estaba roto aquí y allí. Y no había muebles, una butaca destripada y para de contar. Pero ¿cómo nos había llevado allí aquel hombre? ¿Cómo me podían pedir nada por un cuchitril con menos comodidades que el establo donde nosotros encerramos a los animales?

Ay, hermanas mías, no queráis nunca la suerte de los emigrantes; por muchos milagros y maravillas que os cuenten, yo os lo digo de primera mano, no es ni por asomo una vida para envidiar. Claro que entonces yo tampoco me consideraba del extranjero, los del extranjero eran aquellos que volvían a casa cargados de regalos y dinero, con coches grandes como no habíamos visto nunca y aquellas lorzas, aquellas papadas criadas con la bonanza del nuevo país. No tengo ni idea de cómo consiguen las lorzas, pero yo os prometo que al principio no tienes ninguna comodidad. Sara Sqali lloriqueó, ella que no había protestado casi en todo el viaje dijo mamá, volvamos, volvamos a casa. Para distraerla saqué de la bolsa unas galletas que nos había dado aquel hombre. Mastica esto, le dije, y traté de encontrar un trapo para ponerme a fregar, una escoba, un cubo, lo que fuera. Cubo había, sí, aunque cuando fui a abrir el grifo me lo encontré totalmente seco, no salía agua. Me peleé un buen rato, hasta que el sudor me cayó por la frente, pero nada. Se me hizo un nudo terrible en la garganta, en aquellos momentos, hermanas, me dije qué has hecho, Fatima. ¿Quién te mandaba venir de tan lejos, tan lejos de los tuyos, y dónde has traído a tu hija? Me mortifiqué mucho aquel día, me sentí más pequeña que nunca, como si no fuera nada, como si no le importara nada a nadie. Sara Sqali y yo a solas en el mundo sin una gota de agua.

Hermanas mías, queridas, debo detener aquí mi relato. ¿Veis lo que los recuerdos de aquel día me provocan? Las lágrimas me caen hasta el cuello. Y a vosotras también, como si hubieseis estado conmigo entonces. Cómo habría querido esta suerte, cómo habría deseado que me acompañarais en aquellos primeros tiempos. ¿Nos imagináis a todas juntas en medio de aquellos callejones donde la gente nunca había visto mujeres como nosotras? ¡Qué efecto habríamos provocado en los cristianos! Aún hoy, y mirad si hace tiempo que vivimos en sus tierras, pero aún hoy, cuando tropiezan con un grupo de magrebíes en medio del mercado, las miran disgustados, como si los molestáramos. Cuando me di cuenta de eso, siempre intenté no juntarme con más mujeres en medio de la calle, que hacemos mucho bulto, les digo, que llamamos mucho la atención, que es mejor que nos vayamos a hablar dentro de las casas. Pero ya conocéis a nuestras señoras, no hay quien las haga callar. Que no hay quien nos quite de hablar y hablar. Hasta muchos años después la ciudad no se llenó de marroquíes, no únicamente de hombres solos, sino también de familias enteras. No sabéis cómo fue el descubrimiento del primer pañuelo, el primer qubbu que vi por la calle. Pero eso ya os lo contaré después, ahora todavía estábamos en el principio, en los primeros días.

Lo que os he dicho, hermanas, es que los recuerdos de aquellos tiempos se me nublan en la cabeza, no consigo saber cómo sobrevivimos Sara Sqali y yo, cómo desde aquella planta baja con un grifo seco y una ventana de cárcel nos levantamos sobre nuestros propios pies. Es como si me viera a mí misma, eso sí, pero como en una película porque no me reconozco. Como si me enseñarais una fotografía de cuando todavía no tenía conciencia. Y aún no sé cómo lo hice para conseguir que alguien me entendiera. Para poder comprar un trozo de pan, para poder buscar trabajo, para llevar a la niña al colegio, para gestionar todos los trámites, para conseguir un hornillo donde cocer la comida, para pedir a la propietaria que me pusiera agua, para ir a buscar agua a la fuente de la calle hasta que comenzó a salir del grifo. Queréis detalles, lo sé, es parte de mi hazaña, haber sobrevivido así, pero no os los puedo dar, no los he guardado en la memoria. Como cuando nacemos y pasa un tiempo hasta que comenzamos a hablar y entonces sí que fijamos los recuerdos. Los tiempos antes de hablar son tiempos de no saber, hermanas, tiempos en que todavía no somos personas del todo, somos medio del cielo todavía. Pues fui así todos aquellos meses, dejé de ser mujer y dejé de fijar los recuerdos.

Por el contrario, sí que me veo hablando, y mucho, con Sara Sqali, sobre todo porque al principio me la llevaba a todas partes, iba conmigo a trabajar, por las calles, buscando quién sabe qué. Pobre niña, le llenaba la cabeza de mis recuerdos, de mis historias. Era mi único consuelo, hermanas, sentir mi voz saliendo de la garganta, escuchar de mí misma las palabras de nuestra madre, de la abuela, de todas las mujeres. Hasta versos le recité a Sara Sqali, los versos que antes no cantaba nunca por pudor y que os pasaba a vosotras para que los dijeseis en las fiestas. Los del fuego a ras de pozo, los de los juncos verdes que crecen. Me acurrucaba cada noche, todas las horas que podía, con Sara Sqali en aquella manta, nos enroscábamos las dos sobre el suelo frío que fui alfombrando con cartones para detener el helor; nos agarrábamos con fuerza una a la otra sin saber todavía, hasta que pasaron unos meses, si estábamos vivas o muertas.

Hermanas, ¿os habéis fijado que, si vivimos, si sabemos que vivimos es porque los otros nos reconocen, nos ven y se preocupan por nosotras? Pues en aquellos tiempos Sara Sqali y yo nos fuimos reflejando tanto la una en los ojos de la otra que al final ya no sabíamos si éramos dos personas separadas o una sola. Volvimos a ser como cuando la amamantaba, como cuando estaba dentro de mí.

Yo no dejaba nunca de salir a la calle, aunque me diera miedo, no desistía nunca de mis intentos de ganarme el pan y todo aquello que nos faltaba. Teníamos cobijo, sí, un cobertizo con paredes y puerta y ventana, pero os juro que no os habríais atrevido nunca a llamarle casa a aquel cuchitril. Yo me mortificaba, ya sabéis que tengo cierta tendencia a roer mis propias carnes, me decía que algún gran mal habría hecho y por eso me habían desamparado de aquella manera; no entendía que el hombre que nos había ayudado nos hubiera dejado tiradas así en aquellos bajos helados y húmedos. Me decía, claro, qué quieres, no sois nada para él. Pero sí que éramos personas, y esa es la relación que une a todo el mundo, ¿verdad? Todos somos personas de Dios, hermanos, y no nos tendríamos que ver en esta situación. Me dije quizá fuera que por ser hombre no entendía lo que es el desamparo, no sabía lo que es que alguien dependa de ti para sobrevivir. Como Mohamed Sqali, claro, que era contra quien había de dirigir todos los insultos y maldiciones, un hombre que ahora ya nos había abandonado dos veces.

No sé explicar, hermanas, cómo conseguí salir adelante. Aquella ciudad estaba llena de frío y de niebla, un aire gélido que de madrugada cortaba las entrañas. Allí los días eran cortos, cada vez lo eran más, y las noches larguísimas, densas, con aquellas farolas de luz tenue que, hasta que tuvimos electricidad en casa, se colaba aún más debilitada por nuestra ventana de cárcel. Yo sabía que aquel era un país de prosperidad, un buen lugar para las mujeres, que podían trabajar, que iban por las calles y las plazas como si fuesen hombres, que entraban y salían con la misma libertad que ellos. Porque lo sabía me sentía todavía más abandonada, me preguntaba por qué yo no podía gozar de aquellos privilegios. Pero, al mismo tiempo, no podía hundirme del todo y me decía cada noche, envuelta con Sara Sqali y la manta, que era un hombre. Cada noche del mundo, hermanas, me repetí eres un hombre, eres un hombre, eres un hombre.

De día salía e iba como medio muerta, pero con los ojos clavándose en los otros, todos cristianos, buscando el amparo, buscando una brizna de esperanza. Miraba a Sara Sqali y me decía que si la podía alimentar, lavarle la ropa aunque fuera con agua helada que cogíamos de la fuente de la calle, si la podía calentar con mi cuerpo por las noches, si le podía dar cobijo de madre, es que estaba viva. A ella le fui dando la poca comida que compraba, todo seco, claro, sin fuego para cocinar, sin nada; de todos modos, vuestra hermana no estaba para demasiadas comilonas. A mí la garganta se me había ido estrechando y cada vez me pasaban menos alimentos. Tenía miedo de que si gastaba demasiado se nos acabara el dinero antes de que encontrara trabajo. Pero no penséis que tenía hambre, no, se me fue todo el apetito, me desapareció del todo, y si no fuera porque a veces me venía aquella comezón en la nuca, que era como una gran urgencia, seguramente no habría comido nada durante todos aquellos primeros meses. Fui menguando, hermanas, primero me iban holgados los vestidos, después la piel misma. El vientre se me quería fundir con la espalda, en las rodillas se me podían ver los huesos. Pero ¿sabéis?, cuando veía comer a Sara Sqali ya era como si yo comiera, aunque fuese pan con margarina, galletas y quesitos.

No me quiero alargar más en aquellos tiempos de miseria, hermanas, no me hagáis narrarlo al detalle, porque, cuando la has pasado, la miseria, lo único que quieres es olvidarla, hacer como si no la hubieras vivido nunca. Prefiero, ya que hemos agotado todas las lágrimas por hoy, contaros cómo lo conseguimos Sara Sqali y yo, cómo emergimos de aquel estado de no estar ni vivas ni muertas y nos levantamos sobre nuestros propios pies.

14. Una hoguera en medio del patio

La angustia de la sangre no le duró demasiado a Fatima. Aicha la descubrió remojando a escondidas el serwal manchado y, antes de que su hermana le suplicase que no se lo dijera a nadie, había estallado en gritos y risotadas. Fatima pensaba que Aicha se reía de que la hubieran estropeado, y por mucho que le rogó Aicha nuestra, por favor, Aicha querida, esta fue corriendo a contarle a su madre que mira, que a Fatima le ha venido, y Fatima no entendía qué había querido decir. Ay, hija, con lo lista que eres para todo y tan corta que has salido para algunas cosas. Pues que te ha venido eso que nos viene a las mujeres, ¿no lo ves? ¿No lo entiendes? A partir de ahora te lavarás cada mes, tonta.

Y Fatima recordó de pronto todas las escenas en que las mujeres lavaban sus trapos a escondidas, en que una vez al mes se daban un baño más largo que el acostumbrado de los viernes, que se ponían henna en la cabeza, se daban friegas las unas a las otras y salían resplandecientes tras pintarse los ojos, oscurecerse las encías y haberse peinado el cabello con más cuidado que nunca. Lo que no acababa de entender era por qué a ella le había llegado aquello antes que a sus hermanas mayores, solo podía ser porque estaba estropeada.

Se dijo que no cambiaba nada, que ella al trabajo y ya, que seguía siendo la misma, aunque cada mes se asustaba al descubrirse la sangre en los pliegues de la entrepierna, que seguía evitando tocarse.

Soy yo misma, se decía, pero lo cierto era que su cuerpo había comenzado a sufrir unos cambios extraños que la agobiaban. Los rumores se le habían vuelto más intensos, la piel se le erizaba más a menudo, toda ella parecía convertirse en un junco erguido. En la boda de la prima Drifa descubrió que las carnes se le habían transformado.

Drifa era su compañera de andanzas, con quien hablaba al abrigo de las higueras, con quien iba al Mercado de Miércoles. Habían jugado de pequeñas en casa del abuelo, pero también habían seguido buscándose cuando Omar construyó la casa nueva. Y si a Fatima le quedaba algún rato libre entre tarea y tarea, se acercaba hasta la puerta de la casa donde había nacido y gritaba: ¡Drifa, eh... Drifa!

Algunos meses atrás, su prima fue a verla alarmada y temblorosa, con las lágrimas a punto de saltársele de los ojos pero a la vez impaciente, con una cierta luz en la mirada que presagiaba entusiasmo. Han traído azúcar, dijo, el hijo de Aqudad ha traído azúcar. Y a Fatima le había costado entender lo que quería decir: que habían pedido la mano de Drifa. ¿Ya? ¿Tan pronto? Soy mayor que tú, recuerda, había dicho. Un par de años, quizá, no más. Ya tenemos la edad, chica, que tú aún piensas que somos pequeñas. ¿Y entonces? ¿Te casarás? Es el único hijo de su padre, había dicho su prima, el resto son todo hermanas, no nos faltará nunca el espacio. Mientras decía esto, a Drifa le temblaba la voz. No están lejos, ¿sabes? Hablaban de la decisión de casarse o no como si realmente estuviera en sus manos. Y poco a poco se habían ido convenciendo de la conveniencia de una elección que ya habían tomado por su prima. Drifa lo contaba como si su madre, después de recibir a los invitados que habían traído el pertinente saco de azúcar, se lo hubiera consultado, pero de hecho la había informado, simplemente. Al menos sabes qué aspecto tiene —le había dicho Fatima—, con esos dientes de cabra. Y se habían puesto a reír, rieron en estallidos que querían exorcizar todos los miedos de sus cuerpos, unos cuerpos de los que se sentían del todo extranjeras.

Para no sufrir por lo que vendría después de la boda, se entusiasmaron con los preparativos. Hicieron galletas de aceite, abrillantaron la plata de las bandejas con patas y el juego de azucarero y tetera; pusieron a punto los panderos, zurcieron almohadas y arreglaron las mantas, que colocaron dobladas a ambos lados de las habitaciones para sentar a los invitados.

La noche de la henna se la pasaron despiertas, Fatima pegada a la novia que apenas si se podía mover, con los pies y las manos sumergidos en aquella mezcla verde que habían hecho con la hierba que habían molido días antes. Fatima se encargaba de acomodarle las almohadas, de impedir que manchara las mantas. Y se había ocupado también de secarle las lágrimas cuando las chicas le habían cantado lo de «ponedle la henna, la bendita henna» con aquellas voces que iban y venían. Y las chicas se reían de la novia y le decían, no llores que no vas lejos, estarás cerca, la broma que a menudo les hacían las madres cuando de pequeñas lloraban. Y Drifa decía: Pero me voy, lo cierto es que me voy, hermanas. ¿Y qué quieres? ¿Quedarte aquí para siempre? ¿Quedarte en casa de tu padre?

El tercer día de la boda, después de tres jornadas sin parar, de atender invitadas, de servir un plato tras otro, de trasiego continuado, de dormir pocas horas, llegó la hora en que Drifa sería llevada a su habitación, la nueva y definitiva. Su madre le dijo a Fatima: Ponte el vestido de fiesta que tienes guardado, unos *dfain* con una capa de tela fina y dorada donde habían bordado un montón de hojas también con hilo como de oro. Le iba un poco corto, pero su madre le dijo: Da igual, no tienes otro. Aicha la convenció para peinarse siguiendo la moda, con su pelo largo suelto y recogido solo en una media cola con un pasador de carey que su padre le había traído en uno de sus viajes.

Durante la comida del tercer día, Fatima estuvo muy atenta a la novia que, cubierta con un velo, permanecía muy quieta en la esquina, ahora ya con las manos muy rojas y con la caracola de mar como sortija que la protegería de todos los peligros que asedian a las recién casadas. Y por mucho que Fatima le dijera que se volverían a ver pronto, a Drifa le caían unos lagrimones enormes. Estando como estaba atenta al sufrimiento de su prima, a Fatima le había desaparecido la desazón por lo que vendría después, algo que sabía que la pondría nerviosa. La familia del novio entraría en el patio de casa, el patio donde hombres y mujeres jóvenes se tendrían que encontrar ni que fuera por poco rato y donde algunas cantarían y bailarían ante ellos. Ella no, por supuesto, ella no se había atrevido nunca a cantar ante nadie, ni ante su propia madre, y solo lo hacía a escondidas cuando estaba sola, concentrada en sus tareas. ¡Y de bailar ni hablar!, por mucho que cuando trabajaba sola las caderas se le movieran como si llevara dentro el ritmo de un pandero. La vergüenza nunca le había permitido hacer ningún movimiento que fuera considerado de baile ante la mirada de extraños. Además, siempre había tenido la sensación de que, si iniciaba cualquier danza, su cuerpo se le desbocaría y ya no lo controlaría nunca más.

Pero no había más remedio que encontrarse con la familia del novio, tenía que ver a hombres que la verían a ella y aquello, que antes no le producía ningún efecto, ahora la angustiaba de una manera que no acababa de entender, la hacía preocuparse, por primera vez, por si era o no bonita. Llevaba del brazo a Drifa, que iba tapada de arriba abajo con la chilaba de lana de su padre, capucha incluida. Con la cabeza cubierta, la novia no veía, por eso Fatima tenía que guiar sus pasos en el patio. Su prima sollozaba y Fatima ya no sabía qué decir para calmarla, a ella también se le había hecho un nudo en la garganta, sobre todo oyendo a las mujeres cantando. Se olvidó de sí misma, no era consciente de cómo iba vestida, de cómo le caía el pelo largo, que no había forma de alisarlo, siempre acababa subiendo hacia arriba, hacia arriba como las llamas de una hoguera. El sol le daba de lleno y la deslumbraba. Y su hoguera atrajo los ojos de los hombres de la familia del novio. De repente, todos la miraban recorriendo sus cabellos, su frente, su nariz y sus labios como si la dibujaran. Y entre todos ellos, un muchacho que no había visto nunca, alto, de hombros anchos y el cabello rizado del color de la paja. Si los otros la miraban, aquel muchacho la examinaba con unos ojos que se le clavaban en la piel, en sus carnes, unas carnes que parecían reaccionar ante aquello por sí solas. Fatima intentó evitarlo como fuera, hizo como si nada, bajando los ojos, pero no lo podía rehuir y, de vez en cuando, los levantaba hacia donde estaba él y lo descubría todavía absorto en su contemplación. Fue entonces cuando se notó el cuerpo en tensión de pies a cabeza, latiendo bajo las finas telas; fue allí cuando se hizo consciente del deseo, un deseo que era un espejo del que parecía sentir el muchacho.

Bajo el sol de aquella tarde de verano, con el chasquido rítmico de los panderos de las mujeres, con aquellos «iu iu» que se proyectaban hacia el cielo y aquellos cantos repletos de llamadas al amor y reproches a los amantes ausentes, con la insólita mezcla de hombres y mujeres desconocidos que compartían un mismo espacio, con la sensación de que todas las normas establecidas se habían dejado temporalmente sin efecto, Fatima notaba su cuerpo, su aliento, su piel y todo lo que ella era como una sola cosa expuesta más que nunca a la mirada del muchacho, y sentía que toda entera era para él. Le parecía que empezaría a levitar en cualquier momento, que estallaría en mil pedazos ante todo el mundo. Estaba segura de que todos en aquel patio veían cómo le latían el corazón, las entrañas, la entrepierna, que las brasas ya no las tenía tras los contornos de su piel, sino que habitaban su cuerpo entero. ¡Ay, Dios mío!, se decía por dentro; y para no hacer ruido con la respiración, que se le había vuelto más intensa, entreabría los labios y le parecía que toda ella se escaparía con el aire que le salía de la garganta. Pero no, no solo no se escapaba, sino que se notaba aún más aquella piel tensa que la recubría entera y percibía la extraña sensación de ser atraída como un imán hacia el muchacho de los cabellos de paja.

A partir de aquel día, Fatima haría lo que no había hecho nunca hasta entonces, empezaría a mirarse en los espejos. Los abriría a escondidas cuando no hubiera nadie en la habitación, o cogería el de Aicha, redondo y pequeño. La imagen que contemplaba le parecía extraña. Era la de una muchacha, no la de una niña. No conseguía recordar exactamente cuándo se había producido el cambio. En el espejo grande de postigos intentaba verse entera, pero solo llegaba hasta medio pecho. Descubría una frente muy ancha, demasiado ancha, se decía; un rostro alargado que si hubiera sido redondo la haría más bonita, una nariz que era recta y respingona, la nariz que siempre le habían elogiado las mujeres de la familia, no como la de Aicha, que era ancha y chata. Se miraba el pelo que, si lo llevaba recogido, peinado a un lado y después sujeto en un moño bajo o en una trenza (una sola, lo de hacerse dos era cosa de las mujeres antiguas como su madre), podía parecerle hasta bonito, pero suelto se le erizaba sin que pudiera hacer nada. Por más que lo hubiera untado con aceite, por mucho que le hubiera pasado el peine, si lo dejaba así, enseguida se le convertía en aquella hoguera negra de reflejos rojizos. Envidiaba a las muchachas que tenían el pelo liso, a quienes les caía como la seda sobre los hombros; su propia hermana segunda lo tenía así. Pero a ella le había tocado el pelo áspero de las esclavas que salían en los cuentos. Y aún suerte que crecer sí que le crecía, le llegaba por debajo de las nalgas. Y todo gracias a que nunca se lo había cortado nadie excepto su madre, que cada mes de la *Achura* le recortaba las puntas para igualar la longitud. Y Fatima se encargaba de esconder minuciosamente los cabellos caídos para evitar que fueran a parar a malas manos que le hicieran algo feo. No, ella no tendría nunca un pelo de seda. Pero más que su pelo, lo que le parecía un problema era su piel morena. Negra, la habían llamado de pequeña, era una negra, y ella se había tragado la rabia de saberse insultada así. Desde siempre había tenido la piel oscura, como su madre, como su abuela, pero lo que en las mujeres a las que quería le parecía una virtud que las hacía bellas, en sí misma se le hacía un defecto imposible de asumir. Negra como la noche, no te querrá nunca nadie. Cuando las mujeres hablan de otras mujeres de gran belleza, destacan los cabellos lisos como la seda, pero también la piel blanca como un espejo, en donde todo puede verse reflejado. Y unos ojos negros como la noche. Fatima los tenía oscuros, sí, pero el color algarroba no era exactamente el negro. En todo caso lo que le parecía un problema grave era aquel moreno de estar tantas horas al sol, de tener la piel a la intemperie. Entonces comenzó a restregarse con fuerza la cara, a frotarse entera con un guijarro de río cuando se bañaba, a intentar evitar estar fuera tantas horas. Pero enseguida dejó de pensar en aquello teniendo como tenía todo aquel trabajo que la esperaba cada día, desde la madrugada hasta ponerse el sol. Fatima quería dedicarse más a la contemplación de su propio rostro, de su cuerpo, pero no disponía ni de tiempo ni de espacio. Sin embargo, de vez en cuando, a falta de espejos, se tocaba la cara, la frente, el cabello y notaba que los dedos se le querían deslizar por toda la piel como había hecho el maestro. Pero no, se decía, esas son cosas del demonio. Tenía vedado su propio cuerpo, el cuerpo que aquel hombre había invadido tan naturalmente.

Al mismo tiempo que se había descubierto por completo ante la mirada de deseo del muchacho, Fatima también había añadido una nueva desazón a los miedos que la asediaban. Era la de tener que marcharse de casa, la de tener que ir a su propia habitación y dejar a su madre atrás. Lo había visto con Drifa, que bajo la capucha levantada de la chilaba oscura sollozaba y sollozaba sin cesar mientras su madre, acurrucada en la cocina, lloraba sin ningún consuelo posible. Es ley de vida, le decían, pero parecía tener el corazón a punto de estallar. A Fatima ambas cosas le hicieron un nudo en el estómago: los sollozos de la prima amortiguados por la tela gruesa y las lágrimas de su tía resbalándole cuello abajo. ¿Cómo podía ser ley de vida que la hija que le había nacido del vientre, a quien había amamantado, que había criado con todos los sustos y sufrimientos de hacer crecer una criatura, que le había hecho compañía y de quien sentía la piel como si fuera propia, cómo podía ser que ahora se tuviera que marchar a casa de unos desconocidos y quedarse a vivir allí para siempre? Si tenían suerte y eran buena gente, compasivos y generosos, la hija visitaría de vez en cuando a su madre, y la madre la podría ir a ver como hacía Ichata con Zraizmas, pero ya no estarían nunca más la una con la otra; serían para siempre invitadas la una en casa de la otra, sin un lugar común y propio para compartir.

Meses antes de que se casara Drifa, en casa de Zraizmas y Omar también había empezado a surgir el tema. Su madre hablaba con su abuela materna en una de sus visitas. Lo hacía bajando la voz, pensando que las niñas no la oían, pero era justo el momento en que Fatima, cargada con la bandeja del té, estaba a punto de entrar en la habitación. De entrada, se le encogió el corazón pensando que quizá hablaban de ella, pero aguzando el oído y conteniendo la respiración había conseguido entender que se referían a los hermanos mayores. A Abrqadar, que se había convertido en una inquietud constante porque parecía que no se preocupara por nada y sufrían por si acababa estropeándose con algún vicio de los tantos que tenían los muchachos hoy en día, sobre todo si no tienen ninguna ocupación. Que, al ser el único varón entre tantas hermanas, con la buena reputación de la familia y pudiendo ofrecer una excelente dote con los ahorros de Omar, a buen seguro podrían encontrarle una buena chica que le diera la carga familiar necesaria para convertirse en un hombre como es debido. Y que a los hombres más valía casarlos jóvenes, que no es bueno que vayan por estos mundos de Dios con vete tú a saber quién. Que ya lo veía Zraizmas que era muy valorado entre las solteras de Pozo de Higueras, y a saber si cualquier día de estos alguna de ellas les traía una desgracia. Fatima aún siguió escuchando cómo la madre hablaba ahora de Aicha. Que esta sí que le quitaba el sueño de verdad, que el muchacho, mira, al menos es un muchacho, pero a la pánfila de su hija mayor estaba convencida de que se la tenía que frenar antes de que fuera demasiado tarde. Que su suegra era la que le había insistido tanto, que si no ponía remedio a las salidas de Aicha y a su comportamiento desvergonzado, sería ella misma quien convencería a Omar para casarla. Fatima se decidió a entrar para no arriesgarse a oír los planes que se preparaban para ella.

Se decía que no querría casarse nunca, que querría quedarse con Zraizmas, que seguiría haciendo los trabajos para siempre y no querría ningún marido, ni bueno ni malo, ni amable ni duro. Pero después le venían los murmullos y sabía que no le quedaría más remedio que ceder a las leyes de la vida. Todavía me falta para eso, se decía, yo todavía soy joven. Y sí que era joven, tenía catorce años lunares.

Durante una temporada consiguió alejar todos aquellos pensamientos, intentó olvidarse de maridos, del muchacho de los cabellos de color paja, de los murmullos y de los espejos. Por suerte fueron tiempos de mucho trabajo, de llevar a su espalda y cargar todo el camión de tierra adobada que habían dejado a la puerta de casa, de remover todo el huerto azada en mano cavando con todas sus fuerzas, revolviendo la tierra de dentro afuera. El olor de la tierra húmeda que conseguía mover la confortaba. Y después se marchaba hacia la fuente y se lavaba entera: las piernas, hasta las rodillas; los brazos, hasta los codos; toda la nuca, empapada de sudor, y la cara, que se la remojaba a placer.

Un día estaba en la fuente, sola porque todas sus hermanas se habían marchado mucho antes que ella y, mientras se rociaba la cara, le pareció oír el movimiento de pasos de alguien escondido entre las cañas. Siguió con sus abluciones y se dijo que serían imaginaciones suyas. Pero de repente apareció ante ella, salió de entre el verdor alto de los juncos, y Fatima no supo si gritar o correr o encararse con él y soltarle una coz. No decidió nada y se quedó plantada allí en medio, no solo no haciendo nada sino sin poder apartar los ojos del muchacho de los cabellos de color paja. En su interior se decía: desvergonzada, desvergonzada, desvergonzada... Pero los ojos no le obedecían y su cuerpo se le volvió a erguir como los juncos que tenía delante. Aquellos ojos de color miel se le habían clavado en las pupilas, no se los podía sacar de encima, y creía entender todo lo que aquel muchacho era. Desvergonzada, aparta la mirada, bájala, pero nada, no se hacía caso. Y su cuerpo erguido y tenso se le abría entero, quería ir hacia él, y él le empezó a hablar. Le dijo solo quiero hablar contigo, seriamente, no quiero engañarte, te juro que no quiero engañarte. Yo hablo en serio, no como los otros, no quiero hacerte perder el tiempo, no quiero entretenerme contigo, y si me dices que sí, enseguida cumpliré mi palabra. Haré traer azúcar. Te vi y enloquecí, tus cabellos de fuego me quitaron el aliento, no he vuelto a ser el mismo, Fatima. Y su nombre en boca del muchacho la estremeció, se descubrió como una mujer nueva, otra. Fatima, no he podido dejar de pensar en tu pelo desde el día de la boda, no duermo, no como, me parece que los demonios me persiguen día y noche, estoy como enloquecido, Fatima, enloquecido por Fatima. Tus ojos de noche, tus labios, hermana mía, nunca había visto otros tan bien perfilados, y tu nariz perfecta. Y tu piel, Fatima, tu piel es lo que más me remueve las entrañas, el deseo de estar cerca de ti, de poder tocarte y amarte, Fatima mía, no puedo contenerlo más, no puedo seguir sin ti, Fatima. Y no dejaba de repetir su nombre, y ella no podía dejar de mirar cómo gesticulaba, cómo suplicaba con el rostro. Se había ido acercando y ella se dio cuenta del peligro de la situación. Márchate y déjame estar, apártate o me pondré a gritar y te avergonzaré ante todo el mundo. ¡Apártate! Pero él la seguía mirando fijamente, con la boca abierta y expectante, todo el cuerpo expectante. Fatima no lo sabía, pero aquello era el deseo, un deseo que, al encontrarse con el de él, había estallado finalmente en mil pedazos.

15. Todo está escrito

Desde aquel día Fatima sería fiebre, sería temblor, sería espasmos en medio de la oscuridad de la habitación. Tú eres la más responsable, tú eres como un hombre, se decía, padre dice que si nos puede dejar solas es porque yo soy como un hombre, hay veinte hombres en mí, por el trabajo, pero también porque no he mirado nunca más allá de mis obligaciones. ¿Y ahora qué, Fatima? ¿Ahora te has vuelto una perdida que mira a los ojos a los desconocidos y te dejas mirar, dejas que él te contemple como una puta, como una bailarina de las que actúan en las bodas? Y además te gusta, Fatima, te gusta que te escrute de arriba abajo con sus ojos de miel, que te vea toda. Disimulas colocándote el escote de la qandura y alisándote el pelo con la mano, pero no puedes dejar de sentirte bajo su mirada, Fatima. Toda tú eres nueva, como nunca lo habías sido, toda una mujer, y querrías acercarte, querrías tenerlo muy cerca para husmearlo y descubrir si su olor también te atrapa como te atrapan sus ojos de miel, su cabello de trigo, esa piel dorada que tiene un tono tostado bajo los ojos. Querrías, solo una vez, poder percibir su aroma, así sabrías si es o no para ti, pero eso sería un escándalo, un romper todas las normas, avergonzar a tu familia, cargar a tu madre con el peso de la deshonra.

Las chicas como es debido no hablan, no miran, y,

menos aún, husmean a los hombres. Y Fatima se preguntaba por qué ahora no podía ser como había sido hasta entonces, la buena chica, tranquila, discreta, el ejemplo a seguir de todas las jóvenes solteras de la familia. Comenzó a barruntar la idea de que alguien, quizá el muchacho mismo, le había lanzado un conjuro. Se contaban muchas historias de transformaciones abruptas, de personas de comportamiento inmaculado que enloquecían de repente. Pero ella siempre había controlado su pelo y sus uñas, los escondía bien para no ponerse en peligro. Sí, tenía que ser, a la fuerza, un maleficio lo que hacía que le subiera la fiebre de aquella manera cada noche, que recordara una y otra vez, que intentara volver a escuchar su nombre en la voz del muchacho. Y sobre todo le gustaba recordar Fatima mía, Fatima mía, como si no se lo hubieran dicho nunca antes, como si estrenara del todo su nombre, poseído por otro.

Durante el día intentaba disimular su desazón, se refugiaba en el trabajo como había hecho siempre, dejaba caer la azada con más fuerza que nunca, cargaba haces más grandes de ramillas, amasaba el pan con todo el cuerpo, echándose completamente encima. Sus hermanas le decían, estás más fuerte que nunca, Fatima, y no sabían, está claro, que sus trabajos no eran más que una manera de intentar sacudirse el demonio del cuerpo.

Entonces, Zraizmas les anunció una noticia que la distrajo durante una temporada: a Abrqadar le habían encontrado esposa, una chica muy jovencita de ciudad, hija de un conocido del padre. Gente de categoría, le había oído decir a Omar. Aunque son de ciudad, la madre de la chica casi no veía la luz del día, y eso que su marido también pasaba largas temporadas fuera trabajando. Pero la reputación de la familia era impecable, algo que todavía tenía más mérito en la ciudad, donde las distracciones y las posibilidades de salirse del camino estaban más al alcance que en el campo.

Todo esto lo había oído Fatima estando bajo la ventana, y desde entonces miraba a su hermano de otro modo. Era un hombre, decían, y cabía suponer que ahora las niñas, delante de él, se tenían que comportar de otra forma, con más respeto. Fatima y Fadma, como siempre se habían llevado bien con él, no notaron que la relación con su hermano cambiara demasiado, y Aicha, con quien se peleaba a menudo, seguía encarándose con él como había hecho siempre, aunque ahora su madre la regañaba recalcándole el hecho de que Abrqadar ya era un hombre. ¿Y un hombre a santo de qué?, respondía Aicha; así que las peleas entre ellos dos en el patio eran las mismas que cuando eran pequeños, agarrándose el uno al otro, tirándose de la ropa y manoseándose la cara. Aicha, sin inmutarse, le decía hijo del mal, sin recordar que habían salido los dos del mismo vientre.

Parecía que nada había cambiado desde el anuncio del compromiso de Abrqadar, pero un día, durante una de aquellas peleas de sus dos hermanos mayores, Fatima se lo escuchó muy claro al muchacho: No sufras, pronto te marcharás de esta casa. Y Aicha se encendió todavía más, quizá porque sabía muy bien que, a pesar de haberse apropiado de una habitación para ella sola, tarde o temprano tendría que marcharse.

La boda de Abrqadar fue un gran acontecimiento, la primera vez que se celebraba una fiesta de aquel tipo en la casa de Omar. Las chicas se encargaron de todos los preparativos: encalaron las paredes, lavaron las mantas y los colchones, criaron los corderos que se enviarían a la novia el primer día de la boda y los que se sacrificarían en la casa. Prepararon pastelillos, sacaron brillo a teteras y bandejas. Días antes de la boda pidieron a los vecinos platos, vasos y cucharas, que aquellos les dejaban marcados con un poco de pintura para saber cuáles eran de cada familia. Cuando estuvo todo preparado, cuando solo faltaban un par de días para la boda, las hermanas pequeñas de Abrqadar fueron casa por casa a repartir las invitaciones oficiales, recitando la fórmula que Zraizmas les había enseñado.

Y de repente las hijas de Omar se encontraron con una casa desbordada de invitados, la madre trajinando sin cesar, y, en el patio, uno de sus tíos haciendo crepitar, en grandes cazuelas, la carne de los corderos que él mismo había sacrificado. Todo el mundo encontró muy adecuada la estructura de la casa, que permitía que los hombres se quedaran en la habitación de la entrada y así las mujeres podían circular libremente por el patio sin temor a ser vistas por desconocidos.

Los muchachos jóvenes acompañaron a Abrqadar hasta su habitación nupcial y le untaron las manos de henna para que las dejara estampadas en la pared. Después le cantaron el *subhanu jairi*.

La novia había venido con el qubbu del padre como era costumbre, a pesar de que en la ciudad ya nadie se casaba así. Lo habían decidido por respeto a la familia de Omar. Y cuando más tarde la descubrieron sentada en su habitación, iba toda pintada. No con hollín y corteza de nogal, sino con maquillaje rojo en los labios y las mejillas. Cuando Fatima la vio le dio un sofoco que le subía hasta las orejas: la chica tenía la piel más lisa que había visto nunca, blanca y resplandeciente, unos ojos enormes en un rostro redondo, aún de niña. Y el pelo, que llevaba con el flequillo a ras de las cejas, era negro y brillante, como salido de un sueño.

Enseguida empezarían, en la casa y fuera de ella, las críticas al aspecto tan inmaculado de la chica. Seguro que se ponía todos los afeites que las muchachas de ciudad tenían a su alcance, aquella no era, no podía ser, una belleza natural. Y encima un cuerpo rotundo de carnes abundantes y unos vestidos que deslumbraban.

A Fatima, la llegada de la novia la había importunado todavía más. Esperaban todos bajo la ventana a que saliera el hermano con algo que tenía que dar a Zraizmas y que las niñas no tenían que ver. ¡Pac!, decía Aicha, riendo y chocando una mano contra el círculo que formaban los dedos de la otra.

O sea, que ahora serían una más, ganaban una hermana. Sin embargo, Fatima sentía algo que la carcomía por dentro, un tipo de enojo no sabía si contra la chica o contra su hermano, su padre o contra todo el mundo en aquella casa. La novia había llegado como si nada y se quedaría para siempre allí, como si fuera su casa. Y encima era más bonita que todas ellas, con aquel aire de no sé qué de las que vivían en la ciudad, un aire de sentirse por encima de las mujeres de campo.

Pasada la boda, Fatima fue a visitar Sidi Ali. La cúpula redonda del santuario la reconfortó, puso las manos planas sobre las mantas que cubrían la tumba, anduvo recorriendo sus contornos, aspiró profundamente el olor de humedad y la antigüedad de las paredes, el silencio denso que hacía el bisbiseo mortecino de las mujeres, sus ojos cerrados que miraban hacia dentro y hablaban con el santón en un lenguaje íntimo y particular. Cada mujer se comunicaba con Sidi Ali a su manera. De vez en cuando suspiraban, murmuraban ah, ah, y su aliento, exhalado con fuerza, parecía elevarse hacia la cúpula blanca. Fatima no quería que a ella le oyesen la voz, pero cerraba los ojos y hablaba para sí con el buen hombre allí enterrado, le pedía: Sidi Ali mío, querido señor mío, haz que los demonios salgan de mi cuerpo, haz que esta posesión me abandone y vuelva a ser la de antes. Aspiraba profundamente el perfume de las velas que habían ardido, tocaba con los dedos la cera que había chorreado de la cavidad abierta en la pared. Y después, como las otras mujeres que salían afuera, rasgaba un trozo de ropa de la que llevaba y lo ataba al árbol centenario del lado del morabito, repleto de pedazos de tela que otras mujeres habían sujetado antes allí: por el hijo emigrado, por la madre enferma, por el hermano enloquecido, por los niños que no llegaban. Fatima colgó el suyo, muy bien atado, pidiendo en silencio el regreso a su estado anterior, pero sin querer los pensamientos se le iban hacia el muchacho de color de paja. Quería que el deseo solicitado fuera claramente el de olvidarse de él. Pero al ceñir bien su cinta de ropa, era en él en quien pensaba.

La visita al morabito no había servido de nada, ni tampoco agotarse más que nunca trabajando. Fatima no conseguía la paz por las noches y se revolvía y revolvía bajo las mantas de lana. Y la hermana que tenía al lado le decía: ¡Para ya!, ¡estate quieta! Y ella venga dar vueltas para no sentir el palpitar del cuerpo entero, para no volver a escuchar la voz de él diciendo Fatima mía. Solo cuando llegó la abuela Ichata le pudo decir: Abuela, no sé qué me pasa, y la abuela, que la tenía arropada sobre el regazo, le había dicho: Nada, no te pasa nada, hija, que te haces mayor, que eres una mujer. Es como si tuviera el demonio adentro, abuela. Calla, no digas cosas tan graves, hija mía, no te pasa nada, solo que creces, toda tú cambias para convertirte en una de nosotras, no tengas miedo, lo que está escrito no lo puede borrar nadie, lo que está escrito, será. Y para ti hay un buen camino trazado, Fatima mía, no sufras, encontrarás tu lugar, tu habitación, y llegarás hasta donde no hemos llegado nunca ninguna de nosotras, ni tu madre ni yo ni mi madre, que en paz descanse.

Tú serás como una heroína de cuento, Fatima mía, siempre saldrás adelante, por muchas dificultades que pases. Te lo dijo la señora que te leyó la mano de pequeña, ¿te acuerdas? No, no lo recuerdas porque apenas si tenías dos años lunares, pero aquella mujer que iba por las casas mendigando, y a quien hicimos entrar para darle un té, te miró fijamente a los ojos, después te cogió la mano, te la examinó y nos dijo: Llegará a lugares que vosotras no habéis ni imaginado, será lo que vosotras no habéis sido nunca. Quién sabe qué quiere decir eso, quizá que te casarás con un emigrante de esos que ahora van a Alemania o a Suiza, como algunas que van y vuelven blancas y llenas, muy lozanas. Quizá vendrás así, Fatima, con unas redondeces regias, y nos traerás chocolate y dulces y envoltorios brillantes. Y Fatima decía que no con la cabeza, sin saber cómo explicarle a la abuela las desazones que poblaban su cuerpo.

Y un día ocurrió, llegaron invitados con un saco de azúcar. ¡Un saco! No un cono o dos o tres, habían traído un saco entero. Vinieron en coche y se detuvieron al final del camino, detrás de la casa vieja. Eran tres mujeres. Fatima y sus hermanas corrieron a levantar la cortina de la habitación de invitados, pusieron agua a hervir, se pasaron los dedos por el pelo, que se les había enredado durante el trabajo, se lavaron las manchas de tierra que ensuciaban sus manos, se sacaron los delantales las que lo llevaban, se cambiaron las que iban más sucias. Fatima se quedó en la cocina cavilando qué les podría servir en aquella hora inusual de visita, a media mañana. Han venido a buscar a Aicha, pensó, ya le toca marcharse. Pero Aicha gritaba con su voz grave que ni pensarlo, que ni por encima de su cadáver se marcharía de casa de su padre, que ella se quedaba aquí. Su madre la acallaba, chisss, chisss.

Zraizmas entró en la habitación de invitados y se sentó preguntando por los hijos, los padres y los hermanos, por la familia de aquellas señoras que le sonaban de la boda de su sobrina pero que no sabía quiénes eran realmente. Somos de la casa de los Sqali, somos vecinos del novio. Aicha, que se había quedado escuchando en la puerta, fue corriendo a decirle a Fatima: son los Sqali. Y a Fatima se le fue toda la sangre de la cara, que se le volvió de color pergamino. Casi como si toda la sangre le abandonara el cuerpo y desapareciera por el fregadero de la cocina. Y frío, un frío repentino que la invadió toda. Yo no pienso ir con esos, decía Aicha, ¿qué se han pensado? ¿Qué se han creído? Ni por un millón me dignaré ir a una casa como aquella. Yo valgo mucho más de lo que ellos pueden pagar.

Pero Fatima no la escuchaba, intentaba seguir preparando el té y la bandeja. Las voces le llegaban como si estuviese en un pozo y dentro del pozo se decía a sí misma ¿qué has hecho, Fatima? ¿A qué desgracia has llamado?

Después de un largo rato de hablar de esto y de aquello, de comentar temas sin importancia, las mujeres finalmente empezaron su discurso. Que no habían acudido los hombres porque ya saben que Omar acostumbra a pasar largas temporadas fuera y que si ocurría que todo llegaba a buen puerto, ya les harían una visita más oficial el día que estuviera el padre. Que de momento habían ido a explorar la posibilidad de que les dieran a una de sus hijas. Y la madre había agradecido el interés, había elogiado a la familia que se había dignado ir a buscarlos, pero enseguida les advirtió de que su hija mayor era difícil de contentar, tenía poco que ver con las otras chicas, y que en la casa adonde fuera tenían que saber que tenía ese carácter. Que a trabajo y fuerza no la ganaba nadie, que en ella había cuarenta hombres solteros, pero que no le gustaba que le mandaran ni aceptaba fácilmente según qué cosas. Que además estaba acostumbrada a la buena vida porque su padre trabajaba fuera, que no quería ofender a las invitadas, pero que eso también se tenía que tener en cuenta.

Las tres mujeres dejaron que Zraizmas hablara con toda la calma, dejaron que se explicara y, finalmente, cuando se calló, le aclararon el malentendido: No hemos venido por Aicha, sino por Fatima. De ella hemos oído maravillas, su fama es bien conocida, sabemos que es la más trabajadora de todas, que es tranquila, discreta, responsable. Y queremos añadir que el encargo que venimos a hacer hoy aquí no es solo por cuenta nuestra, es de parte de mi hijo Mohamed, que desde que vio a tu hija en la boda no es el mismo, desde aquel día parece enloquecido, enloquecido por tu Fatima, no duerme, no come, no deja de pedirme que por favor os vaya a ver.

Entonces Zraizmas se quedó callada, no supo qué responder. Hasta que por fin le salieron las palabras: No puedo casar a la tercera antes que a las otras dos, no es el orden natural de hacer las cosas. Además, Fatima todavía es muy joven, apenas tiene catorce años lunares. No esperamos que la boda sea ahora mismo, le había dicho una de las mujeres, podemos esperar, lo que querríamos es ponerle la sortija, el anillo. Mi hijo también es jovencito y se tiene que preparar para el matrimonio.

A Fatima no le había hecho falta que Aicha llegara corriendo a la cocina para explicarle lo que pasaba, lo había escuchado todo desde fuera, apoyada en la pared. Temblaba entera. A su lado, Aicha y Fadma se aguantaban la risa como podían.

Las mujeres se marcharon pronto, dejando tras de sí el polvo levantado del camino y un alboroto extraño en la casa. La primera petición de mano de la familia. Zraizmas también se había desasosegado, y ahora estallaba en exclamaciones en el patio, rodeada de sus hijas, que le preguntaban: ¿Qué les has dicho? ¿Qué les has dicho? ¿Pues qué queréis? Que el orden es el que es, que no puede marcharse la tercera antes que la primera. A mí me da igual, madre, decía Aicha, yo no quiero casarme, pero Fatima sí, ¡mírala! ¿A que tú quieres casarte? Y se reían, y Fatima no entendía qué era tan gracioso, cuando ella lo que sentía era terror. Pero ¿qué les has dicho, qué les has dicho? Pues eso, que no y que, en todo caso, ya hablaremos con tu padre. Volverán a venir con los hombres cuando él esté.

A Fatima le dieron ganas de marcharse por el camino de atrás de la casa a buscar a la abuela, como había hecho de pequeña. A buscarla y a quedarse con ella para siempre. Allí Ichata la protegía de todo, le alisaba los cabellos y le decía no sufras Fatima mía, todo está escrito.

Si estaba escrito, ella no tenía nada que decir. No podía elegir si quería o no quería prometerse con Mohamed Sqali. De hecho, ni tan siquiera sabía lo que quería. Apenas había descubierto el deseo, apenas había despertado a la vida y ya tenía que tomar una decisión como aquella. Aunque, de hecho, no era así, porque el único que tomaría la decisión sería su padre. Las cosas eran así y no podían ser de otra manera. Si él decía que sí, se moriría de miedo: miedo de la boda, miedo del muchacho de los cabellos de paja, miedo de marcharse a otra casa, miedo del final abrupto de la niñez. Y si decidía que no, el corazón se le encogería por no poder ver más aquellos ojos que la miraban entre los juncos, aquellos ojos que la capturaban de repente, aquellos ojos que la habían descubierto por entero. Fatima se decía que debería haber un paso intermedio entre el desconocimiento mutuo y el matrimonio, que desearía poder verlo de cerca, poder hablarle , poder aspirar sus olores, saber qué tipo de persona era antes de tener que elegir si se casaba o no. Pero eso eran cosas de perdida, de mala mujer, en las canciones de la radio a eso lo llamaban hacer el amor y era algo vergonzoso.

16. Levantándonos sobre nuestros propios pies

¿Qué os puedo decir, hermanas, cómo os lo puedo contar? Pues mirad, al principio fui encontrando trabajos, sobre todo para limpiar casas de señoras con el pelo de algodón que tenían las habitaciones llenas de cosas y olían a naftalina. El olor de los viejos no es igual en todas partes, lo debéis saber, allá es de alcanfor y de piel muerta que les cae sobre los hombros, y la de las mujeres, de los productos que se echan en la cabeza para tener los cabellos como un trozo de lana esponjosa. Aquellas mujeres, en ocasiones, eran dulces y amables, e incluso afectuosas. Otras eran mandonas y me gritaban, pero como no entendía las palabras concretas, no me sabía mal, solo me asustaba y sufría por Sara Sqali, que veía cómo mandaban a su madre. Pero aquellas viejas me fueron rescatando de la calle para darme trabajo algunas horas, ratos en los que yo, ya sabéis la capacidad de trabajo que tenía entonces, les dejaba las casas limpias y ordenadas como no las habían tenido nunca. Costó mucho que confiaran en mí, no penséis, ¿quién confía en alguien que se encuentra en medio de la calle? Vestida tan diferente de como ellas visten, enflaquecida y temblando de frío, debían de pensar que era una pedigüeña. Y pedigüeña sí que lo era un poco, pero no pedía caridad, sino poder valerme por mí misma. No sabéis a cuántas pregunté por la calle, sin voz, sin poder explicar lo que quería. Finalmente encontré una, pienso que la pobre no estaba demasiado bien de la cabeza, que no vivía muy lejos de nuestros bajos que me abrió la puerta por primera vez. Me abrió para limpiar, está claro, no penséis que quería invitarme a tomar un té. Allí la gente no tiene esta costumbre nuestra de recibir en casa, allí quedan en un bar o en un café, tienen que ser muy íntimos para compartir las casas. Mirad el tiempo que nosotros llevamos allí, pues todavía no he entrado nunca en ninguna de sus casas si no es para ir a trabajar. A Sara Sqali sí, pero a mí no me han invitado nunca.

Aunque esto no importa nada, hermanas, lo que nunca podré agradecer lo suficiente es que algunas de ellas se atrevieran a darme trabajo. Yo limpiaba y limpiaba, ordenaba como no habían visto nunca aquellas mujeres, por la cara que ponían; ellas no tienen nuestra fuerza, hermanas, nunca habían visto nada parecido. Está claro, no sabían nada del lugar de donde veníamos, si hubieran visto nuestra vida aquí, de cargar y cargar, de trabajar desde que somos pequeñas, si hubieran visto a nuestras madres parir y trabajar, criar y trabajar, volver a embarazarse y trabajar. El trabajo en las casas de aquellas mujeres es un lujo, limpiar es cómodo, el agua mana en abundancia, todo está al alcance. Cuando terminaba, esperaba compungida junto a la puerta y ellas se arrastraban cojeando hasta donde yo estaba para darme un dinero que yo en aquellos momentos cogía sin decir nada, sin saber si era poco o mucho. Pero sí que acabé descubriendo, desde luego, que aquello solo era miseria y compañía, aunque, vamos, tampoco me quedaba otro remedio. No podía regatear sin palabras y sin ser del país. Los extranjeros nos tenemos que conformar, allá donde vamos tenemos que aceptar lo que los del lugar no aceptarían nunca. Y aquellos pocos ratos de limpiar eran la única esperanza a la que me aferraba. Por dentro me decía que daba igual, que tenía que aguantar, que ya vendrían tiempos mejores, que cuando me conocieran me darían más horas. Tardaron, no penséis, aunque fueron llegando en cuentagotas. Las viejas debieron de hablar de mí las unas con las otras, y así fue como empecé a trabajar en más de una casa. Y siempre con Sara Sqali, que lo miraba todo con los ojos redondos y abiertos, pegada a mis piernas.

Nuestra suerte cambió completamente el día que, en casa de una de ellas, entró una mujer joven. Era muy seca, un remolino que no paraba de hablar gritando, de ir de aquí para allá. Tenía el pelo rubio y encrespado, los ojos de un azul como no habéis visto nunca y llevaba unos vaqueros muy ajustados a unos muslos como juncos. Me empezó a hablar en cuanto me vio, también a la niña, y yo no la entendía pero me reía en todo momento, y me tocaba como no lo había hecho ninguna vieja, me tocaba un poco como vosotras, hermanas. Que me mirara a los ojos me hizo sentir un poco como en casa. Otro día volvió y me llevó de la mano hasta donde estaba su coche, se hacía entender porque además de hablar sin cesar hacía muchos gestos con las manos que yo podía descifrar. Me confié y me llevó hasta una calle serpenteante, una que había pasado el puente, y me hizo entrar a un gran edificio con un olor a piel más fuerte aún que el del río. Me costó tiempo entenderlo, pero era una fábrica de pieles. Había grandes máquinas que hacían un ruido ensordecedor donde se lavaban los curtidos que, después, unos hombres pasaban de una a otra cubeta. El suelo estaba empapado por completo de líquidos que se escapaban de las máquinas, por eso los hombres, que iban vestidos con monos azules, llevaban botas de plástico hasta las rodillas y guantes hasta los codos. Para comunicarse se tenían que gritar, tanto era el ruido que hacían aquellas grandes lavadoras. La mujer de los ojos azules me sacó fuera, donde se secaban más pieles apiladas y tendidas, me pareció que con alumbre, como hacemos nosotros con las de cordero. Subimos a la planta de arriba por una escalera metálica y allí las que trabajaban eran mujeres. Recortaban las pieles, las amontonaban. Un hombre, también rubio, con un bigote rizado me vino a saludar sonriendo y la mujer de los ojos azules me fue enseñando a hacer aquel trabajo que, al parecer, era menos pesado que el de abajo, el de los hombres.

Así fue, hermanas, como empecé de verdad a ganarme la vida, porque una desconocida se apiadó de mí y me tendió la mano. Os lo digo porque es una verdad profunda que he llegado a entender en todos estos años: no somos nada sin los otros, sin su amparo. Nacemos para ser amparados, morimos para ser amparados, pero durante toda la vida no podemos sobrevivir sin cogernos a una u otra mano. ¿Quién iba a decirme a mí que sería la mano de una cristiana charlatana y alborotada la que me sacaría de la miseria? Porque os he de decir que aquel fue un gran cambio. No lo comprendí hasta que pasaron algunos días, está claro. Al principio fui yendo a la hora que aquella mujer me señalaba en el reloj. Bueno, es un decir, porque al principio ni reloj tenía, de manera que me levantaba muy temprano por la mañana, ya sabéis que yo no he necesitado nunca que me despertara nadie, y nos íbamos Sara Sqali y yo hasta la puerta de la fábrica cuando todavía era noche cerrada, cuando todavía no habían ni abierto. Pobre hija mía, cómo la hice madrugar aquella temporada. Cuando después ya tuve el medidor de tiempo y ella iba a la escuela, aún me la llevaba a primera hora, con todo preparado para las clases —peinada y con su cartera— y yo ya dispuesta para el trabajo. Todo para no dejarla sola en casa.

Cuando me dieron el primer sobre, hermanas, no me podía creer tener tanto dinero en las manos. No era ninguna fortuna, de eso ya me daría cuenta más tarde, claro, pero después de tantas horas de limpiar por casi nada, tener un jornal de verdad me pareció un gran avance.

Tomaba como medida lo que valía una barra de pan, que entonces compraba por lo que yo decía veinte duros, y me parecía que con aquello tendría para un montón de panes. Lo primero que busqué fue un lugar donde comprar harina y un fuego para poder cocerla, un fuego que allí usan para hacer el arroz en una sartén. Y una bombona de butano. No sabéis la diferencia que significaron aquellos dos trastos para nosotras, hermanas. Cuando encendí por primera vez el fogón en medio de la habitación con el grifo enmohecido, a nuestro alrededor se expandió un calor muy agradable. Hacía tanto tiempo que vivíamos en el frío que ya no recordaba la sensación de que el cuerpo te dejara de tirar. Sara Sqali y yo nos poníamos casi toda la ropa que habíamos traído de casa y dormíamos así, envueltas en la manta y cogidas la una a la otra. Por las calles de aquella ciudad, junto al contenedor de basura, había recogido cartones que ponía en el suelo para aislar un poco más nuestros cuerpos del helor, pero aun así las manos nos seguían temblando. Para no tener frío en la cabeza y en las orejas nos colocábamos dos o tres pañuelos, parecíamos gusanos envueltos para convertirse en mariposas, y cada noche, cuando nos dormíamos, pensaba que al día siguiente quizá no despertaríamos, ahogadas por tantos trapos. ¡Ay!, pero cuando encendí el círculo de fuego, hermanas, se me cayeron las lágrimas al sentir el abrigo del calor y tener la sensación de estar un poco como en casa. Era como sentirte a ti, madre, cuando me abrazabas. Lo encendí antes de amasar, no penséis, porque sin un poco de tibieza en la habitación era imposible que la masa fermentara como es debido. Y, además, mi masa madre, la que había traído de aquí, pobrecita, estaba muy seca; vosotras la habríais tirado sin miramientos, habríais dicho que aquello no servía para nada. Parecía una costra dura imposible de deshacer. Pero ya me conocéis, ya sabéis la paciencia que tengo, que me esfuerzo hasta donde no lo hace nadie cuando tengo la convicción de que saldré adelante. Como cuando Sara Sqali era pequeña y todo el mundo daba por sentado que no sobreviviría.

Despacio, fui raspando la bola de la masa y dentro, aunque no os lo creáis, todavía quedaba una parte húmeda y blanda. Muy poca, claro, un trocito de nada. Pero salvé todo lo que pude, la alimenté con harina y agua y la envolví con su trapo. La puse en la manta donde dormíamos Sara Sqali y yo. Aquella noche, sobre el círculo de fuego, en medio de la habitación, cocí una charmila más dulce que cualquier otra que hubiera hecho antes. Me faltaba el té, claro, pero no os podéis ni imaginar lo que supuso para nosotras pasar a tener la habitación no solo caliente sino llena de los aromas de nuestro hogar. Sara Sqali se durmió enseguida y yo dejé el fuego encendido, un fuego que a partir de entonces también nos serviría de estufa. Quería tener cuidado con el butano, no quería gastar mucho porque no sabía cómo irían las cosas, si seguiría o no en la fábrica, pero Dios se compadeció de nosotras, hermanas.

La rubia empezó a traer bolsas con cosas. Ropa para la niña, sobre todo, que sería de alguien de su familia. También le trajo un estuche lleno de colores y rotuladores. Sara Sqali seguía viniendo conmigo al trabajo porque yo no quería dejarla sola por nada del mundo, si nos hubiesen separado no lo habría podido soportar. Pero, claro, no era muy normal lo de una niña pequeña en un lugar como aquel, y después ya descubrí que, de hecho, las normas del país no lo permitían. Mirad si aquella gente fue buena conmigo. Hablaban a menudo con la niña y ella, milagro de Dios, muy pronto empezó a entender y a hablar en su lengua. Ya sabéis que Sara Sqali es extraordinaria, pero si hubierais visto cómo captaba el sentido de lo que le decían. Por lo visto, yo ya era demasiado mayor, y mi cabeza no funcionaba con aquella rapidez, ni mucho menos. Un día, la mujer rubia empezó a hacerle gestos como si escribiera o dibujara, y las dos entendimos que le proponía ir a la escuela. Sara Sqali puso cara de entusiasmada y yo no sabía qué hacer. No sabía nada, hermanas, ni del país, ni de su gente, y menos aún cómo eran las escuelas del lugar. Pero pensé que en todas partes debe de ser lo mismo esto de ir a aprender y que es imposible que en el colegio enseñen cosas malas. Además, ya empezaba a pensar, hermanas, que nuestra desdicha de mujeres tenía mucho que ver con nuestra falta de educación, que si yo hubiera sabido leer mis circunstancias quizá habrían sido muy diferentes. No quería que cuando Sara Sqali creciera se encontrara tan perdida como yo en el mundo, deseaba que conociera la tierra que pisaba, que supiera interpretar mapas, que leyera para que nadie la engañara, que pudiera valerse por sí misma y no tuviese que depender tanto de los otros, y esto solo lo podía hacer si iba a la escuela. Entonces no sabía que en el nuevo país ir a la escuela era de hecho algo obligatorio y que incluso te podían meter en la cárcel si no matriculabas en el colegio a tus hijos. Además, la pobre Sara Sqali se cansaba de andar todo el día por la fábrica, no era ni mucho menos lugar para una niña.

La primera vez nos acompañó la mujer rubia. Yo habría querido bañar a Sara Sqali el día antes, pero me daba un miedo terrible que se me pusiera enferma, de modo que encendí el círculo de fuego, calenté un poco de agua y con una toalla que mojé le fui repasando todo el cuerpo. Le lavé aparte la cabeza con el jabón que había comprado, el Ommo de allí, y costó Dios y ayuda deshacerle todos los enredos. Por aquel entonces Sara Sqali tenía un cabello muy encrespado, de negra. Me extraña que con el tiempo le cambiara y se le volviera más suave, no sé, como si se le hubiera adaptado al nuevo país. Al día siguiente estaba muy nerviosa, con su trenza redonda, tirante, la frente amplia y los labios prietos. Primero fuimos a la fábrica y después, con la mujer, recorrimos la calle hasta llegar al puente, aquel puente donde habíamos dormido el primer día; y lo atravesamos. Pasamos por los callejones antiguos y descendimos a mano izquierda hasta llegar a una plazoleta.

Hermanas, no sabéis la suerte que tuve de que aquella mujer nos acompañara porque el tiempo que estuvimos esperando en una salita, donde vino una profesora, me estrechó la mano y me pidió los papeles y yo luego le di el pasaporte y el libro de familia, todo aquello fue fácil, porque todavía estábamos juntas Sara Sqali y yo. Pero cuando aquella maestra la cogió de la mano e hizo el gesto de despedirse, cuando la niña dijo adiós, mamá, y las dos desaparecieron dentro de la oscuridad del pasillo, hermanas, fue como si me arrancaran la piel, como si una parte de mí se fuera. Vi cómo mi propio aliento, mi alma, salía de mi boca y se iba tras la niña. Y sabía que solo eran unas horas, que al mediodía regresaría a la fábrica y que el resto del tiempo seguiríamos siendo ella y yo como siempre, pero salí de allí andando como si estuviera vacía, como si fuese solo un cuerpo. Sola en el mundo, hermanas, ahora sí, sola de verdad como no había estado nunca desde que nació Sara Sqali, hacía apenas siete años lunares. Una tristeza parecida a la del día en que me marché de esta casa nuestra, la de nuestros padres. Ya os digo, fueron solo unas horas, pero mi intuición, que ya sabéis que es muy aguda en según qué circunstancias, me decía que aquello lo cambiaría todo para siempre.

17. Ser y no ser de casa

Fatima, de madrugada, escuchaba su propia respiración, los pasos que daba sobre el suelo liso y firme del patio, el ruido de abrir el postigo que llevaba hasta la habitación de amasar. Empezó a observar más atentamente su día a día, las tareas que hacía, cuál era la situación. Esperaban a que su padre volviera de viaje, una espera que esta vez se hizo asfixiante. Que no regrese nunca más, deseaba Fatima secretamente cuando engañaba la corrección que se imponía hasta en el pensamiento. Que no vuelva y que nos quedemos aquí todas juntas para siempre, mi madre, mis hermanas, que no tengamos que marcharnos ninguna de nosotros. Pero, de alguna manera, intuía que la visita de aquellas tres mujeres, les dijera su padre que sí o que no, sería el final abrupto de su infancia, el inicio del camino hacia el destierro que le habían anunciado desde pequeña: tu casa no es tu casa. Por eso intentaba registrar, aprehender cada gesto, cada olor, cada detalle de aquella vida que no quería abandonar. Y, de todo lo que la rodeaba, en lo que más se esforzó fue en contemplar a su madre. Su frente, sus ojos rodeados de polvo de noche oscura, su nariz recta y bien formada, sus labios morenos y carnosos y su regia silueta, que se desplazaba como deslizándose. Cómo no perdía nunca aquella elegancia, ni aunque tuviera que realizar los trabajos más duros. Registraba minuciosamente la voz de Zraizmas cuando cantaba muy bajito, cuando iniciaba un relato, con aquella seguridad que da el conocimiento de las palabras, la organización de las historias. Era como si en su boca se acumulara el saber narrativo de todas las mujeres que la habían precedido, generaciones y generaciones de mujeres que controlaban el ritmo, que dosificaban la materia que tenían entre manos, que respiraban y sembraban sus relatos de silencios calculados para cautivar la atención de quien las escuchaba. Fatima observaba, sobre todo, el goce que su madre vivía con aquel proceso que tanto se podía dar de buena mañana, alrededor del pan tostándose encima de las brasas y el té enfriándose en la bandeja, hacia media tarde, cuando se sentaba a seleccionar las lentejas, o por las noches, ya apagados los candiles, cuando les contaba cuentos de verdades que se esconden pero que son rescatadas tarde o temprano.

Fatima volvía a mirar a Zraizmas como cuando era pequeña, antes de que la destetara. No con tanta insistencia, claro, no con tanta intensidad. Como cuando los viernes le pedía que le frotase la espalda, y Fatima no apartaba ya la mirada para evitar verla desnuda: quería guardarse la imagen de los pechos de su madre, todavía carnosos, largos y turgentes, y cómo le caía el agua por encima cuando se la echaba con la garrafa. Quería recordarla así, con el cabello muy negro sobre la piel, porque no sabía si alguna vez volvería a tener una visión tan íntima.

Fatima hubiera podido hacer como Aicha, decir que ni hablar, que no se quería casar y basta, pero sabía perfectamente que tarde o temprano su hermana también tendría que entrar en cintura. Es el destino de las mujeres, si nos quedamos en casa de nuestro padre seremos un estorbo.

Además, estaban sus desazones, los murmullos, las brasas, el cuerpo que no comprendía. Estaba muy convencida de que algo le habían hecho y de que por eso se había vuelto así, tan intensamente corpórea, tan abierta a los olores, tan anhelante. ¿Qué buscas, Fatima, como una cualquiera? ¿Qué quieres? Y a su deseo no le ponía palabras ni en la imaginación. Pero cuando estaba en el río lavando la ropa, volvía a notar que sus labios palpitaban, sus encías que parecían henchirse de sangre y su lengua blanda quería ofrecerse. Entonces golpeaba con más fuerza que nunca la pesada ropa contra la piedra. La arena húmeda, el verde de las riberas del río, la tierra removida del margen, los juncos tiernísimos, las hojas de las higueras del huerto de más arriba, de las que emanaba un olor dulzón y herbáceo a la vez... a Fatima se le dilataban las fosas nasales y arrastraba el mundo dentro de ella, hacia aquellas cavidades desconocidas que tenía que preservar porque eran para otro.

Finalmente, su padre regresó. Y a Fatima el temblor no se le volvió a ir, no se le iría. La primera reacción que tuvo cuando le contaron lo de la petición de mano fue de rechazo, no casaré a la tercera antes que a las dos primeras, va contra las costumbres. Por cómo hablaba, por cómo oían su voz las niñas desde el patio, parecía ofendido por la petición. Pero poco a poco aquella letanía se fue calmando hasta hacerse casi inaudible. Que no, que no era que no y basta, había comunicado Zraizmas a Fatima. Y esta había soltado un ligero suspiro.

Hasta que un día, al regresar su padre de la oración, empezó de nuevo a comentar el tema en voz alta. Dijo que insistían en pedir a Fatima, que la querían de verdad. Y nadie entendió por qué de repente parecía que estaba dispuesto a cambiar aquel principio inamovible que ya había anunciado. Pero es muy pequeña, decía su madre, y su padre volvía a hablar y a hablar sin posibilidad de réplica. A Fatima, que estaba con la espalda apoyada en la pared, las lágrimas que al principio se le habían acumulado en la parte interna del ojo y que no quería secarse para no evidenciar su llanto, de repente se le desbordaron y comenzaron a precipitarse por las mejillas hasta juntarse bajo la barbilla y gotear sobre su vestido.

No esperó a que su padre terminara de hablar, dejó atrás sus palabras y comenzó a correr. Hasta estar fuera de casa, hasta tomar el camino polvoriento, ya no se detuvo. No hizo caso de los latidos que le golpeaban las sienes, del sudor, de la respiración cada vez más alterada, corrió sin cesar a pesar de las punzadas en los costados. Hasta que llegó a casa de la abuela y se deslizó hacia dentro sin ni siquiera haberla llamado y fue directamente a su habitación. Sollozaba y hablaba y a Ichata le costó un buen rato entenderla, distinguir las palabras, no, no quiero marcharme, no me quiero ir.

Fatima se pasó varios días en casa de la abuela. Por primera vez dejó de cumplir con sus obligaciones, con los trabajos cotidianos, y ya ni la compasión por el cansancio de la madre la empujaba a volver. Al fin y al cabo, ahora sería ella quien se tendría que ir, al fin y al cabo, lo que contaba es que se tendrían que separar. Estaría lejos de Zraizmas, pero también de la abuela Ichata, que vivía cerca, estaría lejos de todas sus hermanas, de Abrqadar, de su casa.

Hija mía, le decía su abuela, cada una de nosotras tiene un camino trazado, escrito muy nítidamente, y lo que tiene que ser será. No des la espalda a tu destino, sufrirás más si lo haces. Pero yo no quiero irme, abuela, no quiero marcharme tan lejos. No está en tus manos, está en manos del Señor.

Y el Señor dispuso que su padre cambiara de idea, que decidiese casar a la tercera antes que a las dos primeras y que aceptara la primera petición de mano que había recibido Fatima, cosa tan poco habitual. Se diría que a él también le habían hecho algún conjuro, porque el marido que había elegido para su hija más preciada no tenía ningún sentido. Que hubiera podido ir a parar a una casa más próspera, más reputada que la de los Sqali. Que, en definitiva, la niña era todavía eso, una niña, y no se entendía tanta prisa por sacársela de encima. Fatima, en todo caso, se sintió más estorbo que nunca, y tuvo el firme convencimiento de que ella y sus hermanas provocaban una ansiedad en su padre que solo se vería apaciguada el día en que las hubiera casado a todas. Y, como ella se notaba todos aquellos murmullos por el cuerpo, al fin y al cabo quizá fuera bueno entregarla tan pronto. Al fin y al cabo, quizá estuviera estropeada y con un poco de suerte la noche de bodas la devolvían a casa.

Cuando Fatima regresó de casa de su abuela, hizo como si no pasara nada. Su padre la convocó a su habitación y le soltó un montón de palabras que ya se esperaba y a las que no opuso ninguna resistencia. De hecho, casi ni prestaba atención a su padre, era como si lo escuchara desde dentro de un pozo. Y dentro de ese pozo vivió los siguientes meses, el par de años que siguieron hasta su boda. Así asistió a la ceremonia oficial de petición de mano, esta vez sí, con los hombres de la familia Sqali invitados, ella impaciente porque sabía que el muchacho de los cabellos de paja, que se llamaba Mohamed, estaría entre ellos. También viviría desde dentro de un pozo la ceremonia de compromiso, muy opulenta, con muchos invitados por ambas partes. Y las chicas en el río y en la fuente le harían bromas sobre su nueva condición de prometida. Ahora te tendrás que encerrar, ¿no? No pasearás más por el sol ni cogerás la azada, aunque espero que con nosotras sí que hablarás.

Si no la hubieran prometido, Fatima habría arañado aquellos dos años de la infancia, la habría alargado, pero al ser oficial su vínculo con la nueva familia, no podía engañarse creyendo que seguiría en casa de su padre mucho tiempo, no podía continuar con aquel simulacro de pertenencia. Ya se sabía medio fuera.

Intentó olvidarse del tema, refugiarse como había hecho siempre en los trabajos pesados, que la agotaban, que le apaciguaban los pensamientos. Pero por la noche no podía trabajar, por la noche tenía que conformarse con estar con su cuerpo, con sus desazones e incertidumbres. Era entonces cuando la asediaban los fantasmas, las numerosas historias de chicas casadas que eran devueltas o rotas o mal recibidas. Conocía el caso de aquella que, ¡oh, gran vergüenza!, no había manchado ni con un resto de sangre la tela en la noche de bodas y el novio había dicho ¡devolvedla!, no la quiero ver más. Y la chica había jurado y perjurado que no se había dejado tocar nunca, que estaba intacta, pero no se la creyeron ni los que la conocían muy de cerca y sabían que no era de esa clase. La prueba no había demostrado lo que decía, lo que decía no servía para demostrar nada. Y su madre se tuvo que encargar de remendar a la hija que le devolvían desgarrada. Después estaba el caso de la hija pequeña de sus vecinos, de cuerpo menudo y huesos frágiles, a quien durante la primera noche se los rompieron, ¡crac!, como hacemos para separar los muslos del pollo. No se le abrían lo suficiente las piernas, se ve, y él, que no tuvo ninguna delicadeza, se abalanzó encima con todas sus fuerzas y los muslos le hicieron un ¡crac! espantoso que aún ahora resuena en la memoria de todas las que en aquel tiempo estaban por casar. O eso contaban las mujeres que esperaban bajo la ventana de la habitación de los novios para que les entregaran la tela manchada. También estaban los numerosos casos de las que iban a parar a casas donde al principio las halagaban, pero, pasados los primeros días, se veían tratadas con una brutalidad que no habían mostrado sus nuevos familiares ni en la petición de mano ni en la ceremonia del compromiso.

Fatima vivió con tanto terror aquellos días de espera que empezó a desear que todo pasara, que se produjera ya lo que tuviese que ser y se acabara de una vez aquel ser y no ser. Ser de casa de otros, no ser de casa del padre.

18. Esperando la expulsión

Días antes de la boda llovió mucho. Una lluvia que empezó siendo leve, fina, y que poco a poco devino torrencial. Así que las hermanas no podían estar en el patio demasiado tiempo, se tenían que quedar en las habitaciones, viendo caer el agua desde la puerta, con la cortina recogida. La lluvia era tiempo de tregua en el campo, tiempo de no hacer nada o de reducir la actividad a las tareas más imprescindibles. Hervir agua para las abluciones, que se debían realizar dentro, en el baño de la habitación de los padres, preparar las comidas y hacer el pan, esto no podía faltar nunca. Como no sabían lo que duraría aquel tiempo, procuraron tener cuidado con el agua de hacer las tareas y colocaron algunos barreños para recoger la dulce que caía del cielo. Al agua para beber, la que tenían que ir a buscar a la fuente, la llamaban dulce.

A Fatima le gustaba estar en la habitación de fuera, la de cocer el pan, una habitación pequeña y tosca construida por Zraizmas y las niñas que no habían encalado, solo enlucido las paredes con la propia arcilla. Miraba las cañas del techo y recordaba a Aicha bajo un sol abrasador que, encaramada, las iba colocando, con el sudor cayéndole por la cara. ¡Ay, Aicha!, qué fuerza tan descomunal poseía, cuando la quería utilizar. Incluso echaría de menos el miedo que Fatima le tenía. Echó más ramillas al fuego, que chasqueaba produciendo un ruido constante como el de la lluvia. Y aquellas dos melodías de sonidos, el fuego y la lluvia, apaciguaban a Fatima todas las desazones. Se miraba las manos y todavía le parecía verlas untadas hasta la muñeca de arcilla roja, y cómo se reían las tres diciendo que era henna, y Fatima incluso estampaba las palmas de la mano sobre la pared como hacen los novios. Y ahora, ya ves, Fatima, la henna será de verdad, el novio será real y no imaginado.

Faltaban pocos días para la boda, esperaban el retorno de su padre. Fatima pensaba sin cesar en aquella prima que ya se había ido. La veían en las fiestas, cuando venía de visita, dos o tres veces al año. Había cambiado, pero no sabía en qué. En los ojos tenía una profundidad diferente, como si se hubiera vuelto más seria. Y las visitas, tan cortas, no daban tiempo para retomar la relación, apenas si podían contarse deprisa cuatro cosas, pisándose las frases una a la otra, cogiéndose a menudo de las manos, dándose mutuamente palmadas en los muslos. Y no me digas, y por Dios te lo juro, y ay, desdichada, y venga reírse de tonterías, venga alborozarse. Por un momento parecía que nada había pasado, que la prima no se había marchado y que todavía eran las niñas que se acompañaban de camino al pozo, al río, que charlaban y charlaban labrando o segando o lavando ropa. Pero ahora la prima llevaba pendientes largos, los ojos tiznados de khol y un pañuelo que cubría sus cabellos muy bien peinados con la raya a un lado. Aquellos cabellos largos y lisos que Fatima envidiaba y que le gustaba tanto peinar. Se sentaba detrás de su prima y deslizaba el peine de carey entre ellos una y otra vez, y se sorprendía de que fuera tan fácil, que no hubiera que desenredarlo como pasaba con el suyo. En cada visita, Fatima se preguntaba si nunca más podría peinar a su prima, y no tardó mucho en darse cuenta de que, a pesar de venir de vez en cuando, a pesar de que la nueva familia de ella era bastante generosa como para dejarle visitar la casa de su padre, el día a día compartido ya no lo vivirían nunca más como antes. Y entonces se dedicaba a observar el suyo, su día a día, y a pensar en todas las cosas que ahora hacía y ya no podría hacer más después de la boda. Esconderse de Aicha cuando esta estaba de mal humor, preguntarle a Abrqadar dónde había ido y que este contestara con evasivas. Jugar con Miluda, Najima y Malika sentadas en el patio, con las piernas extendidas, y lanzar piedrecitas hacia arriba, muy alto, primero de una en una, después de dos, de tres, hasta llenarse toda la mano. O dibujarles una rayuela y saltar a la pata coja. Peinarlas por las mañanas diciéndoles para, para quieta, y ellas aguantándose las sienes y curvando la espalda. Ocuparse de Driss, que ya se agarraba a sus piernas diciendo: tía, tía. El niño, lleno de salud, había nacido unos cuantos meses después de casarse Abrqadar, unos meses de procurarle todas las atenciones a Fadira. La mujer de su hermano tardó muy poco en quedarse embarazada, casi había pasado del estado privilegiado de ser novia al de estar embarazada. ¡Y qué embarazada! Nunca se había visto ninguna tan perezosa, tan caprichosa, se notaba que venía de una casa donde la habían tratado a cuerpo de rey. Fatima no decía nada, pero por dentro maldecía a la recién llegada, que no solo se quedaría en la casa de Zraizmas sino que lo haría trabajando mucho menos que ellas. Pero cuando se acercó por primera vez a aquel pedacito de carne que había nacido, blanco de piel, lleno de hoyuelos, se olvidó del rechazo que sentía por su madre. Se lo cargaba a la espalda, lo untaba de aceite y hacía que se riera acariciándole la barbilla con los dedos.

Sí, echaría de menos a Driss y a las niñas, pero también detalles pequeños como encender todos los candiles de la casa cuando llegaba aquella hora violeta, la hora en que la garganta se le llenaba de polvo. Preparar las mantas para dormir, trabajo que en su lengua tenía un verbo específico, *tessud*. Dormir todas juntas una al lado de la otra. Incluso echaría de menos que su hermana mayor la despertara en medio de la noche porque hacía un ruido que la molestaba y que lo hiciera poniéndole una mano sobre la boca y la nariz hasta que sentía que se ahogaba. Así aprenderás, decía Aicha. Y ella le deseaba todos los males, Dios te envíe toda la miseria del mundo.

Pero, a pesar de la brusquedad de su hermana, la tercera hija de Zraizmas sabía que añoraría esas noches más aún que los días, que echaría de menos aquella calidez al dormirse entre los cuerpos de todas aquellas mujeres que habían salido del mismo vientre. Y escuchar en la oscuridad la voz de la madre desgranando historias de hermanos convertidos en cuervos, esclavas haciéndose pasar por sus señoras, madrastras maltratando a los hijos del marido, personajes buscando siempre la verdad y la justicia. La voz de su madre, con aquel sonsonete casi metálico al final de cada palabra, a veces arenosa, a veces magmática, era a buen seguro lo que más extrañaría.

Toda aquella añoranza anticipada, el proceso de irse desprendiendo de todo lo que le era propio, de desarraigarse lentamente, duró los dos años previos a la consumación del matrimonio, desde que Fatima fue entregada hasta que se produjo su expulsión definitiva de la casa de su padre. Es lo que habían pactado las dos familias, reservar a la chica con la ceremonia de compromiso, pero esperar un par de años a que madurase algo más. Para no caer en *rmuncar*, palabra que designaba el mal causado a un inocente, para no arrancar demasiado pronto a una hija del regazo de su madre. A los catorce años lunares era rmuncar casar una hija, a los dieciséis ya no, ya era casi una obligación. Pasada esta edad empezaba a notarse una desazón extraña en las familias, una especie de malestar difuso e inconcreto pero que la chica percibía muy claramente.

Aicha estaba en esa situación. La fama de arisca,

aunque con fuerza y buena salud, que se había ganado no había llevado ninguna comitiva a la casa para pedir su mano. Además, seguía comportándose como si fuera una niña, iba por donde quería, hablaba con quien quería y no se preocupaba lo más mínimo por estar en los lugares de manera discreta. Más bien al contrario, su presencia no pasaba nunca desapercibida. Porque era enorme, porque tenía una voz grave, por su rostro moreno de tanto estar a la intemperie y por sus formas nada femeninas de hablar. Ahora que Fatima tenía que guardarse de las miradas de los hombres al ser una mujer prometida, era Aicha la que iba al Mercado de los Miércoles. Y regresaba siempre tarde porque se entretenía hablando con los vendedores, que le hacían unas bromas solo posibles cuando se tiene mucha confianza con alguien. Esto lo sabía todo Pozo de Higueras, y hablaban, obviamente, como no tendrían que hablar, de lo escandaloso del comportamiento de la hija mayor de Omar. Pero ¿qué se podía hacer? Su abuela paterna, cuando sacaba la cabeza de la habitación, cuya puerta daba directamente al camino, y veía a Aicha pasar canturreando, se lo decía: que ya no tenía edad para perder el tiempo por los mercados. Pues ve tú a comprar, abuela. Y la abuela callaba, pero después hacía una breve visita a la casa de Zraizmas para decirle que tarde o temprano Aicha nos traería una desgracia. Y por desgracia, ya se entiende, quería decir que se fuera con cualquiera de aquellos mozos y se dejara hacer todo lo que quisieran. Entonces sí que no habría quien lo arreglara.

Ahora Fatima escuchaba el murmullo de la lluvia acompañado del crepitar de los leños, girando las hogazas cada dos por tres sobre la plancha de barro cocido empotrada en una esquina y bajo la cual ardía el fuego. Si Aicha supiera que su madre y su abuela planeaban casarla con aquel primo contrahecho, que abultaba la mitad que ella y que tenía una madre más que severa —aquella tía a la que ninguna de ellas soportaba—. Fatima las había escuchado de nuevo diciendo que debían hacer algo, que no se podía permitir que todo aquello acabara en desgracia. Que si Aicha fuera como Fadma, que no hacía más que dedicarse a la faena sin distraerse en cosas de perdida, o como Fatima, a quien podrías enviar a cualquier lugar porque era como un hombre. Pero entonces, llevada por la cadencia mortecina del agua que caía, Fatima pensaba de qué me ha servido ser tan trabajadora, tan como tenía que ser si de todos modos me expulsan. Y la primera. Si era más virtuosa que ninguna otra de las hermanas, a ver, ¿por qué ella se tenía que ir y las otras se quedaban? La explicación que corría por Pozo de Higueras era que la belleza de Fatima había hecho enloquecer a aquel muchacho de cabellos de paja. Pero después también se sabía criticada porque a fin de cuentas no había para tanto, Fatima era de piel oscura, de carnes enjutas, todavía con las caderas por desarrollar, de dientes grandes y puestos unos encima de los otros.

Fatima nunca había querido arreglarse los dientes, como estaba de moda entonces. Le daba repelús que se los tocara un desconocido.

Aún llovía cuando oyó los gritos de Aicha en el patio. Salió a ver qué pasaba, sin dejar de dar antes un vistazo al pan que se cocía. Zraizmas estaba en el umbral de la puerta de la habitación de las chicas con las pequeñas agarradas a sus piernas y Fadma detrás con la mirada baja. Aicha, en cambio, estaba en medio del patio, erguida y mojándose de arriba abajo. ¿Cuánto tiempo hacía que estaba allí? La madre le decía, va entra, haz el favor de entrar, que te calaras hasta los huesos, y Aicha que no, que no y que no. Que no se casaría, que ya lo había dicho mil veces, que aquella era su casa y que en su casa se quedaba. Y encima queréis darme a aquel desgraciado alfeñique que nunca hará nada bueno en su vida. Antes me cuelgo, ¿me oyes? Me cuelgo o huyo y no me volvéis a ver el pelo en la vida. Y Aicha se daba golpes en los muslos y se tiraba de los pelos. Fatima no sabía si lloraba porque la lluvia le caía por toda la cara. No hay nada seguro, decía Zraizmas, solo es una sugerencia. Y Aicha, que no, que eran unas traidoras, ella y la abuela, que ya las había oído conspirar para tenerla dócilmente encerrada. Pues que ni hablar, que ella no había pedido nacer mujer ni le parecía justo que solo por eso se tuviera que ir a vete tú a saber qué casa. Qué bien que le habían servido a Omar sus hijas para ayudarlo con sus propias manos a construir la casa y a ocuparse de todos los trabajos del campo mientras él estaba fuera. ¿O no se acordaba de que habían sido ellas las que habían transportado camiones enteros de adobe y las que labraban, segaban y batían la cebada, y las que mantenían el huerto a rebosar de verduras, y de que, gracias a su trabajo, buena parte de los alimentos que entraban en casa les salían muy baratos? Somos buenas para trabajar la tierra, pero no para quedarnos aquí. ¿Dónde se ha visto?

En los días que siguieron, Aicha ni se hablaba con su madre. Y más que nunca entraba y salía sin decir adónde iba ni qué hacía. Se marchará, se decía para sí Zraizmas, se irá y nos traerá una desgracia. Sus hermanas ni se le acercaban, no fuera que del mal humor les arreara alguno de sus trompazos.

Cuando Fatima la vio rebelarse en medio del patio, bajo la lluvia, pensó, ojalá yo tuviera el coraje de hacer lo mismo que ella, si pudiera decir solo una palabra para oponerme a mi propio matrimonio. Pero no podía, le habría dado vergüenza, se habría tenido que encarar y poner en entredicho una decisión tomada por su padre, de quien se suponía que sabía qué era lo más conveniente para sus hijas. Además, tarde o temprano se tendría que ir a casa de otros, eso que decía Aicha era imposible, quedarse todas donde habían nacido no podía ser. Omar sería el hazmerreír de todo el pueblo si aprobaba tal cosa. Si su hija mayor insistía, quizá acabara saliéndose con la suya, pero solo ella. Omar no se podría permitir tener seis bocas más para alimentar, seis mujeres adultas envejeciendo donde habían visto la luz del día.

Unas semanas antes de la boda de Fatima, fueron todas a la ciudad a elegir los regalos que tendrían que llevar a la familia del novio. Las hermanas tenían que disimular su entusiasmo ante tantos estímulos nuevos. Gente en medio de las calles, el ruido del trasiego de los coches, una luz diferente, un montón de casas juntas y tiendas y más tiendas. Caminaban todas muy pegadas las unas a las otras y se fijaban sobre todo en las mujeres, la mayoría con la cabeza destapada, algunas con el pelo cortado con formas extrañas, desvergonzadas, pensaba Fatima. Y, como distraídas estaban con el oro que resplandecía dentro de los escaparates de la calle de los joyeros o con la caída ondulante de alguna tela de la calle de los tejidos, en un momento dado Aicha desapareció y no se dieron cuenta hasta pasado un buen rato.

A Aicha se la encontraron de cara, exultante, con los ojos llenos de una luz intensa y los dientes apretados. ¿A que no sabéis lo que he hecho?, dijo poniéndose una mano ante la boca. Mirad: y sonrió abriendo todo lo que podía los labios, enseñando los dientes hasta las encías. Unos dientes que en vez de estar apiñados ahora se veían muy rectos y lisos. ¿Qué has hecho, loca? ¿Qué has hecho, perdida? Pues me he hecho serrar los dientes, a ver, ¿qué queréis? Todas se lo hacen menos nosotras. Y Zraizmas le decía cierra la boca antes de que llegue tu padre, si te lo ve aquí te arrastrará del pelo hasta llegar a casa.

Pero Omar no dijo nada y Aicha presumió durante la boda de Fatima de aquella dentadura tan bien alineada.

Segunda parte

La antigüedad de una madre

1. Mujer con pañuelo en el mercado

Entonces comenzó una nueva época, hermanas, un nuevo tiempo. Sara Sqali y yo continuamos levantándonos al amanecer, íbamos a la fábrica y ella se marchaba cuando se acercaba la hora de entrar a la escuela, se iba caminando entre la niebla. Yo le repetía mil veces ten cuidado, ten cuidado, y ella, pues ya la conocéis, los ojos bajos y un paso detrás del otro sin hacer caso de nadie. Las mujeres de allá me lo dicen siempre, como tu hija no hay otra, puedes dejarla ir a donde sea que siempre se comportará decentemente, ni levanta la mirada. Pero, de todas maneras, yo no quería dejarla sola en casa de madrugada y por eso venía conmigo. Se pasaba el rato pendiente del reloj que había en la pared. Para ella fue un cambio comenzar la escuela, le brillaban los ojos de ansiedad, pero de alegría, no de pena como había pasado hasta entonces. Todas las horas en que ella no estaba sentía la piel arrancada del cuerpo, pero Sara Sqali volvía cada día más contenta, estaba aprendiendo a hablar con rapidez y pronto yo misma descubriría que la lengua se le acostumbraba tanto al idioma de ellos que el nuestro se le hacía cada vez más pesado, se le iba al fondo de la garganta. No sabéis cómo eso me removía las entrañas, pero ¿qué queréis? Estábamos solas, muy solas, solo hablábamos ella y yo, solo nosotras conocíamos aquel idioma, que no servía para entendernos con la gente que teníamos alrededor.

Hacía frío, hermanas, no habría pensado nunca que pudiera hacer aquel frío, que se te mete en los huesos y te los endurece. Las manos se me helaban, las tenía resquebrajadas y solo un botecito de Nivea que había comprado en la tienda me reparaba un poco la piel. Quería hacer nuestro ungüento deshaciendo cera en aceite de oliva, pero el aceite de allá es aguado, como el de la cazuela. Si nos hubieseis visto, ay, si nos hubieseis visto, escabulléndonos por las calles como si fuésemos ladronas, buscando las pocas cosas que necesitábamos para sobrevivir. Cuando pienso en los tiempos que vendrían después, cuando comenzó a haber tantas familias en la ciudad, ayudándose unas a otras. Las mujeres nos contamos dónde encontrar esto y aquello, qué ofertas hay en cada supermercado, o dónde hemos visto aquella batidora que queremos desde hace tiempo. Si hay confianza, incluso nos compramos cosas las unas a las otras si las encontramos a buen precio y sabemos que la otra las quiere. Hay mujeres que salen poco, ya lo sabéis, aun viviendo en el extranjero, y las que sí pueden ir al mercado les llevan lo que necesitan. También nos explicamos qué papeles se requieren para hacer algún trámite, las que piden ayudas tienen toda la información y la van pasando, están atentas y se avisan las unas a las otras. Si tenemos mucho trabajo también nos ayudamos. Nos hacemos compañía, nos contamos lo que nos pasa y así la vida es menos pesada. Pero entonces, hermanas, en aquellos primeros tiempos, no había nadie de los nuestros, nadie. Estaban, claro, Mohamed Sqali y el hombre del flequillo, pero yo rogaba a Dios para no encontrármelos nunca.

Pues os decía eso, hermanas, que habría dado lo que fuera por haber llegado allí años después para poder disfrutar de la ayuda de nuestras mujeres, pero tuve que hacerlo todo yo sola. La señora rubia nos ayudaba siempre que podía, eso es cierto, y estoy convencida de que Dios nos la envió para salvarnos de tanta soledad.

Las horas que Sara Sqali estaba en la escuela, yo trabajaba y trabajaba, dale que dale a las tijeras. Ya sabéis lo trabajadora que soy. Cortaba, apilaba, cogía y ordenaba, y limpiaba, y todo era un no parar. El hombre del bigote rizado no dejaba de sorprenderse de mis capacidades. A veces pasaba por mi lado y me miraba un momento, decía algo que yo no entendía y acababa dándome un golpecito en la espalda, así. Sí, reíros, reíros, aunque os parezca mentira yo en aquella época no sentía vergüenza, recordad que ya me había convertido en hombre y miraba siempre a los ojos. Y es que del trabajo dependía todo, hermanas, dependía el sustento de mi hija, poder tenerla conmigo hasta que fuese lo suficientemente mayor como para buscarse su propia vida. Mis brazos, mis piernas, mi espalda, mi cuerpo entero era lo único que tenía, y daba gracias a Dios de estar en un lugar donde mi trabajo tuviera una recompensa más allá del trabajo mismo, que es lo que me había pasado toda la vida. No os riais ahora, porque os voy a revelar un secreto que no todo el mundo sabe: la mujer rubia me había dado ropa de mujer y me vestí como una cristiana. Porque no quería estorbar a las otras mujeres de la fábrica y para ir más cómoda, me ponía unos pantalones y encima una falda hasta las rodillas, una falda más bien estrecha comparada con nuestros vestidos. Porque una cosa es vestir ropas cristianas y otra perder la decencia, claro. Lo que nunca me quité, que hubiera sido como ir desnuda, fue el pañuelo de la cabeza.

Ay, hermanas, cuántas cosas podría contaros de aquellos tiempos, cuántos detalles, cuántas anécdotas. Pero poco a poco nos fuimos situando Sara Sqali y yo. En aquellos bajos horrorosos, sí, en el frío y en la niebla, pero ya no tenía aquella sensación de ser y no ser.

Y entonces, hermanas, cuando tuvimos un poco de calma, entonces empecé a sentir aquella añoranza tan terrible de vosotras, aquella honda tristeza. No solo de vosotras, también de estas tierras secas, de nuestro día a día aquí. Un día, a medianoche, abrazada a Sara Sqali, me di cuenta de pronto: no podría volver, no podría volver aquí en muchos años y, si lo hacía, habría de ser por muy poco tiempo, de vacaciones. Hasta que la niña fuera lo suficientemente mayor para encontrar su lugar, yo no podría volver a casa. Este pensamiento al principio me angustió muchísimo, hermanas, sentí que me cortaban las piernas. No hablaría con nadie más que con Sara Sqali nuestra lengua, no descubriría nunca si rezaba hacia donde tenía que rezar, no volvería a tener los ingredientes para preparar nuestras comidas, no volvería a probar el agua fresca del pozo, no comería aquellos higos tan nuestros. Ya sabéis que, cuando la cabeza se me va a la oscuridad, va derecha, no se para, pero en este caso, una vez que tuve claro que no podría volver a vivir en nuestras tierras durante mucho tiempo, me sentí, no sé cómo decíroslo, casi aliviada. En la oscuridad de la noche, eché una mirada a la salita donde dormíamos, a la ventana que había tapado con trapos para encarar el frío y por donde se filtraba un tenue, muy tenue rayo de luna. Escuchaba el sonido de las campanas y veía mi aliento que salía al frío, y, de pronto, por un instante, lo vi todo claro y pensé que era mejor así. A pesar de la añoranza, a pesar de la soledad, a pesar del terrible miedo, me di cuenta de que tenía un lugar mío por primera vez en la vida, un lugar que no era la casa de mi padre, ni la casa de Mohamed Sqali. No había elegido aquello, claro, pero resultó que, huyendo de mi destino de mujer abandonada, había acabado teniendo mi propia casa. Ya sé que me diréis que esta de nuestro padre es la de todas, pero bien sabemos que no es así, que aquí solo somos invitadas. De manera que aquellos bajos llenos de humedad eran mi primer lugar en el mundo. Y me dije que, en cuanto pudiera, me buscaría otro donde no tuviera que padecer por la salud de Sara Sqali, porque tenía miedo de que cogiera una pulmonía.

Hermanas, dejadme que avance un poco más en mi relato. Dejadme que os explique cuándo descubrí por vez primera a una mujer como nosotras en la calle. Fue así como ocurrió: Sara Sqali y yo fuimos al mercado. Allá el mercado es los martes y los sábados, las mujeres van los martes, cuando los hombres trabajan, y los hombres lo hacen el sábado. Y como yo en aquella época era un hombre, iba el sábado, porque el resto de la semana trabajaba. Íbamos caminando por la explanada de los arcos, que se llenaba de puestos, y, de pronto, entre la gente me pareció ver la sombra de un pañuelo, de una *funara*. Miré y volví a mirar, pero se había perdido. Me dije Fatima, estás empezando a perder la chaveta. Seguí caminando como si nada hasta que, al volver, tropecé con una mujer como nosotras. No sabéis lo que fue verla, no sabía si era o no era real. Llevaba los ojos muy tiznados, era regordeta y baja, llevaba el pañuelo como tú, madre, uno sobre la frente y encima otro. También ella me miró y me sonrió, y enseguida nos saludamos. Hablaba como nosotras, gracias a Dios. Si hubiera sido árabe, no sé cómo nos hubiésemos entendido. Se llamaba Latifa, llevaba pocos días en la ciudad y, su marido, al ver que nos saludábamos, se había apartado. No sabéis qué alegría tan grande tuve, y creo que ella también. Una de las nuestras, me decía a mí misma. Me pareció que por primera vez en mucho tiempo la voz me salía hacia fuera, como si hablar con Sara Sqali hubiera sido hablar conmigo misma. Lo sé porque me noté la lengua pesada. Aquel día, lo recuerdo como si fuera hoy, me dieron ganas de abrazar a aquella mujer a la que no conocía de nada. Me dijo, ven a casa, ven, de verdad. Me explicó dónde vivía y resultó que era en la misma calle en que estaba la fábrica, pero unos números más allá, en el 5 y el 7, recordó Sara Sqali. Ya sabéis que las invitaciones no se han de aceptar así como así, pero, claro, me moría de ganas, hermanas, me moría de ganas de poder ir a casa de alguien como nosotras. Le dije que sí, que nos dijera un día. Quería llevarnos a su casa en aquel mismo momento, pero no quise, era día de descanso y su marido la esperaba. Le dije que iría una tarde después del trabajo. Y no sabéis qué impaciencia hasta el lunes, qué desazón.

¿Qué puedo llevarle?, me pregunté, ¿qué le llevaría? No tenía nada para hacerle como hacemos ahora, un bizcocho o unas pastas, entonces solo tenía mi hornillo y la plancha del pan. Eso sí, había ido probando harinas de los diferentes supermercados donde entrábamos a comprar Sara Sqali y yo, y por fin había encontrado una perfecta. Mi masa ahora crecía como siempre, como si no hubiese pasado nunca la agitación del viaje; ya no era seca, fermentaba sin parar dentro de la manta de día y de noche. ¿Qué puedo hacerle?, ¿qué puedo llevarle?, me preguntaba, y finalmente pensé en una cosa tan sencilla como un pan, una hogaza de pan de las mías, que sabéis que siempre han dejado a todo el mundo con la boca abierta. La amasé el domingo, hice unos panes bien grandes, un poco a tu estilo, Aicha, todo lo que daba de sí la plancha. Me esforcé como nunca en dorarlos e ir dándoles vueltas para que no se quemaran, y he de deciros que me quedaron más buenos que nunca. Me lo notaba en las manos, el calor que sentía era diferente, como un cosquilleo.

Me lo llevé al trabajo y, al salir, fuimos directamente hacia la casa de Latifa. Entonces Sara Sqali ya empezaba a traducirme, ya había aprendido lo suficiente para explicarme cosas, y me enseñó los números de la casa: mira, aquí, madre, me dijo, y tocamos el timbre y esperamos. Esperar como aquel primer día, solo que ahora al menos mi hija habría podido descifrar parte del papel que llevé encima todo el viaje. Era una casa vieja como la nuestra, pero nos había dicho que vivía en el piso del medio. Al menos no padecería aquel frío tan terrible de los bajos.

Nos besamos como solo sabemos hacerlo nosotras, agotamos las ganas que teníamos las dos de besarnos con mujeres como vosotras, hermanas, madres, primas, amigas. En aquel momento me di cuenta de que también había añorado eso, los besos y los saludos, preguntar por la salud, por la familia, por todo. Allá los cristianos solo se dan la mano, si son hombres, y, si son mujeres, como mucho, se dan un beso en cada mejilla. Eso sí, los hombres y las mujeres también se besan, aunque no sean de la misma familia. A ellos les da lo mismo, mira tú.

Es cierto que la casa de Latifa no era nueva, pero Dios mío, no tenía nada que ver con la nuestra. La suya era de paredes gruesas, de las antiguas, todas cubiertas de yeso, pintadas, sin humedad. Era una casa fría, claro, todas las casas viejas lo son, pero tenía encendida una estufa de leña en medio del comedor, y tenía unos sofás grandes de piel marrón y hasta un televisor. Unos años más tarde sería ella la que me insistiría en seguir una serie que daban de una mujer que no sé qué problemas tenía, una que se cambiaba de nombre para que el marido que la había repudiado la volviera a querer, pero ya sabéis, hermanas, yo no me he parado nunca a ver la tele; simplemente, me aburre. Y, además, suficientes problemas tenía yo como para ponerme a ver los de los otros. Las paredes, para que no se ensuciaran, las había pintado con pintura plástica brillante de un color azulado. Pero Latifa no sabía que la pintura plástica se ha de limpiar, por lo que había muchas manchas oscuras. Mirad que quiero a esa mujer, pero he de reconocer que era un poco diferente a mí, no le gustaba mucho trabajar ni era muy pulcra. Menos mal que su marido es muy tranquilo, de los que nunca dicen nada, de los de vive y deja vivir, porque si a Latifa le hubiese tocado uno de los severos, puedo deciros que lo habría pasado muy mal. Tiempo después, cuando ya hubo la confianza que ahora nos tenemos, le dije: Latifa mía, si le pasas un trapo húmedo a las paredes, verás que no será necesario volver a pintar, y me pareció que no se ofendía.

Ay, aquel día, hermanas, no os imagináis los nervios, la emoción de estar allí con ella, como una niña pequeña estaba yo. Nos sirvió té, no con menta, porque en el invierno no hay, sino con artemisa, un poco amarga y sin escaldar, pero a mí me supo a miel pura, lo más dulce que hubiera probado nunca. Casi se me saltaron las lágrimas cuando tomé el primer sorbo, con aquel calor que me bajaba por la garganta. Como ahora, hermanas, me puse a hablar, a explicarle cosas a aquella mujer, a contarle toda nuestra historia. Pero no como lo hago con vosotras, claro, solo le dije de dónde había venido y cómo, y le parecía imposible que hubiera viajado sola, sin saber leer y sin saber adónde iba. Pero cuando le conté bien contada nuestra historia lo entendió perfectamente. Ella es una mujer como nosotras, podía hacerse cargo de nuestra desgracia porque sabe cómo funcionan las leyes en nuestras tierras. Saqué todo lo que llevaba dentro, hermanas, no sabéis qué alivio significó para mí. Hablaba y hablaba y las lágrimas me caían hasta aquí, hasta la barbilla, y también a Latifa, que no paraba de sollozar por mí. Aquella clase de compañía, creedme, no la había encontrado desde que habíamos llegado. Le conté todo lo que había tenido que aguantar en la casa de los Sqali, qué remedio, el destino de las mujeres es así, solo puedes esperar que te toque una buena casa, pero bien sabemos que hay gente malvada por el mundo. También le conté mi huida, y el miedo que tenía de perder a Sara Sqali. Las madres hacemos lo imposible por nuestros hijos, y por ella me atreví a atravesar mares y fronteras sin nada donde aferrarme, solo con un papel estrujado donde bailaban las letras que me habían llevado a Mohamed Sqali. Cuando le conté a Latifa lo que nos habíamos encontrado al llegar aquí, no sabéis cómo sufrió por mí, se puso tanto en mi piel que pensé que de un momento a otro se quedaría sin aire. Pero después, cuando le conté cómo había decidido levantarme sobre mis propios pies y convertirme en el padre de mi hija, en un hombre, le pareció un milagro de Dios. El hígado es el hígado, me dijo, solo los que lo han sufrido saben lo que es.

Se nos pasaron las horas volando, hermanas, y le dije que tenía que marcharme, pero que tenía que pedirles un favor a ella y a su marido. Que necesitaba una estufa y no sabía ni dónde comprarla ni cómo encenderla, que, si podían, Dios bendijera a todos sus antepasados, si podían ayudarme. Y es que no sabéis, hermanas, cómo cambia la vida entre tener la ayuda de los tuyos o no tenerla.

2. Sombra de sangre en el pañuelo

Arrastraba los pies. Casi no los levantaba del suelo, paso a paso, muy lentamente. Si le hubieran dicho que no estaba muerta y caminaba en el otro mundo, se lo habría creído.

Fatima no veía nada. Llevaba el pesado qubbu de lana de su padre, que tenía aquel olor a piel muerta y a animal. La piel era la que Omar había ido dejando acumulada en el cogote al utilizarlo. Sí, justo en aquel trozo de tela se podían oler los restos de aquel hombre medio desconocido que dirigía sus vidas, un hombre que ya hacía siglos que no se la sentaba en su falda, que cuando la invitaba a entrar en su habitación le hablaba en otro tono, no tan suave como cuando era una niña y le decía Fatima mía. Ahora lo que Fatima sabía de su padre lo sabía por Zraizmas, que le transmitía sus mensajes y que interpretaba también su estado de ánimo. No creas que es fácil para él tener que desprenderse de su preferida. Los hombres también sufren, insistía Zraizmas, cuando Fatima entró en aquel estado de mutismo previo al casamiento. Porque los inciertos destinos de ella y de sus hermanas no eran culpa de nadie, eran ley de vida.

No veía, la capucha no dejaba penetrar ni una brizna de luz. Sus pies palpaban más que pisaban. Aicha la sostenía por un brazo, Fadma por el otro. Las babuchas se le salían, habría preferido sus chancletas de goma. Hasta la rojez de la henna con la que hacía dos noches le habían teñido las manos hasta las muñecas y los pies hasta los tobillos, le parecía que le estorbaba. Y el vestido de fiesta blanco, el cinturón ancho, los brazaletes de oro, aquel Corán, que se abría como una caja colgada del cuello, los pendientes largos. Todo le parecía una pesada carga. Fatima estaba cansada, llevaba tres días de boda. El primero le pareció agradable. Noche solo de chicas, de jóvenes como ella que la ayudaban a ponerse la henna; todas las hermanas en una habitación donde habían hablado y hablado hasta la madrugada. Fatima con el pañuelo blanco y las dos trenzas a cada lado largas y gruesas que le caían sobre los muslos sentada en una esquina; aún eran los tiempos en que a las novias las sentaban en las esquinas. Lo que le resultaba extraño a Fatima era tener que estarse allí quieta mientras sus hermanas hacían todas las tareas, que no eran pocas. La tercera hija de Zraizmas quiso desplumar los pollos, pelar las patatas, pero tanto su madre como sus hermanas le habían dicho que no, que no. Las novias no trabajan. Las novias han de quedarse quietas al fondo de la estancia. ¿Y preparar el té?, ¿y servir la comida a los invitados? Nada, ni hablar. Trae mala suerte, son las costumbres, y, las costumbres, no es bueno cambiarlas. Para que vaya bien no tendrías ni que moverte. Muy quieta y apoyada en la pared. Aicha se reía porque nunca había visto a Fatima tanto tiempo sin trajinar de aquí para allá, y, menos aún, habiendo invitados. Pero a su hermana aquella situación no le hacía ninguna gracia. De pronto se sentía tratada como una invitada en su casa, y se decía, mira, así será siempre a partir de ahora. Y le cogía de nuevo aquella angustia de polvo en la garganta. Si pudiera, gritaría. Ya no necesitaba imaginarse el futuro para reproducir la vida que le esperaba, ahora ya la estaba tocando. Una vida que era un abismo bajo sus pies.

Aun así, la noche del viernes había sido la mejor del

casamiento. Se había distraído con las bromas, los cantos y las ocurrencias de las jóvenes. Y Aicha había hecho una extraña revelación. De pronto, había anunciado, con su madre presente, que sí, que aceptaba casarse con aquel desgraciado de su primo, que estaba celosa de Fatima y no quería marchitarse en una casa que no era la suya, que prefería ir a la que le estaba destinada. Las que la conocían se quedaron atónitas, la fama de Aicha, aquella chica indomable y rebelde que se negaba a pasar por el aro del matrimonio era de todos conocida. Las hermanas le recordaron que solo unas semanas antes había estallado contra su madre al hacerle aquella propuesta. He cambiado, dijo Aicha. Y lo cierto era que llevaba unos días más calmada, más dócil, se la oía gritar menos y había dejado de perseguir a sus hermanas chancleta en mano. Y pasaba mucho más tiempo en casa que antes. Todos se preguntaban cómo era posible que se hubiera producido un cambio tan abrupto. Fatima ponía la oreja cuando Zraizmas hablaba con su suegra para ver si confesaba haberle hecho algún sortilegio a Aicha, pero no lo descubrió nunca. Su madre contaría años después que la transformación de Aicha se había producido justo después de pulirse los dientes. Que no era el primer caso de mujer rebelde a la que tras pasar por la lima de afilar los dientes también se le limaba el carácter. El caso es que la noche de la henna de Fatima, Aicha anunció que también ella se casaba. Y a Fadma, que estaba sentada al lado de sus hermanas casi sin decir nada, de pronto empezaron a correrle abundantes lagrimones por las mejillas. Con la mirada perdida, y callada, parecía que ni siquiera se daba cuenta de que lloraba. No le preguntaron qué le pasaba, sino que se pusieron a llorar ellas también, como si todas supieran, sin decirlo, lo que las entristecía: que aquel mundo que habían vivido juntas se acababa, que se irían yendo una tras otra hasta no quedar más que Abrqadar y Fadira en la casa. Fadira también lloraba porque recordaba su desplazamiento, y ahora que había vuelto a tener hermanas, se marcharían también una a una. Había perdido a las suyas propias y ahora perdía a las que la habían adoptado.

Las novias de antes, dirían muchos años después, lloraban porque no sabían adónde iban. Pero también lloraban porque se sabían desplazadas, extranjeras. Sea como sea, una novia no era nunca una mujer jubilosa que estallara de alegría.

El sábado fue un día de más trasiego, con invitados venidos de más lejos, algunos de ellos hombres. Aquella noche, Fatima tenía que quedarse muy quieta, cubierta con un velo, con los pies y las manos brillantes por aquel rojo anaranjado que en las grietas de los talones y las manos se había vuelto negro. Se había esforzado mucho para suavizarse la piel con aquella pasta que hacían disolviendo cera de las velas en aceite de oliva, la verdad, pero ni untándosela cada noche conseguía cambiar la aspereza de aquella piel suya casi terrosa, tan parecida al suelo del huerto.

Trajeron la henna de casa de su marido, hecha ya una pasta, en una bandeja, con huevos duros en medio, unos huevos que, cubiertos con la masa verdosa, a Fatima le removían algo que no sabía entender, a lo que no sabía ni dar forma ni nombre. Quizá fuera que simbolizaban algo que ella aún no había conocido de primera mano: fertilidad. Aquella henna la habían repartido entre las invitadas como siempre.

El sábado era más solemne, por eso no podía ni tragarse la saliva. Las mujeres mayores cantaban. Cogían los panderos y los giraban ligeramente sobre la cabeza, como si escucharan su propia percusión. Luego alzaban la barbilla hacia el techo para dejar salir la voz. Comenzaban rimando frases sin contenido, como por ejemplo «dame tu pandero», «había dicho que no era necesario pero este desgraciado corazón mío no me deja en paz», o aquel otro tan usado de «qué diré, qué diré, madrecita mía, por dónde empezaré», pero enseguida iniciaban la competición para ver quién era más diestra en el arte de componer. Elogiaban a la novia, le deseaban buena vida después del matrimonio y a continuación pasaban a expresar sus propios sentimientos, cantando sobre el amor y el deseo con metáforas que solo ellas entendían. Y se reían cuando se sorprendían las unas a las otras con giros inesperados, cuando les salía un verso afilado y redondo. También se acusaban de plagio, de haber copiado el verso de otra fiesta o de alguna cantante famosa. Fatima no entendía por qué se reían. A vosotras también os expulsaron de vuestra casa y en cambio seguís, no solo vivas, sino contentas. Y se preguntaba si a ella le pasaría lo mismo, si una vez arrancada de su mundo sabría encontrar la manera de curarse las heridas de forma que, años después, ni se acordara de su vida anterior. Como si hubiera vuelto a nacer.

Ahora que arrastraba los pies por el patio mientras las mujeres volvían a cantar y a ella la guiaban a ciegas hasta la mula que la llevaría a su nueva vida, no estaba segura de si ya había renacido o todavía no. Temblaba, hacía horas que su cuerpo no dejaba de moverse desde la punta del dedo del pie hasta la punta del cabello más largo. Hacía tintinear las joyas con aquel temblor, un temblor que era como un frío profundo que ni el pesado vestido de su padre le calmaba. Porque era un frío que le salía del vientre y se le propagaba al resto del cuerpo. De vez en cuando las mujeres cantaban a las madres, como la fórmula habitual de compadecerse de su suerte, decían: *aia lala imma*, madre mía, y Fatima les habría suplicado que dejasen de hacerlo, que dejasen de invocar a las mujeres que las habían parido. Quería no pensar en la suya, encogida en la cocina, cogiéndose una de las puntas del pañuelo con el que de vez en cuando se secaba los ojos. Vete y que Dios te otorgue el bien, hija mía, le había dicho justo antes de que sus hermanas la cubriesen con la tela gruesa y desapareciera delante de ella.

Fatima no sabía si el viaje era largo o corto. Respirando desde dentro del vestido de lana oscura no sabía calcular el tiempo; al no ver el paisaje, no podía medir el espacio, saber si estaba lejos o cerca de casa. No llores, que vas cerca y no lejos, la broma que se les hacía a los niños pequeños.

Lo único que podía adivinar de su travesía era si el terreno era más llano o más accidentado, y lo detectaba por los movimientos del animal sobre el que iba.

Hacía días que Fatima se había convencido a sí misma de que cualquier cosa era posible, que al llegar a su habitación todo podía pasar. El gran enigma era si estaba estropeada o no, si conservaba entre las piernas los contornos con los que había nacido. No había tenido forma de desentrañarlo y, casi casi, estaba convencida de que era defectuosa. Pensaba mucho en el maestro, pero le pedía a Dios con todas sus fuerzas que le permitiera superar ese obstáculo, prometía que si no la descubrían desgarrada sería más buena que nunca, no permitiría que nada le alborotara nunca el cuerpo.

Cuando la comitiva la hizo sentar al final de la habitación y las hermanas le quitaron la capucha, se sintió como en un sueño. En los sueños estás en un lugar y no sabes por qué, haces cosas sin sentido y no sabes por qué, todo pasa sin que tu voluntad intervenga. Fatima miró la habitación. Su habitación, la que le había preparado el destino. Un azul poco matizado, distinto del turquesa de su casa. Un zócalo más ancho del que ellos pintaban. Unas repisas demasiado gruesas. La puerta del baño tan pequeña que parecía conducir a una cueva. Una cama que, al sentarse, había sonado a lamento. Fatima ya no estaba cubierta por el vestido de su padre, pero seguía mirando hacia el suelo.

Y se fueron todos. Y se hizo el silencio.

Y después del silencio, una respiración agitada, unos pasos que se acercaban, una voz que decía Fatima mía, qué alegría, Fatima mía, qué alegría. Y la puerta se cerró, y toda la habitación se quedó en la penumbra de una lámpara de aceite colocada sobre una mesa baja. A los novios les habían preparado una bandeja con almendras, el té y unas magdalenas de las que le gustaban tanto a Fatima, las que le cabían en el hueco de la mano. ¿Y por qué lloras? Pero Fatima no respondía, ¿qué podía decirle al desconocido de los cabellos de paja, que solo con verla bailar en otro casamiento en medio del patio había decidido que la quería durmiendo cada noche a su lado? Como si el deseo de los hombres fuese la fuerza que mueve el mundo, su vida había cambiado de repente para amoldarse a lo que él había querido. ¿Y qué te creías, Fatima, que las mujeres tenemos algo que decir, que decidir? ¿No habías entendido aún que estamos en manos de los hombres como estamos en manos del Señor?

Pero la hija de Zraizmas n Ichata n Mumna no tuvo tiempo de pensar más, porque el muchacho de los cabellos de paja, al que tendría que acostumbrarse a llamar por su nombre, Mohamed, ya estaba a su lado con el aliento muy cerca de su mejilla. Un aliento que le erizó la piel. Mía, Fatima, mía. Y suerte, se dijo, suerte de que el aliento no le hediera a tabaco. De hecho, tenía un cierto aroma a fruta, como a manzana roja. De su axila se desprendía un olor más denso, más parecido a la tierra, pero también con un punto dulce que no sabía comprender. Ahora Mohamed la tocaba, le pasaba los dedos por la mejilla, le decía mírame, pero ella negaba con la cabeza. Somos marido y mujer, ya puedes mirarme. Pero Fatima habría preferido que la habitación estuviera completamente a oscuras, que hubiera apagado del todo aquella lámpara de aceite. La mecha encendida temblaba como ella, había fijado allí los ojos y no podía dejar de mirar cómo se ondulaba y hacía ondular el aire que había cogido cuerpo dentro del cristal y se veía más denso que el de fuera.

Fatima se imaginaba poniendo los dedos dentro y estirando aquel aire como si fuese una goma.

Nunca le contó a nadie lo que vino después. ¿Qué mujer habla de estas cosas? ¿Dónde se ha visto que alguna diese detalles de su noche de bodas? De todos modos, ya se sabía, quien lo había vivido sabía muy bien cómo pasaba todo. Mohamed la desnudaría, demostraría que era una hija como tenía que ser y fuera de la habitación estallarían más aún los *iuius* de las mujeres, que alzarían sus panderos por encima de sus cabezas y bailarían con más ímpetu que nunca celebrando que todo estaba en orden, que el matrimonio comenzaba con la bendición del cielo y la tierra. Pero si Fatima hubiera contado alguna vez lo que había pasado dentro de aquella habitación que acababa de estrenar, diría que el cuerpo se le tensó como si no fuera suyo. Que la desazón no le permitía estar allí, que el convencimiento de estar a punto de la deshonra la hacía encerrarse sobre sí misma, pero la nariz no la podía cerrar, y su nariz olía los aromas de Mohamed, su nariz hacía que sus carnes se estremeciesen, pero no de miedo, sino de otra cosa que tardaría en entender, algo parecido a lo que había sentido cuando, en la ribera del río, oyó su nombre en la voz de él.

Tendida bajo las mantas, sin ropa por primera vez desde que nació, tuvo la sensación de que la piel se le había quedado en carne viva. Hasta el tacto de las sábanas la tensaba, hasta el peso de la manta la erizaba. Por eso, cuando Mohamed se metió en la cama desnudo también y se puso encima de ella, se convenció de que estallaría en mil pedazos. O que el corazón se le pararía. O que el vientre se le desgarraría. Afrontaba el abismo de no saber si era o no defectuosa, pero al mismo tiempo su cuerpo parecía olvidar el miedo y, atento, respondía como no sabía que podía responder al tacto de Mohamed. Nunca hubiera dicho que la piel de un hombre pudiera producir aquel efecto, un cosquilleo dulce, una extraña sensación de estar deshaciéndose entera. Me escurriré por el colchón, se decía, seré como la lluvia que penetra la tierra al caer. Pero al tiempo que se sentía más blanda que nunca, también se notaba muy real, muy corpórea. Los pezones se le habían endurecido hasta hacerse como botones de carne dura y le parecía que en la entrepierna le había crecido una rama que había arraigado por todo su cuerpo. Entonces se acordó del maestro y volvió a sentir todo el miedo del mundo. ¿Sería la rama la prueba de que había sido tocada antes de que ahora lo hiciera Mohamed? No tuvo tiempo de preocuparse, un cuchillo afilado la atravesaba sin saber bien cómo, un dolor en donde el vientre se acerca a la espalda le cortaba la respiración. Abrió la boca, convencida de que el aliento, el alma, se le escaparía del todo y se quedaría allí tendida, seca. Ya no había rama, y los pezones se habían deshecho. Y Mohamed miraba el pañuelo colocado debajo y se vestía corriendo, abría la puerta y fuera estallaba de nuevo la alegría. Fatima aún no sabía muy bien lo que había pasado.

3. Que el primer paso sea de miel

Durante su primera semana de casada, Fatima se diría a sí misma que iba con la piel vuelta. El cuchillo que la había desgarrado la alivió de todos los temores que llevaba arrastrando desde hacía años.

El cuchillo había demostrado que no era defectuosa, así que comenzaba su nueva vida con aquellas credenciales. La primera prueba, la más importante de todas, la había superado. Ahora vendrían los tiempos de adaptarse a su nuevo sitio, de demostrar su valía como mujer, no solo con lo que había sabido conservar entre las piernas sino con sus cualidades a la hora de hacer las tareas de casa y comportarse como una buena casada. Pero eso llegaría después. Ahora, durante aquellos primeros días, aún era una novia que tenía que quedarse en su habitación.

Caminaba Fatima como si se deslizara sobre la alfombra, arrastrando los dfain bordados de casamiento, un pañuelo de seda que a duras penas se aguantaba sobre el cabello, anudado en la nuca, que continuamente se le resbalaba. Pero no sufría, en su habitación no entraría ningún hombre desconocido. Se miraba las manos teñidas y le parecía que se adaptaban a su nueva condición de casada, el rojo de su piel era el mismo que había manchado el pañuelo.

No quería pensar en el lugar de donde venía, no quería recordar ni la añoranza de su madre, ni la añoranza de sus hermanas ni del paisaje. De momento, quería dejar guardada, cerrada con llave, toda aquella nostalgia que había anticipado. Fatima era completamente nueva, Fatima, una mujer, y, además, la novedad de la casa y del pueblo. Durante unos cuantos días vendrían visitas, mujeres de los alrededores que no habían asistido al casamiento y que querrían conocer a la joven esposa de Mohamed Sqali. Se miraba al espejo para recibir a las invitadas. Sus ojos, que ahora, estando casada, ya se podía pintar, le parecían enormes. Aquellos almendrucos, como los llamaba la abuela Ichata, se habían convertido en dos pozos donde se reflejaba la luz, profundos y oscuros. ¿Cuándo se le habían ennegrecido así? ¿La profundidad que ahora tenían era por el maquillaje o por la transformación que había sufrido la noche anterior al ser desgarrada? Fatima no lo sabía, pero no podía dejar de mirarse al espejo. Por primera vez tenía tiempo para entretenerse y estaba obligada a hacerlo. Las novias han de arreglarse, han de ocuparse solo de su belleza. Durante aquellos primeros siete días, a Fatima le estaba prohibido realizar cualquier tarea doméstica. No era bueno, traía mala suerte. Las desfloradas son tan vulnerables como los recién nacidos o los niños después de la circuncisión. Por eso, durante siete días, Fatima se había de limitar a quedarse en su habitación. Un tiempo inusual de descanso del que nunca había disfrutado la hija de Zraizmas. Hacía la cama, ponía bien los cojines junto a la pared, se preparaba por si venía alguien.

Ella no podía moverse de la habitación y tenía entendido que el novio tampoco, pero hacia media mañana él se había vestido y había salido. Fatima se había quedado en la cama hasta que él se había levantado, y no sabía muy bien lo que tenía que hacer. Ella nunca se había quedado hasta tan tarde bajo las mantas, pero llevaba tres días de fiesta y una eternidad de inquietudes en el cuerpo que, al desaparecer, la habían dejado exhausta. Agradeció poder levantarse tarde por primera vez en muchos años, aunque aún no sabía muy bien cómo colocarse en aquella cama repentinamente compartida con el muchacho de los cabellos de paja. En la oscuridad de la noche, había escuchado su respiración. Sobre todo, porque al principio se había dormido rodeándola con un brazo y a ella aquel peso encima la desconcertaba. La piel de él tocando la suya volvía a erizar todo su cuerpo, le despertaba aquel tallo de raíces abundantes que se había descubierto en la entrepierna, aquellas carnes interiores por las que había penetrado Mohamed, aquellos pechos que deseaban ser tocados y chupados de nuevo con avidez. Todos aquellos pensamientos, a los que no había podido ni dar cuerpo porque eran de perdida, ahora se los había escrito Mohamed en la piel como si él hubiera sabido mucho mejor que ella lo que sentía en los rincones más recónditos de su carne. Sí, Fatima se sentía así: la piel vuelta y escrita con grafías que no podía descifrar, poblada de mensajes secretos. Y cuando su marido comenzó a respirar con más calma, Fatima no pudo evitar sentirse tensa como la piel de un tambor, que ahora no estaba solo bajo el vientre, sino en toda ella. De pronto deseaba que Mohamed volviera a ponérsele encima, que volviera a llenarla. Quería sentir aquella piel contra la suya, le parecía que la de él también estaba escrita y que podía leerla cuando la cubría y la penetraba como si fuera lluvia. Pero Mohamed se había dormido, exhausto, y ella se había quedado con los ojos abiertos en la oscuridad. Fatima se preguntaba si lo que sentía era lícito o no, si era de perdida ahora que lo hacía con el hombre que le había preparado el destino. ¿Cómo era posible que de un día para otro pasara de prohibido a permitido, y que lo que sintió a la orilla del río cuando Mohamed le dijo Fatima mía ahora ya no fuera vergonzoso? La desconcertaba este cambio brusco de las normas. Ahora no solo le estaba permitido lo que tenía prohibido antes del casamiento, sino que era uno de sus deberes como esposa. Eso lo sabía, que una mujer ha de recibir al marido siempre que él quiera. Lo que no le había explicado nadie era cómo tenía que sentirse ella, si estaba permitido que se notara el cuerpo de aquella manera, repentinamente transformado en contacto con el de Mohamed.

Fatima tuvo mucho tiempo para pensar en ella durante aquella semana, en las pausas entre las visitas de las mujeres del pueblo que la revisaban de arriba abajo escrutándola. Era tan oscura, se dirían, como una esclava de cuento. La suegra también entraba y salía de la habitación a menudo hablando justo antes de atravesar el umbral ligeramente encorvada. Era menuda, con unos ojos pequeños en un rostro de piel dura. A Fatima le parecía que aquella piel tenía que ser gruesa, que parecía replegarse sobre sí misma. También era muy oscura, y tenía los labios ennegrecidos de nogal y una nariz ancha. Fatima no podía dejar de mirarle las manos, enormes, con aquella henna tan renegrecida hasta las uñas, y unos anillos de plata de los de antes, pesados. Eran unas manos demasiado gruesas para una mujer tan pequeña. Le recordaba un poco a la abuela Ichata, pero enseguida se dio cuenta de que no tenía nada que ver con las formas afables de la madre de Zraizmas, aunque cuando entró en la casa, conducida por la comitiva nupcial, la hubiera recibido como debía, con un plato a rebosar de miel. Habían detenido a Fatima justo en el umbral del patio, en la puerta principal de la casa, y aquellas manos gruesas habían aparecido bajo el vestido de lana que llevaba la novia y le habían cogido un pie. Para no perder el equilibrio, Fatima se apoyaba en sus hermanas y, de pronto, comenzó a sentir la frialdad gélida de la miel en la que su suegra le había hundido el pie. Así te recibo, hija mía, con esta dulzura que deseo que sea la de los días que vendrán. Que nuestra convivencia esté siempre exenta de conflicto y vivamos en paz de aquí al final de mis días. Sé bienvenida, hija mía. Y todos habían confirmado el deseo: si Dios quiere, si Dios quiere.

Conoció a sus cuñadas, que habían llegado invitadas cuando hicieron la ceremonia del noviazgo. Tardó en entender quién era cada cual, las mujeres de los hermanos de Mohamed y las hermanas de este, aunque en la lengua de Fatima la palabra «cuñada» era distinta si se refería a las unas o a las otras. Como aún había muchas invitadas en la casa, no tenía muy claro cuáles de ellas vivían allí, cuáles eran las trasplantadas como ella, o adoptadas, o las sustitutas de unas hijas auténticas que habían sido dadas en matrimonio, las que vivirían también para siempre en casa ajena.

La primera semana de casados iban entrando todas a su habitación, ahora una, ahora la otra, y Fatima intentaba encontrarles parecido con sus propias hermanas. ¿Esta será brusca y visceral como Aicha o tranquila como Fadma? Trataba de no desviar los pensamientos hacia allí, no quería entristecerse de pronto, no quería empaparse de añoranza. Pero ¿a quién se parecía Jadiya? ¿A quién la Jorobada, que casi no entraba por la puerta de lo alta que era? ¿A quién la pequeña Yamila, que tosía siempre y se golpeaba el pecho cargado de flemas?

Yamila era la que entraba más a menudo a verla. La llamaba hermana mía y le ponía la mano en el hombro cuando le hablaba. Tenía una piel tan blanca que deslumbraba y la mirada atravesada, con los párpados siempre medio cerrados, como si nunca acabara de abrir del todo aquellos ojos que cerraba con tanta frecuencia, cuando le venía la tos. Le empezó diciendo que Mohamed había sido un soltero codiciado, que muchas vecinas y primas se le habían insinuado. Pero va y te escoge a ti, qué sorpresa. Que también Drifa les había hablado de

Fatima, que sabían que como ella no había nadie, claro, que no se esperaban que Mohamed fuera tan lejos a buscar mujer. Que ella estaba encantada porque, ya lo vería, en aquella casa vivía la más venenosa de las serpientes, que tuviera cuidado y no se fiara de nadie. De ella sí, claro, en ella podía confiar completamente, a partir de entonces sería como una hermana.

Yamila la distraía de sus propios pensamientos. Y tenía tantos, ahora que no tenía que ocuparse de todas las labores cotidianas. Su añoranza era mayor de día que de noche. Aunque se esforzara por no hacerlo, no pensar en su casa le era imposible. Si no le pasaba por la cabeza, le pasaba por el cuerpo, que se movía con extrañeza entre aquellas paredes ajenas de arcilla. Aquella casa no tenía historia, no era como la suya. No sabía quién la había construido ni cómo. No podía recordar los acontecimientos que allí habían tenido lugar, ni los pequeños ni los grandes. Esperaba que poco a poco las mujeres que la habitaban le fueran narrando relatos que dotasen de significado aquel espacio tan frío. Tendría que saber cómo habían sido los nacimientos, las muertes, las celebraciones, las peleas, qué hicieron el año de la gran sequía, el de la epidemia de cólera. Quería escuchar a las madres contando viejas historias a sus hijos, ver qué raíces sonoras tenían en aquella casa.

Mientras tanto, sin esos relatos para poblar el espacio, Fatima solo miraba a su alrededor. Los colores, la textura de las cosas, los olores. ¿Por qué era tan diferente el olor de aquel lugar del de su casa? Se acostumbraría.

De día alisaba cojines, recogía migajas con los dedos porque le estaba prohibido barrer o fregar. Se iba acostumbrando a ser escrutada por las mujeres que la visitaban. Cuando llevaba un rato callada ante aquellas señoras que, allí sentadas, hablaban de personas que ella no conocía, de paisajes que no había pisado nunca, la invadía el aburrimiento, y de pronto todo le parecía soporífero. Entonces le entraba una tristeza extraña, mezcla de estar lejos de casa, pero también de saberse definitivamente cambiada, pues ahora era una mujer en toda regla. La añoranza también era de ella misma. Fatima había cambiado porque la había desgarrado aquel cuchillo, pero también porque en casa de los Sqali tenía que ser otra. Prudente, atenta... no podía meter baza porque las novias han de ser gráciles, delicadas, de movimientos suaves, como si no pisaran el suelo. Y tenían que mostrarse tímidas, mirar al suelo y no responder con estridencias a las preguntas que le formulaban el resto de las mujeres. Pero aquellas señoras —de las que no conseguía saber quiénes eran, ni si tenían importancia o no para la familia, si eran o no de confianza— hablaban y hablaban de un mundo que Fatima desconocía. Estaba atenta para ver si el de allí y el suyo se tocaban en alguna parte, si alguna de las anécdotas terminaba relacionada con Pozo de Higueras, pero no, aquel sitio parecía estar lejos de todo. Entonces le entraba el aburrimiento. O la tristeza. Porque en la lengua de Fatima ambos sentimientos se expresan con la misma palabra.

Fatima deseaba con todas sus fuerzas que llegara la noche. Lo que pasaba en la cama cuando apagaban la lámpara de aceite era un misterio, una historia cuyo orden no sabía descifrar. Había temido durante tantos años el momento de estar bajo las mantas con el hombre que le tenía preparado el destino, que ahora no comprendía aquella excitación, aquella forma de alegría que la sorprendía al pensar en ellos dos, Mohamed y ella, piel con piel en la oscuridad. Nunca hubiera dicho que un desconocido le sería tan agradable al tacto, que le provocaría aquel ardor tan profundo parecido al que sentía con la comida humeante al llegarle al estómago, sobre todo si la había cocinado su madre.

Durante el día, para no ponerse a lloriquear como una pánfila, intentaba sobre todo no pensar en las comidas que hacían juntas las hermanas y la madre, no recordar el sabor de aquellos manjares. En casa de los Sqali le servirían el alimento toda la semana de novia. Los primeros días habían puesto en el plato las sobras del casamiento, unos trozos enormes de carne que flotaban en aceite y que luego le producían escozor en el estómago, pollos recalentados duros como piedras. Fatima se dio cuenta enseguida de que la cocina de allí era otra cosa. O quizá fuera solo durante aquellos días. Pero a medida que se iban acabando los restos de la boda, los platos puestos en la mesa también tenían sabores, texturas y olores muy diferentes de los de la casa de Fatima. Se moría en deseos de que se acabara la reclusión pertinente y poder ponerse ella a hacer la comida.

Si durante el día Fatima pensaba, aunque fuera un momento, en las noches con Mohamed, sentía una excitación incómoda. Se le tensaba toda la piel, todo el cuerpo, y ahora también sentía la agitación en la entrepierna, aquella entrepierna que ya no era un contorno desdibujado que no sabía exactamente dónde comenzaba y dónde acababa. Ahora era muy consciente de tener un agujero en la carne, un agujero que no estaba vacío, sino que creaba un cuerpo a su alrededor. Era como tener un brazo o una pierna, pero en lugar de salir hacia fuera entraba hacia dentro. Y se agitaba a menudo, sobre todo cuando pensaba en la noche anterior o en la que vendría. Fatima sentía aquel agujero como una boca que apretaba con fuerza a Mohamed cuando se le ponía dentro. Así que era eso. Ahora se reía de sí misma después de preocuparse tantos años por si el maestro la había estropeado, ahora gozaba tocándose aquellos pliegues, sobre todo cuando hacía las abluciones para rezar y se echaba agua por aquellas carnes que solo podía palpar con los dedos. Se decía, echa fuera al demonio, Fatima, y continuaba como si nada con el lavado ritual intentando olvidarse de aquel latido.

A veces pensaba en todo eso mientras estaba con las invitadas y le daba vergüenza. ¡Qué pasaría si lo notaban! Por eso se sentaba con las rodillas juntas y de lado, y curvaba ligeramente la espalda abrazándose con las manos. Pero, cuanto más aburrida era la conversación, más se le iban los pensamientos a lo que había pasado la noche anterior. Fatima quería entender qué era todo aquello, qué era lo que la hacía sentir como si la piel se le volviera del revés.

La atmósfera que se vivía en la habitación cuando estaban ella y Mohamed le recordaba a la que se creaba en la de Zraizmas cuando su padre volvía de sus viajes. Aquella densidad extraña del aire, aquellos olores diferentes a todo lo demás. Ay, que se haga ya de noche, pensaba Fatima mientras entraba otra vecina.

No sabía cómo, pero a Fatima aquellos ratos que pasaba en la tibieza de la cama le calmaban todas las añoranzas, le traían un extraño consuelo. Mohamed le había pedido que entrara ya desnuda y así lo hacía, tapándose hasta la barbilla, expectante, anhelante, intentando detectar con los ojos la silueta de él en la oscuridad. Primero la besaba, y ella notaba enseguida sus labios como llenos de sangre, quería sentirlos con calma, conocer cada rincón de su piel con la piel de su boca. Pero Mohamed la besaba deprisa, enseguida bajaba hasta los pechos. Durante un momento, Fatima se detenía a imaginar que se besaban lentamente, con sus bocas palpitando como corazones, persiguiéndose la una a la otra, lamiéndose o tal vez mordiéndose. ¿De dónde le venían aquellas ideas, por Dios? Pero eso no pasaba nunca, su marido le daba tres o cuatro besos con prisas y enseguida bajaba a los pechos. No sabía muy bien qué le hacía, pero se notaba la carne estrujada como si fuera una masa de pan, y después notaba la humedad y el calor de la boca de Mohamed. Ahora estoy yo dentro de él, se decía, y habría deseado meterse toda. Se entretenía un buen rato en apretarle los pechos con fuerza, chupándoselos a veces, mordiéndoselos. Lo que ella hubiera querido hacer con todo el cuerpo de Mohamed, él se lo hacía en los pechos. Luego venía el momento del misterio, el momento de ser colmada por las carnes que el marido tenía en la entrepierna y que, enhiestas como los juncos jóvenes, se introducían en las suyas, las que hasta hacía unos días no sabía ni que existían. Y palpitar, palpitar entera como si la persiguieran, tener toda la piel empapada de él. Y aquel tallo arraigado bajo el vientre se le convertía en un nudo de carne. Como si lo estiraran de las raíces, el tallo se endurecía bajo el roce aterciopelado del bajo vientre de Mohamed. Y desde hacía un par de días no tardaba en llegarle; ahora que ya no notaba un cuchillo, sino una carne dura que la llenaba, le llegaba el estallido. Una explosión intensa que le detenía todos los pensamientos, que la hacía ser solo cuerpo por unos instantes. Fatima, después, lloraba.

4. La Jorobada

Hermanas mías, queridas, ¿no os habéis cansado aún de esta letanía mía? ¿Queréis seguir escuchando mis peripecias? A mí me va bien poder desfogar el corazón, ya lo sabéis, pero no querría cansaros con el relato de todos estos años. Claro que solo así podré devolveros un poco del tiempo de mi ausencia, solo si os continúo contando todo lo que nos ha pasado podréis llenar el vacío que os dejamos Sara Sqali y yo al marchar. He lamentado enormemente haberos dejado, hermanas, pero ya lo sabéis, no podía hacer otra cosa que lo que hice, ir a buscar al hombre que me pertenecía por destino, el padre que nos había de sostener a las dos. Ya os he explicado que me encontré con una realidad muy diferente, pero por suerte salimos adelante, aprendimos a ser nosotras por nosotras mismas. Dios nos somete a las pruebas más duras, pero siempre acaba apiadándose de los que padecen. A partir de mi encuentro con Latifa en mitad del mercado, las cosas cambiaron, tuvimos un tiempo de alivio, de mejora, de suficiente bienestar como para sentirnos amparadas de nuevo. Y la compañía, queridas, la compañía de las mujeres como nosotras no se parece a ninguna otra. Cuando somos como Dios manda, nosotras nos ayudamos, nos ofrecemos la mano y nunca nos quedamos indiferentes ante el sufrimiento de las demás.

El marido de Latifa, cuando vio aquellos bajos donde vivíamos, se quedó muy preocupado. Hermana mía, me dijo, no podéis continuar aquí, con lo que pagas de alquiler podemos encontrar un lugar más adecuado para una mujer como tú, ¿sabes? Yo, con los hombres, siempre intento mantener las distancias, no puedes fiarte, pero aquel era diferente, me recordaba a nuestro hermano Abrqadar. Quiso que nos quedásemos en su casa hasta que nos encontrara un piso, pero yo me negué. No has de ponerte nunca en medio de una familia por mucha confianza que pueda haber. Al cabo de unos días, me acompañó por unas calles pasado el puente, cerca de la escuela de Sara Sqali, en medio del brazalete que formaba la ciudad. Así, así; así de empinadas eran las calles, con un olor tan parecido al de nuestros morabitos que me reconfortó un poco, aunque con un frío terrible porque no daba mucho el sol. El piso era un primero, también oscuro y con un par de ventanas pequeñas. Después ya pude ver que allí no nos llegaría nunca la luz directamente, había delante un edificio enorme que lo tapaba todo. Ya veis cómo se me ha aclarado la piel, ¿de qué os pensabais que era? ¿De alguna crema? Pues no, hermanas, es de vivir en la penumbra. Ya os podéis imaginar que aquella casa no era ninguna maravilla, los cristianos las hacen tan pequeñas que se nota que sus familias son reducidas, pero al menos en aquella los portones cerraban bien, y por lo menos tenía una cocina, vieja y sucia, sí, pero con fogones, grifos, y unos armarios descantillados. Había un trasto extraño colgado en la pared que no sabéis el cambio que significó para mis pobres manos peladas, era un calentador de agua que funcionaba con butano. Había dos habitaciones con una cama en cada una, una grande y otra pequeña, y las dos rechinaban cuando te sentabas; y sobre las camas había unos colchones pesados de lana. ¡Colchones, hermanas! Colchones para nuestras pobres espaldas hartas del frío del suelo.

Había un sofá viejo y una mesa de comedor. Como os digo, todo muy oscuro, como una cueva, pero el marido de Latifa me dijo el precio y que tendría que pagarle al señor de la tienda de abajo, que era un judío y tenía muy mal genio, pero que para cualquier cosa podríamos acudir a él. Yo aún no he entendido cómo sabían que era judío, pero todos los marroquíes de la ciudad lo confirmaban. Sara Sqali me dijo años después que no podía ser judío vendiendo como vendía todas aquellas carnes secas colgadas.

El marido de Latifa nos encendió la estufa y nos dejó allá. En los fríos bajos había tenido un lugar propio por primera vez, pero apenas si era un techo donde cobijarnos. Aquel piso, aunque viejo, pequeño y sombrío, se parecía mucho más a una casa. No era solo una habitación, era todo entero para nosotras dos, y a partir de entonces tuve un motivo más para esforzarme en el trabajo: conservar por encima de todo aquel rincón del mundo donde por fin podíamos sentirnos seguras mi hija y yo.

Ya me conocéis, hermanas, ya sabéis que no puedo estarme quieta si hay cosas que hacer; así que, en cuanto cerré la puerta detrás del marido de Latifa, me enganché el extremo de la falda larga a la cintura, me arremangué y me puse a fregar y fregar, a barrer y a quitar todo el polvo. Si hubierais visto cómo cambió aquello, os habríais quedado maravilladas. Cuando acabé todas las tareas me ardía la sangre, me sentía viva como nunca, hermanas, viva de nuevo, y agradecí a la Providencia que hubiera puesto a Latifa y a su marido en mi camino.

Después, Latifa me contaría que a su marido le gustaba mucho ayudar, pero que, además, cuando había probado mi pan, no había podido describir el placer que había sentido, que nunca en su vida había comido nada tan delicioso, tan exquisito. Que tenía la consistencia perfecta, que se fundía en la boca. Bien lo sabéis vosotras, hermanas, que tan bien acostumbradas os tenía,

¿verdad? Hace mucho tiempo que no os lo he hecho, pero, aun así, se ve que esas habilidades se incrustan dentro y ya no se pierden nunca. O, como decía nuestro padre, es algo con lo que nací, un don que Dios me dio. Pues el marido de Latifa no podía creer que pudiera hacer el pan tan bien, y ella me decía enséñame, enséñame a amasarlo, porque ahora me regaña porque no lo hago como tú. Y la verdad, hermanas, Latifa no tenía paciencia, revolvía maquinalmente la harina con agua y para de contar, no le gustaba hacerlo; y, como en los últimos años han puesto esos supermercados con barras de pan muy baratas, las compra siempre. Pero Latifa no se enfadaba, me decía: me pondré celosa, niña, mi marido está enamorado de tu pan. Desde que me lo dijo, cuando hacía pan, yo siempre contaba con ellos y les daba o les enviaba una hogaza. Y claro, cuando probaron mi remsemmen no podéis imaginaros cómo se quedaron. Buscando por las tiendas, había encontrado sémola fina, y ellos no podían creerse que el milhojas me saliera tan ligero, tan esponjoso, sin más aceite de la cuenta.

Hermanas, a partir de entonces tuvimos una época de calma. Me sentí aliviada por primera vez en mucho tiempo. Alguien nos había amparado por fin y ya no estábamos solas, no estábamos solas en el mundo.

Por la mañana iba muy temprano a la fábrica donde trabajaba. Trabajaba tanto que a veces me hacían bajar a la parte de los hombres y no podían creer que cargara las pieles húmedas con tanta fuerza, que aguantara tan bien los productos que se utilizaban y que a vosotras os habrían hecho caer mareadas. Aún no los entendía mucho, pero eran tan exagerados expresando su admiración que al final comprendía que estaban contentos conmigo. Yo seguía dándolo todo en el trabajo, me salía la fuerza de las entrañas, hermanas, trabajar era como si Sara Sqali siguiera dentro de mí y tuviera que hacerla crecer y nutrirla. Solo podía nutrirla así, con las manos y la espalda.

Como el piso nuevo estaba cerca de la escuela, no era necesario que viniera conmigo. Además, estaba más protegido que los bajos, no hacía tanto frío y la puerta de entrada cerraba bien. La dejaba durmiendo, y ella se levantaba sola a su hora, se vestía, desayunaba y andaba hasta la plazoleta.

En aquel tiempo, Sara Sqali se parecía mucho a mí cuando era pequeña, se preocupaba de sus cosas, no era necesario que le dijera nada porque lo hacía todo sola. Por la mañana dejaba la cama hecha, lavaba su vaso, y si yo había dejado algunas cosas por recoger, las recogía. Como a mediodía llegaba antes que yo, siempre miraba si la comida estaba hecha o no. A veces yo me levantaba más temprano y la hacía, o la cocinaba el día anterior, pero a menudo mi espalda me pedía alargar un poco el sueño y la dejaba por hacer. Sara Sqali, con siete añitos lunares que tenía, llegaba a casa y se cocía el estofado de patatas o la charmila. Y si había pan fermentándose, lo revolvía una vez. Aún no sabía hacer las porciones, pero se notaba que tenía ganas de ayudarme. A veces me decía que en cuanto fuera lo suficientemente mayor se buscaría un empleo y trabajaría, y así yo podría descansar un poco. Entonces la niña era así, pero luego cambió. No sé en qué momento exactamente, pero pasó a comportarse como el resto de las niñas que no se preocupan por las tareas de casa y has de decirles lo que han de hacer. Eso ya os lo contaré después, pero entonces éramos como hermanas. Y, más que hermanas, éramos como madre e hija, ella la madre y yo la hija, porque ella ya había aprendido el nuevo idioma y me acompañaba a los sitios, nos traducía a mí y a Latifa, y después a otras mujeres nuevas que vinieron. Preguntaba los precios de las cosas por mí, buscaba ingredientes que me faltaban para cocinar y estaba siempre atenta. Y por las noches, aunque ya no nos enroscábamos por el frío, dormíamos una al lado de la otra en la cama grande. Entonces fue ella la que empezó a contarme cosas, cosas del nuevo país donde habíamos ido a parar. Historia de los edificios que teníamos alrededor, de las calles, historias de hacía siglos que yo no entendía cómo podía recordar. Todo está en los libros, decía. Lo que está en los libros no es necesario recordarlo, solo leerlo. Y yo, ¿qué queréis?, me sentía un poco pequeña al ver que mi propia hija tenía más conocimientos del mundo que yo. Por eso os digo que ella se hizo madre y yo hija. Y me explicó que la lengua que hablaba aquella gente no era el idioma que nosotros pensábamos, que allí eran un poco como nosotras, que tenemos esta lengua pequeña y desconocida.

Por las tardes, a menudo nos encontrábamos con Latifa e íbamos a buscar cosas; ella salía mucho, se pasaba el día fuera, de tiendas o solo dando una vuelta. También hacía horas en alguna casa para tener su propio dinero. Cuando ya comenzaban a alargarse los días, porque estábamos en pleno invierno, íbamos a comprar tripas e intestinos a una plaza cercana, aquella calle que os dije, la del primer día; o pollos a las afueras de la ciudad. Aprendí a matarlos, hermanas, ya sabéis que no lo había hecho nunca, pero no podía pedirle al marido de Latifa cada vez que hiciese él los sacrificios, o sea que yo misma, en la bañera del piso, le pedía a Sara Sqali que sujetara las patas y estirase un lado del cuello para pasarles el cuchillo. Al principio me costó, cerraba los ojos y todo, no creáis, pero después me acostumbré. Porque no os lo he dicho, hermanas, que Dios nos perdone, que en aquellos tiempos de necesidad e ignorancia, comimos mucha carne prohibida. La comprábamos a una mujer de cabellos tiesos que tenía una tienda al lado de la fábrica, qué podíamos hacer si no. Aún pasaron unos años hasta que abrieron la primera carnicería marroquí en una plaza que se llama de los Mártires. Y entonces sí que volvimos todos al camino recto, hermanas, volvimos a comer carne limpia. Pero en la época que os digo, Latifa y yo cogíamos a los niños y nos íbamos por los caminos que llevaban a las granjas, donde nos vendían pollos vivos, conejos, también leche cruda que yo sacudía en una garrafa hasta hacerla fermentar. A mí aquellas excursiones me gustaban mucho, porque era como aquí, como cuando íbamos al Mercado del Miércoles, o a buscar agua y hablábamos y hablábamos las unas con las otras y nos sentíamos, hermanas, nos sentíamos confortadas con las voces de las demás. No sabéis la diferencia que supuso poder hablar en nuestra lengua, poder hablar con alguien que no fuera Sara Sqali, porque aún no podía considerarla como otra persona. La niña volvía a escuchar, como cuando estábamos aquí, ya sabéis que le gusta estar atenta, aunque nunca le oiréis decir ni una sola palabra. Se lo enseñé desde muy pequeña, que no se ha de contar lo que se ha oído, y así ha seguido.

Pues ya os digo, hermanas, Dios se apiadó de nosotras, encontramos un poco de paz. Pero sufría por vosotras, claro, que no sabíais si estábamos vivas o muertas, si habíamos llegado o no. Mirad si fui necia, me había llevado el papelito con la dirección de Mohamed Sqali y no había pensado en la nuestra, en apuntarme la nuestra para enviaros una carta o para encontrar un teléfono donde pudiera avisaros de que habíamos llegado. Pensaba que para hacer eso ya contaría con el padre de la niña, no tenía previsto quedarme en el extranjero sola. Y más en aquella época. Ahora cualquier cosa que pase entre los nuestros llega enseguida aquí, pero entonces era muy difícil comunicarnos. Aún tardé tiempo en poderos dar señales de vida, y mucho que lo lamento, hermanas, sé que me disteis por perdida, que pensabais que ya no volveríais a verme nunca más. Y nuestra pobre madre, pobrecita mía, cómo debe de haber sufrido. Pero tú se lo decías, ¿verdad, madre?, les decías que podías sentir en las entrañas que yo estaba viva, que pasaba penurias pero que resistía, ¿verdad?

Y tanto que resistimos, hermanas. Nos ayudaron al principio, pero nosotras nos mantuvimos bien erguidas sobre nuestros pies. Trabajé muchísimo, claro, pero aquel cansancio, hermanas, no era nada, acostumbrada a trabajar aquí en el campo desde pequeñas, aquello no era nada del otro mundo. Y allí me pagaban, ¿sabéis? Eso era una buena diferencia, y me iba bien para la cabeza, yo siempre en el trabajo, aunque hubiera un terremoto, y eso me ha ayudado, me hace expulsar todos los sinsabores, todos los fantasmas. Ya no maldecía mi suerte, ya no pensaba en Mohamed Sqali, al contrario, que mejor así. Latifa me decía: Eres joven, podrías encontrar un marido, y yo gritaba y le respondía, Dios no te oiga, hermana, qué mal me quieres, yo no pasaré nunca más por el matrimonio. Ella, claro, con un marido tan bueno qué había de decir, pero yo lo tenía muy claro.

Y fueron pasando los meses, y fueron pasando los años y ya no teníamos grandes problemas. Hasta que llegó la desgracia. Ya lo sabéis, llegó a la ciudad la Jorobada y me parece que trajo con ella todos los males. Yo no sabía que había venido, fue Latifa quien me lo dijo, que había ido al mercado y se había encontrado a una mujer como nosotras, y al hablar con ella había descubierto que era la mujer del hermano de Mohamed Sqali, ni más ni menos. Al parecer, su hermano también había emigrado y se había traído a su mujer con él. Yo, queridas, me puse a temblar de arriba abajo, me cogieron todos los miedos de entonces cuando me lo contó Latifa, me puse blanca como el papel, y ella misma me dijo, pero chica, ¿por qué sufres?, ¿qué te pasa? Escúchame bien, no has de temer nada, esta gente no es nada tuyo, Mohamed Sqali renunció, eso quiere decir que a su familia no tienes que rendirle cuentas. Pero a mí, ¿qué queréis?, me volvían todos los recuerdos y me venían todos los males. Hubiera querido no saber nunca nada más de aquella mala gente.

Igual que había rezado por no encontrarme con Mohamed Sqali, rezaba también ahora para no tropezarme con la Jorobada. Pero en este caso mis demandas no fueron escuchadas, porque poco tiempo después sería ella la que se presentaría en mi casa. No sé cómo había averiguado dónde vivía, pero, cuando sonó el timbre y saqué la cabeza tan contenta pensando que era mi amiga, y la vi a ella muy tiesa, con su joroba, toda orgullosa, se me puso un velo oscuro en los ojos y dejé de ver, hermanas.

Avisé a Sara Sqali y bajé a abrir. Primero pensé en no hacerlo, pero me parecía que ya me había visto y no me quedaba más remedio que dejarla pasar. Ella, ya la conocéis, habló como si nunca hubiera pasado nada, preguntando cómo estáis, cómo están tus padres, tus hermanas, y qué tal y qué cual, cogía a la niña y la acariciaba. Toda la parafernalia de las falsas, ya os lo podéis imaginar. Yo no decía nada, pero ella charla que te charlarás, que si finalmente habían venido porque el trabajo a Mohamed le salía por las orejas y su hermano tenía que ayudarlo, y tanta prosperidad que habían de agradecerle a Dios, y etcétera y etcétera. Yo no daba crédito, hermanas, de que encima viniera a pasarme por la cara la abundancia en que vivían. No sabéis la paciencia que tuve aquel día. Y qué grande está la niña, decía, y yo pensaba, no será por cómo os habéis encargado vosotros, no. Y que se parecía a su padre, y que un padre lo es siempre, pase lo que pase. Me mordí el labio para no cantarle las cuarenta. Su visita solo fue buena por una cosa, hermanas, para haceros llegar a vosotras la noticia. Porque, a la Jorobada, los nuestros también la llaman allá la Parabólica, porque al momento de oír cualquier cosa ya está llamando aquí para contarla. Se gastaba el dinero en eso, en meterse en la vida de los demás en vez de meterse en sus asuntos. Pues enseguida llamó a la hermana que tiene en la ciudad y le dijo que había venido a vernos, que vivíamos en la miseria y hasta contó que, al poner la mano en el sofá, se había encontrado un trozo de mierda. Que yo estaba fea y delgada y la niña tenía cara de pasar hambre. Que no le extrañaba nada que Mohamed Sqali nos hubiera dejado, que, de hecho, ella ya hacía tiempo que le aconsejaba hacerlo. Pero que, si fuese él, reclamaría a la niña porque no es bueno que una moza viva solo con la madre pasada una edad, y que seguro que acabaría siendo una perdida, una cualquiera.

Todo eso, claro, lo he sabido ahora, hermanas, porque me lo habéis contado vosotras, pero ya me imaginaba que no habría enviado elogios precisamente al otro lado del mar.

Siguió viniendo, no os penséis, cada vez a traer chismorreos de otras casas, a criticar a las pocas familias que entonces empezaban a vivir en la ciudad, a decir, mira aquella que viste así o asá. Y no os lo perdáis, hermanas, no tardó ni dos segundos en dejar las ropas musulmanas para ponerse las cristianas. Y no como hacíamos nosotras, con faldas largas y pantalones debajo, la Jorobada se puso unas que le llegaban por encima de las rodillas, y medias transparentes, la muy descarada, y unos jerséis estrechos que se lo marcaban todo. Se hacía unos peinados con un moño aquí arriba que daba pena verla, una señora de las nuestras perdiendo así la dignidad, madre mía. Cuando llegaron muchos más marroquíes a la ciudad, se hizo la beata y volvió a taparse e iba de mujer ejemplar, pero todos sabían que había salido a la calle así, medio desnuda.

Me diréis que no habría tenido que hacer caso de aquella mala mujer, y me diréis mira que eres pánfila por escucharla, por abrirle la puerta, pero, hermanas, es que me volvieron de nuevo todos los miedos de los años que pasé en casa de los Sqali, en aquella ciudad lejana, y volví a recordarlo todo. Y no sabéis la inquietud que me cogió. ¿Y si me denunciaban?, pensaba. ¿Y si me quitan a la niña? Latifa intentaba calmarme, me decía que las leyes de aquel país no permiten estas cosas, pero yo sufría y sufría. ¿Quién podía asegurarme que no regirían para nosotros, al ser todos extranjeros, las normas de nuestro país? Y ya sabéis cómo es el derecho para las mujeres en nuestras tierras: las madres no somos nada, solo el recipiente donde se cocinan nuestros hijos. Latifa no lo entendía porque no había vivido lo mismo que yo, pero vosotras sabéis bien que tenía motivos de sobra para inquietarme. Sara Sqali era lo único que tenía en el mundo y por ella hubiera soportado todas las penurias en casa de los Sqali si él no nos hubiera abandonado, si hubiésemos tenido manera de ganarnos el sustento.

Un día, vino la Jorobada y, llena de satisfacción, dijo: Ahora harán limpieza en este país. ¿Qué quieres decir?, le pregunté. El gobierno ha decidido expulsar a todos los extranjeros que no tengan papeles. Nosotros, como en cuanto llegamos los empezamos a tramitar, no tenemos problemas. Y yo, mirad, así temblaba, hermanas, así. ¿Y qué papeles?, le dije yo, tonta de mí, y, en lugar de callarme y preguntarlo en otra parte, se lo pregunté a ella, y así supo que nosotras no los teníamos. Pues los papeles, la tarjeta de residencia. Ay, hermanas, no sabéis qué noche pasé. ¿Y qué haría yo, si nos echaban? Ahora que por fin habíamos encontrado un rincón del mundo que era nuestro y de nadie más, ahora que teníamos un poco de paz. No esperé a encontrarme con Latifa, fui a verla al acabar el trabajo aquel día. Llorando le supliqué que me dijera qué era aquello de los papeles, que si sabía alguna cosa. Le dije que nos expulsarían a todos. Y ella, que tampoco conocía los detalles de este asunto, me dijo que seguro que no echaban a nadie, que no sufriera, que le preguntaría a su marido. Y él le dijo que sí, que teníamos que hacer papeles, pero que no suponía mucha complicación. Que primero teníamos que ir al ayuntamiento a registrarnos y después a Barcelona a tramitar el permiso de residencia. Que nos pedirían el pasaporte y el registro en el ayuntamiento. No entendía mucho lo que me explicaban, hermanas, del miedo que me había entrado, pero, de todas formas, no fue demasiado difícil. Si fuera ahora, sería imposible, ahora se han puesto tan duros con los papeles que ya casi nadie puede obtenerlos. Y te piden mil requisitos: trabajo, casa, certificados de aquí traducidos. Te piden de todo para no tener que dártelos, pero entonces los magrebíes éramos pocos y no tenían miedo de que les desbordáramos el país.

El marido de Latifa nos acompañó a Barcelona, aquella ciudad grande donde cogimos el tren el primer día. Casi no conocía el trayecto ni el lugar, me parecía que nuestro primer viaje era una especie de sueño, como si no hubiera ocurrido de verdad.

En la gran ciudad hicimos cola y más cola, no éramos tan pocos extranjeros como yo pensaba, hermanas, éramos muchos, pero dispersos por ciudades y pueblos diferentes, y allí habíamos ido a parar todos a hacernos aquello de la tarjeta. A mí se me metió todo el miedo en el cuerpo cuando estuvimos delante de la señora que nos pedía las cosas, y quizá pensó que el marido de Latifa era el mío, porque le hablaba a él, y a mí no me preguntó por el padre de Sara Sqali cuando vio el libro de familia. Ahora algo así sería imposible, hermanas. Dios se apiadó de nosotras. Ahora me pedirían la sentencia de divorcio, el permiso de él, etcétera. La verdad es que aún pienso que fue un milagro que no nos pusieran trabas, pero el sufrimiento lo pasé igual. Hasta que no llegó la carta donde decía que ya podíamos ir a buscar la tarjeta estuve nerviosa, tenía pesadillas en las que me sacaban a Sara Sqali del vientre cuando aún no había nacido.

5. Mollejita mía, higadito mío

Cuando hacía exactamente siete días que Fatima había llegado a la casa de los Sqali, fueron a visitarla sus hermanas, Fadira, su padre y Abrqadar con Driss. También las niñas. Fueron todos menos su madre, que debía esperar a que se cumpliera la quincena para verla, tal como estaba previsto, cuando sería la novia la que volviera. Pero llevaban un refrigerio preparado para ella.

Fatima se había levantado aquel día con la inquietud en el cuerpo. Era el final de su enclaustramiento de novia, ahora dejaría ya de correr peligro, se le había cerrado la piel que le habían abierto la noche de bodas y ya no sería vulnerable, ya no sería tan permeable como durante aquella semana en que estuvo atendida, contemplada, cuidada en todo momento como si fuera un objeto frágil a punto de romperse. A partir del séptimo día sería una mujer sin más, una mujer que tendría que aprender a hacer las tareas en aquel lugar nuevo, que tendría que aprender a ser parte de su nueva familia. Su suegra entraba a menudo en la estancia, y Fatima no podía dejar de mirarle las gruesas manos con aquellos dedos que se le curvaban como garras. Intentaba no dar cuerpo al pensamiento que se le iba formando cada vez que la veía: que no le gustaba, que le parecía que no debía de ser buena persona. Pequeña, como replegada sobre sí misma, llevaba un riisar blanco con flores bordadas en plata.

Las agujas que le sujetaban el vestido a cada lado del cuello parecían pesadas. Aún utilizaba pañuelos de flecos, como las antiguas. Y los tatuajes que le cruzaban el rostro le daban un aire aún más oscuro. Es una bruja de cuento, pensaba Fatima, pero enseguida desterraba aquella idea. No le convenía, ella iba a ser su nueva madre, la mujer que a partir de entonces habría de preocuparse de su bienestar, con la que tendría que vivir hasta el fin de sus días.

Su suegra le llevaba a Fatima el agua caliente de buena mañana, aunque ella tenía un pequeño fogón en el baño donde la podía calentar. Cada día tenía que bañarse de arriba abajo, cuando estaba acostumbrada a hacerlo una vez por semana. Y le parecía que su piel era otra, que se le había alterado por el contacto con la de Mohamed cada noche. Tenía que bañarse cada día porque si no lo hacía la maldecirían sus ángeles de la guarda. Si caminaba por el mundo empapada con los efluvios de la noche anterior no pararían de escupirle. No sabía Fatima de dónde había surgido aquella idea, si era de hacía poco o de mucho tiempo, ni quién le había explicado exactamente que aquello era así. Era la costumbre, eso es todo. Como lo era también que se bañara cuando se acabara la sangre de cada mes, hasta el punto de que la palabra que utilizaban para la menstruación era «el lavado».

Aquel día, Fatima se lavó a conciencia, quería hacer desaparecer de su piel todo el aroma de la noche anterior a la presentación ante su familia, sobre todo ante su hermano y su padre. Si hubiese podido escoger, habría esperado mucho más para verlos, le daba una vergüenza terrible que la mirasen a los ojos y la descubriesen cambiada del todo, otra persona, una mujer. ¿Y qué quería decir ser una mujer? Hacer aquello de lo que nadie hablaba, aquello que ya sospechaba Fatima que era el centro de todas las cosas, pero sobre lo que reinaba un silencio imposible de romper. No existía, no era lo que pasaba cada noche en todas y cada una de las habitaciones de todas las casas. El gran misterio se le había desvelado a Fatima y sentía vergüenza de saberse ahora conocedora de la gran verdad escondida detrás de las puertas de las habitaciones. Se hacían bromas, eso sí, las chicas se daban palmadas en una mano con el círculo que formaban el índice y el pulgar de la otra, produciendo un chasquido que precedía al estallido de la risa. O hacían el gesto más feo de todos, el de doblar el dedo corazón hacia delante diciendo toma. Un gesto que a Fatima le parecía obsceno y sensual a la vez, que le despertaba un cosquilleo extraño en el recoveco de los dedos. A Aicha le gustaba mucho hacer aquel gesto. Luego, claro, estaba el lenguaje grosero, que en casa de Omar no se empleaba mucho, pero que fuera sí era utilizado por aquellos que querían herir con la palabra. Cuando el tío Bagdad pegaba a su mujer, siempre acompañaba la paliza de una serie de maldiciones que tenían que ver con lo que pasaba dentro de la habitación. El término «puta» nunca se lo ahorraba, pero Fatima se fijaba sobre todo en otros verbos que suponía que hacían referencia a la misma cosa: golpear, fornicar, empotrar, follar. Era un lenguaje más de los hombres que de las mujeres, aunque algunas, cuando se enfadaban o querían ser especialmente contundentes, también lo utilizaban.

Ahora Fatima había descubierto que en la cama no había ninguno de aquellos actos de violencia. Solo la primera noche, cuando había sentido el desgarro, pero después le pareció más una danza acompasada, un tocarse las carnes al ritmo de sus respiraciones, transformarse juntos en otra sustancia capaz de despojarlos de todos los pensamientos. O así lo sentía ella. No sabía lo que le pasaba a Mohamed ni se atrevería a preguntárselo. De hecho, agradecía que estuviesen a oscuras cada vez que se le ponía encima, y durante el día casi no se atrevía a mirarlo a los ojos. Él hablaba y hablaba, o se callaba de pronto con la mirada fija en las vigas de madera, cada una de un color diferente. Continuaba diciendo a cada momento Fatima mía, y Fatima lo único que quería, ya que estaba lejos de todo lo que conocía, era que aquel hombre alto, de cabellos de paja, no dejara de decirle nunca que era suya. El contacto de piel con piel, bajo las mantas, no era solo el resultado de una excitación cultivada a lo largo de las densas horas del día, sino también un confort, un alivio de aquella extrañeza que sentía Fatima desde hacía tantos años, la extrañeza de estar sola en el mundo. Ahora volvía a ser en otro.

El pudor que sentía al pensar en estar frente a sus familiares habiendo descifrado los secretos de la vida se mezclaba con el anhelo de volver a verlos. Se arregló muy bien aquel día. Mientras se tiznaba los ojos, se dijo que no lo podría aguantar, que no sería capaz de presentarse así, tan mujer, delante de su padre y su hermano. Se observaba en el espejo y se descubría una mirada de noche. Lo hacía girando la cabeza, como queriéndose ver de medio lado, y se gustaba. Y aquel gustarse le removía de nuevo la entrepierna. Miraba el espejo como si mirara a Mohamed. Una vez que había alzado la vista del suelo y no había podido apartar los ojos de los de su marido, le había parecido sentir una agitación en las entrañas, una especie de sacudida que no sabía exactamente dónde se producía. Entonces entendía los versos de amor de las mujeres: Hubiera querido callar, pero mi corazón desgraciado no me deja. Mohamed le había dicho tus ojos me hacen caer en un pozo, eres como el fondo de un pozo en noche de luna. Y ahora, mirándose al espejo, Fatima lo entendía. Además, el pañuelo anudado en la nuca y los pendientes de oro largos aún resaltaban más aquellos ojos almendrados de color algarroba.

¿Podría mirar a su padre y a su hermano de otra manera, como lo había hecho hasta hacía unos días, como una niña? ¿Podría disimular su nueva condición?

Se engalanó mucho, quería que supiesen que estaba bien, eso es lo que necesitan saber todas las familias cuando hacen la visita acostumbrada una semana después del casamiento. Una forma de inspección. Ya que dais así a las hijas, de forma tan definitiva, más vale que os aseguréis de que están vivas y felices.

Fatima no podía estarse quieta. Había colocado los regalos que le habían hecho durante la boda apilados detrás de la puerta. Había colocado tacitas, platos y vasos en la repisa del fondo, delante de las bandejas de plata y los platos pintados con dibujos chinos. Había pedido a una de sus nuevas sobrinas que le barriese bien la habitación. Al día siguiente ya podría hacerlo ella, ya podría sacudir las alfombras y fregar con agua el suelo. Ahora tenía que conformarse con hacer una limpieza superficial. También tenía que quemar unos bastoncitos de incienso.

Y entonces los oyó, como un rumor remoto en el patio de fuera. Temblaba de arriba abajo; aunque se había dicho que no lloraría, se notaba un nudo en la garganta, como una bola de carne enorme que se iba estrujando a sí misma. Ahora las invitadas eran sus hermanas.

Aquella formalidad, al verlas cruzar el umbral, todas con qubbus y pañuelos en la cabeza anudados bajo la barbilla, mirando al suelo. Eran ellas y a la vez eran otras.

Entraron todas en la habitación de Fatima. Se abrazaron. Las hijas de Zraizmas no sabían cómo cogerse. Ahora usaban formalidades que no utiliza la gente que vive junta; preguntaban por la salud como las viejas. Muchachas que aún no tenían veinte años hablando como señoras mayores. Después hicieron entrar a su padre, que le besó repetidamente la cabeza, y al que ella rodeó con un brazo por la espalda en un gesto del todo inusual, que a partir de ahora sería el saludo acostumbrado. Fatima había querido besarle la mano, pero Omar la había retirado para cogerle la cabeza y apretarla contra su pecho.

Con Abrqadar el saludo fue más parecido al de las hermanas. Y entonces los separaron. Los hombres se fueron con los hombres y sus hermanas se quedaron con ella.

Se encabalgaban las frases unas a otras, se solapaban los relatos: que si Fadira esperaba de nuevo, aunque Driss casi no llegaba a los dos años lunares. Será una niña, había dicho alguna de ellas, todas somos niñas en casa. Ay, calla, infeliz, ¿por qué ha de ser niña? Que sea lo que Dios quiera, y todas respondían amén a la vez. Enhorabuena, Fadira, decía Fatima, que Dios te conserve esta abundancia. Driss se le sentaba en la falda, la acariciaba mientras hablaba. Fadma decía que la echaba de menos, que ahora Aicha la mortificaba a ella. Tú sabías aguantarla mejor que yo. Y las pequeñas le preguntaban que cuándo volvería, que la necesitaban para que las peinara por las mañanas, para bañarlas los viernes y para que les contara cuentos. ¿Cómo estaba madre? Pues, cómo quieres que esté. Ese es el destino de las mujeres, parir hijas para darlas, es el sufrimiento de las madres. ¿Qué podemos hacer? No podemos oponernos a nuestras Escrituras. Lo que más dolor le causa a Zraizmas es que, con tantas niñas, cada dos por tres le tocará tener que despedirse de una, y al final la casa que estaba tan llena se quedará vacía. Suerte que está Fadira, que esperemos que tenga muchos hijos que compensen nuestras ausencias. Entonces intervenía la suegra de Fatima, muy ofendida, diciendo que no sufrieran, que su hermana había ido a parar a una buena casa, que esta suerte seguro que no la tendrían todas. Claro, tía, claro, no lo decimos por la nueva habitación de nuestra hermana, es por el hígado de nuestra madre, que palpita, que añora a la hija que nació de su vientre. Yo también lo he pasado, queridas, he dado unas cuantas ya. Por no hablar de los que se me han quedado por el camino, chicos y chicas, que Dios los tenga en su gloria. A veces me parece tener el vientre poblado por sus fantasmas, los de los vivos y los de los muertos, de todos los que me nacieron. Pero a todo se acostumbra una madre, tarde o temprano las hijas han de seguir su camino, han de encontrar su lugar y nosotras nos hemos de conformar. No podemos tenerlas pegadas a nuestras faldas para siempre.

Fatima habría preferido que su suegra se callase, que hablasen sus hermanas y le contaran todas las nuevas de casa, las grandes y las pequeñas. Tal vez aún más las pequeñas de cada día que las noticias importantes, como que Aicha también se marcharía pronto. Quería saber de cada hora que no había vivido con ellas, cada instante. Disfrutó de cada minuto que duró la conversación, intentando absorber todos los detalles, las pausas, los gestos, los cuerpos de sus hermanas. Y aún conservaba una cierta alegría, la euforia de reencontrarlas, cuando de pronto pasó, el nudo de la garganta se le deshizo en un torrente de lágrimas que no podía parar. Fue en el momento de servirles la comida, la que había enviado la madre para la novia. Solo al poner el plato sobre la mesa, Fatima ya había intuido la mano de su madre en el banquete. Era aquel aroma, la clase de especias que utilizaba, era un perfume sutil que le llenó la nariz mucho antes de que se llevara ningún trozo a la boca. El pollo rodeado de huevos duros y almendras fritas, y aquella salsa hecha con los hígados y las mollejas. Y recordó a su madre y sus palabras: Mollejita mía, higadito mío.

6. En medio de un vacío rotundo

Fatima aún recuerda la extrañeza que le provocó la nueva casa donde viviría cuando la descubrió por primera vez. No era muy diferente de la de sus padres, con todas las habitaciones que daban al patio, una cocina en pendiente para que el agua bajase y una despensa al fondo. Hasta tenía una habitación alzada que era para los hombres invitados. La suegra la guio el primer día que salió afuera, deslumbrada por el sol y pisando el patio como si fuera a moverse. No era muy liso, es cierto, hacía unas ondulaciones extrañas allí donde no debía, igual que en las paredes. Nos construimos la casa mi marido, que en paz descanse, y yo, con nuestras propias manos. Ahora me ves así, pero no sabes la fuerza que tenía de joven. Como diez hombres solteros. Fatima no preguntó nunca por qué se habían marchado de casa los abuelos de Mohamed, pero se lo podía imaginar, la estrechez, tener una habitación por familia y que fueran naciendo hijos que no sabían dónde poner. Un conflicto que se reproducía en cada generación. Su suegra le decía: La habitación de Yamila, la de Hadda, a la que ella siempre llamaría la Jorobada porque era el sobrenombre con que la conocía todo el pueblo, la de Jadiya, la mía, y la de los niños. Aún no eran lo suficientemente mayores como para separar a los niños de las niñas. Hadda tenía cuatro, dos chicas y dos chicos. Yamila tres, pero esos, como si fuesen de su suegra, porque la mala salud de su nuera no le permitía hacerse cargo de ellos. De hecho, a ella la llamaban imma, madre. Jadiya tenía seis. La mayor, de nombre Naíma, estaba a punto de ser dada.

Cuando entraron en la despensa, a Fatima le pareció que entraban en una cueva. Habían tenido que agacharse mucho para pasar por la abertura que había en la pared. No estaba encalada por dentro, era de techo bajo y la temperatura cambiaba de forma extraña. Fatima sentía una tibieza parecida a la que se va creando bajo las mantas. Colgados de la pared había utensilios para cocinar: grandes cedazos, paneras enormes, cucharones de acebo curvados. Al fondo, encima de un anaquel, cazuelas de aluminio, un par de *cuscuseras* y sartenes. Y debajo, sacos de aceitunas con pesos puestos encima, arrugándose, de harina blanca y de cebada. En otras repisas de madera había tarros de vidrio con miel y manteca rancia, especias para moler y almendras para pelar de la última cosecha. En el suelo también se alineaban garrafas de aceite de oliva y un cántaro de los redondos donde su suegra decía que guardaba la leche fermentándose.

Salieron de la despensa y Fatima tuvo la sensación de estar emergiendo de otro mundo, de lo oculto, eso de lo que tanto hablaban las historias de las noches.

La habitación de su suegra, en cambio, estaba casi vacía. Tenía una alfombra deshilachada de rafia, unas cuantas mantas de lana dobladas y colocadas sobre una estantería, y un colchón delgado de espuma forrado con una tela de color indefinido, pensaba Fatima que seguramente porque no lo lavaban muy a menudo. Al otro lado de la habitación, delante del colchón, una piel de cordero teñida de henna. Por un momento, a Fatima le pareció ver al animal allí tendido, sin oponer resistencia. Lo que más la intrigó, sin embargo, fue el baúl enorme de madera colocado detrás de la puerta, de los que antes llevaban con ellas las novias y que ahora no tenían ningún sentido porque lo que se hacían construir eran armarios modernos con puertas y lunas.

Cuando terminaron de ver la casa por dentro, salieron afuera. En la parte baja había un establo para los animales donde no había más que una mula vieja. Aquí criamos los corderos que sacrificamos para el casamiento, le dijo la suegra, y a Fatima le sonó a reproche. En una esquina del establo, lejos de los animales, había un molino de mano encastrado en la tierra. Al otro lado de aquella explanada rocosa donde estaba el patio de fuera, había un corral pequeño para las gallinas rodeado de chumberas y, al final de todo, un algarrobo inclinado. La suegra se la llevó fuera de la casa y le comentó que la que tenían adosada era de su concuñada y su marido, que aún vivía, y los hijos de ambos. Él tiene otra mujer, pero vive en la ciudad. Mantenemos las distancias con ellos, o estaríamos siempre con problemas. Y eso que ya les hubiese gustado que mi Mohamed hubiera escogido a Yamina como esposa. Pero ni pensarlo, no sabes qué comportamiento de perdida tiene aquella joven. Fueron hasta donde el camino bajaba abruptamente hacia la carretera, y Fatima se dio cuenta entonces de dónde estaba: en lo alto de una colina situada en medio de la nada. Miraba en una dirección y veía la carretera serpenteante que se perdía en el horizonte, no había nada aparte de un par de casas derruidas en el paisaje yermo. Y al otro lado, lo mismo, solo que aquí se destacaba la silueta definida de la mezquita y su minarete blanco. Y al otro lado, aún más ocres, menos casas. ¿Adónde había ido a parar? Qué lugar tan vacío de todo, qué aridez.

Allí estaba el río, le había dicho la mujer, pero apenas si había un poco de verdor alrededor. Allí están nuestros huertos, y más arriba, ¿lo ves?, nuestros olivos y los algarrobos. No hemos conseguido que las higueras arraiguen, debe de ser la tierra, que no es la que necesitan. Agua, pasa poca, nada comparado con vuestra casa.

Los ojos de Fatima no se acostumbraban a aquel vacío tan profundo. El viento, que le arremolinaba el vestido, aún la hacía sentirse más en ningún sitio.

Se atrevió a preguntar por la prima Drifa, y su suegra señaló un punto, también ocre, en los límites de lo que ellas podían distinguir. De manera que no era tan vecina como habían dicho, por lo que tampoco tendría su compañía.

Volvieron a la casa y entraron en la habitación alzada y, desde allí, Fatima confirmó su sospecha. Había ido a vivir exactamente en medio de la nada.

Por la noche se aferró al cuerpo de Mohamed más de lo que lo había hecho nunca, como si quisiera fundirse y perderse en él para no sentir aquel desarraigo. Qué confort cuando le besaba la frente, qué suerte sentirse así con aquel hombre medio desconocido, que se marchaba sin decir adónde iba, pero que por las noches era por entero para ella. Parecía que no tenía mucho trabajo y era de suponer que lo buscaba. Para Fatima era todo un enigma saber qué hacía todo el día por unos mundos que ella no podía ni imaginarse. La ciudad mediana, la grande, lugares que ella apenas había pisado y por donde no habría sabido moverse. Viendo aquel horizonte polvoriento, se decía que, de hecho, no habría podido moverse por ningún sitio, que el único espacio que conocía era el de la casa donde había nacido y sus alrededores. Cuando se recostó sobre el alféizar de una de las ventanas de la habitación alzada, poniéndose una mano en la frente para protegerse de la luz, contempló muy lentamente el paisaje. Le vino la angustia de no saber exactamente qué recorrido había hecho para llegar hasta allí, qué camino habían hecho desde la casa de su padre hasta la casa de los Sqali. Por eso se moría por hacer el camino de vuelta pertinente una vez pasado el tiempo estipulado. Entonces, caminando detrás de la mula donde iba la suegra, se había esforzado en recordar todos y cada uno de los detalles del trayecto. Quería medir las distancias, dibujar en su cabeza el trazado exacto que había entre un punto y el otro. Se decía, si me pierdo he de acordarme de que por aquí hay una bifurcación, que allá hemos pasado un cementerio, que detrás de aquella colina está la cantera. Si hubiera tenido un ovillo de lana, tal vez hubiera ido desmadejándola como hacían en los cuentos para no olvidarse del camino de regreso.

La visita a Pozo de Higueras fue la despedida definitiva de su vida anterior. No te opongas a tus Escrituras, se repetía. Es ley de vida, y además estaba Mohamed por las noches, su piel, la explosión. No podrías ser para Zraizmas habiendo descubierto el gran misterio de debajo de las mantas. Se había aguantado el llanto todo el camino. Maldecía aquella facilidad suya para las lágrimas; en cuanto le decían algo que la molestaba, lloraba con ganas. Añoraba hasta cómo Aicha se burlaba de sus lloriqueos. Todos decían, a Fatima enseguida la hiere todo, no se le puede decir nada. ¿Sabrían en casa de los Sqali que ella era así? ¿Quería que lo supieran, o que no? Durante el camino hizo de tripas corazón, tragándose la saliva a cada momento, suspirando para quitarse la angustia de la garganta. Pero entonces recordó el verde estallido de las higueras junto al río, los juncos, aquella mancha en medio de los ocres y un poco más arriba la casa de sus abuelos, con la habitación alzada que hacía de atalaya, y, debajo, muy blanca, la de Zraizmas y Omar. Dios mío, Dios mío. El sonido de las cigarras se le hizo de pronto ensordecedor. Luego, todo fue como un sueño. Estar donde había estado siempre, pero ser una extraña, una extranjera. Este ya no es mi sitio, se decía, estos lugares ya no me pertenecen, y nunca más me sentiré como antes, no tengo derecho. El día a día seguirá sin mí, la vida continuará ajena a mi ausencia. La muerte debe de ser esto, se dijo. Pero estaba su madre. ¿Y madre? Se había abalanzado hacia ella al verla, se había echado hacia su cuerpo como hacía de pequeña. Ahora se daba cuenta de que el tiempo de vivir juntas en aquella casa, aunque no se abrazaran ni se tocaran mucho, era un tiempo de ser aún Fatima en el cuerpo de su madre. No se había desprendido tanto como creía. Ahora sí, ahora que no vivían juntas, se sentía totalmente separada de ella. Suerte tenía de paliar su inquietud con la piel de Mohamed. Pero aquella madre, ¿qué era ahora? ¿Cómo había de ser para ella? La miraba sin parar, oía todas sus palabras, observaba todos sus gestos como si no la hubiera visto antes. Quería, por encima de todo, oírle narrar historias, contar como hacía siempre. Pero claro, su suegra y sus cuñadas estaban delante, la visita era formal, su manera de hacer de madre también. Y su forma de hablar era diferente, menos espontánea, más mesurada.

Volviendo de Pozo de Higueras, Fatima no había dejado de sollozar. La suegra se había ofendido. Cualquiera diría que te tratamos mal. No es eso, lala, había dicho Fatima, no es eso.

A pesar de todo, los primeros tiempos fueron bastante entretenidos. Fatima tenía que aprender a hacer las tareas de la nueva casa, a descubrir cómo trabajaban las mujeres para amoldarse a la manera de hacer de allá. Primero mira y después haz, se decía. Y había comenzado por una limpieza exhaustiva de su habitación de novia, había sacudido la alfombra, las sábanas, las mantas, todo lo había sacado fuera y lo había tendido en un cordel que atravesaba el patio. Había echado agua y se había doblado para fregar la habitación deslizando el trapo por toda la superficie del suelo de cemento áspero que habían colocado antes de la boda. Había vaciado la repisa para quitar todo el polvo y había limpiado la plata.

Antes le había preguntado a la suegra si quería que hiciera el pan o la comida, pero le dijo que no, que ya se lo repartían entre ellas. Por eso Fatima se había ocupado tranquilamente de su propia habitación, con el tiempo ya haría trabajos más comunes. Pero cuando iba hacia la cocina oyó a la Jorobada y a Yamila hablando en voz baja, chasqueando la lengua, un chasquido que parecía un latigazo. ¿Es que piensa hacer de novia toda la vida o qué? Si todas fuésemos como ella y nos ocupásemos solo de nuestras cosas, ya verías, ya, cómo irían las cosas. Pues todo por hacer, se quedaría.

Fatima se dio la vuelta y se acurrucó detrás de la puerta de su habitación. Si la criticaban tan pronto, ¿cómo se las arreglaría para convivir con ellas? Se culpaba por no haber pensado que era muy mala idea comenzar por sus cosas y dejar las comunes para las demás.

Sí, se dijo Fatima, he de aprender lo que hacen y cómo lo hacen, no puedo quedarme quieta como si fuera una invitada. Miraré y aprenderé, como he hecho siempre.

Lo que Fatima no sabía aún era que las críticas que le vendrían tanto de sus cuñadas como de su suegra tenían poco que ver con lo que ella era, con lo que hiciera, porque maldecían porque sí. Por eso la cosa no cambió ni cuando descubrieron sus exquisitas comidas ni aquel pan como no lo habían probado nunca. ¿No crees que le falta un poco de sal? Esto lo había dicho su suegra y Fatima casi estalla en llantos allí mismo, desconcertada porque era la primera vez, desde que tenía siete años lunares, que alguien le criticaba sus habilidades culinarias. O cualquier otra tarea, y, menos aún, su pan. Pero claro, en aquella casa todo lo hacían más salado. A ella su madre siempre le había insistido en que tuviera cuidado con la sal. En la cazuela tenía tomada la medida, un par de puñados al fondo de todo antes de empezar a sofreír, primero siempre la sal para no olvidarla, porque la sal protegía de todo. Por eso la echaban en el suelo antes de sacrificar cualquier animal, tenía que haber sal donde se echara la sangre. Después, cuando la cocción estaba casi a punto, probaba la salsa y la rectificaba si era necesario.

Hacía lo mismo con la masa del pan. Antes de acabar de amasarla se ponía una pizca en la lengua para asegurarse de que estaba al punto. A esas alturas, Fatima ya sabía que la cocina es siempre cuestión de práctica, de estar atento y no distraerse, no tener la cabeza en otra parte y prestar toda la atención posible. Ahora, sin embargo, cocinaba para su nueva familia con aflicción, con el miedo de si lo que hacía les gustaría o no. Ella, que al preparar la comida se había sentido siempre segura, haciéndola con una especie de intuición que no sabía exactamente de dónde le venía. Pero aquello de ¿no crees que le falta sal? la había hecho temblar. Y, por las noches, se aferraba más que nunca a las carnes de Mohamed. Suerte que lo tenía a él.

7. Voz grabada

Pero la Jorobada continuaba viniendo, no creáis. Se escurría como una sombra por las calles hasta llegar ante la puerta de nuestra casa, y nos decía sin vergüenza alguna que anda que no estábamos bien alimentadas con todo aquel cerdo que vendía el tendero de debajo de nuestro piso. A vosotras también os ha llegado el rumor, ¿verdad? Sé muy bien que maldecía sin miramientos, que aseguraba que vivíamos en lo prohibido, ¡incluso que nos visitaban hombres! ¡Hombres! ¿Podéis creerlo? Dios la descubra, hermanas, que Dios enseñe todas sus vergüenzas, porque de nosotras, que no le habíamos hecho nada, explicó todas las maldades que le vinieron a la cabeza. Pero ya veréis, ya, que estas cosas se pagan aquí, no en el otro mundo. Ya veremos cómo acabará sus días. De momento, alguna vez que la he visto de lejos, ya os digo que está más jorobada que nunca y consumida por el azúcar. Y aún le falta mucho por pagar.

Yo sabía lo que contaba de nosotras por Latifa. Entonces ya había más mujeres de las nuestras en la ciudad. Estaban Sumicha, Saída, Mimuna, la Argelina, algunas árabes, y pronto llegaría Mumna, que me haría mucha compañía. Y la Jorobada iba de casa en casa llevando rumores de aquí para allá, y le era igual que fueran ciertos o inventados. De mí decía que era sucia, desaseada y perezosa. Ya veis, todo lo contrario. Entonces venían las mujeres a visitarme y descubrían la casa más limpia que habían visto en su vida, todo impecable, la estufa puesta en invierno y el comedor bien fresco en verano. Probaban mis delicias, se sentaban y lo miraban todo y me confesaban lo que habían oído decir. Ay, hermanas, qué pérdida de tiempo son estas cosas, es el demonio el que nos lía para enredarnos con los chismorreos. Tuve mucha paciencia, aunque no debería haber tenido tanta. Hasta que, un día, el rumor ya pasó de castaño oscuro. Iba diciendo que me había liado con el dueño de la fábrica donde trabajaba y que tarde o temprano le daría la niña a cualquier cristiano, que a nosotras todo nos daba igual. Pues con eso ya no pude, hermanas, me entró una rabia que me aguanté hasta que volvió a llamar a la puerta, y esta vez bajé a encontrármela en la calle. Ya sabéis que yo soy de carácter pacífico, que no quiero problemas, pero no podía tolerar que jugase con el pan de mi hija. Eso no. Aquel día, antes de que abriese la boca, le estampé una bofetada en la cara con la mano abierta, así, plaf, sin que tuviera tiempo de reaccionar. ¿Que no os lo creéis? Preguntádselo a Sara Sqali, que lo vio, y preguntadle a Mumna si después de aquel día volvió a abrir la boca para decir ni una sola palabra de nosotras. Si la pinchaban para que maldijera de mí, solo conseguía arrugar la nariz y dejar escapar un sonido apagado de la garganta. Plaf, sonó aquel día en medio de la calle, y mis palabras, bien claras, con la voz bien alta, como no había hablado nunca a ningún miembro de la familia Sqali: No vuelvas nunca más, le dije, nunca más. Y se me quedó mirando sin poder creérselo, tocándose el rostro de perra que tenía. Largo, y no vuelvas jamás, le grité. Y así fue, hermanas, en mi casa ya no puso los pies nunca más.

Entonces sí que vivimos tranquilas una buena temporada. La única preocupación importante que tenía era la de encontrar la manera de comunicarme con vosotras. Pero no conocía a nadie de nuestro pueblo. Latifa y su marido eran de Segangane, algunas de Irhianen y otras de Miércoles, pero nadie de Pozo de Higueras.

Entonces estábamos bien, hermanas, ya os digo, Dios se había compadecido de nosotras. Nuestra vida estaba en calma pero, de pronto, a mí me vino el mal de la añoranza. Ya os he contado que lo había padecido antes de conocer a Latifa, y que esta me lo había apaciguado un poco, pero ahora me había vuelto más feroz que nunca, me había venido de repente y se me metía en la carne y en los huesos sin que pudiera expulsarlo como había hecho antes. No os lo deseo nunca, hermanas. Es un vacío profundo en el vientre, es el cuerpo que desea la tierra donde nació, como los árboles, como los animales. Echaba en falta nuestro paisaje pelado, los caminos polvorientos, aunque os cueste creerlo. A veces, los domingos, nos íbamos Sara Sqali y yo a las afueras de la ciudad solo para caminar sobre tierra no asfaltada ni cubierta de aquellas piedras grises y antiguas de nuestras calles, caminos donde nuestros pasos dejasen huellas. Y cogíamos *cibbi* por los márgenes, pero no tenía el mismo sabor que aquí, era áspero, y pensaba que con la costumbre que tienen allá de llevar a mear a los perros por estos caminos, quizá no era muy recomendable comérnosla. Pero yo lavaba la hierba una y otra vez hasta que salía el agua bien clara, y luego la hervía. No podía hacerla al vapor, no me había llevado la cuscusera. Cuando Latifa vino de vacaciones me trajo una. Os la envié, ¿recordáis? El bien que nos hizo aquella mujer no se lo podremos devolver nunca. Le dije cómo nos llamábamos y ella y su marido vinieron aquí y fueron preguntando dónde vivía nuestra familia hasta tropezarse con esta casa. Les abriste tú, ¿verdad, madre? Y al decirte que habían venido desde tan lejos a traerte noticias de tu hija Fatima y de tu nieta Sara, casi pierdes el conocimiento. Era casi como la historia de Yusuf, cuyos padres lo daban ya por muerto cuando volvió a encontrarse con ellos. Nosotras no nos encontramos entonces, aún no, pero que tuvieseis noticias nuestras fue muy importante, sé que sentisteis un gran alivio. Latifa me contó que tú, madre, te pusiste muy pálida, que tuviste un susto del que te costó meses recuperarte. Y a partir de entonces pudimos comunicarnos un poco, hermanas. Primero le pedí a Sumicha, que sabe escribir, que nos escribiera cartas en árabe para vosotras. No sé lo que ponía en aquellas cartas, yo le dictaba lo que quería deciros, y ella, espera, espera, no vayas tan deprisa que yo no sé tanto de letras. Y además he de traducir al árabe escrito, que no pienses que es poca cosa. Lo que sí sé es que comenzaba poniendo «En nombre de Dios el Clemente y el Misericordioso» y después era extraño oírla decir palabras que yo no entendía, que me sonaban al Corán o, ahora, a las noticias que dan en la televisión. Yo os imaginaba leyendo mis cartas y no estaba muy convencida de que os sonasen a mí, aquellas letras tenían muy poco que ver con nosotras, ¿verdad? Yo le decía a Sumicha, pon que les envío un barco lleno de besos y abrazos, y ella se agobiaba y me decía: Eso no sé cómo escribirlo, no lo puedo traducir.

Las cosas cambiaron completamente el día que Latifa me llevó su radiocasete y me dijo cómo tenía que grabar la voz para enviárosla, oh, no sabéis qué diferencia fue. No sé si notasteis cómo me temblaba la voz, era como si ya no supiera hablar con vosotras, volver a oírme la voz para vosotras, hacerla salir para deciros lo que os quería decir no era nada fácil. Y, ay, ay, hermanas, cómo lloré el día que me llegó vuestra primera cinta. Me emocioné mucho más que con las cartas. Os podía oír, por fin, de lejos y también temblorosas. Y de pronto se me fue aquella tristeza profunda. Aunque entonces salió la añoranza. Me parece que vuestra voz me hizo sacar la pena que llevaba dentro. Porque, es lo que os decía, antes de eso, antes de que Latifa se fuera de vacaciones, de que nos enviáramos las primeras cartas y, después, las cintas, había padecido del mal tan temido de los emigrantes, del mal de la añoranza. Trabajaba como siempre, me esforzaba como de costumbre porque no podía hacer otra cosa, pero por dentro estaba vacía. De noche lloriqueaba muy a menudo y si la niña me preguntaba qué me pasaba yo le decía que nada, nada, y ella añadía podemos volver ahora, ya tenemos los papeles, podríamos ir de vacaciones a casa. Pero claro, yo tenía aún mucho miedo, hermanas, en el extranjero me sentía más segura que aquí, tenía miedo de que la familia Sqali me hiciera algo si volvía. Y no quería perder el trabajo haciendo vacaciones, no quería faltar ni un solo día.

La nostalgia siempre era de vosotras, claro, de vuestra piel y vuestros olores cerca de mí, de la compañía que nos hemos hecho siempre, de vuestras voces envolviéndome. Pero a menudo la añoranza era de cosas pequeñas, sin importancia, del sabor de los tomates cogidos del huerto, de nuestras preciadas higueras, del agua de la fuente o de las mantas de lana. Me cogió un mal del corazón aquella temporada, hermanas. No sabéis hasta dónde puede llegar la tristeza. Los emigrantes, también lo entenderéis, no hablan nunca de eso. Cuentan siempre las maravillas del nuevo país, sus progresos económicos: que si han comprado un coche, que si unas tierras. Pero no dicen nunca cómo sufren, en qué casas viven, cómo hibernan durante once meses, del trabajo a casa y de casa al trabajo, para poder ahorrar ese dinero que después se gastan aquí como si fueran ricos. Y no dicen nunca nada de la añoranza, claro, no existe. Pero yo nunca dejé que aquella tristeza me venciera, no del todo, como le pasó a una pobre mujer que estaba también en la ciudad, una mujer muy buena de la que también hablaban mal la Jorobada y otras malas pécoras, que contaban por ahí cosas que no eran ciertas solo porque le envidiaban la cara redonda y blanca y que nunca se metiera en la vida de nadie. Pues aquella desgraciada acabó bien loca. Un día le cogió un ataque que hubiesen debido de tratar con medicina de la nuestra, pero en lugar de eso la llevaron al médico del hospital de allá. Y claro, ellos no entienden estas cosas y aún fue peor. Le dieron una bolsa llena de pastillas y si la vieseis ahora, va por la calle como una sonámbula. Cuando me ve sonríe como una boba, me llama Fatima, pero creo que no sabe quién soy ni nada. Pues yo creo que fue el mal de la melancolía el que hizo enloquecer a aquella pobre mujer. Así que doy gracias a Dios de que a mí no me pasara lo mismo, pero ya os digo que padecí mucho todo aquel tiempo.

Vuestras cintas me aliviaron un poco, y también el que cada vez hubiera más familias de las nuestras en la ciudad. Comenzaron a hacer fiestas, sobre todo la Fiesta Grande y las de los nacimientos, porque, normalmente, los casamientos los celebraban en nuestras tierras. Pero aquellos encuentros con el resto de mujeres en los diminutos pisos de aquel país, cantando y tocando el pandero, me fueron la mar de bien, hermanas. Eran ratos de reír y disfrutar, aunque los vecinos se quejaban a menudo del ruido. ¿Y qué podíamos decirles? ¿Cómo podían entender que necesitábamos aquellos encuentros como el agua que bebemos, que paliaban un poco la nostalgia que teníamos de nuestra casa? Pero no les decíamos nada e intentábamos calmar un poco el griterío.

Eso de la añoranza, hermanas, solo se entiende si la has pasado, no te la puedas imaginar, y ellos, que estaban en su casa, ¿qué iban a querer? Vivir en calma, claro.

También abrió la primera carnicería de las nuestras, y eso fue un gran cambio. Ya no tuvimos que comer lo prohibido, ni teníamos que caminar y caminar para ir a buscar pollos vivos ni conejos. Me sentí aliviada de no tener que matar animales y, aunque seguía trabajando como una burra y ganándome el pan de mi hija, con aquellas fiestas y aquella comida nuestra tenía la sensación de que volvía a ser un poco mujer. Mandaba a la niña a comprar la carne, así evitaba tener que hablar con el hombre que la vendía. Sara Sqali me decía, pero si hablas con los de la fábrica, si tú hablas con hombres; y yo le respondía no es lo mismo, ellos son cristianos, no es lo mismo.

Y sí que es lo mismo, hermanas, aunque entonces no lo sabíamos, pero los hombres son iguales en todas partes. Yo me fiaba de los cristianos porque veía que no se excedían con las mujeres. Si los mirabas a los ojos ellos no pensaban que querías algo, y en absoluto te decían nada ni te seguían por la calle. Pero también has de tener cuidado con ellos porque son como los demás.

Un día estaba en la fábrica y se había marchado casi todo el mundo, pero yo seguía trabajando. No dejaba nunca a medias una remesa, aunque hubiera sonado el timbre para salir. Estaba absorta en el trabajo, hermanas, ya sabéis cómo me concentro yo cuando tengo algo entre manos. No había oído ni los pasos de lo concentrada que estaba. Todo era silencio, y de pronto noté cómo unas manos me cogían por detrás, hermanas, un par de manos muy grandes que me sujetaban, y yo me quedé helada. Me costó un tiempo darme cuenta de lo que pasaba, no me lo podía creer, y en lugar de saltar, de volverme y sacarme de encima a aquel hombre, me quedé quieta, como se quedan los animales cuando creen que les van a hacer daño. Me carcomí por dentro después, hermanas, preguntándome, ¿por qué no te volviste?, ¿por qué no le diste una bofetada? Pues no, me quedé helada, y de pronto todo aquello era como si le pasara a otra y no a mí, como si yo me mirara desde fuera. Hermanas, esto que os explico no se lo he dicho nunca a nadie, es la primera vez, y lo hago porque vosotras sois parte de mí y sé que estas palabras no saldrán nunca fuera de esta habitación.

Me sobó como quiso aquel mal hombre, era el encargado, el que siempre se reía, el que me felicitaba a menudo por mi trabajo, y yo, bendita de mí, le había devuelto la sonrisa. Entendí entonces que los hombres de allá pueden parecer diferentes, pero que no, que son como en todas partes. En ningún lugar puedes fiarte ni un pelo de ellos, has de estar siempre vigilando, has de protegerte.

Por suerte no continuó, porque yo ya me lo imaginaba jugando conmigo, hermanas, ya me hacía a la idea de que no podría sacármelo de encima, helada como me había quedado. Pero supongo que debió de verme poco dispuesta y me dejó y se fue, riéndose como si nada. Y a mi cuerpo volvieron todos los miedos del mundo, los antiguos y los nuevos, también los miedos por Sara Sqali.

8. Buscando el paraíso

Se adaptó, sí, podría decirse que sí. Para apaciguar la desazón, volvía a confiar en sus manos, en el trabajo. Si se sentía extraña, fuera de lugar, se concentraba en sus deberes como había hecho siempre. Intentaba anticiparse a todo, no solo para distraerse, también le gustaba ocuparse de los demás. Cuando cocinaba quería agradar, quería que disfrutaran todos de lo que había preparado. Como sus cuñadas dormían hasta tarde, Fatima ya había amasado el pan cuando se levantaban, a veces también había preparado un milhojas de aceite o unos crepes llenos de burbujas. Si no había tenido tiempo, cogía un trozo de la masa del pan aún a medio fermentar y la cortaba en triángulos que freía en la sartén. Antes de desayunar ya tenía las lentejas limpias, a punto de echar en la cazuela, o los garbanzos hirviendo. Si hubiera podido, habría llevado la ropa a lavar al río después del desayuno, pero su suegra le había dicho que ellos no tenían por costumbre mandar a mujeres casadas sin hijos a hacer las tareas de fuera, que se encargaba ella, o bien las niñas de la casa o sus otras cuñadas, que ya eran madres. Yamila no, porque no tenía fuerzas para nada, y la Jorobada solo iba cuando había que lavar cosas pesadas. Casi siempre se ocupaba la hija mayor de Jadiya, Naíma, que era el burro de carga de la casa, siempre mandada por todos, por los hermanos más pequeños, por su padre, por sus tíos. A menudo se refugiaba en la habitación de Fatima para descansar un poco y le decía lala, qué bonita eres, lala, qué ojos tan profundos. Le pedía que la peinara, y si venía Mohamed de día, jugaba con ella como si fuera una niña, le hacía cosquillas y todo. Entonces Fatima la miraba y veía lo pequeña que era, poco más de catorce años lunares tenía, pero era a quien pedían que se comportara como una mujer. No en vano estaban a punto de darla.

A Fatima le daba reparo que le lavara su ropa. Y la de Mohamed. Aunque ella tampoco podía salir a buscar comida para los conejos, ni ramas para el fuego, ni agua a la fuente o al pozo, de manera que el mundo de Fatima era el de la casa, el que iba de la puerta del patio a la puerta de su habitación. Como era rápida y diestra, a menudo a media mañana ya lo tenía todo hecho. Aunque los hombres de aquella casa tenían la mala costumbre de comer cada uno a una hora, Fatima no conseguía ocupar el tiempo sirviéndoles. No podía pasarse el día cocinando, su suegra la regañaba a menudo por gastar demasiada harina, por no ir con cuidado con el aceite, por ser demasiado generosa con los guisados. Y repetía una y otra vez que aquello no era Pozo de Higueras. ¿Y cómo quería que hiciera unas buenas lentejas si no echaba un par de cebollas grandes bien trinchadas, el cilantro y las especias? ¿Cómo podía hacer unos buenos garbanzos si no tiraba el agua en que los había hervido y les volvía a poner más cuando ya había hecho el sofrito? ¿Cómo podría salirle bien el milhojas si no era generosa con el aceite con el que iba untada cada capa? Por eso, cuando se ocupaban sus cuñadas, eran como trozos de esparto imposibles de tragar. Ni con todo el té del mundo. Fatima, a menudo, cogía dinero suyo, del que le habían regalado para el casamiento, y mandaba a alguno de sus sobrinos a comprarle un poco de cilantro fresco a la tienda del pueblo, o un bastoncillo de canela para las lentejas, y por eso tenían un sabor tan diferente. La canela convertía aquel plato tan vulgar en una comida perfumada, pero las mujeres de la casa no parecían valorar la diferencia. También pedía que le llevaran colorante amarillo, de color intenso, que le daba un aspecto tan diferente a los estofados, aunque fueran de patata. El colorante venía en una dosis dentro de un papel doblado. También le había pedido a Mohamed que le comprara especias nuevas en la ciudad porque las que utilizaban creía que estaban pasadas. Pero Mohamed se lo comentó a su madre antes de hacerle caso a Fatima y la suegra se indignó mucho. Que qué se había pensado diciendo que ellos comían cosas pasadas, que ella era una muchacha de campo como todas las demás, que qué humos se gastaba; y así un discurso muy largo que Fatima escuchó mirando al suelo, sollozando. Perdóname, lala, le dijo, yo solo quería mejorar... Ya, mejorar, que somos poca cosa para ti en esta casa, ¿no? Entonces Fatima se dio cuenta de que, por mucho que por las noches Mohamed fuera su refugio, la carne donde ella se fundía, de día no podía confiar en él, no podría decirle nunca: Eso no se lo expliques a tu madre. Lo había intentado una sola vez y su suegra se había enfadado. Le había dicho a su marido que no entendía aquella norma extraña de no dejarla salir de casa porque no tenía hijos, que en Pozo de Higueras no había oído hablar nunca de tal cosa, y que le sabía mal también no poder ayudar en las tareas de fuera de casa. Le había pedido que hablara con su madre para que le levantara aquella prohibición. Pero Fatima no sabría nunca cómo él le había planteado el tema a su suegra, porque se enfadó con ella y la acusó de querer quitarle autoridad y quererla suplantar.

Cuando ya llevaba un tiempo en la casa, fueron los hermanos de Mohamed los que comenzaron a decir que preferían que cocinara Fatima, que no habían comido nunca tan bien como desde que ella había entrado en la cocina de aquella casa. Parece que los tres maridos de sus cuñadas se lo habían dicho primero a sus mujeres, pero después habían hablado directamente con Fatima: Dios te guarde, hermana, este don que te ha dado, esta mano prodigiosa con la que conviertes el más vulgar de los ingredientes en una exquisitez. ¿Cómo lo haces?, le preguntaban sus cuñadas. Y decían que querían aprender, pero que, de todos modos, a ellas les seguía pareciendo que Fatima cocinaba igual que ellas. Algo pondrás, no puede ser que, haciéndolo exactamente todo como nosotras, a ti te salgan las cosas con un sabor tan diferente.

Fatima notó que aquello disgustaba a las tres mujeres, pero no podía hacer nada. ¿Tenía que hacer las cosas peor para evitar que la envidiasen? En todo caso, les ahorraba la obligación de cocinar para tanta gente, de tener que ocuparse de una tarea que hasta que había llegado ella se repartían.

A Fatima la distraía la cocina, pero el día tenía tantas horas que no sabía cómo emplearlas. ¿Por qué tenía Mohamed que pasar tanto tiempo fuera? ¿Qué haría lejos de ella? Después de comer, cuando caía aquel aire denso sobre la casa, con el zumbido de las moscas que atravesaban el patio, Fatima entraba en su habitación. No cerraba la puerta, pero dejaba caer la cortina. Se tendía en la cama e intentaba dormir, pero desde que estaba allá le costaba hacer la siesta. No se cansaba nunca lo suficiente como para necesitar aquel descanso. Y entonces su cabeza no dejaba de cavilar, de ir de aquí para allá, de dar vueltas a cosas que habían pasado, a palabras que habían dicho, al tono exacto en que las habían dicho. Nunca se sentiría de allá, se decía. Y miraba las vigas de colores. Si Mohamed viniera a aquellas horas quién sabe si podría aferrarse a él. Cuando le preguntaba adónde iba, contestaba que por aquí y por allá. Si era su mujer, ¿cómo no podía contarle una cosa tan sencilla? Si no sabía qué vida tenía fuera, ¿cómo podría sentirlo menos desconocido? Solo su piel hacía que lo notara cerca. Si no decía adónde iba, ¿es que tenía secretos, es que ocultaba algo? Un hombre no da explicaciones, ya lo sabes, Fatima. Un hombre no es una mujer, entra y sale cuando quiere, no necesita justificarse tenga o no algo que ocultar. Entonces no dejaba de pensar que, si él quisiera tener otra mujer, otra vida, ella no podría hacer nada, no podría evitarlo, aunque por las noches se le entregara por completo y él le dijera Fatima mía.

A veces venía Yamina a tomar el té de media tarde, después de la siesta. Y si Mohamed volvía estando ella todavía, se saludaban con una confianza que a Fatima le provocaba una punzada muy adentro. Ella siempre le sonreía con aquella media sonrisa suya. Y tenía una complicidad con sus cuñadas y su suegra que Fatima no compartiría nunca, aunque después criticaran a Yamina por estar demasiado pendiente del espejo, por ponerse desodorante o mover el culo expresamente cuando estaba delante de un hombre. Decían de ella que no respetaba ningún límite, y Fatima no podía dejar de pensar en eso cuando cogía de un brazo a Mohamed y estallaba en risas y juraba por Dios. Y por alguna extraña razón, Yamina la visitaba a menudo. Cuando las otras aún no se habían levantado, pedía permiso desde detrás de la cortina, y si Fatima estaba despierta entraba, se sentaba en la cama y le contaba chismes. Han visto a la hija de tal hablando con no sé quién. Otra que se ennoviaba con más de uno a la vez. Y quién se casaba, y quién era repudiada y un largo etcétera. Fatima se decía que no podía ser que en aquel pueblo, de cuatro casas dispersas, pasaran tantas cosas. Pero Yamina iba al río y volvía con detalles muy íntimos de la vida de todas las mujeres. Y de los hombres. Llevaba la cuenta de todos los solteros, de los guapos, de los ricos y de los pobres. Pero decía que ella no se quería casar si no era con alguno que la llevase al extranjero, bien lejos de aquel lugar perdido en medio de la nada. Que estaba harta de la aridez, la vida dura, el sol implacable —que no favorecía su piel delicada—, el agua sucia y escasa. Que aquello no era vida. Y lo sabía porque tenía dos hermanas en Holanda que le contaban maravillas de la vida del norte. Todo eso a Fatima le parecía un mundo irreal, fuera de su imaginación. El padre había ido a trabajar fuera, pero no había salido del país. Solo cuando era más joven había ido a Argelia, pero, de hecho, allá no son tan diferentes, no dejaban de ser musulmanes. Ahora todo el mundo tenía a alguien viviendo en el extranjero, y parecía que el extranjero era la solución a todos los problemas. Fatima, que ya se sentía bastante extraña habiendo ido desde Pozo de Higueras a casa de los Sqali, no podía concebir la idea de ir a parar a un lugar tan desconocido como a lo que llamaban «extranjero», y que era un espacio en el que cabían todos los países, una geografía imaginada hecha de los diferentes puntos adonde habían ido a parar los emigrantes. Vamos, qué necedad ir tan lejos. Como la propia tierra no hay nada, se decía Fatima, pero enseguida recordaba que ella, concretamente, no tenía ninguna tierra, que era más un sentimiento que una realidad palpable. Cuando Yamina hablaba de sus sueños migratorios, a ella le parecían una pura fantasía.

Hasta que un día llegó Mohamed y Fatima le notó algo extraño, diferente. Le pidió que fueran a la habitación, y de pie tras la cortina le empezó a decir: Mira, aquí no tengo nada que hacer, aquí la sequía es permanente, si tenemos hijos no sé cómo los podré mantener. Aquí me muero, no puedo hacer más. A la hija de Zraizmas le costó un tiempo entenderlo. ¿Qué le quería decir?, le preguntó mirándolo directamente a los ojos, escrutando sus pupilas de color de miel. Debo irme, debo marcharme. No se lo consultaba, se lo anunciaba.

9. Una habitación vacía

Fatima no tuvo demasiado tiempo para pensar. La decisión que había tomado Mohamed se materializó enseguida. Un día, simplemente, se fue sin saber cuándo volvería. Si iba a volver, pensó su mujer. ¿Cómo podía hacer aquello, irse vete a saber dónde, sin pena, hasta con un cierto entusiasmo poco disimulado? Y todas aquellas palabras, los ojos que son pozos en noches de luna, y la pasión, y los estremecimientos en la oscuridad... ¿no contaban para nada? Hacía muy poco que estaban casados, ¿no podía esperar a que ella se hubiera acostumbrado al nuevo lugar? Claro que no, él no sabía nada de todo eso. Y Fatima tampoco se lo diría. Que si la sequía, que si un futuro, que si otra vida. Entonces, ¿por qué se casó? ¿Por qué la sacó de la casa de su padre?, ¿para dejarla tirada como si nada?

No había tenido tiempo de pensar demasiado cuando se encontró ya en aquella realidad. De pronto, la habitación vacía, la puerta cerrada, encogida en la cama palpándolo todo y no encontrando nada. Ay, Fatima, si hasta hace dos días no habías tenido marido, ¿por qué lo has de añorar? Se llamaba perdida, eres una perdida, te gusta que te cabalguen, te has acostumbrado pronto a tener dentro la carne de un hombre. Pero no era solo eso, era aferrarse a Mohamed, ser en el otro. ¿Acaso él no sentía lo mismo? ¿Es que le era igual estar lejos de ella?

Los hombres sienten de otra forma, le había dicho la abuela Ichata a menudo. Estaban hechos de otra materia. Y a Fatima le costaba entenderlo. De pronto dudaba de si las noches que había vivido eran reales o imaginadas. ¿Y si todo había sido un sueño? No podía ser, estaba allí, en casa de una extraña, con gente que no conocía, su trasplante era real.

Entonces comenzó el tiempo de una aridez áspera, pesada. Fatima se ocupaba todo lo que podía de las tareas de cada día, pero siempre le quedaban horas y horas durante las que no tenía nada que hacer. Estaba la conversación con su suegra y con la Jorobada, Jadiya y Yamila, pero eran ellas las que hablaban. Su suegra hablaba mal de todo el mundo sin motivos, todo le parecía mal, solo hablaba bien de sus hijos, que por lo que se ve estaban por encima del resto de gente. Jadiya parecía un poco corta, repetía lo que decían las otras más que pensar por sí misma, y tenía una risa idiota que era como el rebuzno de un burro. Fatima no podía dejar de mirarle los cabellos, que le nacían muy cerca de las cejas. La Jorobada la ridiculizaba a menudo, un poco como había hecho con ella Aicha, pero de forma más violenta; la trataba como a un animal y Jadiya, en lugar de responder a sus burlas, volvía a reírse como un borrico. Fatima se extrañaba de que fuera la madre de una niña tan dulce y bonita como Naíma, que tenía unos ojos de un verde azul como el reflejo mismo del cielo, y unos cabellos de paja parecidos a los de Mohamed, solo que recogidos en una trenza. Su madre se los había querido teñir con henna, pero la niña hacía años que se negaba, que decía que los prefería de su color. Por eso el final de la trenza era de un rojo escandaloso.

Fatima había comprendido que si quería sobrevivir allí no podía desnudarse demasiado, no podía contar intimidades ni cosas demasiado personales, porque todo se lo podían echar en cara. A Yamila, al principio, le había hecho algún comentario banal y enseguida había descubierto que lo había ido contando, no solo a la Jorobada, a Jadiya y a su suegra, sino hasta a Yamina y a su madre. Con la de veces que había repetido que serían como hermanas, con la de veces que le había hecho creer que podrían compartir confidencias porque ella le había contado alguna intimidad. Como que su marido había querido hacerle una cosa prohibida y ella se había negado de manera rotunda: Si te lo dejas hacer, ya sabes, te acaba odiando, a sus ojos te vuelves negra.

No, no podía hablar y hablar como con sus hermanas. Y también se le hacía extraña la manera de contar que tenían en aquella casa. Según cómo, era lo mismo, narraban anécdotas, hechos ocurridos en la familia o en el pueblo o hechos lejanos que no tenían nada que ver con ellas. Pero en la manera de narrar de casa de los Sqali había algo diferente. Fatima no sabía decir en qué consistía esa diferencia, pero le parecía que el resultado era que, en lugar de una historia con la que los oyentes se pudiesen identificar, lo que había siempre era un juicio moral, intuía que deformaban los hechos con tal de convertirlos en puro chismorreo. Fatima sabía que mentían, aunque contaran cosas verídicas.

A veces se entretenía recortando bolsas de plástico y haciendo unas borlas que colgaba de los postigos de la ventana. Otras se gastaba un par de duros mandando a los niños a comprarle una papelina de pipas que ellos se entretenían en descascarillar, pero no podía hacerlo muy a menudo porque dinero no tenía mucho, solo lo que aún le quedaba de los regalos de la boda, pero no se lo podía gastar porque no entraría más hasta vete tú a saber cuándo. Mohamed no le había dado ni un céntimo, y ella vivía de lo que había en la casa, un poco como una recogida, porque la aportación a la economía doméstica la tendría que haber hecho su marido. Sospechaba que era una contribución que no había hecho ni cuando estaba allí, que eran los hermanos mayores los que lo pagaban todo. O sea que ella era una carga sobrevenida. Gastaba de su dinero para comprar el aceite de la lámpara cuando se acababa, o cuando la mecha se había quemado del todo. También para el jabón de lavar la ropa, el mismo con el que se lavaba el cabello. Había tenido unas pastillas de jabón perfumadas, también regalo de novia, pero las había repartido entre las mujeres de la casa. El dinero lo guardaba en el armario entre la ropa doblada, un armario que cerraba con llave. También tenía un hatillo minúsculo de polvos de antimonio que le había regalado la abuela Ichata, y otro un poco más grande con henna molida que se ponía en el pelo una vez al mes, justo antes de lavarse. Guardaba una botella de colonia que les ponía a los niños cuando venían a su habitación y no tenía nada para darles. Los invitados no pueden irse nunca sin nada, aunque sea el aire perfumado. No tenía muchas más pertenencias, los tres vestidos de la dote, el de salir, que no lo usaba nunca, unos cuantos pañuelos y tres o cuatro qanduras para los días de entre semana que lavaba cada viernes después del baño. Ahora no se lavaba tan a menudo y se notaba el cuerpo extraño, como si fuese de otra. Limpiaba y fregaba su habitación casi cada día, aunque la Jorobada le seguía criticando aquel ritual tan egoísta. Pero lo cierto es que Fatima se levantaba tan temprano que podía atender las dos cosas, sus tareas y las de la casa.

Con frecuencia utilizaban su habitación como cuarto de invitados porque, si se presentaba alguien inesperadamente, era la que estaba más limpia y ordenada, como si siempre esperase visita. Y sí que la esperaba, fantaseaba a menudo con la idea de que Mohamed volvería, que la nostalgia lo haría regresar enseguida. Pero no, ni una triste carta había enviado. ¿Una carta? ¿Para qué la quieres, Fatima, si no sabes leer? Pues que fuese una sonora, un casete con su voz grabada. Por supuesto que lo que tampoco enviaba era dinero. Fatima también esperaba impaciente el día que le anunciaran el nacimiento de su sobrino, o el casamiento de alguna de sus hermanas para poder marcharse unos días a Pozo de Higueras. Pero el tiempo pasaba lentamente. A menudo se escondía en la despensa. Cuando todo el mundo estaba ocupado en algo, cuando cada uno estaba en su habitación, Fatima se acurrucaba en aquella pequeña cámara y se sentía como dentro de un vientre. Tenía la sensación de que aquello aplacaba su soledad.

Naíma venía a menudo a su habitación, le gustaba estar con ella. A veces no decía nada. A veces le pedía que la peinara. Tú tienes más paciencia que mi madre. O cogía el radiocasete de su padre y ponía alguna cinta con canciones de amor. Y cantaba en voz baja, y si no había hombres, un poco más alto, y gesticulaba al hacerlo como llevada por la emoción. De vez en cuando también iniciaba una danza. ¿No bailas, lala? No te he visto bailar nunca. Y Fatima le decía que no sabía. Miraba a la niña y pensaba, qué joven es, qué despreocupada. Y le entraban ganas de unirse a su fiesta particular e improvisada. Alguna vez lo había hecho superando la vergüenza y la niña le decía, ¿lo ves?, si lo haces muy bien. Fatima sentía envidia de su edad, de que estuviera en su casa y de que aún no la hubieran alejado. Y de que se riera y sonriera y cantara y bailara como si nada. Qué joven, se repetía, pero de hecho no debían de separarlas muchos años, un par o tres como mucho.

Unos meses después de la marcha de Mohamed llegó a la casa una de sus hermanas, Luisa, que vivía en la ciudad. Entró resoplando. El coche la había dejado justo al pie de la subida, que había remontado cogiendo de la mano a su hijo, casi arrastrándolo. Va, deprisa, camina, le habían oído cuando entró en el patio antes de llegar a la puerta. Venía alterada. Aún no se había sentado y ya enhebraba las frases casi sin que se la entendiera. Que no lo soportaba más, que aquello no era vida, que prefería vivir en aquel rincón perdido del mundo que aguantar a aquella gente. Son malos, madre, malos sin más. Son malas personas y van a volverme loca. Que estaba segura de que la habían embrujado, que la cabeza se le iba continuamente, y ahora, además, las palizas. Que su marido no era así, madre, pero ellas lo han envenenado. Antes, todo era querida mía, reina, todo era dulzura y generosidad, y de pronto ¿qué? Pues que no me puede ni ver. Dice que a sus ojos me he vuelto negra. ¿Cómo se explica eso, madre? Estas cosas no pasan porque sí, no pasa que alguien que te había puesto dentro de su corazón y te había guardado con llave, alguien para quien eras la niña de sus ojos, que te había puesto bajo sus propios párpados, de pronto no soporte tenerte delante. Dios castigará a aquellas brujas, irán derechas al infierno por hacer rmuncar y por injustas. ¿Qué les he hecho yo, madre, qué?

Hablaba y hablaba, a veces sollozando, a veces gritando y maldiciendo con rabia. Mientras tanto, el niño la miraba con calma y, de vez en cuando, exclamaba no digas esas cosas, madre, no las digas.

Los dos se instalaron en la habitación de Fatima. Era normal, ella estaba sola. Dormían en el suelo. Se tenían uno al otro, acompasaban sus respiraciones. El niño hacía reír a la madre, era dulce, de una serenidad inusual para su edad. Y más con una madre agitada, que no paraba de hablar y de moverse. Cuanto más conturbada estaba la mujer, más tranquilo el niño. Era regordete, tenía unas lorzas en la papada que le daban un aire grávido. Se sentaba sobre una piel de cordero a un lado del patio, abría las piernas y en medio le ponían un plato con aceite de oliva y le daban pan. Antes de empezar a comer decía siempre, en nombre de Dios, y al acabar, gracias a Dios. A veces hablaba solo y le pedía a Dios que guardara a su madre, a la abuela, a un tío, al otro. Cantaba la lista de toda la gente que había en la casa. Cuando lo observaba, Fatima pensaba que, si al menos Mohamed le hubiese dejado un hijo, no se sentiría tan sola. Cuando tienes un hijo vas siempre acompañada, decían las mujeres. Fatima había esperado al mes siguiente de haberse marchado su marido para ver si manchaba, quién sabe si me ha dejado un hijo dentro. Pero no, aunque aún tenía alguna esperanza. Quizá tenga uno dormido que esperará a que vuelva su padre para nacer. Pero nada, en las entrañas no notaba ningún indicio que pudiera confirmar aquella fantasía.

Ahora envidiaba a la hermana de Mohamed y a aquel niño tranquilo que no le causaba ningún problema. No como los otros de la casa, que a menudo provocaban peleas o los gritos de sus madres, que los perseguían.

Sí, aquella madre con su hijo, al haber ocupado inesperadamente su habitación, le habían aliviado un poco el estado de aburrimiento y tristeza de los pasados meses. Pero la mujer no vivía tranquila. Me he llevado al niño y basta. ¿Qué había de hacer? Es mi hijo, me ha salido del vientre. Pero las leyes de las madres en nada se parecen a las del gobierno, y un día llegó un grupo de hombres, el padre del niño acompañado de sus hermanos. Blandían un papel. Lo ha dicho el juez. Si no sabes leer, ve y pregúntale. A los siete años, los hijos con el padre. Ya es bastante mayor. Aquella madre temblaba en el patio, se golpeaba las piernas, se tiraba del pelo y se ponía delante del niño. Por encima de mí, ¿me oyes? ¡Por encima de mí! Y el padre amenazaba. La suegra de Fatima intentaba calmarlo, convencerlo de que las cosas aún podían arreglarse. Nada, lala, todo está roto, todo hecho trizas por culpa de su hija. El niño, atemorizado, cerraba los ojos y decía una sura. Cuanto más gritaban sus padres, más fuerte recitaba. Hasta que, en un salto, el padre lo había cogido. La madre lo estiraba de las piernas, el padre de los brazos. *Aiiaw*, *aiiaw*, invocaban al santón antiguo, al Moulay Abdel Kader Al Jilali, y pronunciaban su nombre todo seguido, como si fuera una sola palabra, y que solo se utilizaba en situaciones de gran intensidad dramática como aquella.

Fatima habría deseado no presenciar nunca aquella escena. El rostro de la madre desgarrado, rajándose los vestidos, la cara. Ella intentando evitar que se hiciera daño. El niño con el espanto en la cara, llevado como un cordero a punto de ser degollado, llorando como no había visto nunca. Los gritos de aquel día se le quedarían grabados para siempre resonándole en la cabeza. Y la madre enferma, en su habitación sin salir para nada. Una mujer medio muerta.

Tiempo después, Fatima se preguntaría cómo había logrado sobreponerse. Si su hijo hubiera muerto, habría podido decir que era el destino, lo que estaba escrito, que Dios así lo había querido. Pero su hijo estaba vivo, solo que ahora no vería nunca cómo crecía, cómo cambiaba, cómo se hacía un hombre de bien.

Solo volvieron a verlo una vez. Fue unos meses después de que se lo llevaran. Oyeron unos golpes en la puerta de fuera y era él. Sudado, cubierto de polvo, exhausto. Había llegado solo caminando desde la ciudad kilómetros y kilómetros. No sabían si era una visión. Hasta que dijo jadeando: Soy yo, madre. Un milagro, Dios lo había guiado, los ángeles lo habían protegido. Un milagro que no impidió que su padre volviera a buscarlo. Esta vez la madre casi no lloró.

10. Mis entrañas retorcidas

Hermanas mías, no sufráis más, que estoy aquí y bien entera. Os da pavor que Sara Sqali y yo estuviéramos solas, sin ningún hombre a quien los otros hombres pudieran temer, sin un hombre que defendiera nuestro honor. Os desazonaba pensar que por las noches tuviéramos que dormir solas, pero ¿no recordáis los meses que pasábamos solas en esta casa cuando éramos pequeñas y nuestro padre estaba de viaje? Estaba Abrqadar, claro, pero no era más que un chiquillo, y a veces tenía más miedo que nosotras. También os hace sufrir que nos tengamos que ganar el sustento sin amparo, pero no paséis pena porque yo, en el nuevo país, a pesar de todo, me sentía cada vez más como en casa. No porque hubiera aprendido mucho la lengua, que siempre me ha dado vergüenza hablarla. La puedo entender bastante pero casi no me atrevo a hablarla. Había mujeres cristianas con las que tuve buena relación, pero no como para sentirlas como hermanas. ¿Qué queréis? Nos separa la lengua, nuestra habla es tan diferente, tan distinta del resto de idiomas... llegar a aprender el suyo hasta poder sentarme con ellas como hago con vosotras, y contar y contar con toda tranquilidad todo lo que llevo en el corazón, para mí, es imposible. Si al extranjero vas de pequeña, con la cabeza ligera y vacía de problemas, no cuesta nada adoptar su lengua, pero de mayor ya no es lo mismo. Cuando la cabeza está llena, ya no guarda nada. Aparte de que muchas de las cosas que ahora os explico a vosotras, las mujeres cristianas no me las entenderían nunca, no podrían comprenderlas, tienen otra manera de verlo todo.

Pero incluso con esta barrera, hermanas, he de deciros que cada vez me voy sintiendo más de allí, el lugar se me hace cada vez menos extraño, más propio. Y eso fue por Sara Sqali, hermanas, porque allí no tenía que temer perderla, podía ganar dinero con mi trabajo, algo que, como ya sabéis, en nuestro país no nos es permitido. Aquí ni los hombres trabajan, conque aún menos las mujeres. Sí, las mujeres nos hemos hartado de bregar, claro, pero no para tener nuestro propio dinero. Eso no es lo que fui a buscar, ya lo sabéis, me hubiera gustado ser esposa, poder dedicarme a mi habitación y a tener más hijos con Mohamed, pero creedme si os digo que fue una suerte ir a parar a un país donde me pagaban un sueldo por el trabajo que hacía. Sin padre ni marido, el dinero que me pagaban me servía para sobrevivir, no como algo extraordinario, como hacían otras mujeres de allí, que limpiaban unas horas para comprarse sus caprichos, no, yo, desde que había llegado, había buscado mi suerte en el trabajo. Por eso, aquel día de la fábrica, el helor de las manos del encargado me sacudió bien dentro, hermanas, era como si le quitaran a Sara Sqali el pan de la boca, era como si aquel hombre hubiera penetrado en la cosa más honda que me unía a mi hija. Quizá no lo entendéis, no sé cómo explicarlo, era como tener una cuerda delgada que nos unía a la niña y a mí y que de pronto aquellas manos hubiesen intentado romperla. Exactamente no recuerdo lo que pensé, se me puso una niebla extraña en la cabeza, me dije que era culpa mía por no haber tomado precauciones como las tomamos con nuestros hombres, no mirarlos a los ojos, no agacharnos delante de ellos, no reír ni sonreír, no darles ninguna confianza.

Claro que hay muchas mujeres que lo hacen y no les pasa nada, o, si les pasa, no lo dicen. Ya sabéis que yo no soy ninguna perdida y que solo quería poder trabajar. Además, ya os lo he dicho, en aquellos tiempos me convertí en hombre, me olvidé completamente de las precauciones porque los hombres no han de protegerse de nada. Somos nosotras las que hemos de esforzarnos para no provocar sus instintos. Tan tonta fui que pensé de verdad que era uno de ellos, pero ni ganando un sueldo os tratarán como a iguales, hermanas, eso no pasará nunca.

Había pasado todo el fin de semana sufriendo, dando vueltas en la cama, regañando a la niña por cualquier cosa. Ella, claro, no sabe nada de todo eso, no se lo digáis nunca, no son cosas que las hijas hayan de saber de las madres. Mi cabeza no dejaba de meditar, de dar vueltas y más vueltas. ¿Qué haría? Aquella sacudida de la cuerda, revivir miedos tan antiguos. Me angustiaba tanto todo, hermanas, que no podía volver a la fábrica. De ninguna manera, no podía, porque entonces, si me dejaba sobar por las manos de aquel hombre, sí que podrían decir que era una cualquiera, y pensé, mira, de alguna manera la Jorobada ha acertado cuando decía que me había liado con el amo. Pero una cosa son los rumores inventados y otra bien distinta que de pronto esos rumores tuvieran algo que ver con la realidad.

En la fábrica ya comenzaba a haber hombres de los nuestros, que ya sabéis que, vayamos a donde vayamos, nos controlan como si todas fuéramos suyas aunque no nos conozcan de nada y si nos equivocamos, aunque sea solo un poco, nos juzgan de forma implacable y manchan para siempre nuestra reputación. Hermanas, nuestra situación era muy delicada, allí éramos dos mujeres solas en medio de tierras cristianas, donde las normas no son como aquí, donde todo les es igual. Todo el mundo puede hacer lo que le venga en gana sin que nadie les diga nada, y por eso mismo los nuestros podían pensar que era muy fácil que nos desviáramos del camino. No teníamos hombre, ni familia que velara por nuestra imagen, solo podíamos hacerlo nosotras. Ya veis, hermanas, teníamos que hacérnoslo todo Sara Sqali y yo. Hasta entonces teníamos una reputación impecable, queridas mías, a pesar de las mentiras de la Jorobada, de quien todo el mundo conocía su tendencia a falsear la realidad. Nunca nos habían encontrado una falta. Yo tenía que velar porque eso fuera así, al menos hasta que Sara Sqali encontrara su propio nido. Tenía que ser más escrupulosa con esas cosas que las mujeres que tenían marido y a las que les decían lo que tenían que hacer y lo que no.

Por eso dejé la fábrica, porque no habría soportado que alguien comenzara a decir que de verdad yo tenía alguna cosa que ver con el encargado. De hecho, no volví. Fui solo una vez con la niña a reclamar el sobre del mes, y ellos no entendían por qué dejaba el trabajo. Aún ahora no deben de saberlo, y deben de pensar que soy una desagradecida, que después de haberme ayudado como lo habían hecho los dejaba de un día para otro. De todas formas, ellos tampoco tardaron mucho en marcharse de allí. El gobierno los obligó a instalarse fuera de la ciudad, donde no molestaran ni el ruido de las máquinas ni el olor de las pieles y los productos químicos que ponían. En el edificio de la fábrica construyeron pocos años después una mezquita para los musulmanes de la ciudad. Yo no he entrado nunca, claro, pero cuando paso por delante y veo los zapatos alineados y la alfombra que llega hasta la puerta, no puedo imaginarme cómo será ahora por dentro.

Ay, hermanas, ¿qué os puedo contar de los sinsabores de aquellos días? ¿Qué os diré? Podéis entenderlo, tenía que buscar trabajo, tenía que encontrarlo pronto porque no era cosa de esperar a terminar con los ahorros. Yo hablaba con todo el mundo, visitaba a mujeres a quienes les rogaba que preguntaran a sus maridos si sabían algo. Iba por las calles y por los caminos para ver si pasaba como al principio, si mirando a los ojos podían entender mis necesidades. Solo que ahora ya conocía algunas palabras que me servían para expresarlas. Sara Sqali cogía cada jueves una revista gratuita, donde había un par de páginas con ofertas de trabajo y me las traducía. Pero a veces, al oír la voz de la niña por teléfono, le decían que no les interesaba, y cuando explicaba que era para su madre aún menos. Pensaban, mira, si no sabe ni hablar cómo ha de saber hacer alguna cosa. Algunos no podían entender que de mayor las palabras nuevas cuesta mucho más que se te queden dentro, aunque, a veces, a mí se me ponían en la lengua pero las olvidaba porque no me llegaban a las entrañas. Porque las únicas palabras que me han penetrado de verdad, hermanas, son las de nuestra lengua, las de nuestra madre. Me costó un poco encontrar trabajo entonces. Me ofrecieron trabajo en algún restaurante, pero querían que me quedara hasta muy tarde por la noche y no me dejaban llevarme a la niña, de manera que no lo pude coger. Comencé en una fábrica en donde hacían platos y vasos de cerámica, pero el dueño no me dijo lo que cobraría, y cuando me dieron el sobre, con todo lo que había trabajado, era una pura miseria y no volví. Después me salió lo de la granja de conejos. Tenía que ir cada día, estaba un poco a las afueras, pero me pagaban por la faena que hacía, no por horas, de manera que, como era tan rápida, a media mañana la tenía acabada y podía buscarme algunas casas para limpiar. Fuimos haciendo eso una buena temporada. Un poco más aliviada pero, no os penséis, no demasiado. El incidente de aquel hombre de las manos heladas me hizo revivir el miedo antiguo que llevamos las mujeres en el cuerpo. Lo había olvidado, hermanas, había conseguido olvidar que las mujeres siempre estamos en peligro, como si viviéramos en la cuerda floja, así me sentía. Pero de todas maneras tuvimos una época buena y el tiempo iba pasando. Empezamos a hablar por teléfono con vosotras, ¿recordáis? En una cinta me dijisteis, estaremos en la tienda tal día y a tal hora, este es el teléfono, llámanos, te estaremos esperando. Qué nervios aquel día, hermanas, de pie, dentro de las cabinas que había entonces en aquel país, con el pii del auricular que me ponía nerviosa y pidiéndole a Sara Sqali que me marcara los números. Suerte que se lo había explicado antes a Latifa y me había dicho, acuérdate de los que te abren el camino. ¿Cómo? Sí, antes de poner los números de la tienda, has de poner los que te dan el camino, el dos uno dos. Quién me habría de decir que hasta los teléfonos tienen caminos. Oh, hermanas mías, cuando escuché vuestra voz sin estar grabada, bien viva..., no me veíais, pero las lágrimas me caían rodando por las mejillas. No sabéis el alivio que supuso poder hablar con vosotras así, de voz a voz, como si estuviésemos unas al lado de las otras. Muy distinto de los casetes, que no nos permitían contestarnos al momento.

Pues ya os digo, queridas, Dios se apiadó de nosotras y tuvimos un tiempo de calma. Y no me di cuenta, no me había dado cuenta de que Sara Sqali se iba haciendo mayor y comenzaba a parecer una mujer. Lo veía en los ojos de los hombres que la miraban cuando íbamos al mercado. Ella, claro, no era consciente de eso; la niña estaba siempre absorta en sus pensamientos. Entonces Sara Sqali ya leía mucho, le habían enseñado la biblioteca que había unas calles más arriba de nuestra casa e iba cada tarde. A mí no me hacía mucha gracia, qué queréis. En verano no me importaba, pero en invierno, que a las cinco de la tarde ya está oscuro y la niebla lo tapa todo, no me quedaba tranquila cuando la niña se iba. Pero no sabéis con cuánta insistencia pedía poder ir a meter la nariz en los libros. Y qué queréis, tampoco podía decirle que no, en todo caso leer no es algo malo. Pero la niña cambió, cambió mucho. Primero dejó de preocuparse de las tareas que había hecho desde que era pequeña. ¿Os acordáis de que no tenía que decirle nunca lo que tenía que hacer? Pues de pronto fue como si hubiera olvidado todas las obligaciones, siempre estaba en la cama o en el sofá con un libro entre las manos. A menudo, no amasaba el pan aunque lo viera fermentar; no recogía ni sus cosas, siempre parecía medio dormida. Y aún suerte que no teníamos televisor, que en las otras casas eran muchas las niñas que descuidaban sus obligaciones y se echaban a perder por culpa de aquella máquina de descarriar chicas. Las mujeres las mirábamos y decíamos, madre mía, ¿cómo os apañaréis el día de mañana cuando estéis en casa de otro? No duraréis ni cinco minutos, con esta parsimonia. Pero eso no lo entienden, hermanas, piensan que siempre tendrán una madre al lado que vendrá a hacerles las cosas. Sara Sqali cambió, y mucho, ya no decía nunca que trabajaría para ayudarme, que el día de mañana me mantendría ella. No sé qué ponía en los libros que leía, hermanas, porque parecía estar en otro mundo. A veces tenía miedo de que la hubiera poseído algún espíritu, os juro que a veces estaba convencida. Un día hice un estofado de pollo y me fui a hacer un par de horas a casa de una cristiana. Le dije, vigila el fuego, cuando haya acabado de cocerse apágalo. Hermanas, no sabéis cómo encontré la casa al volver, el espanto aún me dura. Primero pensé que a Sara Sqali le había pasado algo, que se había desmayado y no había apagado el fuego. Un humo terrible por todas partes, un hedor a chamusquina, y ella, no lo diríais nunca, la niña seguía allí con un libro pegado a la cara. Madre mía, no me lo podía creer. Cuando le grité fue como si despertara de un sueño, como si hubiera estado durmiendo. No sabéis cómo estallé aquel día. Mirad que apenas le había puesto la mano encima a Sara Sqali porque no le hacía falta, pero cuando vi la casa a punto de quemarse, la cazuela negra y todo aquel humo, me salió toda la rabia y le pegué y le pegué sin parar. Ella no se lo esperaba, la pobre, decía: Nunca más mamá, nunca más, nunca más. Después yo lloré tanto como ella por lo que había hecho y por lo que le había hecho yo. A veces mataríamos a nuestros hijos, pero cuando les pegamos nos quedamos como si nos hubiésemos golpeado a nosotras mismas.

Eso no cambió nada, no os penséis. La distracción de Sara Sqali iría de mal en peor, ya no podía contar con ella, volvía a estar sola como antes de tenerla. Se había convertido en otra, en alguien a quien no conocía. Había salido de mi vientre y ahora, ya veis, era una extraña. Además, cada vez dominaba mejor la lengua y las costumbres de los cristianos. A mí me daba miedo que pudiera convertirse, hermanas, cuando la veía con sus compañeros de escuela o con los maestros, porque se parecía más a ellos que a mí. Quería hacer cosas que a mí no me parecían bien, por ejemplo, ir de excusión con la escuela, aunque costara dinero. Y, si era un día, aún, pero a veces hacían salidas más largas, tenían que pasar noches fuera y eso sí que no, ni loca dejo yo a una joven soltera dormir fuera de casa, menos aún entre ellos, a los que les da todo igual. Quería ir a la piscina, ponerse en bañador. Eso hasta una cierta edad dejé que lo hiciera; algunos veranos se la había llevado la rubia de cabellos encrespados, la había invitado, pero claro, a medida que se hacía mayor tenía que empezar a comportarse. Ya os digo que ella no era nada consciente de que los hombres se la comían con los ojos y yo le recomendaba que empezara a vestirse más decentemente, que se tapara por detrás, que no se pusiera ropas tan ajustadas. Pero crecía sin parar, ¿sabéis? Se le pusieron unas caderas así de anchas, como las nuestras, claro, y le crecieron los pechos de pronto. A ella no le debía de hacer demasiada gracia porque cogió la costumbre de encoger la espalda para disimularlos. Y no quería saber nada de llevar sostenes. Me parece que Sara Sqali no quería crecer, pero ya se lavaba cada mes, ya era una mujer. Un día ¿sabéis? compró unas compresas y las escondió en su habitación. Cuando salió, abrí la caja y vi que eran muy extrañas, pequeñas y redondas, y no acabé de entender. Cogí un papel que había dentro de la caja, que no podía leer; pero había un dibujo, y el dibujo sí que lo entendí. Era una cosa para ponerse dentro, hermanas, un algodón que tenías que ponerte dentro. Madre mía, pensé, esta niña está trastocada. Menos mal que de pequeña la habíamos cerrado, ¿eh? No tenía conciencia de nada, no sabía el peligro que supone estropearse, no hay manera de que las niñas de ahora lo entiendan. No le dije nada, pero tiré aquella caja a la basura.

Entonces dijo que quería dormir sola. Vino toda afligida y en voz baja me dijo: Mamá, si quieres, yo me iré a dormir a la otra cama. Y yo, ¿qué podía hacer? No supe decir nada, sin entender qué pasaba. ¿Qué había ocurrido en aquellos años para que de pronto Sara Sqali no quisiera compartir conmigo las noches? Los cristianos hacen eso, duermen a sus hijos en habitaciones separadas desde que son recién nacidos, pobres criaturas, los acostumbran y así ya no lo piden. Pero nosotras no, nosotras dormimos al ladito de nuestros hijos hasta que son lo suficientemente mayores para hacerlo con el resto de primas o tías, porque nos gusta estar los unos al lado de los otros. No sabéis el daño que me hizo oírle decir eso a la niña, que después de tantos años de estar las dos solas en el mundo, bien cerca una de otra, ahora quería irse a dormir a la habitación de al lado. Me dijo que así podría leer antes de dormir, pero qué queréis, a mí las entrañas se me retorcieron y tuve que acostumbrarme a estar sola en la cama por primera vez en muchos años. El otro cambio de Sara Sqali es que casi no hablaba. ¿Os acordáis de que os dije que me contaba tantas cosas al principio? ¿Que casi todo lo que aprendí de aquel nuevo mundo me lo explicó ella? Pues de pronto se calló, ahora apenas le podía sacar una frase completa. Y, además, cada vez le costaba más hablar nuestra lengua, tenía la boca pesada y pronunciaba mal.

Por aquel tiempo tenía que cambiar de escuela. Habían pasado muchos años y nosotras aún estábamos allí, perdidas, sin poder venir a veros. Pues un día me citó la profesora, una con la que a menudo la veía hablando por la calle, con la que parecía que tenía mucha amistad. A veces las había visto manteniendo conversaciones muy animadas, parloteando como si se conociesen de toda la vida, la niña se reía como yo no la veía reírse nunca entonces, con una confianza que no entendía que pudiera tenerle a una mujer que no le era nada. La relación de la niña con aquella maestra era muy extraña. A menudo la retenía en clase pasada la hora de salir, o la acompañaba a la biblioteca o se la llevaba a pasear por las calles. También le regalaba libros. Una vez quiso apuntarla a que aprendiera inglés, que ya le pagaba ella las clases, me dijo. Y yo no supe qué responder, pero cuando veía a Sara Sqali marcharse, pisando la niebla, en aquellas noches de invierno, mi vientre se retorcía, hermanas, era como si me enrollaran una toalla húmeda. El estudio es buena cosa, ya lo sabemos. Desde el principio quise que la niña siguiera estudiando para que tuviera su propio futuro, que no tuviera que depender de los demás como me había pasado a mí, pero claro, una cosa es que fuera a aprender y otra que me la cambiaran de aquella manera. Me volvía loca, hermanas mías, pensaba, mira que eres exagerada, tu hija es la misma de siempre, te salió de dentro, la conoces. Pero no, no la conocía, se estaba convirtiendo en una extraña. ¿Por qué no me hablaba, hermanas? Yo le había dado todo lo que había podido. La nuestra era una vida sencilla, sin lujos, pero teníamos garantizado nuestro día a día gracias a mis brazos y a mi espalda, gracias a mi esfuerzo.

No imagináis lo que era venir de trabajar, reventada, y ver a mi hija feliz y habladora, con aquel brillo en los ojos que yo hacía tiempo que no le veía. Yo caminaba pegada a la pared para que no me viera, para no interrumpir su alegría, pero en casa sollozaba sola un buen rato.

Pues, un día, aquella mujer me citó para entregarme las notas finales de la niña, que yo, por descontado, no podía leer ni comprender. Para mí era suficiente con saber que iba bien, que seguía yendo bien en los estudios. Pero se ve que en eso de ir bien también hay una escala, que se puede ir un poco bien, muy bien o ser la mejor de todas; y cuando la maestra me explicó eso con unas palabras que para mí no querían decir nada, no la entendí mucho. Sara Sqali me traducía, pero delante de la maestra le costaba más aún hablarme, no sé si le daba vergüenza o es que no le gustaba hablar bien de ella misma. Pero tardó un rato en decirme que la profesora quería dejarme clara una cosa: que era muy buena en los estudios, que había trabajado mucho y conseguido muy buenas notas, y que por eso recomendaba que continuara estudiando después de aquel curso que se acababa. Y todo eso tenía que firmarlo yo después.

Lo hice, claro. Me daba un miedo terrible que Sara Sqali cambiara aún más, que cuanto más estudiara más se alejase de mí, pero aún era jovencita para tener su propio hogar, y si no la hubiera dejado continuar seguro que se habría alejado aún más.

Es que eso vosotras no lo sabéis, pero en aquella época hubo chicas que empezaron a desviarse del camino. Casos sonados de hijas de buenas personas que un buen día desaparecían porque se habían fugado. La primera fue la hija de Hammu n Uxmrar, que se fue con un cristiano vecino de ellos. Después una árabe que se escapó cuando su padre le dio una paliza después de verla hablar fuera de la escuela con un chico. Y no os lo perdáis, también se acabó marchando la hija de la Jorobada, la pequeña, así fue como recibió un castigo merecido por todo el mal que le había hecho a las otras mujeres. Pero no sirvió para que parara, no, aun con la hija perdida del todo, y a saber si bien estropeada, no por eso dejó de criticar el comportamiento de las demás.

Yo me apoyaba en Latifa para desahogarme. Le decía, mira, la niña casi no habla, no se preocupa de la casa, parece que viva en otro lugar. Y Latifa siempre me decía lo mismo, tú no tienes nada que temer, la tuya es la más tranquila de las niñas que corren por aquí, es que tú no sabes lo que llegan a hacer las otras, no sabes lo descaradas que son las chicas de hoy en día, pero a la tuya la vemos siempre caminando deprisa y con la cabeza agachada, no se da cuenta nunca de lo que sucede a su alrededor, si alguien la llama te digo yo que no hace ni caso. Eso lo sabe todo el mundo, tu hija es como un chico, puedes dejarla ir a donde sea, puedes fiarte por completo.

Pero claro, no era un chico, no, por mucho que la hubiera cerrado, por mucho que le hubiera advertido desde pequeña de que tenía que protegerse siempre de los hombres, que lo más preciado que tenía era su reputación y que no podía echarla a perder, más teniendo en cuenta nuestra situación. Ahora que había crecido tanto, ya no le decía estas cosas, me daba vergüenza decirle a una mujer esas cosas, pero esperaba que las recordara de cuando era pequeña. Y de cómo nos escandalizábamos las madres por aquellos casos de jóvenes fugadas.

No lo sé, hermanas, ahora os explico todo esto como si tuviera un sentido, un orden, pero yo he estado muy confundida estos últimos años. Y sin poder tener vuestro consejo, sin poder compartir con vosotras esta desazón. De manera que aquel día le firmé a la maestra el papel donde decía que la niña valía para seguir estudiando y no sé qué más, lo hice, pero con un miedo terrible en el cuerpo. Volvía a estar encima de aquella cuerda suspendida en el aire, solo que ahora estaba yo sola, ahora Sara Sqali tenía los pies bien firmes en el suelo. Hermanas, qué dolor, el de las entrañas, qué padecimiento el de las madres que no se acaba nunca, que te persigue durante toda vida. Ahora sí que te entendemos, madre. Ya nos lo decíais las mujeres mayores, ya, cuando sufríais en vuestra piel el mal del hígado: Entonces comprenderéis nuestro sufrimiento.

Pues mi sufrimiento era aún peor que el de cualquier madre, hermanas. Acompañé a la niña a la escuela nueva, y no os lo perdáis, estaba muy lejos, a las afueras de la ciudad. Para ir había que atravesarla toda y después enfilar una carretera que pasaba por en medio de unos campos. Entonces solo había aquella escuela para mayores, no había otra más cerca. Pero creedme que a cada paso que dábamos para ir sentía el apretujón en el vientre de la toalla retorcida. Entonces era primavera, los días eran claros y se iban alargando, pero me imaginaba los inviernos por estos caminos, me imaginaba a mi hija caminando por allí en la oscuridad de las mañanas de aquella ciudad y me daba pavor, sentía como un vértigo. Ay, hermanas, qué tiempos tan duros, cuánta incertidumbre.

Intenté, como he hecho siempre, que el trabajo me calmara los temores. Tenía la casa impecable, aún iba a la granja de conejos de buena mañana y había conseguido tener horas de limpieza cada día. Limpiaba casas y escaleras, también algún despacho. Y por las tardes, aquel carnicero de la plaza que os comenté ya había empezado a encargarme cosas. Primero fue el pan, que no podéis imaginar el éxito que tuvo. Le hacía llevarlo a Sara Sqali y, a veces, a medio camino, algunos hombres la paraban y le decían, ¿es el pan de tu madre el que llevas para vender? Pues dame uno, que ahora iba a comprarlo. Es que entonces ya éramos muchos los marroquíes que vivíamos en la ciudad, muchos, muchos, y el negocio le iba la mar de bien al carnicero. Le decía a Sara: Que tu madre no deje nunca de amasar, que tenemos clientes que vienen expresamente a comprar por ella. Yo amasaba de madrugada, con aquella pasta madre que había sobrevivido al viaje. Muy poquita, para que no fermentara demasiado deprisa. Cuando volvía de la granja, hacia las diez de la mañana, la removía, y cuando llegaba de las tareas de limpieza ya podía hacer los panes, y los cocía después de comer y el poquito de siesta. Además del pan, también le hacía al carnicero remsemmen y *jringu*, y a veces pastas. Para Ramadán, claro, le hacía *chebbakkia*. Las mujeres empezaron a decir que tenía demasiado trabajo, pero claro, ellas tenían maridos que las mantenían, ellas solo trabajaban para poder comprarse sus cosas, no para pagar el alquiler y los gastos. Además, algunos fines de semana si hacían fiestas, me llamaban para cocinar en las casas. ¿Qué queréis?, mis pollos al horno o mi carne estofada no tenían punto de comparación con los de otras que habían intentado quitarme el puesto. Yo no pongo demasiado aceite, y tengo paciencia, escucho a los alimentos, el sonido que hacen, los huelo y los pruebo, y me entrego cuando cocino. Pero claro, las otras pensaban que no, que mi fama no era nada merecida. Solo que después metían sus trozos de pan en los platos que les había servido y no podían parar de deleitarse.

Así pues, la suerte de aquellos tiempos era el trabajo, hermanas, que tenía tanto que al llegar la noche mis huesos se aferraban al colchón y ya no se movían en todas las horas oscuras. Oía a Sara Sqali dar vueltas en la cama de al lado, con su respiración tranquila, y a veces con la luz encendida leyendo hasta las tantas.

Aguanté, hermanas, aguanté suspendida sobre la cuerda un par de años bien buenos, durante los cuales la fui viendo cada vez menos hija mía, más de ellos, de su lengua, de su forma de vestir, de sus costumbres, de las cosas que la emocionaban o le hacían gracia. Soporté que continuara leyendo sin saber nunca qué decían aquellas páginas, qué historias tan fascinantes la tenían tan absorta, tan lejos de mí. A veces pensaba que quizá había sido la Jorobada la que le había hecho un sortilegio, ya sabéis que sabe mucho de esta clase de cosas, que es hija de un especiero, y los especieros conocen todas las fórmulas. Lo pensé, y acabé rogando a Dios para que hiciera volver a mi Sara Sqali antes o después, que esperaría el tiempo que hiciera falta. A veces miraba sus cosas. Tenía muchos papeles escritos con una letra menuda y ordenada que, por alguna extraña razón, cada vez se iba haciendo más pequeña. ¡Qué hubiera dado, hermanas, por entender lo que ponía en aquellos papeles! Pero nada, por mucho que los mirara no había nada que yo pudiera descifrar. Nada. Solo una vez me pasó que cogí uno y, oh, hermanas mías, no os lo creeréis, cuando lo tenía en las manos y lo miraba fijamente, de pronto fue como si se hubiera incendiado, me quemaba en las manos. Como si fuera el mismo demonio. Pero claro, no dije nada, no podía decir nada. Sentía que con Sara Sqali tenía que hacer como si fuera un vaso de vidrio fino, que si lo apretaba demasiado fuerte se me rompería en las manos. Pero ya lo sabéis, habría sido yo quien se hubiera hecho pedazos si Sara Sqali se hubiera alejado de mí.

No me digáis que exagero, vosotras no habéis pasado por nada parecido. Crecía alta y esbelta, no quería que le igualara el cabello al llegar Aichura, quería cortárselo fuera de tiempo, también quería ir a la peluquería y que se lo alisaran con secador y no sé con qué productos. Yo le decía que era mucho mejor el aceite de oliva, pero no quería ni oír hablar de ello, arrugaba la nariz y decía huele mal. Ya hacía tiempo que no se ponía henna, ni siquiera en las manos, aunque fuera Fiesta Grande. Decía que llamaba mucho la atención llevar aquella rojez tan escandalosa que la obligaba a contar a sus compañeros qué era, que estaba cansada de tener que dar explicaciones.

11. Un puñado de cabellos y uñas

Fatima no estaba del todo segura de si estaba viva o muerta. De madrugada se levantaba y pisaba el suelo sin apoyar su peso, como ingrávida. Se creía en un sueño. Meterse en la despensa tibia era continuar en el mundo de la noche. Amasar con el cuerpo entero, oler la harina seca, el fermento antiguo. No sabía exactamente qué pasaba, ni tan siquiera si todo aquello era un invento de su cabeza. Todo era igual que siempre, hacer las tareas, aburrirse, tener a Naíma como compañía. No salir. No había pensado que al casarse el mundo se le haría todavía más estrecho, más acotado. Las Escrituras, estaba claro, aquello era lo que Dios había escrito para ella y lo tenía que aceptar, pero Fatima no sabía qué hacer con el nudo de polvo en la garganta, de la tristeza y el aburrimiento en medio de aquel paisaje yermo que contemplaba desde la habitación alzada, mientras el viento golpeaba la casa.

Por las tardes, Yamina, la vecina, la visitaba y le decía qué rmuncar hacen contigo, no veo qué mal harías si salieses a pasear hasta el río, si fueras a la fuente. Fatima no decía nada, se miraba las manos y volvía a morderse las pieles de uno de los dedos. Su suegra seguía firme con aquella norma que se había inventado para martirizar a las nueras acabadas de llegar a la casa: saldrás cuando tengas hijos. ¡Qué barbaridad! Las cuñadas de Fatima le contaban que ellas también habían pasado por lo mismo, solo que ellas habían tardado poco más de nueve meses en dar a luz por primera vez. Y ahora que Mohamed Sqali se había marchado, ¿cómo podría concebir una criatura? Yamina decía que aquella norma no la había oído en ningún sitio, que era una salvajada. Pero Fatima era una mujer como es debido y obedecía. Sobre todo ahora, que era una mujer con el marido ausente. Además, en cada casa rige una ley diferente.

Si cuando estaba Mohamed las noches eran un consuelo, el tiempo de aferrarse a su cuerpo para olvidar la soledad del día, ahora la llegada de la noche le caía encima como una masa pesada y pegajosa que la empapaba de arriba abajo y le ralentizaba los movimientos. En el vientre se le retorcían como serpientes todas las inquietudes de la cabeza y, suspirando, invocaba frecuentemente a su madre y a su abuela con aquella expresión tan frecuente de imma n henna, madre de mi abuela.

A veces, al atravesar el patio, se encontraba con los ojos de los hermanos de Mohamed que la escrutaban, la recorrían de pies a cabeza, y a ella le parecía que volvía al momento del río, cuando Mohamed le había dicho por primera vez Fatima mía. Pero si los descubría mirándola, los hombres de la casa apartaban enseguida la vista como si nada. ¿Y qué quieres, perdida? Fatima se decía a sí misma que era una mala mujer, un peligro para aquella familia, que si los hermanos la miraban era culpa suya, y si se ponía en la piel de sus cuñadas se decía que cómo podía ser tan mala. Porque ahora Fatima ya había descubierto lo que era el deseo, y sobre todo el deseo de los hombres, que según como te miraban podías adivinar lo que pensaban. Por lo que, al descubrirse así, deseada, aunque fuera por unos hombres que le estaban vetados, todos le estaban vetados, claro, aparte de su marido ausente, el cuerpo se le erizaba de nuevo y le volvía el recuerdo de todos los encuentros bajo las mantas con

Mohamed. Fatima se mortificaba de noche y de día diciéndose que aquello no estaba bien, que era una puta, un monstruo que podía provocar la destrucción de toda la familia. Pero su cabeza no podía parar cuando el cuerpo ya sentía y se imaginaba con otro, piel con piel, con las carnes en las carnes. Pasada la excitación que le provocaba que la hubiesen mirado de aquella forma, los tres hermanos le volvían a dar el mismo asco de siempre. Cosa que también le había pasado con algún mendigo que pedía un poco de harina y que, al abrirle la puerta, en medio de toda su letanía de pedigüeño, la había mirado de arriba abajo, sin ningún tipo de vergüenza, con aquel brillo en los ojos, y la había alterado. Al volverse para ir a buscar un par de medidas de harina, lo podía imaginar detrás suyo observando los movimientos de sus nalgas. Un mendigo, se decía, un mendigo sucio y sin dientes. Pero no podía evitarlo, era como si su propio deseo fuese siempre el espejo del deseo de los hombres que la miraban.

Cuando estaba sola en su habitación, entre las mantas, los pensamientos sobre el cuerpo no la dejaban tranquila. Decía suras para expulsarlos, invocaba a Dios, pero no había manera. Recordaba el placer que le provocaba el peso de Mohamed sobre ella, aquella forma de estrujarle las carnes como si toda ella fuera una masa blanda. Añoraba el tacto, el olor que tenía la habitación, que era una mezcla del de los dos. Y añoraba el estallido que le apaciguaba todas las ansias, aquellas espirales que creía que la llevarían a la locura en cualquier momento. Por eso, a veces, sus propias manos la buscaban, intentando reproducir el efecto de Mohamed en ella. No, no era del todo así, se decía, pero a veces llegaba al estallido; si se entretenía un poco en sus propios repliegues podía conseguirlo. Luego lloraba, lloraba como si la hubiesen desgarrado de arriba abajo. La descarga la había sacado por un momento del mundo, pero enseguida volvía a la realidad: seguía en aquella casa que no era la suya, sola, sin saber si algún día volvería a ser de alguien.

Le había pedido a su suegra que la dejara pasar unos días en casa de Zraizmas, y ella le había contestado haz lo que quieras. No podía ir sola y le había pedido a Jadiya que le dejase llevarse a Naíma, que se moría de ganas de acompañarla y descansar unos días de todas las tareas que le mandaban. No os quedéis mucho tiempo, les habían dicho. Pero las dos, con un entusiasmo de niñas, habían hecho un par de hatillos y se habían ido por el camino de la reserva, siguiendo de memoria el trayecto. Estaban contentas de salir de casa, pero también llevaban metido el miedo en el cuerpo. Fatima se lo confesó a medio andar a Naíma: No sé si recordaré el camino, solo lo he hecho dos veces. La primera vez, cuando me llevaron de novia, así que no lo vi; la segunda, al volver a casa quince días después. Cuando llegaron al cruce, dudaron un momento. Anda que si me equivoco, había dicho Fatima, y para quitarse el miedo habían estallado en risas.

Pues marchémonos muy lejos, lala, marchémonos tan lejos que no nos puedan encontrar nunca. Y por un instante Fatima había pensado que Naíma no lo decía del todo en broma. ¿De verdad? Pero Fatima se había esforzado, había cerrado los ojos intentando recordar por dónde habían pasado la otra vez. Y sin estar muy segura había dicho: Por aquí. Caminaron y caminaron, como se dice en los cuentos, hablando con la respiración agitada o en silencio. En un momento dado, se llevaron un susto tan grande que pensaron que no vivirían para contarlo. Pasaban por un tramo del camino con arbustos a cada lado, y de pronto, atravesándolo, una serpiente enorme, gruesa como un tronco de árbol, se deslizaba delante de ellas. No le veían ni la cabeza ni la cola de lo larga que era, y las dos, como para protegerse, se taparon la boca y se quedaron quietas, en silencio, hasta que el reptil desapareció entre las zarzas.

Cuando llegaron a casa de su madre, Fatima aprovechó para contarle a Zraizmas que Mohamed se había marchado sin dar señales de vida, que no había enviado ni una triste carta, que sospechaba que la había abandonado. Pero si yo lo he visto contigo, y tu marido no hacía más que mirarte a la cara para asegurarse de que no te faltaba nada, de que no estuvieras disgustada. Lo vi cuando fui a visitaros y era un buen muchacho. Pero cambió, madre, justo antes de marcharse ya había cambiado, estaba como distraído, me daba la sensación de ser transparente ante sus ojos, que casi ni me veía. Y ya sabes que solo hacía caso a lo que le decía su madre, que no podía contarle nada que no le dijera a ella. Los hombres son así, hija mía, ellos son de sus madres, las mujeres necesitamos años para llegar a ser tan importantes como nuestras suegras, eso es ley de vida, pero el cambio que dices quizá tiene alguna otra explicación.

Decidieron que haríamos una excursión al curandero que visitaba cerca de Sidi Ali, por si acaso. Como Fatima le había prometido a su suegra que no saldría de la casa de Zraizmas, hicieron prometer a Naíma que bajo ningún concepto revelaría nunca la excursión que estaban a punto de hacer. Te lo juro, lala, te juro por Dios que ni una sola palabra saldrá de mis labios. Y aunque no las tenía todas consigo, Fatima tuvo que fiarse de la niña, no le quedaba más remedio.

Salieron de madrugada y, cuando llegaron, pidieron ser recibidas. Pasad, pasad, hermanas, les dijo el hombre, que no levantaba los ojos del suelo. Llevaba un qubbu viejo y roñoso con la capucha puesta, y se sentaba sobre unas alfombras viejas de lana con las rodillas juntas. Fatima le explicó muy bajito, al oído, que su marido la había dejado y no daba ninguna señal de vida, que no sabía si estaba vivo o muerto. La hizo sentar en un rincón, calentó plomo encima de un fogoncillo, y luego lo vertió todo, de una sola vez, en un pequeño barreño que había colocado sobre la cabeza de Fatima. El plomo fundido en contacto con el agua había hecho un ruido burbujeante que la asustó. Después, el hombre leyó las formas que hacía el plomo al solidificarse y, concentrado, fue desgranando sus conclusiones. Tu marido está vivo, por eso no sufras, pero creo que ya no se acuerda de ti, padece el mal de la desmemoria. Una desmemoria que no es natural del que se ha marchado lejos, sino provocada. Veo a alguien, hija mía, una mujer cercana a ti..., una que te ha deseado todo el mal del mundo. Ella es la responsable de tu desgracia. ¿Y cómo lo ha hecho?, había preguntado Fatima, fascinada por la revelación del desconocido que por fin daba un cierto sentido a su padecimiento. Tus cabellos y tus uñas están enterrados bajo las aguas sucias, que pasan sobre ellas cada día; mientras sigan allí, tu marido no volverá. Él llora sin saber por qué llora, porque el mal que padece es no tener ningún recuerdo de ti. Ahora mismo, para él, es como si tú no hubieras existido nunca. Pero no te disgustes, que, a pesar de su desmemoria, en el fondo de su corazón te tiene bien presente. Por eso, de pronto, sin comprender el motivo, comienza a llorar sin consuelo y no puede parar ni de día ni de noche. Confía en mí, volverá a ti tarde o temprano. El corazón es más importante que el recuerdo.

Le hizo un talismán con un papel escrito con cálamo y le dijo que lo llevara junto a la piel. Al llegar a casa, Fatima le hizo una funda y lo colgó de un cordón que se ató a la cintura. Hemos de volver, le había dicho a Naíma, y ella quedémonos un poco más, lala, unos días. Pero Fatima quería estar en su habitación para descubrir qué mantenía a Mohamed alejado. No, no podemos tardar tanto. E hicieron el camino de vuelta.

Cuando llegaron a la casa, Fatima tuvo que rascar el suelo de detrás, justo bajo el desagüe de su baño. Y sí, tal como había dicho el curandero, encontró un hato hecho con sus cabellos y sus uñas, el que tenía bien escondido en el armario, en un envoltorio, detrás de toda la ropa. ¿Cómo habían logrado entrar en su habitación y abrir el armario cerrado con llave? ¿Y quién de las cuatro le había hecho el sortilegio? No lo sabría nunca. Fatima sospecharía siempre de la Jorobada, de quien se decía que tenía los conocimientos de las hechiceras. Lo que ahora importaba es que lo había conseguido, que había deshecho la magia. Ya podía esperar la vuelta de Mohamed.

Aquel día, Fatima estaba sentada a un lado del patio con las piernas abiertas y el mortero en medio. Un mortero alargado de los que llamaban de cañón, con un mango pesado que alzaba tan alto como podía y dejaba caer con fuerza. En su visita a la casa de su madre, esta le había dado henna en hojas y estaba moliéndola. Pobre madre, le notaba una tristeza cada vez más honda en los ojos. Aicha se había ido aún más lejos que Fatima. Fadma estaba prometida y no tardaría en marcharse. Los tres días de casamiento de Aicha, Fatima los había pasado en casa de su madre, y por primera vez desde que había salido había podido regresar como si volviera a vivir allí. Compartiendo la habitación con sus hermanas, trabajando con ellas como si aún fuese de allí. Pero las pequeñas habían crecido, utilizaban expresiones y palabras que no usaban cuando Fatima estaba allí, las veía más despreocupadas que ella a su edad, más niñas de lo que había sido ella. Sí, volvía a su casa, pero todo cambiaba sin esperarla.

Cuando había vuelto después de pasar tres días donde había nacido, a Fatima le parecía que se moría. ¿De qué le servía tener su propia habitación si estaba vacía? ¿De qué le servía estar con otra familia si la trataban como si fuera una recogida? Si su madre le preguntaba cómo estaba, ella le decía, bien, bien, gracias a Dios. Pero su madre la escrutaba y a Fatima le parecía que la veía por dentro, que no podía ocultarle nada. Si la miraba así durante mucho rato, no podía evitar dejar caer alguna lágrima.

Pero ahora Fatima estaba segura, pronto se terminarían las lágrimas, pronto regresaría Mohamed y volvería a ser la esposa de un hombre. A su madre no le había contado que su suegra la tenía medio encerrada, no quería crear problemas entre las dos familias. Su padre también le preguntaba que cómo estaba, y con él ni siquiera se atrevía a quejarse de la ausencia de Mohamed. ¡Qué vergüenza si le decía que añoraba a su marido! Su padre lo sabía, claro, pero no le debía de parecer extraño, él mismo había trabajado toda la vida fuera, y ahora los jóvenes buscaban más allá en lugar de quedarse en el país. Era normal que tardara en volver, no es cualquier cosa, el extranjero.

No, Fatima no se quejaba mucho las pocas veces que iba a casa de Omar, ya tenía bastante con Aicha, que volvía cada dos por tres porque su marido la pegaba de una manera salvaje, y su suegra, que era además la hermana de su padre, aún se encarnizaba más que su hijo y la dejaba a la intemperie si no le hacía caso en todo lo que le mandaba y la dejaba sin comer. Y la hermana mayor de Fatima, que es como es, de arranques viscerales, enseguida cogía el camino de polvo hasta llegar a la puerta de la casa donde había crecido, y juraba y perjuraba que a la de aquel desgraciado no regresaría nunca más. Después de unos días o unas semanas y tras muchas explicaciones convincentes de Zraizmas o de su suegra, Aicha volvía de nuevo a su habitación.

No, Fatima no había querido añadir más leña al fuego quejándose por cosas que no eran tan importantes. No contaba que se sentía menos que las otras porque su marido no contribuía a la economía familiar, y ella había pasado a ser una mantenida del resto de los hermanos, a quienes no les correspondía ocuparse de las necesidades de una mujer que no era la suya. Eso no se lo decían directamente, pero ante ella se guardaban ciertas cosas, como los manjares más caros que traían de la ciudad. Fatima no contaba que se alimentaba solo con lo imprescindible para seguir viva: pan de cebada con aceite para desayunar, estofado de patatas o legumbres para comer, también con pan oscuro; y cenas ligeras con lo que hubiera: acelgas, charmila o espárragos, si los habían recogido los niños, y, a veces, fideos cocidos con leche. Si traían pescado o carne de la ciudad una vez por semana, o cuando mataban un conejo o un pollo, a Fatima le daba vergüenza comer. Cuando estaban todos alrededor del plato grande mojando el pan, sentía que el resto de la familia la miraba como si no tuviera derecho a estar allí. Quizá sea tu cabeza la que se inventa esto, Fatima, quizá es que tú, al sentir que sobras aquí, crees que no tienes derecho a disfrutar de estas comidas. Pero lo cierto es que cuando comían, nadie le hacía sitio ni le decía coge, coge, que era la costumbre que tenían en su casa, insistir y estar al tanto para que todos los presentes comieran lo suficiente. Porque había quien zampaba más deprisa y quien picoteaba más despacio, y si no velaban los unos por los otros podía haber agravios importantes. En casa era Zraizmas la que repartía, poniendo su trozo al lado de cada uno. Sabía qué le gustaba a quién, a Fatima, del pollo, la parte de la espalda y la molleja. Del conejo, las paletillas y los riñones. Y si alguna de las niñas se dormía, su madre le guardaba su parte para el día siguiente. Pero en casa de los Sqali no solo no se preocupaban de darle a cada uno lo que le gustaba, sino que nadie se encargaba de repartir. De manera que sus cuñadas y su suegra iban pellizcando la carne por en medio y le daban, eso sí, a sus hijos, cada una a los suyos. Por eso Fatima se conformaba muchas veces con el aroma que había dejado la carne en la salsa. O pellizcaba disimuladamente para no llamar la atención. Una carne que había cocinado ella pero, claro, que habían comprado los demás.

Cuando visitaba a su madre siempre le ponía un billete en la mano disimulando. Lo ha querido tu padre, decía. Pero, aparte de comprar las cosas más básicas que necesitaba, no sabía qué hacer con ello, porque no podía ir sola al mercado. Alguna vez había hecho que le trajeran algo de la ciudad los hermanos de Mohamed, pero, según qué cosas, no se las podía pedir. Y si era comida luego la tenía que compartir con toda la familia. Incluso cuando se hacía traer de la tiendecita un cucurucho de pipas, los niños se ponían a su alrededor pidiéndole ¿por favor, nos das un poco?

A menudo se acordaba de cuando era ella la que iba al Mercado del Miércoles y regateaba con los vendedores. Qué sensación de poder tenía entonces, la sensación de que era capaz de conseguir por ella misma lo que necesitaba. Pero en aquellos tiempos era una niña.

Aquel día hacía resonar su cañón-mortero en medio del patio con toda la fuerza de sus brazos, cuando oyeron de pronto el ruido de un motor resollando. Un coche remontaba la subida desde la carretera. Seguro que debe de ser alguna de las hijas de los vecinos, o alguna mujer de ciudad a la que no le gusta bajar del coche al pie de la carretera, sería demasiado señora para subir a pie aquel camino empinado, que era la pesadilla de cualquier conductor. Fatima esperó a que el ruido del motor se desviara hacia la derecha, pero de repente se dio cuenta de que había girado a la izquierda y se acercaba a la casa de los Sqali. Comenzó a gritarle a su suegra, que ya salía a ver quién había llegado en coche casi hasta la puerta. Por si acaso, Fatima se escondió en su habitación, sacando solo la cabeza por la cortina. Y entonces escuchó los gritos de su suegra. Gritaba como si fuera una danza ritual, como si la hubieran asustado. A Fatima le llegaron sus palabras con nitidez: Hijo mío, hijo mío, hijo de mi vientre, pensaba que no te vería nunca más. A Fatima le cogió un temblor en todas las carnes, creyó que las piernas no la sostendrían. ¿Qué debía hacer? ¿Cómo tenía que comportarse con su marido ausente delante de toda su familia? No podía salir al patio y abrazarlo efusivamente como hacían su suegra, los hermanos de su marido y hasta las mujeres de estos. Ellos dos eran marido y mujer, tenían que guardar las formas. Pero Fatima no sabía cómo debía reencontrarse con aquel desconocido al que había aprendido a querer bajo las sábanas a falta de más compañía en este mundo, como dos personas de una misma celda que por fuerza acaban siendo el uno para el otro. Aunque realmente fuera ella la única enclaustrada. No se atrevió a salir al patio, Mohamed estaba rodeado por todos, sus sobrinos, sus hermanos... Un montón de cuerpos formando uno solo sobre aquel suelo ondulado. Y ella esperando, temblorosa de arriba abajo. Hasta que fue Mohamed el que preguntó dónde está mi mujer. De manera que sí, que he deshecho el hechizo, se dijo Fatima. Y él descorrió la cortina y la miró como si no la hubiera visto nunca. Fatima mía, Fatima mía. Y Fatima clavada como un poste sin poder mover ni una fibra de su cuerpo. Fatima mirándolo fijamente. No reconocía su olor. Había engordado y ya no era aquel junco tierno. Se le había ido el color tostado de las mejillas, el cabello de paja se le había oscurecido. No le parecía que fuese el mismo hombre. Ahora entendía que los animales rechazaran a sus crías si los separaban de ellas recién nacidas, no las reconocían como suyas. Eso mismo le pasaba a Fatima con Mohamed. También cuando la había abrazado notó en él un olor extraño que no podía identificar. Olores extranjeros. Y su cuerpo, tan diferente. Era otro.

Por la noche, Fatima le preguntaría sollozando mientras la desnudaba: ¿Por qué me has abandonado, por qué me desposaste para dejarme aquí tirada? Y él, jadeando, como si le hablara del tiempo, decía que no había pensado en que todo sería tan complicado, que ahora ya lo tenía todo resuelto y podría venir más a menudo. Pero más a menudo, Fatima lo sabía por lo que contaban muchas mujeres de emigrantes, quería decir como mucho una vez al año. Una vez al año para conocer de nuevo al mismo hombre desconocido de siempre. El resto del tiempo lo pasaría medio viva medio muerta, ni del cielo ni de la tierra.

12. Tan pequeña, tan pequeña

Era otro hombre, pero Fatima se aferraba a él cada noche. Solo quería ser de alguien. Solo lo tenía por las noches, de día, se iba como había hecho siempre. O se pasaba ratos en la habitación de su madre, o de sus hermanos, con ellos o con sus esposas. Lo habían recibido como un héroe. Había traído regalos para todos, regalos que tenía en la habitación de Fatima e iba repartiendo entre los miembros de la familia. Caramelos, galletas, café, pastillas de jabón, toallas, ropa para los niños y telas para las mujeres, camisas bien dobladas en sus plásticos para los hombres, calcetines blancos para su madre. Del reparto se encargó Mohamed, pero eso no evitó que sus cuñadas difundiesen el rumor de que Fatima se había quedado para ella la mejor parte, que vaya usted a saber qué era porque ni lo habían visto. En buena ley, decían, él debería haber abierto las maletas en la habitación de su madre, que era la más importante de la casa. Pero no, su mujer, decían, lo había engatusado y así había conseguido que le reservara la mejor parte. Que era así, que lo habían visto con sus propios ojos, que tenía litros y litros de colonia, paquetes de un café mucho más bueno que el que les había dado a ellas. Y dirían después, cuando Fatima fue invitada a la boda de Fadma, que todo se lo había llevado a su casa.

Mohamed no tardó en marcharse. Tal como hizo la

primera vez, se lo anunció a su mujer sin más preámbulos. Dijo que no podía faltar tanto tiempo al trabajo, pero cuando Fatima le preguntaba de qué trabajaba, solo daba respuestas vagas. Y le describía más el clima de la ciudad donde vivía, el frío y la niebla, que lo que hacía. Le dijo, eso sí, que de ahora en adelante le enviaría dinero más a menudo. Y ella pensaba, pero si no me has enviado nunca nada, qué más a menudo. Te lo prometo, ahora sí, ahora ya estoy instalado.

Y de pronto Fatima, en la oscuridad tibia y bien aferrada a Mohamed, para quitarse todos los temores del cuerpo, había osado formular su petición: Llévame contigo. Y él, muy ofendido, le había dado mil razones para justificar que eso no podía ser, sobre todo porque el extranjero no era lugar para las mujeres y menos aún para criar a niños musulmanes. Ella no lo contradijo, pero si hubiera podido le habría dicho que la religión se pasa de padres a hijos, que ahora había muchos hombres que optaban por llevarse a su familia, y los niños no se hacían cristianos, que las madres velaban porque no perdiesen sus orígenes, su tradición y su religión. En otros tiempos sí que era así, las mujeres se quedaban siempre solas esperando a los maridos emigrados, pero porque pensaban que era algo temporal, que los hombres irían a trabajar y después volverían cargados de dinero. Pero ya se veía que eso era solo un espejismo, que por mucho que trabajaran no hacían nunca suficiente dinero para mantener a toda su familia, y lo que acababa pasando es que se quedaban solos toda la vida haciendo de sufrías, y sus hijos y sus mujeres también tenían que arreglárselas solos. Por eso muchas habían comenzado a quejarse y los maridos, hartos de la soledad y la añoranza, se las habían llevado con ellos. No le dijo nada a Mohamed, bastante había oído a su suegra criticar a las mujeres que se iban detrás de los hombres como perritos falderos para vivir en tierras donde se saltaban todo lo que estaba prohibido, donde enseguida se desvestían e iban medio desnudas por las calles, exactamente como hacían las cristianas. Y con la cabeza descubierta, como ellas. Qué perdidas. Fatima pensaba todo eso para no suplicar a Mohamed que la dejara marchar con él. Que cualquier rincón a su lado sería mejor que aquella habitación vacía que dejaba cuando se iba y aquella casa donde era como un fantasma, donde nadie reconocía que perteneciera a aquella familia. Además, si se iba, ¿cómo podría quedarse embarazada? Se aferraba más que nunca a él. Cuando lo tenía adentro lo oprimía con los talones del pie para hundirlo en sus carnes. Le parecía que así un trocito de él se quedaría en ella, como un ancla que le haría volver fuera como fuese.

Unos días después de que Mohamed se marchara, Fatima se sintió mal. Amasaba el pan de madrugada cuando comenzó a notar un sudor frío en medio de la espalda, unos escalofríos extraños y ganas de vomitar. Avisó a su suegra, le dijo que iba a echarse hasta la hora de cocer el pan, pero que le parecía que no podría encargarse de la comida. Su suegra la miró levantando sus gruesas cejas y dijo y a ti qué te pasa, empleando aquella segunda persona en femenino que a Fatima le sonaba a acusación. Nada, lala, debe de ser alguna cosa que he comido. Pero se pasó días así. En la casa pensaban que se hacía la tonta para no encargarse de las tareas, que ya se veía que ahora que vivía mejor gracias a lo que le había traído Mohamed, ya no le hacía falta simular que era la nuera perfecta. Que ahora se quitaría la careta de buena chica y dejaría aflorar su verdadero ser. Nadie podía ser tan trabajadora, tan discreta, tan como había que ser. Sus cuñadas eran las que más contaban esta versión de los hechos. Fatima las oía desde su habitación con los postigos de las ventanas entreabiertos. La difamaban injustamente, se decía, y se conformaba con seguir sola en su habitación. Solo su sobrina entraba de vez en cuando a preguntar cómo estaba. Le llevaba té y comida, pero Fatima no quería ningún alimento. Solo con el olor ya sentía asco. El primer día de estar enferma, la masa fermentada también le había provocado náuseas.

Su suegra no cayó en el origen del malestar de su nuera, ya nadie pensaba en aquella posibilidad. Pero cuando Yamina entró en la habitación de Fatima después de preguntar por ella, y la vio encogida en la oscuridad, blanca como el papel, enflaquecida y con los ojos hundidos, lo dijo enseguida: Tú lo que estás es preñada. Has de comer, si no comes perderás la criatura. Fatima no entendía que Yamina estuviera tan segura. Pero sí que se notaba cambiada, nada parecido a un resfriado o un dolor de barriga.

Confirmó la sospecha al no manchar cuando le tocaba. Había observado la luna y la había descubierto en el punto en el que había de lavarse, pero se miraba las bragas cada vez que hacía las abluciones y nada. Además, se notó el vientre más duro que de costumbre, también el rostro hinchado, los pezones como si la pellizcasen constantemente. Y comenzaron a apetecerle alimentos que no tenía a su alcance. Le pidió a su suegra leche fermentada, y que en el estofado pusiera las telas de grasa que se secaban al sol. También le apetecía de pronto la mantequilla rancia. Su suegra cedía a sus demandas a disgusto y decía que ella, con tantos hijos, no había tenido tantos caprichos. Pero era sagrado cuidar de las embarazadas, si no lo hacían sí que las habrían acusado de rmuncar, de hacer mal a alguien que no puede valerse del todo por sí misma. Y, además, los recién nacidos podían nacer deformes, manchados. Como le había pasado a uno de sus sobrinos, porque su madre había querido cabeza de buey y no se la habían dado, y ahora el niño tenía una mancha negra y peluda debajo de la rodilla que parecía la piel de un animal. Fatima intentaba no pedir nada, pero entonces le venía aquel deseo tan irrefrenable y no podía evitarlo. Muchas veces se sentaba en medio del patio, donde daba mucho el sol, y se quedaba allí un buen rato con los ojos cerrados y el rostro recibiendo todo el calor que podía. Un día se descubrió de pronto rascando la pared encalada y sacando pequeños trozos de yeso con las uñas. La nariz se le abría con aquel olor terroso, y de pronto le venía un deseo irrefrenable de ponérselo en la boca. No se dio cuenta de lo que hacía, pero al notarse aquel sabor extraño en la lengua abrió los ojos asustada: de pronto podía entender la manía de su hermana muerta. De dónde les venía aquel extraño mal, Dios mío, como si las hubiesen embrujado. Se dijo que tenía que ir con mucho cuidado, porque se veía que aquello era una debilidad familiar y tenía que resistirse, no podía continuar con su deseo. Si el niño nacía manchado de blanco, que naciera, mejor manchado que los dos muertos. Porque ahora que sabía que estaba embarazada, lo único que Fatima quería era tener un niño, uno que la anclara a la casa, que la hiciera ser por fin de algún sitio. Si tenía una niña se volvería a iniciar el mismo ciclo de siempre, tendría que entregarla a unos desconocidos en el momento en que se hiciera una mujer y ella se quedaría de nuevo sola, sin casa, sin madre y sin hija. Si paría un varón no la podrían echar fuera y sería por fin considerada propia.

De todos los caprichos que tenía, el que más fuerte le daba era el de estar al lado de su madre. Pensaba en ella a todas horas, hubiera querido acurrucarse cerca de ella y volver a estar en su cuerpo. Zraizmas la había visitado unos días con dos de sus hermanas pequeñas y habían dormido todas en su habitación, pero no podían quedarse demasiado tiempo porque en casa había mucho trabajo por hacer, y Fatima no se había atrevido a decir que lo que quería era irse con ellas, volver «a casa», gestar allí a su criatura, parirla, criarla. Sentía más añoranza que nunca.

Su cuerpo se iba hinchando, se palpaba y le parecía que era el cuerpo de otra. Tanta cosa allí dentro, ¿cómo haría para salir de ella? La aterraba pensar en el parto y recordaba aquella tía suya que había muerto después de parir por enésima vez. No entendía cómo podría abrirse del todo y dejar salir una criatura entera, con la cabeza, las piernas, los brazos, un cuerpo, un cuerpo pequeño con todas sus partes. Pasó meses sin cocinar, apenas si podía hacer las tareas imprescindibles. Estaba segura de que tanto sus cuñadas como su suegra la criticaban por eso. Todas nos hemos preñado y no hemos sido tan holgazanas como ella, decían, ni que un embarazo fuera una enfermedad. Pero a Fatima comenzaron a resbalarle las críticas de aquellas mujeres desconocidas, estaba tan concentrada en ella misma que no la perturbaba nada de lo que ocurría a su alrededor. Hasta que un día su suegra le soltó: Ahora tienes la cara que te corresponde. Pero Fatima no entendía a qué se refería. Primero se tocó la piel, quemada por el sol, luego entró en la habitación a mirarse en el espejo de postigos que tenía colgado en la pared y se miró: tenía la cara completamente manchada, como si llevara una máscara. Le vinieron a la cabeza las historias de mujeres convertidas en esclavas por lavarse en la fuente equivocada, las ennegrecidas para no ser reconocidas ni por su propia familia. Era morena, sí, pero tenía la piel lisa, sin manchas. Ahora la nariz, las mejillas, la frente, hasta la barbilla las tenía cubiertas de un marrón más oscuro que el de su piel.

Fatima se dijo, ya no soy yo, nunca seré la misma, y no sabía si eso le disgustaba o no. De todas formas, ser ella tampoco le había traído ningún bienestar.

Los dolores empezaron de madrugada. La noche anterior había ido de aquí para allá sin parar, como hacía tiempo que no se movía, como si tuviera dentro algo blando y mojado que no la dejaba sentarse ni un minuto. Había ordenado y vuelto a ordenar la habitación, había doblado las telas de algodón que su madre le había dado para envolver a la criatura. Se había asegurado de tener siempre agua para lavarse en el baño de su habitación. El día anterior, de hecho, había trabajado como tenía por costumbre antes del embarazo. Se notaba ágil, diestra, no le pesaban mucho las piernas. Aún faltaban un par de meses para que llegara su «medialuna», cuando le tocaba parir.

Pero de madrugada sintió la sacudida abrupta de las carnes desde las rodillas hasta la parte alta de la espalda. Toda ella se hacía un ovillo, se enroscaba sobre sí misma y luego se desenroscaba, se volvía a estrujar y volvía a deshacerse siguiendo un ritmo cada vez más rápido, que al final era casi continuo. Había empezado a notar el agua bajándole por las piernas cuando aún no se habían levantado en la casa, y había intentado correr para no manchar la alfombra. Pero fue en vano. Casi sin saber lo que hacía, extendió un hule encima, justo debajo de donde estaba el clavo de las paridoras, un clavo enorme del que sabía que habrían de colgar una cuerda. Sobre el hule puso unas sábanas y llamó a la puerta de su sobrina. Aún dormía, pero la oyó su suegra. Ve a buscar a la partera, le pidió, pero ella dijo que aún no era la hora, que aún faltaban dos lunas. Entonces volvió a retorcerse de dolor y le gritó: Ve, ve a buscarla. Y caminaba sin parar de un lado a otro de la habitación sintiendo el abismo de lo desconocido entre las piernas.

Fatima no podría explicarlo con detalle, pero fueron horas de dolor, de ir de un lado a otro sintiendo que se desgarraba de arriba abajo. Pero también fue un día en que se sintió viva, completa, inundada por la sangre. Cuando ya llevaba tiempo con las contracciones y se había acostumbrado al ir y venir de las punzadas, de pronto tuvo la impresión de haber descubierto un gran misterio. Notaba su cuerpo, simplemente, sus carnes eran suyas y de nadie más. Se diría que por primera vez en la vida estaba completa, para ella sola, y, sin saber cómo, eso le dio una extraña sensación de poder. Los gritos de dolor le salían del fondo de la garganta, como si gritara por primera vez. ¿Cuánto hacía que no había gritado así? Le salía un sonido denso, grueso, de un lugar que no sabía ni dónde estaba, un rincón escondido de ella misma. Le parecía que de aquel espacio recóndito no salía solo su lamento de mujer estrujada, sino el de todas las mujeres que la habían precedido. Era el grito de su hermana recién casada con un hombre al que no soportaba, llevada aún más lejos que ella; era el de todas las que habían sido o serían expulsadas de la casa paterna porque no era su lugar ni lo sería nunca; era el de todas ellas separadas bruscamente de sus madres; era el grito de aquella hermana de Mohamed a la que le habían arrancado la criatura en medio del patio, pero también el de Zraizmas lavando el cadáver de su hija; y era la prima que había llamado a la puerta al morírsele la madre. Era su abuela dando voz a tantas mujeres de cuento, con sufrimientos ancestrales, pero de las que aún se podía escuchar el mismo grito. Fatima invocaba a su madre, a su madre y a su abuela, empleando la expresión imma n henna, madre de la abuela, madre que es hija de la abuela. Madre mía querida.

Ese grito, imaginado así, como el grito de todas las mujeres, la había hecho sentirse fuerte, le había dado una cierta clarividencia. Por primera vez veía y sentía su cuerpo y sabía lo que le pasaba, por primera vez no se movía a tientas. Cuando ya llevaba unas cuantas horas yendo y viniendo por la habitación, se lo dijo a sí misma: Es la vida o la muerte. O vivo o muero. Y le pareció que este sí era el secreto mejor guardado de todos, más aún que el sexo. Un secreto que conocían todas las que habían parido, pero que no revelaban para no asustar a las que aún habían de pasarlo. Y porque no es bueno, no lo sería nunca, descubrir los grandes misterios.

Fatima se dijo, o vivo o muero, y se aferró con todas sus fuerzas a la cuerda que la partera ya había colgado del clavo, y aquella señora mayor, detrás de ella, la cogía de debajo de los brazos y le decía cuándo tenía que empujar. Fatima quería empujar todo el tiempo, ya tenía a la criatura a medio salir y le hacía un daño terrible, quería sacarla de una sola vez, pero la vieja le decía, hazme caso, ahora para, cuando yo te diga.

La criatura era muy pequeña, pegajosa, azulada. Muy pequeña, tía, decía Fatima, y la mujer mayor la miraba, le enrollaba el cordón, lo ataba con un cordel y lo cortaba con aquellas tijeras enormes que había traído. O eso le pareció a Fatima al verlas al lado de un cuerpo tan pequeño. Muy pequeña, muy pequeña. La vieja le decía, no te asustes ni la asustes, está viva. La había dejado sobre su pecho. Fatima puso las manos sobre ella. Cabía en el hueco que formaban, exactamente igual que una medida de harina.

13. Luz en los ojos

Ahora os contaré, hermanas, cómo llegamos finalmente aquí. Por la añoranza, claro, yo os añoraba más que nunca, y en los últimos tiempos he sentido que me iba desdibujando, como si me borraran con una goma. Durante el tiempo en que Sara Sqali crecía, yo me iba haciendo pequeña. Por mucho que os echara en falta a vosotras, a nuestra tierra, era más grande el miedo de que pudiesen quitarme a la niña, de manera que enterraba muy adentro mis ganas de volver, no podía hacerlo de ninguna manera. Había revivido toda la inquietud de cuando la Jorobada venía a casa a chismorrear y había temido siempre encontrarme con Mohamed Sqali. O que un día se presentara y reclamara a esa hija a la que había abandonado. Ya sabéis que los hombres hacen estas cosas cuando ya les hemos criado a los hijos, cuando son mayores. Entonces los vienen a reclamar. De manera que, en los últimos años, aunque con mi trabajo podíamos estar un poco en calma, vivir con un poco de tranquilidad, yo no tenía paz alguna. Ya os digo, la suerte es que trabajo muchísimo, que eso me alivia las penas, pero están ahí y salen por las noches a retorcerme las entrañas. Ay, hermanas, no sé cómo explicaros todo este desorden que se ha ido formando en mi vientre, esta toalla mojada, retorcida y vuelta a retorcer sobre sí misma, que no sé cómo deshacer. Bueno, tengo una ligera idea de cómo hacerlo, de cómo podemos volver a estar Sara Sqali y yo juntas, ahora que ya es toda una mujer, pero no sé si lo que he planeado funcionará, luego os lo contaré.

El caso es que cuando la niña empezó a ir a aquella escuela de mayores sentí que aún se alejaba más de mí. Ahora mismo ya es una completa extranjera. Yo creo que no le gusta la madre que le ha tocado, que preferiría tener una madre cristiana que leyera y con quien poder hablar de los libros que a ella le interesan.

Al principio no tardaba en volver de la escuela, volvía después de terminar. Luego hizo un par de amigas con las que hablaba y hablaba todo el día, lo sé porque hacían el camino juntas y se paraban delante de la puerta de casa y las oía parlotear mucho rato. A veces asomaba la cabeza y le decía que subiera, pero era como si oyera llover. También algunas tardes las invitaba a entrar en casa, y lo que hacían era encerrarse en la habitación como si yo fuera una extraña de la que tuvieran que esconderse. Con cosas así me iba desdibujando, hermanas. Nosotras no nos hemos comportado así nunca. Claro que tampoco teníamos una habitación para cada una. Pero un día, ahora debe de hacer un año, Sara Sqali empezó a llegar más tarde. Primero era media hora, después una, hasta que había tardes que llegaba cuando ya estaba oscuro. Yo le preguntaba qué haces, por qué tardas tanto, y ella contestaba tengo trabajo, me quedo en clase a terminar los deberes. Y claro, hermanas, ahora que ya es toda una mujer, ya me entendéis, no es nada decente que siga por este camino.

No sabéis lo que he sufrido, queridas, estos últimos años, no sabéis hasta dónde ha llegado mi angustia. Me decía Dios mío, por qué no me das una tregua ahora que podríamos estar tan bien las dos; ahora que ya no tenemos que sufrir por sobrevivir, me envías esta desgracia. Una desgracia que solo intuía, hermanas, porque de qué tenía miedo, seguro, no lo sé, la verdad. Bueno, sí que lo sé, claro que lo sé: mi miedo más terrible es que Sara Sqali se vaya, que me abandone y me deje sola en un país adonde he ido a parar por ella, por nada más. Que la niña haya olvidado todo lo que hemos pasado juntas y prefiera una vida como la de ellos, que se acuestan los unos con los otros sin matrimonio ni ataduras de ningún tipo. Que se me desvíe del camino, que ya no quiera una habitación propia, que se olvide de su tierra, de su lengua, de su familia. Por eso hemos vuelto, hermanas, por eso estamos aquí ahora, para curarle el mal del olvido a Sara Sqali, a la que parece que le pasa lo mismo que a aquellos que emigraban y olvidaban a la familia. Un mal extraño este, muy extraño.

Pero no solo por eso, hermanas, no solo hemos regresado para devolverle la memoria a la niña, también porque me estoy volviendo loca, loca de miedo.

Tantas tardes esperándola, mirando por la ventana con la barbilla apoyada sobre un puño, con todos los suspiros del mundo saliéndome de la garganta. No entendía que tuviera que hacer tanto trabajo en la escuela, no me lo creía. Por eso un día empecé a dar vueltas por el edificio donde estudiaba. Me escondía todo lo que podía y esperaba a que saliera. Aquel timbre estridente siempre me asustaba, acurrucada detrás de unos zarzales. Pasaba el tiempo, se iban todos los alumnos, salían los profesores. Yo veía cómo se vestían las jóvenes, con unos tejanos muy ajustados, con los cabellos teñidos cortados a la altura de las orejas. Veía que fumaban, no sabéis cómo fuma la gente joven de allí. Y algunas, claro, se besuqueaban allí en medio con los novios. Les da todo igual, no les da vergüenza tocarse en medio de la calle como los animales. Rezaba, hermanas, allí encogida, para ver salir a Sara Sqali y que no fuera cogida de la mano de alguno, o sorbiendo el humo de un cigarrillo. Parecía un marido celoso, queridas mías, os lo juro, uno de esos que controla todos los pasos de su esposa. Solo deseaba con todas mis fuerzas que mi hija no hubiera caído en aquel pozo.

No sufráis, no ha pasado nada de eso, Sara Sqali no ha fumado nunca y no la he visto tampoco besarse con nadie, Dios nos guarde de la desgracia. Pero un día sí que la vi al salir. Era de noche, se había hecho muy tarde y entonces la distinguí tocando el timbre de dentro para que le abrieran la puerta, que ya estaba cerrada. Al principio me alegré, era ella y solo hablaba con alguien que venía detrás. Creí que sería una de sus amigas y me dije, mira que eres burra, aquí padeciendo y tu hija, ya lo dice todo el mundo en la ciudad, es la más tranquila de todas las muchachas. Pero entonces descubrí que no hablaba con ninguna de sus compañeras. Iba con un hombre. Un hombre más mayor, al que miraba con una luz en los ojos que no le había visto nunca, creedme, una luz como si aquella fuese la persona más importante de su vida, como miramos las madres a los hijos pequeños, que parece que no exista nadie más. Ay, hermanas, no sabéis el temblor que me cogió allí, hecha un ovillo en el descampado de delante de la escuela. Cómo le sonreía, cómo sonreía a aquel hombre, y movía las manos de una forma que hubieseis entendido lo que decía solo por sus movimientos, y hablaba y hablaba, y él, de vez en cuando, le tocaba el brazo y también la miraba embobado, ya sabéis cómo son los hombres, cómo pierden el norte con las chiquillas, pues este también estaba cautivado por Sara Sqali. Ay, hermanas, ¿qué os he de decir? Cómo os puedo explicar que ya no era mi vientre el que estaba estrujado, era toda yo, era mi cuerpo entero el que se había retorcido sobre sí mismo. Cuando pensaba que me daría un ataque allí mismo, en medio de aquel descampado, la cosa se complicó aún más, queridas, la desgracia no se había terminado allí. Observé a Sara Sqali y al hombre bajando por el camino que lleva a la ciudad, pensando que caminarían solo un trozo, pero no, fue peor que todo eso. Sara Sqali, no os lo creeréis, subió a su coche. Sí, queridas mías, sí, tal como lo oís, así de grande es mi desgracia. ¿Cómo podía ser que una hija mía, salida de mí, criada y educada por mí, hiciera una cosa como aquella? Nosotras, que teníamos una reputación impoluta, que no hemos dado nunca motivos para hablar. ¡Ay!, qué desgracia tan grande.

Y puede que penséis que le dije algo a Sara Sqali, que le armé una bronca o le conté lo que había visto. Pues no, hermanas, no lo hice, no he podido encararme con ella. Tengo miedo, ¿sabéis?, tengo un miedo terrible a que, si le digo lo que he visto, y que no está bien que se estropee aún y menos con un cristiano, me diga que quiere dejarme. Vosotras no podéis entenderlo, aquí las cosas son diferentes, las jóvenes son de las madres hasta que son de su marido, de su madre al marido, pero allí las mujeres hacen lo que quieren, pueden ganar dinero trabajando y entonces no le han de dar explicaciones a nadie.

Ahora ya vais viendo por qué he vuelto, ¿no? Ya sabéis lo desesperada que es mi situación. Que Sara Sqali os recuerde será un buen antídoto contra el poco amor que me tiene a mí y a sus raíces, pero escuchad lo que os quiero proponer, que creo que será la solución a todos nuestros problemas, oídme lo que quiero hacer.

14. Madre sin nada

Fatima subía jadeando hacia la casa de la colina. Qué camino tan empinado. Tanto que había querido hacer ese trayecto cuando su suegra le tenía prohibido salir afuera y ahora, qué cansancio tener que remontarlo con la niña atada a la espalda y el hatillo de ropa sobre la cabeza. Había ido muy temprano a lavar. Había extendido la tela con la que sujetaba a su hija sobre los guijarros que había aplanado con la mano. Ahora que ya se sentaba, la ponía allí, con un trapo que le gustaba chupar y no dejaba de mirarla. Sara mía, Sara de mi corazón, le decía para llamarle la atención si empezaba a arrugar la nariz. Ahora no le hacía falta, pero hasta hacía poco, como no se sostenía sentada, la llevaba al río con un vestido y le ponía un montón de piedras sobre la tela del vestido para mantenerla recta. La niña pasaba la mano húmeda de haberla tenido en la boca sobre aquellos pedruscos que la rodeaban completamente. Por suerte, aún no gateaba. Fatima no sabía cómo se las arreglaría cuando la niña empezara a moverse más. Sus cuñadas los ataban con un cordel a la pata del armario. A Fatima le parecía una salvajada. Y más de una vez los había oído llorar tanto que no había podido hacer otra cosa que correr a coger a sus sobrinos. Sollozaban como si se les hubiera de acabar la respiración. Fatima los arropaba diciéndoles smelah, smelah. Pero entonces sus cuñadas se ofendían. Que si se creía que era mejor que ellas, que si se creía más buena que sus propias madres. Pero Fatima seguía rescatando a aquellas criaturas, los gritos que daban le removían un no sé qué dentro del vientre que la sacudía por completo. Era como si sintiera en sus propias carnes el malestar de aquellas criaturas. Y ahora mira, tú tienes la tuya, se decía Fatima. Después de tantos años con el vientre seco, de estar completamente seca, había nacido aquella cosa tan menuda.

Al tenerla encima, Fatima se había asustado y había buscado con la mirada alguna explicación en la mujer que la había atendido en el parto. Que no podía ser que fuera tan menuda, que qué ocurría, y la mujer le decía que había nacido antes de tiempo, que no sufriera, que ella había visto criaturas como aquella que habían sobrevivido. Pero que tenía que tener cuidado. Que la pusiera en una caja con algodón hasta que tuviera un cuerpo más de recién nacido. Que si no se le cogía al pecho porque no sabía mamar o el pezón le resultaba demasiado grande, que le diera la leche con una cucharita. Fatima se pasaría las semanas siguientes sin acordarse de sí misma, completamente absorta en aquel trozo de carne tan encogido que, aunque tuviera las costillas marcadas y las venas bajo la piel transparente, a pesar de todo, respiraba. De entrada, se la había puesto al pecho y la había cubierto con los trapos que tenía para atarla. Imposible poderla enrollar como era costumbre para hacer que los recién nacidos se sintieran más en calma, se le rompería si le enderezaba esas piernas o esos brazos doblados sobre sí mismos. Y eso que Fatima tenía mucha habilidad por todas las veces que lo había hecho con sus hermanas pequeñas. Primero, un trapo entre las piernas para cubrirla hasta el ombligo. Después, una primera tela apretada alrededor del cuerpo menudo, las piernas bien rectas y los brazos uno encima del otro, en cruz y también estirados. Después todos los trapos alrededor hasta formar un tronco rígido. Cuando era pequeña le daba mucha angustia aquella rigidez, que no se pudieran mover, y le parecía que tenían que sufrir dentro de sus envolturas. Pero Zraizmas le decía que no se preocupara, que así se sentían más tranquilos porque cuando nacemos hasta el aire que nos toca la piel nos es molesto y que así, además, crecían mejor. Pero no, su niña era tan menuda, tan frágil a simple vista, que la mantuvo sobre ella mientras esperaba que el hermano de Mohamed le fuera a comprar el algodón y le buscasen una caja. Su suegra había querido coger a la niña, pero Fatima se había negado de una manera casi feroz. No quería que aquellas manos gruesas de bruja se acercasen a su criatura. Ni que la impregnase con su olor. No era Fatima la que pensaba, era su cuerpo el que no quería exponer a la niña a nada que la pudiera perjudicar. Reaccionaba exactamente como aquellas bestias que había visto volverse más salvajes que nunca después de haber parido a sus crías. Si hubiera pensado de una manera más racional, habría dejado que la abuela cogiera a su propia nieta, pero no podía, de ninguna manera. Igual que no había querido que se le acercara nadie de la familia, casi ni los dejaba entrar en la habitación. Decía, es tan menuda que si le transmitís un resfriado se irá. Su suegra, muy ofendida, le dijo no sé por qué tantas precauciones y tantas manías, si se te morirá de todas formas. Las otras mujeres paren niños enteros y tú dejas ir uno a medio hacer. Pues reza por ella, le había dicho Fatima, con una voz de enfado que dejó a aquella mujer desconcertada. Reza por ella y no llames a más desgracias. De momento respira, y ya está.

Fatima tenía que haberse sentido agotada después del parto, de tantas horas de dolor y gritos, pero cuando la niña había acabado de deslizarse toda ella de dentro suyo, cuando ya no sentía aquel estorbo en la entrepierna, le había cogido una especie de reavivación extraña. Se puso la niña en el pecho y ayudó a la comadrona a limpiar todo aquel cúmulo de sangre y líquidos que le habían salido del cuerpo sin saber qué eran. Había enroscado ella misma el cordón a la placenta y la había envuelto con cantidad de trapos. Se la guardaría hasta que viniera su madre, así ella la podría enterrar en un lugar adecuado. No se fiaba ni de su suegra ni de sus cuñadas para hacerlo. Yamina le había contado que se lo daban a comer a los perros. Sobre esto Fatima no tenía pruebas, pero más valía no arriesgarse. Si le hacían algún sortilegio con aquel trozo de carne podría quedarse estéril para siempre. Cuando tuvo la caja y el algodón, envolvió ligeramente aquel cuerpo tan menudo y lo depositó allí. Hizo unos agujeros a la tapa para que respirara. Desde entonces, no hacía otra cosa que quedarse allí, agachada, al lado de la caja. Le daba de comer a la niña con una cucharita pequeña, se sacaba la leche y poco a poco la hacía entrar en su boca, una boca que era un agujero azulado que apenas se abría. La primera vez, rogó con todas sus fuerzas para que la niña cogiera aquella leche, no estaba muy convencida de que el sistema fuera a funcionar. Pero enseguida sus labios comenzaron a cerrarse y a hacer un movimiento de succión. Fatima se pasó noches y días escuchando la caja de zapatos, poniendo el oído para asegurarse de que seguía respirando. Aquella atención continua le parecía imprescindible. Si la niña hubiera dejado de respirar, ella no habría podido hacer nada, pero Fatima actuaba sin pensar, solo hacía, le diría a su madre, lo que le pedía el cuerpo. Quedarse allí todas las horas del mundo con sus ojos, sus orejas, sus manos, su vientre, con todo su ser pendiente de aquella caja y de aquella criatura que había nacido con unas telillas finísimas entre los dedos y las orejas pegadas a la piel de la cabeza.

Perdió completamente la noción del tiempo, no sabía si se le habían pasado las comidas, las horas de la oración o los días establecidos para ponerle nombre a la criatura.

Solo cuando la había visitado su madre con alguna de sus hermanas, había interrumpido un momento aquella contemplación de la niña. Zraizmas le preguntaba por su propia salud, si comía, que para hacer leche y recuperarse tenía que alimentarse bien. Fatima se sentía de pronto extraña en presencia de su madre, ahora, de alguna manera, eran más iguales.

No había querido hacer ninguna fiesta de nacimiento hasta que estuviera convencida de que su hija viviría. No le había puesto nombre. Zraizmas le había dado dinero para los gastos de la fiesta. Ya veremos, le había dicho Fatima, ahora lo más importante es que crezca.

Y lo tenía que conseguir, se había esforzado tanto en tenerla bien caliente con el algodón, en cambiarle a menudo los trapos que le hacían de pañales para evitar que se resfriara, en alimentarla con paciencia todas las horas del día, que poco a poco la piel se le fue haciendo más gruesa, fue criando carnes donde antes solamente había huesecillos. Como si la leche de Fatima le fuera injertando capas y más capas de carne. Hasta que un día se dio cuenta: al volver a dejarla en la caja después de cambiarla, descubrió que ya no cabía en ella. Y, en efecto, tampoco le cabía en el hueco que formaba juntando las palmas de las manos, ya no era una simple medida de harina. Fue entonces cuando intentó darle el pecho y la niña lo cogió con avidez. No solamente eso, sino que abría los ojos para mirar a su madre, unos ojos tan oscuros que parecía verse el fondo de su alma a través de ellos. Ahora sí que le podía poner nombre y celebrar su nacimiento. La llamaría Sara, un nombre que le salió de repente, sin pensárselo demasiado. Le parecía recordar alguna historia de la abuela Ichata en la que salía una mujer llamada así. Le gustaba aquel nombre porque sonaba diferente de aquellos tan antiguos que les habían puesto a ella y a sus hermanas, llenos de sonidos tropezándose. Sara era una exhalación clara y tenía un aire moderno. Su suegra le dijo que ni hablar, que aquel era un nombre de judíos y que, según la ley, era ella la que tenía que ponerle nombre, o, si no, su padre.

Su padre, sí, aquel que había vuelto a marcharse dejando atrás, con el polvo que levantaban sus pasos, todas las promesas de retorno que no cumplió. No habían recibido ni una carta, y, ahora, a saber cómo le podían hacer llegar la noticia de que había sido padre. Lo acabaría sabiendo, más tarde o más temprano, porque en aquella época los emigrantes ya tenían una buena red de comunicación formada por torpes cartas escritas en aquella lengua extranjera que era para ellos el árabe, casetes grabados con un sonido enronquecido de fondo y alguna llamada que recibían en las tiendas de la ciudad. O por los propios viajeros, que al volver de sus vacaciones se llevaban todas las novedades del pueblo hacia el extranjero. Fatima ahora ya sabía que vivía en una ciudad donde había otros hombres de allí mismo. Cada vez se marchaban más e incluso se iban familias. Ella, al ver que de nuevo había desaparecido como tragado por la tierra, había vuelto a visitar al curandero que le había deshecho el sortilegio de la primera vez y ahora le había dicho que lo tenía muy complicado. Que la que le había hecho aquello se había asegurado de que no se pudiera deshacer aquel sortilegio, que había algo suyo muy íntimo, ya no eran sus cabellos o sus uñas, era algo de mucho más adentro de su cuerpo, y lo había tirado nada más y nada menos que al mar. Y del mar sí que no podría sacar nunca nada, de lo profundo que era. Pero eso es imposible, había dicho Fatima, ninguna de las mujeres con las que vivo tiene costumbre de ir tan lejos. Pero el curandero le había hecho pensar, ¿ninguna de ellas va a la ciudad? Y había recordado que Jadiya visitaba a una hermana suya cerca de Sidi Ali, en Nador, la Jorobada unos familiares en Beni Ansar y que Yamila pasaba semanas y meses en casa de sus padres, y no sabía si eso estaba o no cerca del mar. No hay nada que hacer, le había dicho el hombre de la capucha de lana, solo te queda rogar a Dios y que este se apiade de ti.

Y la menuda Sara creció. Comenzaba a sentir su peso en la espalda cuando subía el camino. Quienes la habían visto no se lo podían creer, aquella criatura que parecía un ratoncito al nacer, que tenía que hacer un esfuerzo enorme hasta para respirar, y que ahora fuera aquella niña regordeta, con la papada hecha completamente de lorzas y unas carnes apretadas que daban ganas de sobar. A Fatima también le parecía un milagro aquella transformación, pero era un cambio que se había producido delante de sus propios ojos y en su propio cuerpo. Como si el embarazo hubiera continuado un tiempo después de que Sara hubiera nacido.

Una vez en casa, después de descargar el hatillo de ropa mojada, Sara enseguida le había buscado el pecho. Le había empezado a dar un poco de patata chafada y zanahoria con azúcar, pero, sobre todo, seguía tomando el pecho. Sus cuñadas la habían querido convencer de quitárselo: así no la tendrás todo el día enganchada, te irá mejor, la leche de bote es más buena, y veía cómo ellas dejaban a sus hijos con el biberón colocado encima del cojín y un trapo para que no se cayera, así comían solos. Criaturas tan menudas y comiendo en aquella soledad hasta quedarse dormidas. A Fatima le daban mucha pena. Además, se había dado cuenta enseguida de que los niños de biberón se ponían enfermos más a menudo, tenían diarreas y no crecían como lo había hecho Sara. Pero para no tener que discutir con las mujeres de la casa, Fatima decía simplemente que ellos no tenían la costumbre de criar con leche que no fuera de la madre, y que además no tenían dinero para comprarla.

Pero Sara llegó a los dos años lunares llena de salud, más grande que cualquier niña de su edad, lista como no se había visto ninguna en aquella casa. Como Fatima, había empezado a caminar a los nueve meses lunares, a hablar muy pronto, a mirarlo todo con aquella atención que tanto había descrito Zraizmas cuando hablaba de Fatima. Y, en cuanto tuvo los dos años, su suegra ya le estaba diciendo que se preparara para destetar a Sara.

A Fatima le entró un desasosiego extraño al escuchar aquellas palabras. No lo quería hacer, no quería desligarse de la única cosa que le había dado alguna clase de sentido a su vida, que la había hecho pertenecer, por fin, a algo. Desde que había nacido Sara, había dejado de sentirse una intrusa en aquella casa. Antes del parto no quería una niña, pensaba en que tendría que darla, en que serían de nuevo unas extranjeras, esta vez las dos. Pero al nacer Sara, aquella percepción le había cambiado completamente, ahora descubría que le daba igual el sexo, que ahora, por fin, se sentía de algún lugar, y ese lugar era su hija. Duraría solamente unos años, hasta que la niña tuviera que buscarse su propia habitación, pero Fatima se sentía arraigada por primera vez, ya no la ponía nerviosa el hecho de estar en una casa que no era la suya porque su casa era Sara. Por eso no quería desprenderse de ella, no quería cortar aquel cordón invisible del amamantamiento. Le parecía que el hecho de colocar a Sara en su falda y que ella se pusiera su pezón dentro, que pasasen aquel rato juntas y en calma, casi fuera del mundo, le había apaciguado todos los desasosiegos, todas las ausencias. Ya no sentía añoranza, y entendía muy bien aquella expresión que decía que quien tiene un hijo no está nunca solo. Y ahora resultaba que su suegra le decía que se fuera preparando para cortar de raíz aquella intimidad tan profunda. Fatima sabía perfectamente que las normas así lo establecían, pero se decía que no, que, de hecho, Sara había nacido dos meses antes de lo que tocaba y que había que descontarlos de los dos años lunares de lactancia establecidos.

De todas formas, lo tendrás que hacer, le había dicho Zraizmas en una de sus visitas. No lo puedes alargar tanto, la niña ha de crecer. Al decir esto, a Fatima le parecía que el vientre se le desgarraba de nuevo.

15. El comienzo de un nuevo trazo

Sara Sqali se había plantado delante de su madre, Fatima n Zraizmas n Ichata n Mumna y lo había dicho bien claro: Iré a la mezquita. Ni había pedido permiso ni se lo había preguntado a su madre, sino que, simplemente, había afirmado de manera rotunda su voluntad de asistir a las clases de Corán que se hacían en el templo del pueblo. Unas clases que no consistían en otra cosa que copiar, cálamo en mano y pizarrín sobre las rodillas, lo que el imán escribía en la pizarra. Después él lo leía señalando cada trazo y los niños lo repetían al unísono columpiando los cuerpos de atrás a delante o de un lado a otro, quién sabe de qué dependía la dirección del balanceo, hasta memorizar el texto. Todo eso bajo la amenaza constante de la vara flexible de aquel hombre vestido de blanco impoluto que no tenía manías a la hora de azotar sin miramientos a aquellos que no seguían la lección como debía ser.

Fatima no había ido nunca a la mezquita, pero conocía todos aquellos detalles por lo que explicaban sus sobrinos, que asistían hasta que tenían la edad de comenzar la escuela reglamentaria. Algunos de ellos le habían enseñado un par de suras cortas que ella les había pedido para hacer un poco más ricas sus oraciones, tan rudimentarias que apenas si consistían en decir la Al-Fatiha. De entre las nuevas que había aprendido repitiendo lo que decían los niños, la que más le gustaba era la que comenzaba diciendo *Iqra* y que Fatima nunca habría adivinado que significaba «lee, lee en nombre de Dios, que te creó de una gota de sangre», porque en aquel momento, cuando Fatima n Zraizmas n Ichata n Mumna ya era madre de una niña de cinco años de nombre Sara Sqali, no sabía leer y ya daba por sentado que aquello de las letras sería un misterio que para ella permanecería escondido durante toda su vida. Fatima pensaba que si no se aprendía de pequeña a descifrar aquellos trazos, ya no lo aprendías nunca. Y qué vergüenza, además, si de repente se decidiera a desentrañar el significado oculto de las palabras dibujadas. Aun así, repetía a menudo aquel versículo que le resonaba dentro de la cabeza en la lengua de Dios que no era la suya: ¡Lee!, ¡lee!

Aquel día Fatima había regado el patio de dentro de casa antes de doblarse para barrerlo con el haz de ramillas atadas, que al fregar la tierra producía un sonido cadencioso, de una extraña armonía, que por alguna razón que a Fatima se le escapaba, calmaba los ánimos de los miembros de la familia, incluso de los más atolondrados.

En todo esto pensaba cuando Sara Sqali, que llevaba una trenza redonda que le había hecho ella misma aquella mañana, untada en aceite después de haberle ablandado ese pelo áspero con el agua que le cabía en el hueco de la mano y de haberle pasado el peine de carey durante un buen rato mientras la niña se sujetaba las sienes y se quejaba de los tirones con las aspiraciones de dolor, ah, ah, se le puso delante para decirle: Iré a la mezquita. Fatima se había incorporado con los nudillos de una mano apoyados en la cintura, marcada por un cordón violeta, y la otra secándose la frente con la punta del pañuelo que llevaba atado en el cogote y había mirado a su hija intentando asimilar lo que decía. Era cierto que otros niños de la casa habían comenzado la enseñanza del Corán mucho antes que Sara Sqali, pero ellas dos no eran como el resto de la familia, su situación era delicada, y aquel tipo de decisiones las tenía que tomar Fatima ella sola, que a menudo escogía no hacer nada, no arriesgarse para evitar males mayores.

¿De dónde sacas eso?, le había contestado Fatima, y Sara Sqali había comenzado a decir que quería aprender, que quería memorizar como los otros, que ya les cogía las suras cuando las practicaban en casa, escuchando recitar a sus primos, pero que también quería escribir, leer, quería un pizarrín de madera para llenarlo con aquellas letras tan bonitas escritas con cálamo, y la tinta, que, por si alguien no se había fijado, no era nunca igual, según cómo pusieras el cálamo, cómo lo mojaras, cómo lo inclinaras, hacía un dibujo u otro, el trazo era más grueso o menos y ella lo había visto hacer tantas veces a los demás que no entendía por qué no podía, por qué ella no podía ir a aprender la palabra de Dios, memorizarla hasta que le penetrara el corazón. Después de decir eso, Sara Sqali se llevaba las manos al pecho y las extendía como abarcándolo todo y no veía que aquella era precisamente la idea que espantaba a Fatima. Le penetraría la letra escrita a su hija tan adentro que, estaba segura, la cambiaría y ya sería menos hija suya, sería otra persona. Además, estaba el camino. El camino hacia la mezquita no le gustaba, era la carretera serpenteante, que, además, en aquel tramo tenía poco espacio para los caminantes, con curvas que hacían difícil que los coches que pasaban los vieran, y podían atropellarlos. Además, en aquellas curvas medio escondidas, con una higuera que se doblaba y ocultaba todo lo que pasaba debajo, a menudo se agachaban los locos que asaltaban a las niñas y a las jovencitas, que, del susto que les daban, podían perder la salud e incluso aquella apreciada qandura que tenían que guardar hasta la noche de bodas.

Fatima no le explicó esos detalles a Sara Sqali aquella mañana mientras barría el patio. Hay locos por el camino, ya lo sabes. Y la niña que si iré con los demás, que si no me apartaré del buen camino ni un momento, que si me pegaré a los mayores para no quedarme sola y, si veo a un loco, ni me acercaré, huiré con todas mis fuerzas. Fatima se volvió a doblar para seguir con la tarea, te he dicho que no, y Sara Sqali levantaba la voz y suplicaba, gesticulando, repitiendo la palabra madre, imma, todo el rato. No, Fatima no estaba dispuesta a asumir todos aquellos riesgos. Y a saber cómo era el imán, que, por mucha palabra de Dios que tuviera siempre en la boca, no dejaba de ser un hombre.

Fue entonces cuando su suegra salió de la cocina y preguntó qué pasaba, qué os pasa a vosotras, y lo hizo dirigiéndose a la madre y a la hija en el plural femenino de segunda persona que tenía matices diferentes del plural masculino de segunda persona. El femenino sonaba más a acusación, parecía exigir explicaciones. Aún más si era expresado por la mujer de más edad de la casa. Nada, lala, soltó Fatima para no tener que discutir si la niña tenía que ir o no a la mezquita. Pero, entonces, la vieja se dirigía directamente a Sara Sqali y, cambiando el tono, le dijo dime, hija, ¿qué te pasa? Nada, abuela, es lo que había aprendido a contestar la niña después de que en ocasiones anteriores Fatima la hubiera regañado en privado por llevarle la contraria delante de su suegra y le hubiera reprochado la complicidad con una señora que no era su madre, a quien tenía que ser leal y no traicionar nunca. Fatima cultivaba así en Sara un sentimiento de desconfianza que la niña no acababa de entender pero que obedecía fielmente. Aun así, aquella vez, al decir nada, abuela, la niña había callado solo un instante y mirando a su madre con temor, había pronunciado las palabras: Quiero ir a la mezquita. El rostro de la abuela fue de alegría y orgullo, golpeó la espalda de Sara Sqali y la felicitó por sus ganas de conocer la palabra de Dios, de hacerse mejor musulmana. Ve, hija, y aprende todas las suras que puedas y después se las vienes a enseñar a esta vieja ignorante. Fatima volvió a levantarse y ah, lala, ah, lala, es un camino peligroso, ella es pequeña, nosotros no podemos pagar y un largo etcétera de explicaciones para impedir que la vieja diera el visto bueno a la petición de Sara Sqali. Basta ya, no hay para tanto, dijo como para dejar en ridículo el parecer de Fatima. Está aquí mismo y yo a su edad ya iba sola a buscar el agua. Además, los otros también van. La vieja se dio la vuelta sin ni detenerse a escuchar las alegaciones de su nuera, que, volteando la escoba en dirección a Sara Sqali y mordiéndose el labio inferior, le decía susurrando ya hablaremos tú y yo.

A la mañana siguiente, aún no había cantado el gallo y Sara Sqali ya había abierto de par en par los ojos en la oscuridad de la habitación que compartía con su madre. Dormían en el suelo, aunque al fondo había una cama con el cabezal de hierro retorcido. Fatima había vuelto al suelo después de que naciera su hija y dejaba para los encuentros matrimoniales, quién sabía cuándo se producirían, aquel enorme mueble empotrado entre las paredes de adobe encalado de azul. Sara Sqali abrió los ojos y Fatima notó enseguida que su hija estaba despierta, aunque en la habitación no se colara ni una brizna de luz. Duerme, que aún es pronto, le dijo a la niña, que se volvió hacia ella, es que no puedo, madre, es que no puedo esperar más para estar allí, recitando, impregnándome de arriba abajo de la palabra de Dios. Fatima pensaba que no se acostumbraría nunca al lenguaje de su hija, que construía frases de mujer mayor, con palabras que los niños no saben ni qué quieren decir, con una modulación del tono de voz más propia de una experta cuentista que de una criatura de tan poca edad. Todos se sorprendían de la destreza lingüística de Sara Sqali. Por mucho que en aquellas tierras las mujeres fueran especialmente dotadas para la palabra, por más que Fatima n Zraizmas viniera de una estirpe reconocida más allá del pueblo por sus habilidades literarias, aquella facilidad de Sara Sqali para expresar lo que decía tener en el corazón la desconcertaba. Tú eras igual, le dijo Zraizmas cuando las visitó alguna vez, en todo se parece a ti de pequeña. Pero Fatima veía en su hija una osadía, un atrevimiento que ella no recordaba haber tenido nunca. Y no arrastraba el peso de la timidez, aquella timidez que a ella la hacía mirar siempre al suelo y no meterse en las conversaciones de personas que no fueran muy cercanas, y que la había convertido en la única mujer que en las fiestas ni cantaba ni bailaba ni menos aún componía versos, aunque por dentro le vinieran completos, unas metáforas preciosas que ni ella misma acababa de descifrar pero que, en cambio, le provocaban aquellas cosquillas en el vientre que después se le esparcían hacia abajo por la entrepierna y hacia arriba por la garganta. Si hubiera dicho alguna vez aquellos versos, quién sabe lo que habría pasado.

Fatima intentó que Sara Sqali continuara durmiendo, pero nada. Y se levantaron las dos, abrieron la puerta y la madre empezó con sus tareas. Después de lavarse para la oración de la madrugada, peinarse y rezar, se fue hacia la cocina, hacia el fondo, a la despensa de techo bajo donde tenían la harina. Aquel día, mientras con las manos iba ablandando el fermento, la desazón del estómago no la dejaba. Al cabo de un rato, Sara Sqali se le presentó en la cocina vestida con ropa que le habían dado los hijos de su hermano Abrqadar, la cara lavada y el pelo suelto, que se le levantaba como una hoguera. La niña llevaba el cepillo redondo de plástico en la mano, ya me he deshecho los nudos, ahora solo falta que me hagas la trenza. Al juntarle bien todos los cabellos, Fatima quizá apretó más de lo que acostumbraba el elástico con que se los cogía, quizá la trenza la hizo más fuerte que nunca, quizá al peinarla se le escapó algún tirón innecesario.

Cerraba la boca escondiendo los labios y eso, como bien sabía Sara Sqali, no era nada bueno.

La niña pasó el tiempo hasta la hora de marcharse dando vueltas al patio, con la cara radiante de impaciencia. Una cara parecida a la que ponía los días de fiesta, en los que Fatima le daba un duro para irse a comprar golosinas al pequeño puesto que montaban algunos chicos mayores del pueblo. Sara Sqali ya tenía preparado el pizarrín de madera que Fatima había hecho comprar al hermano mayor de Mohamed en la ciudad, sacando el dinero del pequeño rincón que tenía guardado para emergencias.

Cuando llegó la hora, Fatima se secó las manos en el delantal, se ajustó el pañuelo atado a la nuca y le dio a Sara Sqali todos los avisos pertinentes. Camina siempre por la vera, mira antes de cruzar, no hables con desconocidos, no te acerques a los locos, ve siempre con el grupo y no te metas en ningún lío. No salgas del camino. *Ah wah a imma* había ido repitiendo la niña, sí, madre, sí, madre.

Al despedirla, Fatima le había dado un par de golpes en la espalda, vete, hija, le había dicho finalmente viendo que la niña ya se marchaba, vete, y hubiera querido añadir que Dios te lleve a buen puerto, pero era una frase que hubiera sido exagerada para la situación, siendo como es una expresión que se utiliza para desear buen viaje. Vete, hija, vete. Y la niña había desaparecido en la curva que hacía el camino que se iniciaba en el patio de fuera e iba a parar a la carretera, en un trozo que hacía pendiente, rodeado de unas chumberas que, en aquellos momentos, aún no tenían frutos. Sara Sqali caminaba a paso ligero, un paso que de vez en cuando levantaba una nube de polvo que a Fatima le aumentaba la angustia. Pero pronto perdió de vista a la niña y el polvo, y en el camino solo se marcaban los pasos del grupo entero de primos. Fatima no conseguía distinguir cuáles eran los de su hija. No pudo evitar bajar hasta las chumberas, allí donde comenzaba la pendiente hacia la serpiente asfaltada y ya veía el pequeño grupo escabulléndose por debajo del gran árbol. Fatima se puso una mano en la frente para ver cómo emergían de la curva. No es tanta la distancia hasta la mezquita, se dijo, y en el horizonte divisó el minarete que se alzaba hacia el cielo, blanco y recortado contra el paisaje yermo. El ritmo del corazón de Fatima se ralentizó cuando vio que los niños se acercaban al templo, y volvió hacia casa cuando desaparecieron engullidos por la puerta.

Intentó trabajar toda la mañana sin parar para deshacerse el nudo en la garganta, el runrún en el estómago y la desazón en el vientre. Si al menos pudiera hablar con su madre, si pudiera expresarse con ella que tan bien escuchaba sus temores. Zraizmas vendría y le diría que no pasaba nada, que no sufriera tanto, pero lo diría con un tono muy diferente del de su suegra, que usaba las mismas palabras, pero con el efecto opuesto. Si hubiera removido en las profundidades de sus recuerdos más antiguos, Fatima habría descubierto aquel primer dolor de cuando cumplió dos años lunares, pero ahora, mientras limpiaba y cocinaba intentando olvidar que Sara Sqali estaba lejos de ella, lo que se preguntaba era cómo podía ser que la vida estuviera dispuesta de aquella manera, que las hijas tuvieran que estar lejos de las madres, cómo podía ser que ella, en momentos como aquellos y otros mucho peores, no pudiera hablar con Zraizmas en la calma de un desayuno o de un té de media tarde. Que nada la hubiera apaciguado tanto como la manera que tenía aquella mujer regia y pausada de seguir el hilo de sus pensamientos más allá incluso de las palabras que Fatima hubiera conseguido pronunciar.

A pesar del sufrimiento de Fatima, sin embargo, aquel día fue el primero de Sara Sqali en la mezquita, la primera vez que una mujer de su línea de ascendientes femeninos accedió al conocimiento que dan las letras. La niña no podía hacerse cargo de la desazón de su madre y poco se habría imaginado que aquel acontecimiento, de hecho, supondría el inicio de un camino sin retorno que lo trastocaría todo.

16. Volver

Lo decidí de repente. Después de pasar muchos días de sufrimiento mudo, de sentirme más desdibujada que nunca. A veces, hermanas, me tenía que mirar al espejo para descubrir que todavía existía. Había intentado enderezar la situación. Le decía a Sara Sqali que no son horas de llegar a casa, que necesito tu ayuda con esto o con aquello. Y ella apenas me miraba, ya no quedaba nada de aquella niña para quien yo lo era todo, que buscaba mis ojos a todas horas, la niña a quien hablé hasta la extenuación, a quien entregué todas las palabras que tenía. Y tampoco estaba la que me había hablado a mí, la que me había traducido todo el nuevo mundo. No me quise enfrentar a ella, ya os lo he dicho, el miedo me ahogaba, cada vez tenía la toalla más retorcida en el vientre, casi no podía ni respirar, me encogía sobre mí misma.

Y un día, hablando con Latifa, le decía: anda que si se marcha, como han hecho la hija de este o de aquel, yo no lo podré soportar, no podré, hermana mía. Latifa me decía que no, que Sara Sqali no haría eso nunca, pero ella, qué queréis, solo tenía hijos, no había sufrido como yo ser madre de una niña. Y tenía marido, alguien que podía imponerse cuando hiciera falta, alguien con autoridad, una autoridad que las mujeres no tenemos, por mucho que apretemos a nuestros niños, por mucho que los eduquemos desde pequeños en nuestras normas, siempre seguimos siendo las madres que los hemos arropado por las noches y los hemos atendido cuando estaban enfermos, esto lo saben ellos y por eso no nos tienen el miedo que tienen a los padres.

Latifa me decía que no, que no, que la niña era tranquila, pero yo no podía dejar de pensar en la luz que inundaba el rostro Sara Sqali cuando miraba al cristiano con quien iba. Nunca le dije a nadie que los había visto, pero no me lo podía sacar de la cabeza.

Así estaban las cosas cuando un día, de repente, me dije ya es hora de volver a casa. Tenemos que volver, por varias razones: para refrescarle la memoria a Sara Sqali, para rehacer los lazos que nos unen a nuestra tierra, para dejar de sufrir el mal del olvido. Pensé que esto me devolvería a Sara Sqali. Y si hiciera falta, claro está, llevarla a visitar a alguien por si mis sospechas eran ciertas y su comportamiento no era natural, sino fruto de alguna maniobra de la Jorobada.

Pero obviamente, hermanas, no penséis que volver es tan fácil. Si marcharnos ya fue una locura, un viaje imposible que no sabíamos adónde nos llevaría, hacer el camino inverso también tiene sus inconvenientes. Ahora, además, la frontera es más impenetrable que nunca, hay vallas, cámaras, perros y policías por todas partes. ¿Sabéis cuál era una de mis preocupaciones? Llegar hasta aquí y que después no pudiera volver a entrar en el extranjero. Esto había pasado en alguna ocasión. Alguien que venía de vacaciones y, por problemas de papeles, después no podía volver allí. Por no hablar de algunos malos hombres que llevan a casa a sus mujeres, les quitan los papeles, se marchan y las dejan encerradas. A veces, a los muy desgraciados, les da por querer una segunda esposa o vivir la vida de *lalauillali*, como si fueran jóvenes y no tuvieran cargas, y deciden que lo mejor es volver a traer a sus esposas aquí y abandonarlas. ¡Qué desgracia la nuestra, queridas! A las mujeres de aquí nos pueden devolver a casa de nuestro padre, repudiarnos como si nada, y a las del extranjero nos pueden obligar a regresar a nuestro país de origen como si fuéramos trapos de fregar abandonados en medio del patio. Y los hombres saben perfectamente que es un castigo cruel, que cuando ya te has acostumbrado a la vida de allí es muy difícil volver a adaptarte a la vida de aquí, y más aún si es en el campo. Por eso es una amenaza que utilizan tan a menudo.

En nuestro caso no teníamos un hombre que nos quisiera devolver, pero yo tenía un miedo terrible a que los papeles no nos sirvieran, a que nos quedáramos aquí aisladas sin poder salir. Se lo hice investigar a Sara Sqali y me dijo que el permiso de residencia estaba dentro del plazo correcto, que no había caducado, pero que el pasaporte no lo entendía, no sabía leerlo para averiguar si seguía o no vigente. Yo lo miraba fijamente y veía una fotografía de la niña de cuando llegamos. Y recordaba el día que se la hicimos. La había peinado con una cola, le había estirado mucho el pelo hacia atrás para dejarle la frente muy despejada, como tenemos nosotras, y tenía los ojos bien abiertos y una expresión de miedo en el rostro. No tanto de miedo, quizá más de sorpresa, ya sabéis cómo era la niña por aquel entonces, que lo miraba todo tan fijamente que parecía absorber el mundo con la mirada. La fotografía era todavía en blanco y negro, se le veía la cara menuda, pero después cambió porque, cuando ya estuvimos un poco acomodadas, la niña engordó y tenía un rostro rebosante de salud. Pero de un tiempo a esta parte, ya la habéis visto, está delgada como un junco, si la tocáis le podréis palpar los huesos. Y es que no come, hermanas, no quiere comer porque quiere estar así de delgada, ya me diréis qué gracia puede tener una mujer sin carnes, pero es que allí las chicas de esa edad son todas así, como cañas de río, y se ponen unos pantalones tan ajustados que les podríais repasar el cuerpo como si estuviesen desnudas. Yo ya se lo he dicho muchas veces a Sara Sqali: que coma, que se está pasando de la raya en lo de querer adelgazar, pero entonces me mira como si le lanzara una maldición, algo muy feo. Le digo: Mira que se te pegará el vientre con la espalda y entonces será ya demasiado tarde para volver a recuperar la salud. Pero ella me dice: Yo tengo toda la salud que quieras y más. Y ya no se puede seguir hablando del tema. No sé, hermanas, si es una moda de allí o es también consecuencia del conjuro que le debe de haber hecho la Jorobada. El mal de ojo es fatal, ya lo sabemos. ¿Recordáis al hijo de aquella segunda mujer del primo de Mimount n Ari? Su primera esposa le había hecho algo al niño y este fue adelgazando, adelgazando hasta desaparecer del todo. Dios la juzgue como se merece. *Lah istar, lah istar.*

Pues Sara Sqali tiene ahora unas facciones más profundas que en aquella fotografía en blanco y negro, pero la mirada es todavía la misma. Habla poco conmigo, no me cuenta casi nada, pero la manera de escrutar las cosas con sus ojos es la que yo le conocía. Por eso todavía tengo la esperanza de que pueda recapacitar, de recuperarla.

Tuvimos que ir a renovar el pasaporte, cogimos el tren para ir a Barcelona, al consulado. Ya os lo podéis imaginar, hermanas, yo, temblando de arriba abajo, temblando por el miedo a ser interrogada, a que me preguntaran por mi marido. ¿Qué les hubiera dicho? ¿Que no tenía? Fue terrible, os lo aseguro, hicimos cola horas y horas, nos trataban todavía peor que los funcionarios de los papeles de allí, nos empujaban. Los hombres, en la cola, más de una vez nos habían intentado tocar, yo ponía a Sara Sqali delante de mí para protegerla, pero entonces lo probaban conmigo. No había colas separadas de hombres y mujeres, estábamos todos mezclados. Cuando finalmente nos atendieron, yo no sabía hablar con los funcionarios, todos eran árabes, y claro, aquí Sara Sqali no podía traducirme porque ella tampoco conocía esa lengua. Intentó hablar con ellos en los idiomas extranjeros, pero entonces eran ellos los que no nos entendían demasiado. Les enseñaba el pasaporte, ellos lo miraban, nos lo devolvían y nos dejaban allí esperando. Le pedí a una chica que parecía entenderlos que me ayudara, pero tampoco sirvió de nada.

Seguimos sentadas allí, mientras mucha gente iba gestionando sus trámites, hasta que alguien se apiadó de nosotras y nos pidió los papeles, las fotografías, el permiso de residencia, el empadronamiento. Qué triste es, hermanas, que también para volver a tu propio país te pongan tantas trabas. Y yo temblaba, creedme que temblaba. ¿Y si me decían que no, que no podría venir aquí nunca más? ¿Y si me pedían algún requisito que no tenía, como, por ejemplo, un marido? ¡Ay, no sabéis qué larga fue la espera, y la angustia de ver que el funcionario me hablaba muy deprisa, sin que yo pudiera entender ni una sola palabra! No comprendía lo que me explicaba. Iba y venía y yo no podía hacer otra cosa que esperar allí, nerviosa. Pensaba para mí: esperaremos hasta tener el pasaporte. Hermanas, las mujeres como nosotras, sin conocimiento de letras, sin saber el idioma de quienes nos gobiernan, vamos por el mundo como si no diera el sol, a oscuras, inseguras, dando pasos vacilantes.

Claro que, si estoy aquí, es porque sí que nos renovaron el pasaporte. Un milagro de tantos que hemos vivido. Y, una vez conseguido el pasaporte, ya lo tenía todo para marcharnos.

Cuando se lo dije a Sara Sqali no penséis que se entusiasmó demasiado con la idea, no. Pero yo comencé a preparar los últimos detalles. Avisé en los trabajos que tenía; ahora ya no estoy siempre en la granja de conejos, solo trabajo allí algunas horas y preparo la comida para el carnicero. Fui comprando todo lo que quería traeros. Pasaba por el mercado cada sábado, y los martes, como terminaba temprano, también echaba una ojeada por si veía alguna cosa a buen precio. Fui encontrando toallas, telas, bragas, calcetines, algunas camisas de hombre. También estuve siempre atenta a los folletos de ofertas de las tiendas. No los sabía leer, pero los miraba y cuando venía Sara Sqali le preguntaba: ¿Esto cuánto vale? Así fui comprando los paquetes de café, el cacao, para que lo probarais, y todas las golosinas que os he traído. Por eso, los hijos de Latifa y nosotras fuimos tan apretujados, y con las piernas encogidas, en la parte de atrás del coche.

Salimos de allí muy temprano, de madrugada, ahora ya hace una semana, ¿veis cómo han pasado los días desde que llegamos aquí? Sara Sqali y yo llenamos la bolsa de rafia de nuestro padre con vuestros regalos, preparamos un par de bolsas más con nuestras cosas y bajamos así cargadas por nuestra calle hasta llegar ante el puente, donde nos vendría a buscar Latifa. No os lo creeréis, dejé el fermento del pan, que todavía está muy vivo, envuelto y colocado en un armario. Espero que cuando vuelva lo pueda reavivar. Traerlo aquí era demasiado arriesgado, dos viajes no los hubiera aguantado. Pero allí me espera, hermanas, escondido hasta que regresemos. Sí, reíros, reíros, pero el pan no vale nada sin esa masa, ya os lo digo.

La carretera se nos hizo larguísima, eterna, queridas mías, parecía que no terminaría nunca. Yo no reconocía nada de todo el recorrido que habíamos hecho en el camino de ida hacia allí, aquel me parecía otro mundo. Parábamos de vez en cuando a descansar y me decía: mira, quizá cuando nuestro autocar se detenía era para esto, para que la gente estirara las piernas, para que comiera un poco o incluso rezara sus oraciones, pero no podía reconocer el paisaje. Y es que, en esta ocasión, hermanas, viajábamos acompañadas, el marido de Latifa sabía dónde iba y eso me permitía disfrutar más de mi entorno contemplándolo todo con otros ojos. Por el contrario, Sara Sqali no parecía tener ningún interés en descubrir por dónde estábamos pasando, durante el viaje se mantuvo con la nariz metida en un libro y, si Latifa le preguntaba algo, respondía con algún monosílabo. A mí me supo mal porque ya veis el bien que aquella mujer nos ha hecho, pero yo me decía: no sufras, ya sabemos que no es ella, que no está bien.

Llegamos al barco por la noche y embarcamos tal como veníamos, con el coche y nosotros dentro. El enorme vientre del buque parecía engullir a todos los que íbamos entrando allí. Dentro se escuchaba el fragor de sus motores y nos invadía un olor de gasolina que lo impregnaba todo. Pero pudimos dejar los bultos allí abajo y subir arriba a descansar. Para no gastar tanto dinero, cogimos asientos en vez de camas. Y después de pasear un poco por la cubierta y de observar el agua oscura y la noche, con el cielo poblado de estrellas y el puerto todavía iluminado, nos recogimos en nuestro sitio y, tapándonos con una manta, intentamos descansar un rato. Vimos a gente que, en vez de sentarse en las butacas, buscaba un lugar en el suelo y se estiraba. Los hombres podían hacerlo, pero a nosotros nos dio vergüenza. Apagaron las luces un rato y pudimos pegar ojo, pero solo un poco, no os penséis.

Afortunadamente, habíamos traído una bolsa con potingues para arreglarnos un poco y enseguida fuimos al lavabo, a lavarnos, a tiznarnos los ojos, a peinarnos y hasta a cambiarnos de ropa. Ya visteis que yo me puse un vestido de fiesta nuevo que me había traído Mumna. Esto lo hacemos porque si nos vierais tal como venimos, los del extranjero, os asustaríais al descubrir los estragos del viaje. Yo, hermanas, me sentía como si fuera a una fiesta, casi casi como si fuera a asistir a una boda importante. Sentía una lagartija en el estómago que no paraba de dar vueltas. Y con la ilusión de veros, finalmente, de reencontrar a mis queridas hermanas, a mi madre, de pisar los campos en los que trabajé tantas horas. Pienso que mi cuerpo no lo pudo soportar y que de esa misma emoción he caído enferma estos últimos días, me di cuenta cuando os toqué, cuando nos abrazamos tanto rato. Sentí mi cuerpo invadido por espasmos, por nudos de hacía muchos años, de dolor, de sufrimiento, de cosas que yo no recuerdo pero mi cuerpo sí. Y al abrazaros, al estar aquí y respirar el mismo aire que respiráis vosotras, de repente se deshacían unos tras otros, milagro de Dios. Pero entonces también me deshice yo toda entera y he tenido que quedarme en el suelo durante estos días hasta que he podido narraros este relato mío que ya se acaba. Ya lo veis, todos los sufrimientos tienen un final, tarde o temprano, y hasta aquí llega el mío.

Me preguntáis qué quiero hacer para recuperar a Sara Sqali, para devolverla a mí. Pues bien, lo primero es que me acompañéis a buscar a ese hombre que vosotras conocéis. Si Abrqadar nos quiere llevar, podemos aprovechar para hacer un sacrificio y preparar una comida en casa antes de que me vaya. Es el mejor que conocéis, ¿verdad? Me habéis contado que fue quien curó al hijo de Mohand de su locura y que también fue él quien le dijo a Malika que tenía un hatillo enterrado bajo su puerta, y que, de hecho, al excavar en su puerta, encontraron aquel hatillo con un trapo sucio atado con siete nudos y que, al desatarlos, su marido se había transformado en el que era con ella al principio, amable y cariñoso, y que ese encantamiento no se lo había adivinado ni siquiera el curandero de Sidi Ali. Pues cuando a nuestro hermano le vaya bien, iremos a ver a ese hombre de quien tan bien habláis.

Pero, además de eso, hermanas, he pensado en algo más para devolverle a Sara Sqali, definitivamente, la mirada hacia los suyos. No quiero volver a verle esa luz en el rostro cuando mira a un hombre que no sea como nosotros, no quiero que se me estropee, si es que, Dios no lo quiera, no se ha estropeado ya.

Os voy a proponer algo inusual, algo impensable en otros tiempos para una mujer, pero, después de haberos relatado nuestro periplo, creo que podréis entender que, una vez más, volvemos las normas del revés para hacer que las cosas sigan como siempre.

Fadira nuestra, contigo quiero hablar, es a ti a quien quiero hacerle esta petición. Eres como una hermana nuestra más, así que espero que no te ofendas; si no estás de acuerdo con mi propuesta, solo has de decirlo, no tienes nada que temer. Tu hijo Driss es ya todo un hombre, así que supongo que ya habéis empezado a pensar en buscarle esposa, y él también debe de tener ganas de tener su propia familia. Me habéis dicho que aquí se está echando a perder, sin trabajo ni forma humana de ganarse la vida. Pues he pensado que tal vez quieras a mi hija como nuera, que tal vez puedan casarse. No ahora, claro, Sara Sqali no es aún lo suficientemente mayor para eso, pero tal vez podamos celebrar el compromiso y, de aquí a unos años, cuando él pueda trabajar, celebrar el casamiento y que se lo lleve allí. Ya sé que una madre nunca ha pedido la mano de un chico, y podéis reíros cuanto queráis de esta propuesta mía tan atrevida, pero me parece que todos saldremos ganando. Sara Sqali tendría un lugar al que volver, no como yo, que aquí no soy más que una simple invitada. Y Driss podría marcharse a buscar su propia suerte, allí seguro que encontrará trabajo. Y así yo podría seguir teniendo a mi hija muy cerca de mí y no se me desgarraría completamente este vientre mío deshecho por tantas desgracias.

17. De cuando Sara Sqali se entretuvo por el camino

Desde que Sara Sqali había comenzado a ir a la mezquita con el resto de los primos, volvía cada día moviendo la trenza con alegría, aferrada al pizarrín de madera y con un brillo en los ojos que Fatima no conseguía entender. No comprendía la avidez de su hija por irse de su lado para volver con la boca llena de palabras que ella desconocía, palabras de Dios, sí, pero palabras en lengua extranjera de todas maneras. No se entendía a sí misma cuando le cogía aquel desasosiego indefinido, aquella incomodidad, aquella sensación difusa de peligro. Era bueno que Sara Sqali fuera a aprender suras y oraciones y a cómo comportarse para ser una buena musulmana. Pero ella no había ido nunca, tenía suficiente con las cuatro oraciones que mascullaba y no había necesitado nada más. Además, ya le enseñaría ella a ser una mujer como Dios manda, y no un hombre extraño que, por muy conocedor de la letra escrita que fuera, no dejaba de ser un hombre. Fatima le repetía casi cada día a Sara Sqali que no se podía fiar de los hombres, de ninguno. No te acerques ni les tengas confianza y no les cuentes nunca nada, aunque te parezcan de fiar. No sabrás nunca lo que tienen en la cabeza. Entonces Sara Sqali miraba fijamente a sus tíos paternos y a sus primos, con los que vivía.

La niña estaba pasando unos días muy felices; al llegar de la mezquita se sentaba en el banco de piedra debajo del silo de la cebada, se ponía a mirar la madera y llenaba el patio con su voz repitiendo los rezos. Sara Sqali repasaba la lección y no borraba la pizarra hasta que decidía que se sabía suficientemente bien los garabatos que había allí escritos. No sabía escribir, claro, ni tampoco leer, pero aquellos trazos le servían de guía para volver a tener presente el texto memorizado. Doble memoria necesitaba Sara Sqali, la de la cantinela y la de las señales que se correspondían con ella. Pero la niña había heredado la agudeza visual de Fatima y retenía con facilidad aquellas líneas hechas con su cálamo mojado.

Fatima seguía nerviosa, y antes de que la niña se marchara la avisaba: no hables con ningún loco ni con ningún hombre, ni con nadie que no conozcas, no te separes de los demás y no te entretengas. Camino recto hacia casa. Y ahora, además, añadía: Recuerda también lo que te dije de los niños.

Lo de los niños se lo había dicho unos días atrás, cuando Sara Sqali había llegado a casa y, en lugar de sentarse a recitar, se había ido a la cocina a buscar a su madre. Se quedó de pie a su lado mientras Fatima trabajaba con el cuerpo encorvado sobre el fuego y la parte baja del vestido recogida hasta vérsele el serwal y un poco del viso de debajo, concentrada en adivinar si el caldo de las patatas tenía ya la consistencia necesaria, ni muy líquida ni muy espesa. El punto perfecto para mojar el pan y que este quedase impregnado. Se extrañó de tener a la niña al lado quieta y sin decir nada. Así era como se quedaba siempre que había hecho alguna trastada, por lo que Fatima le preguntó enseguida ¿qué te pasa, qué has hecho? Y Sara Sqali la miró con los ojos muy abiertos, la barbilla pegada al cuello y los labios apretados por miedo a la represalia. ¡Iwa! decía Fatima, y, tartamudeando, sin saber cómo explicarlo, la niña intentaba decirle a su madre lo que le había pasado. Que a media clase había pedido permiso para salir, había ido hasta detrás del templo a hacer pipí, y se había encontrado al Said n Muhand, que se la quedó mirando y de pronto, sin avisar, se había bajado los pantalones y se la había enseñado. Le había enseñado aquello y le había dicho: Mira qué tengo, y Sara Sqali se había quedado clavada, sin poder hacer nada, porque una cosa así no le había pasado nunca y no entendía cómo un niño mayor que ella se podía comportar de aquella manera. También tuvo mucho miedo, le dijo a Fatima. ¿Miedo? ¿Miedo de qué? Escucha bien lo que voy a decirte, casi le había gritado su madre con el dedo índice ante la nariz de la niña, y esta, aún había sentido más lo que no se había atrevido a contarle a su madre, una culpa extraña que no sabía de dónde le venía. Escúchame, niña, si eso te vuelve a pasar, nada de miedo, el miedo han de tenerlo ellos porque la próxima vez le dices, ¿ah, sí?, a ver qué cosa tienes. Y se la coges y se la retuerces así, bien fuerte, hasta que la ahogues. Fatima cerraba el puño y los labios al decir aquello. Sara Sqali la miraba asintiendo con la cabeza, pero por dentro pensaba que ni hablar, que nunca en la vida lo tocaría, y que haría lo que había hecho, echar a correr y no parar hasta llegar a casa sin mirar hacia atrás ni un momento. Por suerte, no le volvió a pasar nada parecido, pero años más tarde, cuando veía un pene, no podía olvidar la imagen del puño cerrado y los labios prietos de Fatima mientras le hablaba.

Aquel día, Fatima había conseguido recoger algunos guisantes del huerto, así que pudo darle una nota de color al estofado de patata y zanahoria de siempre. Salió al patio y miró la altura del sol, era casi mediodía. Enseguida oyó el alboroto de los hijos de sus cuñadas que llegaban, tirando los pizarrines en un rincón del patio de cualquier manera, descalzándose estrepitosamente, dejando las chancletas de plástico tiradas por aquí y por allí. Fatima no soportaba que no pusieran el calzado en fila detrás de la puerta, pero para eso aquellos niños tenían madres, para que les enseñaran buenas costumbres; eso no era cosa suya. Oyó todo aquel estrépito, y que preguntaban por la comida; y esperó a que le llegara la letanía de Sara Sqali recitando en el patio. Le extrañó que tardara tanto en comenzar su estudio. Sacó la cabeza por detrás de la cortina de la cocina. Su hija no estaba. Preguntó a sus sobrinos y le contestaron que no sabían, que al principio iba con ellos. ¿No os he dicho que tuvierais cuidado? Ah, lala, se ha rezagado, seguro que no tarda en llegar. Ninguno de ellos se había dado cuenta de que Sara Sqali no seguía con ellos. Fatima empezó a sentir un temblor en el vientre, como un vacío y un sudor frío bajándole por el espinazo. Salió a buscar a Sara Sqali por delante y por detrás de la casa, bajó hasta el comienzo de la pendiente, desde donde se veía la carretera, y se puso una mano haciendo visera para ver si divisaba a la niña. Nada, ya era mediodía y solo un hombre mayor con la chilaba de lana cubriéndole la cabeza caminaba desde la mezquita. Las cigarras hacían un sonido ensordecedor. ¿Dónde se habría metido? Con la de veces que le había repetido que no se desviase del camino. Sara Sqali era obediente, tanto que, cuando había empezado a andar y ella tenía trabajo y no podía vigilarla, le dibujaba un círculo en medio del patio, la ponía dentro y le decía, no salgas de aquí. Y la niña no salía, se quedaba allí encogida todo el tiempo hasta que Fatima volvía y la rescataba. Sus cuñadas se quedaban extrañadas de que la pequeña le hiciera tanto caso, y decían que les daba mucha pena verla allí sentada, como encerrada en una prisión invisible. Más pena me dan vuestros hijos cuando los atáis de una pierna a la pata del armario, les contestaba Fatima. Al menos su círculo era una imagen que servía para educar a Sara Sqali en la obediencia y la lealtad.

¿Qué le habría pasado? La imaginación aterrorizada de Fatima comenzó a funcionar como hacía siempre en esta clase de situaciones. Lo primero que le vino a la cabeza es que debían de haberla secuestrado, no sería ni la primera ni la segunda niña a la que robaban para ser violada y después devuelta. O no la devolvían porque se la llevaban lejos o la mataban. Veía a su hija degollada como un cordero, llevada por un loco dentro de un coche, destripada de arriba abajo. Primero pensaba en cómo explicaría ella que había dejado que su hija se perdiera; tanto si la devolvían como si no, cómo se quitaría la vergüenza de no haber protegido lo suficiente a Sara Sqali de los peligros de este mundo, la deshonra de ser una mala madre. Pero su imaginación, cuando tenía material para atemorizarla, no paraba. De pronto, se veía sin Sara Sqali. Su día a día, su vida entera dejaría de tener sentido. Y si se confirmara la desaparición de la niña tendría que acabar diciendo aquello de mira que yo la llevé en mi vientre, le di de mamar y la crie hasta ser lo suficientemente mayor como para ir un poco sola y ahora me la quitan, con lo que cuesta criar una chiquilla, con lo que duele el hígado, con la compañía que te hacen los hijos. Y más ella, que era única. Y más aún en sus circunstancias. Fatima ya se veía destrozándose los vestidos, llorando y convulsionando en medio del patio con los cabellos sueltos para expresar el dolor, la rabia y la tristeza. Se decía que no era bueno pensar en lo peor, pero Fatima tenía una habilidad especial para aterrorizarse a sí misma, para atemorizarse hasta que ya no sabía si los hechos que imaginaba eran reales o no.

El latido de su corazón era ensordecedor, y seguía mirando el horizonte por si lo rompía la pequeña figura que buscaba. Nada. Decidió bajar la pendiente hasta la carretera, así, tal como iba, con el pañuelo anudado a la nuca y descalza. Del susto no había pensado en los zapatos. Bajaba deslizando las plantas de los pies sobre las piedras. Algunas rodaban y estuvo a punto de caerse un par de veces. ¿Por qué no se callan nunca las cigarras, por qué? Si llegaba a la carretera y Sara Sqali no estaba, ¿qué haría?, no podría seguir por el asfalto hasta la mezquita, ella era una mujer decente y las mujeres decentes no pasan por los caminos transitados por los hombres. Bajo la higuera tampoco debería mirar, porque suele haber siempre un par de jóvenes fumando, pero no le quedaba otro remedio que averiguar si la niña se había quedado allí. Hasta estaba dispuesta a preguntarles a los muchachos si habían visto a Sara Sqali. Pero no fue necesario. Al llegar al final de la bajada, Fatima alargó la cabeza y vio a su hija en el lugar donde acostumbran a sentarse los jóvenes junto a Najima n Heddu, en la sombra, hablando sin parar. Sara Sqali se reía, tenía las facciones relajadas. Al volverse se encontró con el rostro crispado de Fatima que comenzaba ya la larga letanía para regañarla, una letanía que, cuando la cosa era grave de verdad, se iniciaba de forma pausada, con una tensión contenida que la hacía hablar con la boca estrecha, casi cerrada, y que se iba deshaciendo de aquella tensión para convertirse en un bramido ensordecedor lleno de maldiciones, de deseos de enfermedades desconocidas para Sara Sqali. Aquella vez, la niña enseguida fue consciente de todo el sufrimiento que le había causado a su madre, solo por la tensión de sus palabras y la expresión del rostro de Fatima. Por eso, primero pidió perdón, perdón, perdón cien veces, llevándose las manos a la boca y besándolas como en un ruego, después comenzó a decir, nunca más, nunca más, nunca más, y por Dios que nunca más lo haré. Pero no esperó a recibir respuesta de Fatima, al tiempo de comenzar a pedir perdón ya había arrancado a correr hacia arriba, hacia arriba, a buscar el amparo de su abuela; corría y pedía perdón y prometía no hacerlo nunca más. Su madre la perseguía sudando y agarrándose a sus propios muslos para impulsarse. Prometía castigos severos como comerse a su hija, destrozarla, cortarla a trocitos y freírla, apalearla hasta que no le quedasen fuerzas. Maldecía jadeando mientras la niña, que corría más que ella, de vez en cuando se paraba para acortar la distancia y asegurarse de que su madre seguía oyendo sus súplicas. Hasta que entró en la casa y llamó con todas sus fuerzas a la abuela, y en los segundos que la abuela tardó en contestarle, ya se veía hecha trocitos por su madre. Pero la abuela salió de la habitación y Sara Sqali se escondió detrás de ella.

Ven aquí, decía Fatima, ven aquí. Y su suegra decía que ya era suficiente, que los niños se distraen, que no era para tanto. No sabes el susto que me ha dado, lala, tú no lo sabes bien. Pues remójate, échate agua y deja tranquila a la niña. Durante un rato Fatima trató de atrapar a Sara Sqali, pero la abuela abría los brazos para impedirle que llegara hasta ella. Hasta que Fatima notó el olor a quemado y se acordó de que había dejado la cazuela en el fuego. ¿Ves?, ¿ves? ¿Ves, hija de lo prohibido? Y se fue hacia la cocina a tratar de rescatar alguna cosa para la comida.

Los días que siguieron, Sara Sqali no se separó ni un minuto de su abuela, hasta durmió con ella por miedo a Fatima, y esta le dijo: Hala, vete. Mejor que no te coja.

Muchos años después, encogida bajo el puente de la ciudad que no sabía si era la que estaba anotada en su trocito de papel, Fatima pensaría en momentos como aquel y lamentaría haberle deseado tantas enfermedades a Sara Sqali, aunque solo fuera una manera de hablar, frases hechas que salían sin pensar de la boca de cualquier madre enfadada.

18. Si me quitáis el pan

Como cada mañana, Fatima fue a la despensa, pero ese día se la encontró cerrada con llave. Agitó unas cuantas veces la puertecita azul. Primero pensó que se había encallado, ya había pasado antes, pero cuando llevaba un rato empujándola, sacudiéndola, bajándola y subiéndola para ver si finalmente cedía, se dio cuenta de que la puerta estaba cerrada con llave. Las únicas que tenían una eran su suegra y la Jorobada. Fatima era la que más madrugaba de la casa, pues empezaba muy temprano a hacer el pan, y tuvo que esperarse un buen rato para averiguar qué pasaba, un rato en que sus dedos no sabían qué hacer y sus manos inquietas parecían exigirle el movimiento acostumbrado. Su ritual diario se había visto truncado de golpe. Ella, que siempre se levantaba con el canto del gallo y caminaba casi a tientas hasta la puertecita azul, ahora no sabía qué hacer. Si no amasaba pronto, no tendrían pan tierno para el desayuno de los hombres y sería un contratiempo que no pudieran comer, qué vergüenza. Además, eran días de siega y tenían que enviar a mediodía una cazuela con la comida de los jornaleros, atada con un trapito y con el pan envuelto encima. ¡Qué vergüenza! Esperaba que de un momento a otro emergiera su suegra de la habitación para preguntarle por qué no podía abrir la despensa. Pero no salía y Fatima seguía angustiada.

A partir de ahora nos encargaremos nosotras del pan, le dijo su suegra, aún con el agua de las abluciones resbalándole por la cara y por los brazos. Gastas demasiada harina blanca, gastas mucho butano para cocer, gastas mucho para todo y nosotros no estamos para gastar. No sé a ti, pero a nosotros no nos sobra de nada. A Fatima esas palabras, dichas de buena mañana, le cayeron como un puño dentro del estómago. Se notaba un sudor frío en la nuca mientras intentaba convencer a su suegra de que no podía aguantar ni un solo día sin hacer pan, que no había dejado de hacerlo desde que tenía siete años lunares, solo había parado los tres días que duró su boda, los siete pertinentes después de la noche de bodas, los meses de embarazo y los que estuvo pendiente de Sara Sqali cuando la pequeña nació. Cada día del mundo, hiciera frío o calor, fuera fiesta o un día normal, pasara lo que pasase, Fatima había hecho el pan para toda la familia.

En vano le prometió que pondría más harina de cebada y menos de trigo, en vano le juró que a partir de entonces no encendería el butano y cocería el pan fuera con fuego de ramitas. A mí no me jures, contestó su suegra antes de deslizarse por la puerta de su habitación.

Fatima era una mujer profundamente enraizada en sus costumbres cotidianas. Siempre que las cosas que pasaban a su alrededor o dentro de ella le provocaban una angustia que no podía entender ni apaciguar, trabajaba. Desde que era pequeña, las tareas de la casa le habían servido para calmar los murmullos internos, el alud de pensamientos que a veces le sobrevenían de repente y no entendía ni cómo se generaban ni cómo adquirían ese empuje que parecía que la acabaría arrastrando. Fatima intentaba entender cómo podían sentirse tantas cosas en el vientre. Solo había dos cosas que le servían para hacer que los murmullos internos y los externos se calmaran y sentirse un poco en paz. Una era el trabajo, limpiar, barrer, fregar las habitaciones con el balde de agua, lavar la ropa contra las piedras, ocuparse de los animales, recoger leña para el fuego, hacer pan cada día del mundo y, si había más gente en la casa y se acababa, volver a hacer pan por la tarde.

La otra cosa que a Fatima le apaciguaba las inquietudes era hablar, contar lo que le había pasado a ella o a cualquier otra, cualquier historia que le hubiera impactado y que ella hubiera elegido para narrársela a las mujeres que la quisieran escuchar. No sabía exactamente cómo lo hacía, pero de repente empezaba a desgranar el paisaje, el clima, el carácter de las personas de quien hablaba y, sin darse cuenta, su audiencia ya estaba absorta escuchando la historia que contaba. Fatima mía, le dijo una vez su abuela, tus palabras son como un río que pasa suave, ondulante.

También la calmaba, claro, perderse en el cuerpo de Mohamed, su piel bajo las mantas, estar en él, habitarlo de algún modo. Pero de eso hacía tanto tiempo que casi ni se acordaba, le parecía un sueño. Solo la existencia de Sara Sqali le demostraba que su marido había sido real y se le había metido dentro.

Además, Fatima no podía hablar, no podía hablar con nadie por miedo a ser juzgada y que juzgasen a los suyos. También porque la hostilidad, un cierto trato desagradable que se expresaba en gestos cotidianos, banales pero persistentes, la hacía sentir fuera de lugar. Aquella tenía que ser su casa, le dijeron, pero, por mucho que Fatima se esforzara, no lo conseguía. Hacía años que vivía allí y todavía era una absoluta forastera. Aunque limpiando y ordenando hubiera hecho suyos cada uno de los rincones de la casa, las mujeres no le habían guardado un lugar en ella. Tuvo a Sara Sqali, una de las habitaciones era la suya, pero en ningún momento en todo aquel tiempo sintió que ese fuera su sitio, tal y como le habían prometido de pequeña. Tu lugar está donde esté tu marido, le dijeron.

De modo que, aquella mañana de siega, Fatima no pudo hacer pan ni pudo hablar con su madre, que estaba lejos. En momentos como ese habría dado lo que fuera por poder tenerla cerca y decirle mira, madre, ¿lo ves?, ahora me cierran la despensa donde tengo la artesa que me regalaste, el cedazo y el cesto, la harina y el fermento. Sobre todo el fermento, si lo pierdo no sé lo que haré, si no me dejan alimentarlo lo perderé. Y apoyada en la pared con las manos planas detrás de los muslos, se hablaba por dentro como si hablase con su madre. Algo que hacía a menudo desde que se había casado. Por la noche dejaba abierto uno de los postigos de la minúscula ventana de su habitación y, si había luna, se colaba dentro un rayo que Fatima contemplaba en la oscuridad, a veces sola, a veces con Mohamed, y, de un tiempo a esta parte, siempre con Sara Sqali. Y contemplando aquella claridad tenue que entraba casi de milagro, hablaba bajito como si lo hiciese con Zraizmas. Le contaba el día a día, lo que había hecho, lo que había pasado en la casa. El hermano mayor de Mohamed es un bestia, le decía, coge a los niños y les da palizas como si fuesen animales. A mí oír los gritos me aterroriza, madre, es rmuncar, madre, es crueldad con los desvalidos, los inocentes. La madre de los niños, en vez de protegerlos, ¿qué crees que hace? Lo mira todo y a veces se le escapa la risa o pide que ya está bien. Esta mujer es una madre que no es madre, pare a los niños y después a duras penas cuida de ellos. Los amamanta cuatro días escasos y después le pide a su marido que les compre leche en polvo de ciudad, que ella no tiene, que es mejor la de la tienda. Cuando yo acababa de llegar aquí tenía confianza, madre, quería ser como ellas porque esto tiene que ser mi casa, este es mi lugar, y un día, sin pensármelo demasiado, le dije que si la leche de bote fuera mejor para los niños, Dios no nos habría dado pechos sino botes de leche, y ella me miró como si un cuchillo le hubiera atravesado el vientre y me dijo tú qué sabes si no has parido ni parirás nunca, tú qué sabes y por qué te metes en eso. No es buena, Jadiya no es buena y nos quiere mal a todas las mujeres de los hermanos de Mohamed. Claro que la Jorobada es aún peor. Porque Jadiya es mala pero corta y, en cambio, la Jorobada se las sabe todas. Ya te conté que Yamila se acabó yendo a vivir a la ciudad porque no soportaba más a sus cuñadas. La Jorobada invitaba a su habitación al marido de Yamila, Mussa, y le llenaba la cabeza de malos pensamientos. Hasta que lo convencía de que su mujer le había puesto los cuernos y entonces Mussa se iba a la habitación para darle una paliza. Ni la Jorobada ni mi suegra decían nada, hasta que aparecía al día siguiente llena de cardenales. En esta casa son animales, madre, no entienden que las personas nos podemos hablar con calma, podemos cuidarnos los unos a los otros, no entienden que la bondad está en todos nosotros. Son madres que no son madres, no se compadecen del sufrimiento de sus hijos. Yo los he querido consolar alguna vez, pero me lo tienen prohibido, dicen que los mal acostumbraría. Cuando vine aquí, el pequeño Said tenía pocos meses y lo cogí en brazos; tenía la cabeza cubierta por una gruesa costra y el cuello lleno de roña. Aquel niño lloraba mucho, lloraba sin parar, pero su madre no parecía oír sus gritos. Yo lo cogí en brazos, ya sabes que tenía muchas ganas de un bebé —era lo que más deseaba en esos momentos—, y lo desvestí y, mojando un trapo con un poco de agua, lo limpié de arriba abajo. Por entre las piernas, que tenía escocidas, bajo los bracitos, en el cuello. Lo unté con aceite de oliva como siempre has hecho tú con tus hijos. Era un niño muy llorón, pero cuando yo lo tenía sobre mis piernas desnudito y lo cuidaba se quedaba quieto y callado, como si esperase algo. Después, con un peine, le fui quitando poco a poco la costra, que le salía como una piel gruesa, y al final noté el latido de su cabeza. Aquel día Said se durmió, madre, y no se despertó hasta el día siguiente. En mis brazos encontró la calma. Pero Jadiya me acusó de brujería, ¿qué le has hecho?, y me prohibió que me acercara a su hijo.

Esa mañana Fatima le contaba por dentro a su madre que su suegra había cerrado la despensa y que no sabía qué debía hacer. Cómo alimentaría a Sara Sqali si le prohibían acceder al lugar donde preparaba la comida, de donde sacaba lo necesario para cocinar, el aceite, la sal, las olivas de la mañana, las especias. ¿Cómo le prepararía la comida a Sara Sqali? Le daba lo mismo si el resto de la familia no quería que ella hiciera el pan, peor para ellos, pero si no le dejaban acceder a la comida, ¿qué le daría a Sara Sqali?

Entró en su habitación y vio que la niña aún dormía. Si Mohamed Sqali no se hubiera ido, la suya no sería una situación tan precaria, aunque no quería volver a lamentar su suerte, ya estaba harta, y ahora le tocaba decidir qué podía hacer para dar de desayunar a la niña.

Mi suerte, mi suerte, se decía Fatima, y sin darse cuenta iba haciendo un hatillo con la ropa. Ya hacía tiempo que tanto su suegra como sus cuñadas vigilaban todos sus movimientos para ver si gastaba más de la cuenta, si comía más de lo que le tocaba. De vez en cuando llamaban a Sara Sqali a sus habitaciones y le daban alguna golosina, fingiendo ser generosas con la pequeña, pero el resto del tiempo ahogaban a Fatima con sus restricciones. Si no fuese porque comían todas juntas del mismo plato, seguramente se hubiesen muerto de hambre. Eran mendigas en su propia casa porque no tenían marido ni padre, por mucho que Fatima se esforzase en cumplir sus obligaciones —lo único que tenía en sus manos para compensar el gran gasto que ellas dos suponían para el resto de la familia—. Aunque ese gasto a duras penas consistiera en el acceso a cuatro productos básicos.

Fatima tenía que ir a la habitación de las niñas como

una intrusa, se sentaba medio de lado cerca de la puerta y alargaba el brazo para poder llegar al plato donde todos comían sin tenerla en cuenta para nada. Ni que decir tiene que no le decían coge, coge, ni deslizaban la patata hacia donde estaba ella, y menos aún algún trozo de pollo, si es que lo había. Más bien se notaba que le estrechaban el sitio donde se sentaba, desde el cual le costaba mojar el pan. Al principio se dijo que no comería, que su orgullo no le permitía mendigar, pero, cuando el hambre le despertaba aquella urgencia que le enturbiaba el pensamiento, no podía aguantarse y, con la cabeza gacha, iba hasta la mesa baja alrededor de la que todos estaban sentados. Los demás ni la miraban ni contestaban su saludo de paz. Solo los niños gritaban tía, tía, pero sus madres los hacían callar. Qué humillación, madre, tener que comer así. Fatima no entendía lo que había hecho, no sabía el porqué de ese vacío, cuál había sido su error. Se lo preguntó abiertamente a su suegra, le dijo que, si había fallado en algo, que se lo dijera y que pondría remedio sin falta, pero su suegra solo repetía que no tenía nada que decir. Que Dios guarde a tus antepasados, suplicaba Fatima con lágrimas en las mejillas, pero su suegra le espetaba mira que eres llorona. Y Fatima se encargaba de las tareas que podía, se distraía durante el día y por la noche abría el postigo para hablar con su madre. Le decía mira, encima de que él me ha abandonado ellas me hacen sentir culpable, piensan que yo quiero esta suerte.

Y Fatima empezó a hacer cosas que, se decía a sí misma, no le eran propias: a robar. Si salía y por casualidad encontraba un huevo entre las zarzas —sabía dónde iban a poner las gallinas—, lo guardaba bien guardado en la mano y llamaba a Sara Sqali. La hacía ir a la despensa a la hora de la siesta, con la casa en silencio, hablaba susurrando, y encima de un hornillo de butano rompía un huevo que enseguida revolvía con un trocito de pan. Y se quedaba encogida cerca de la puerta mirando cómo Sara Sqali disfrutaba de ese gran lujo. Y por las noches, con el postigo abierto, se confesaba a su madre: Hoy he robado un huevo. Y si Zraizmas la visitaba y le traía magdalenas, cacahuetes, galletas de esas pequeñas y redondas o de las otras, rellenas de nata, que llamaban Chambi, guardaba una parte antes de entregárselas a su suegra, aunque le costaba encontrar el momento de hacerlo. Cuando venía Zraizmas le preguntaba cómo estaba y ella no se atrevía a contarle nada, pero su madre seguro que la veía más delgada que nunca, con los ojos hundidos y esas manchas oscuras del embarazo que ya no se le irían jamás.

Fatima suplicó a su suegra que al menos le diera sus enseres de amasar pan, que ya se espabilaría ella sola, pese a que no tenía ni una triste medida de harina propia. Pero como mínimo déjame coger la artesa, el cedazo. Y su suegra se lo había tirado de malas maneras. Por suerte la artesa no se rompió, solo se descascarilló un poco. Fatima lo juntó todo en medio del patio y volvió a entrar en su habitación.

Aquella mañana, el hueco que tenía en el vientre era tan grande que por un momento le pareció que se partiría en dos, que la barriga se le pegaría a la espalda y que ya no podría ser ella nunca más, perdería la salud y no podría cuidar de Sara Sqali, y lo peor que le podía pasar a una niña era quedarse sin madre. Por eso, sin pensárselo dos veces, hizo el hatillo con cuatro qanduras, visos y serwales, con los sujetadores de recambio y los trapos para lavarse. Cogió la poca ropa de Sara Sqali, que había heredado de los hijos de su hermano Abrqadar, y despertó a la niña. Levántate, le dijo, levántate y no hagas ruido. Ni siquiera la peinó, le cubrió la cabeza con un pañuelo, ella también se tapó con el qubbu y, sin hacer ruido, se deslizaron por la puerta principal.

Fatima no se dio cuenta de que había salido descalza. No se dio cuenta ni en la puerta ni a lo largo del camino de tierra que pisó durante horas hasta llegar a casa de su madre, con la que podría hablar de todo aquel ahogo que la atenazaba.

Epílogo

Carta sonora de una madre

Hija mía, mi Sara querida, ¿cómo estás? ¿Cómo anda tu salud? ¿Cómo estás, hijita? ¿Me oyes? ¿Oirás estas palabras que te dejo aquí grabadas?

Sara mía, vuelvo a ser yo, tu madre. Te lo ruego, si me oyes, contéstame, aunque sea para saber que estás bien, que has recibido mi mensaje. Oh, hija mía querida, hígado mío, si pudiera oír aunque fuera un solo instante tu voz, saber, al menos, que estás viva.

¿Sara? ¿Sara mía? Vuelvo a ser yo, hija, vuelvo a telefonearte con la esperanza de que en algún momento descolgarás el teléfono. Insistiré tanto como haga falta, mientras me queden voz y oído seguiré intentando que me contestes. Te dejo este mensaje grabado, espero que lo escuches. Hija mía, he buscado durante años la forma de encontrarte. Me equivoqué, Sara querida, me equivoqué mucho. Ahora lo sé, pero entonces no lo sabía, hijita. Tenía tanto miedo, y el miedo... el miedo nos hace traicionar a nuestras entrañas, nos hace olvidar el corazón y el vientre y nos lleva por los peores caminos. Si lo hubiera sabido entonces, habría tomado otras decisiones, habría ido por otro camino. Ahora ya lo he entendido, hijita, y te lo quiero explicar, y quiero que entiendas que vuelvo a ser la misma, que soy la madre que se moría por ti, que lo dio todo para tenerte a su lado. Sara, Sara, devuélveme tu voz, te lo ruego, devuélveme la llamada.

Hija mía, vuelvo a ser yo y vuelvo a implorarte que por Dios me contestes. He hablado con tu amiga, me dice que este es tu número, que no estoy equivocada. Me lo escribió en un trozo de papel y yo lo voy marcando en este locutorio. ¿A que no puedes ni creerte que tu madre conozca ya los números? Han cambiado muchas cosas, te las querría explicar. Estos últimos tiempos he ido a aprender a leer y a escribir, ¿te lo puedes creer? Tu madre, que miraba la letra escrita como si fuera un conjuro indescifrable, que no sabía ni hacer la o, y eso que es fácil, con lo redondita que es. Me ha costado mucho, y todavía me cuesta, no creas, tengo la cabeza tan saturada de problemas que a duras penas me caben las letras. Hija..., venga, devuélveme la llamada y podré explicártelo todo, por favor, querida.

Sara, vuelvo a ser yo, tu madre. Cuando te fuiste, tu amiga no me quiso dar nunca ni un número de teléfono ni una dirección adonde irte a buscar. No te enfades, pero ha sido su madre la que le ha cogido el móvil y ha copiado tu número. Vino de Barcelona a visitarla. No se me había ocurrido, me dijo, lo podría haber hecho antes, y se ha disculpado sin parar. Desde que te fuiste no la he dejado tranquila, pobre mujer, ya me dirás qué culpa tiene ella. Durante años la he visitado cada semana. Al principio, cuando te fuiste, iba cada día. Cogía al niño y me plantaba en su casa. Llorándole día sí y día también. Pero me decía que no podía hacer nada, que su hija decía que tenía que dejarte en paz una temporada, que ya volverías cuando estuvieras mejor. Pero claro, a mí se me desgarraban las entrañas, no podía soportar la idea de que estuvieras tan lejos y recién parida, que estuvieras sola en una ciudad tan grande, sin nadie que te cuidara, teniendo que sobreponerte sola a todo. Tu amiga me decía que no sufriera, que estabas bien, que solo querías un poco de tiempo, aunque me costaba entenderlo, mi Sara querida, tardé tiempo en hacerme a la idea.

Sara, hijita, te ruego que contestes a mis llamadas. Seguiré aquí el tiempo que haga falta. Te quiero contar que he cambiado mucho, que soy otra persona. Ya lo he entendido, Sara, me equivoqué, me equivoqué mucho escogiendo ese camino. Cuando volvimos a Pozo de Higueras por primera vez, ¿te acuerdas? Fue un viaje tan importante, después de todos aquellos años aquí, nosotras dos solas, sin nadie más, sin familia, trabajando yo en todo lo que podía, tú yendo al colegio y creciendo. ¿Por qué me equivoqué tanto? Se me ocurrió aquella idea nefasta, ya te digo que tenía mucho miedo, pensé que si te casabas con Driss se nos solucionaría todo: ya que no habíamos tenido una casa propia, la de mis padres se convertiría así en la nuestra. Por fin tendríamos un sitio adonde volver. No me di cuenta de que era mucho más importante cuidar el lugar donde teníamos que vivir que el lugar al que teníamos que volver. No me di cuenta de que debería haberte apoyado en tus decisiones aquí, que tú ya eres de aquí, y que de allí solo tienes tu nacimiento. Eso lo entendí mucho tiempo después, Sara mía. Las madres no nacemos sabiéndolo todo, ya lo ves, ¿qué podía entender yo en aquel momento? ¿Cómo podía saber que para ti una boda así no era lo mismo que para nosotras, que no nos pedían ni nuestra opinión para escogernos marido? ¿Cómo podía ver, en mi pequeñez, que el mundo había cambiado tanto, que ya no podía medirlo todo con lo que sabía y que tenía que aprender cosas nuevas? Hija mía, si hubiera sabido el daño que te haría mi decisión, te aseguro que nunca, nunca habría ido en esa dirección. Pensé que el hecho de que te preguntara si querías ese casamiento suponía un gran salto. No pensaba que me dirías que sí si realmente no querías. Claro que también eras muy joven. De eso tampoco me di cuenta, de que quizá me decías que sí sin ser muy consciente de la decisión que tomabas. Yo era tu madre y hubiera debido velar más por tu bienestar.

No me quiero justificar, hijita mía, pero el miedo, mi miedo de entonces... no me dejaba dormir ni comer. Fue la época en que algunas chicas de tu edad se fugaron, ¿te acuerdas? ¡Y a mí me asustaba tanto que te fueras! Ahora ya veo que tendría que haberte dejado tomar tus propias decisiones, pero entonces no lo veía claro. Pensaba que, como tenías mucha más libertad que la que había tenido yo de joven, como te preguntaba si querías o no casarte con Driss, como podías trabajar y seguir estudiando..., con todo eso no me daba cuenta de que lo que tú necesitabas era mucho más, era conocer mundo y decidir por ti misma tu propia vida. Si me contestases ahora, te lo podría explicar todo mucho mejor, podría hablarte de todos aquellos años pasado. ¿Sara inu? ¿Sara mía?

Vuelvo a ser yo, Sara, te seguiré hablando hasta que no me queden palabras, hasta que ya no me queden más fuerzas. Han pasado tantos años que a veces me parece que haberte tenido fue un sueño, hay días en que no estoy demasiado segura de que hayas existido, de que tú y yo estuviésemos juntas todo aquel tiempo. Pero entonces me toco el vientre y me parece que todavía te llevo dentro, moviéndote. No, Sara mía, no he pasado ni un solo día sin pensar en ti, sin tenerte conmigo. Ahora debes de ser toda una mujer, no sé imaginarte. ¿Qué haces? ¿Cómo te alimentas? ¿Qué espacio habitas? ¿Qué forma tienes? No sé si sigues tan flaca como cuando te fuiste o si has engordado como suelen hacer todas las mujeres de nuestra familia. Quisiera verte, hija mía, quisiera volver a tenerte cerca, saber que estás viva, sentirte la piel.

Me equivoqué tanto, Sara inu, tomé la peor de las decisiones, la de pedirte que te casaras con Driss. Si hubiera sabido que sufrirías tanto, jamás en mi vida te lo habría propuesto. Lo he entendido con los años, hija mía, estos años sin ti, siendo una madre sin hija, he entendido que las cosas pueden cambiar y que no debemos tener miedo. Que en el momento de producirse ese cambio hemos de ser más valientes que nunca, sobre todo las mujeres, a quienes se nos pide que seamos de una forma, que nos comportemos de un modo que va siempre en nuestra contra.

Tus tías te lo dirían ahora, te dirían que cuando repasan sus vidas, nuestras vidas de mujeres desdichadas, no ven más que sufrimiento e injusticia, y eso no puede ser, eso, por fuerza, tiene que ser una falsedad inventada por algún orden que existía mucho antes del que hay ahora. No es posible que fuéramos creadas para ser tratadas como animales, para agotarnos cada día desde que rompe el alba hasta el anochecer. ¿Sabes?, a tus tías no les parece mal que te fueras. Claro que han llorado conmigo todas las lágrimas habidas y por haber, pero pasados los años, viendo que nuestras vidas se suceden siempre en vano, siempre del lado de quienes lo pierden todo, me dicen tu Sara sí que lo hizo bien, tu Sara vio que esto no se puede aguantar y huyó para no seguir en el mismo lugar en el que hemos estado nosotras durante siglos, incluso cuando nos trasladábamos a tierras extranjeras.

Sara mía, no sabes cuánto me gustaría que me contestaras estos mensajes, lo mucho que desearía volver a oír tu voz. ¿Te acordarás aún de tu lengua? ¿Serás capaz de descifrar mis palabras o te habrás vuelto extranjera del todo? Si es así, ya no te culpo, ahora ya no. Al principio pensaba que huías porque querías ser más como nuestros vecinos que como nosotros, que renegabas de la tierra de donde venías, que te avergonzabas de tus raíces. Pero ahora ya lo he entendido: no huías de nuestra miseria, de ese lugar yermo que es Pozo de Higueras, ahora ya sé que de lo único de lo que huías era de tu origen como mujer. Yo hubiera hecho lo mismo cuando era joven, si hubiera podido, pero ¿adónde habría ido? ¿Cómo me habría mantenido? ¿Y qué habría hecho con mi añoranza? La añoranza de mi madre, de mis hermanas, de la casa donde nací, de los campos y caminos por donde anduve tantos días. Se echa tanto de menos el paisaje como a las personas, Sara mía, a estas alturas seguro que tú también lo debes de comprender. Aunque en el lugar del que somos no haya más que pobreza, aburrimiento, un horizonte reseco, un cielo donde las nubes no llegan nunca a descargarse, aunque las tardes se hagan eternas y al soplar ese viento tan nuestro no queramos más que escapar bien lejos, lo cierto es que nadie quiere marcharse para siempre de su casa. Seguro que te acuerdas de los tiempos en los que tú y yo extrañábamos Pozo de Higueras, sabiendo que no podríamos volver porque, si lo hacíamos, nos separarían, te podría ir a buscar aquella gente de ese padre que nunca has tenido.

Mira que hemos corrido aventuras, ¿verdad? Huimos de casa de los Sqali pies para qué os quiero, dando simplemente un paso tras otro como si estuviéramos en un sueño. Tú te quejabas, decías que estabas cansada y durante unos días no entendiste que no pudiéramos volver a casa de tu abuela paterna. Yo no quería explicarte que no nos querían porque tu padre nos había abandonado, no quería que te sintieses menos que tus primos, pero así era. Bien, para ser sincera, debo decir que era a mí a quien repudiaban. Tu abuela se habría querido quedar contigo y que yo regresara a Pozo de Higueras. Siempre intentaba ponerte en mi contra, comprarte con golosinas y regalos que yo no podía hacerte de ningún modo. Después nos escatimaban incluso las lentejas. Si no hubiera sido porque cocinaba para todos ellos, no habríamos podido comer ni un trozo de pan. En aquella casa eran mala gente, Sara mía. No quise hablar mal de la que era tu propia familia, pero lo cierto es que a mí me las hicieron pasar canutas.

Ay, hija mía, son historias de hace tanto tiempo que ahora me parecen cuentos antiguos. Pero salimos adelante, nos sobrepusimos a todo. A la incertidumbre de vivir en casa de tu abuela Zraizmas sufriendo por si cualquier día se presentaba la familia de tu padre para llevarte con ellos. Ya sabes cómo son las leyes de nuestro país, los hijos son de los padres, no de las madres. Por eso le pedí a tu tío que falsificara el pasaporte e hice la locura de marcharme al extranjero con aquel trocito de papel, sin tener ni idea de lo que me encontraría ni adónde iba exactamente. Dios quiso que superáramos todos los obstáculos, que encontráramos siempre las fuerzas necesarias para tirar adelante.

Pero ya lo sabes, Sara mía, después vinieron la añoranza y el miedo. Sobre todo, el miedo de desdibujarme en el paisaje, el miedo de perderte para siempre, el miedo de no poder ya pertenecer a mi tierra. Ahora ya veo lo absurdo que era este miedo, ahora sé que las madres nos enraizamos en nuestros hijos, pero entonces tomé la peor decisión posible, la de pedirte que hicieras un sacrificio tan grande como casarte con Driss. Cuánto me equivoqué, Sara mía.

Yo conocía a Driss desde que nació, lo había llevado en brazos, lo había cuidado, incluso antes de casarme. Era un niño muy dulce. Cuando me dieron en matrimonio no paró de llorar por mí. Me llamaba tía a todas horas y me buscaba siempre que los visitaba. Era educado, siempre ayudaba en todo lo que podía. El Driss que yo conocí era un buen chico, responsable. Pero ya lo viste, cuando llegó aquí descubrimos a otro. Claro que yo de adulto no lo conocí tanto, cuando los chicos se hacen hombres no sabes nunca en qué se convertirán. Hablé mucho con él, Sara mía, no te lo dije, pero durante los primeros tiempos después de que llegara aquí, cuando no había forma de que hiciera nada de provecho, y se pasaba el día de bar en bar, gastando un dinero que no tenía, despreocupado del trabajo, tan feliz, yo lo cogía y lo regañaba con todas mis fuerzas. Pero ya lo ves, no servía de mucho, piensa en tus padres, le decía, que deben de esperar que les envíes dinero pronto. Piensa en la familia. Pero él solo repetía que con los papeles que tenía no podía trabajar, qué clase de país era ese que a los hombres traídos por las mujeres no les dejaban trabajar hasta pasado un tiempo. Y que él buscaba, pero no encontraba. Daba igual lo que le dijera, hija, cuando un burro no se quiere mover, ya te digo yo que es imposible moverlo.

Tú te pusiste enferma, hija, lo recuerdo y me siento culpable todavía hoy. Estaba convencida de que querías pedir el divorcio y yo no sabía cómo reaccionar con todo aquello. Dudé y, en vez de apoyarte, hice caso de mis propios miedos. Era el hijo de mi hermano, si os divorciabais, ¿cómo quedarían las relaciones con ellos, a qué casa volveríamos? Sufrí tanto en aquel tiempo, Sara mía, me decía ¿en qué hora desgraciada se te pasó por la cabeza arreglar este matrimonio? Os veía discutiendo, que no os decíais nada durante días y ya daba por acabado el asunto, ya me veía pasando toda la vergüenza del mundo delante de mi hermano. Si alguna madre saca ahora el tema de los matrimonios dentro de la familia le digo que ni se le ocurra, que es la peor opción de todas. Si los miembros de la pareja son de familias diferentes, en caso de divorcio son ellos dos los que se separan, pero si son de una misma familia, toda la familia se rompe.

Pues sí, Sara mía, ya presentía que querías divorciarte de Driss. Y aquella vez que te dio aquel mal de caerte... Me asusté mucho, pensé que te perdía para siempre. Entonces fuisteis a Pozo de Higueras para curarte y ya volviste cambiada. Con el embarazo, pensé que ya se había arreglado todo. Ahora, con un niño, pensé, todo se solucionará. Driss tendrá que asumir que es un hombre, el padre del niño, y se pondrá a trabajar. Y tú podrías tener unas raíces propias, que serían las de tu hijo. Cuando yo te tuve, tan pequeña, ya no pude pensar en nada más, Sara querida. Mi vida pasó a ser la tuya, dejé de contar mis años para contar los tuyos, mis angustias y sufrimientos pasaron a ser los que me provocaba tu bienestar. Me olvidé de mí. ¿Por qué, si no, me habría marchado tan lejos sin saber adónde iba? Por eso tu embarazo fue una gran esperanza. Además, tuviste uno tan bueno, apenas te mareaste, trabajaste como nunca. ¿Quién me habría dicho que te acabarías marchando de aquella forma?

Sara, contéstame, Sara inu, te lo ruego.

Fui al hospital para llevarte caldo de pollo. Recuerdo que el primer día tras el parto no hacías más que mojar mi pan como si no hubieras comido nunca. Al día siguiente volví para traerte más, aunque tu compañera de habitación, una cristiana que no entiende nuestra forma de hacer, se enfadó con nosotras. Pero solo te había traído la sopa que siempre hemos hecho en nuestra casa para ayudar a recuperarse a las parturientas. Te traje la sopa y, al llegar, descubrí la cama vacía y a tu hijo en la cuna durmiendo como si nada. Pensé que estarías en el lavabo, pero miré y no estabas. Entonces empecé a temblar. No hacía más que decir Dios mío, señor Dios mío. Llamé a la enfermera, pregunté a todo el mundo si te habían visto. No sabes lo que fueron aquellos días, hija. Me olvidé de todo, caminaba como una loca por las calles y las plazas, buscándote, preguntando. Y en los brazos llevaba a aquella criatura que acababa de nacer y se había quedado sin madre de repente. Me lo llevaba a todas partes, colgado a mi espalda, caminando sin parar por toda la ciudad. Pero la ciudad se acabó pronto y tú no estabas. Empecé a ir a casa de tu amiga y fue su madre la que me dijo que estabas bien, que te habías ido a Barcelona y que no sufriera.

Pues claro que sufrí, cómo querías que me quedara tan tranquila. Fui hasta la gran ciudad, muerta de miedo, con el niño en brazos. Me sentí muy pequeña en aquellas calles tan enormes, con tanta gente. Enseñé tu foto en vano, vagué por las calles unos cuantos días y al final desistí. Si no me hubieras dejado al niño, te aseguro que no habría tenido ninguna razón para continuar viva. Pero aquel bebé que gemía y me necesitaba tanto me hacía regresar de mi desesperanza. Me di cuenta de eso uno de aquellos días en que fui hasta la ciudad y, sentada en un banco, con un poquito de sol que nos tocaba, miré al niño. Quizá no te lo creas, pero no lo había mirado hasta entonces. Lo cambiaba y le daba de comer, pero no lo había mirado. Y pensé en ti, cuando naciste, cómo te estuve mirando horas y horas sin parar hasta que te hiciste lo bastante fuerte para valerte un poco por ti misma. Y me dije que era urgente que me ocupara del fruto de tu vientre, que tú ya eras mayor y podías sobrevivir sin mí, y, en cambio, aquel niño me necesitaba para seguir vivo. Y fue así como dejé de ir a Barcelona. Pero no creas, no he dejado ni un instante de pensar en ti, no he perdido la esperanza de volver a verte. Todavía resuenas dentro de mi vientre.

Driss se marchó, aquí no tenía trabajo, ahora ya casi nadie lo tiene, y él decidió irse a otro país. No sé mucho más de él, no creas. El niño, como si no fuera suyo, no ha pensado nunca en él ni se ha preocupado de si estaba bien alimentado, vestido o educado. Ahora ya sé que mi sobrino estaba muy verde. Ya hace unos cuantos años que el niño y yo estamos solos. Me llama mamá, claro, no ha conocido a ninguna otra y no sabe que yo soy su abuela. Es muy alegre, listo como tú, más movido, pero muy listo. Me hace compañía, me distrae de mis tristezas.

Pero la tristeza continúa aquí, Sara mía, no me puedo deshacer de ella. Contéstame, hija, respóndeme, aunque sea para decirme que has recibido mi voz.

Vuelve a mí, Sara mía, vuelve aunque sea por la raíz de carne que nos une, vuelve y seamos de nuevo la una para la otra sin trabas, sin miedos ni pesadumbres.

Glosario de términos y expresiones en lengua amazigh del Rif

Abib: nombre específico que se le da al hijo del marido o de la esposa.

Aceite de cazuela: en la cocina de la zona de donde provengo el aceite de oliva se utiliza para mojar o para aliñar. Para hacer los estofados o freír se utiliza el de aceite de marmita o de cazuela, que suele ser de girasol.

Achura: festividad musulmana propia del chiismo que también se celebra en algunos sitios de Marruecos. En mi familia se nombraba así el mes en que tenía lugar.

Ah bniti: es una expresión árabe pero utilizada en el rifeño lexicalizada, es decir, con una adaptación del significado a situaciones comunicativas concretas. En árabe quiere decir «hija», pero en amazigh se utiliza generalmente para llamar la atención o reñir o alertar a una chica o a una mujer.

Ah sidi abbi sidi: Señor, Dios mío, Señor.

Aiiaw: exclamación similar a «ay».

Alah ia munana: letanía cantada que se utilizaba para dormir a los niños.

Arrimth inu: mi cuerpo, mi piel.

Azúcar: la manera tradicional de hacer una petición de

mano era que la familia del novio llevara azúcar a la de la chica. Este azúcar, en Marruecos, se vendía, y aún se vende, en unos bloques en forma de cono muy típicos que van envueltos en papel azul.

Charmila: plato hecho sofriendo cebolla y tomate que también puede llevar pimiento y huevos e incluso carne picada. Sería un tipo de sanfaina que sirve para hacer un plato rápido que no necesita tanto tiempo de elaboración como los estofados, base de la cocina de la zona.

Chebbakkia: dulce típico de Ramadán, bañado en miel, que se toma junto con la harina para romper el ayuno.

Chcun: ¿Quién? Arabismo.

Cibbi: hojas de malva que se consumen hervidas y luego salteadas.

Corteza de nogal: dicho *«suac»* tanto en rifeño como en árabe, son trozos de corteza de este árbol que se mastican y con los cuales después se friegan las encías dejándolas de un color marrón oscuro. También se le atribuyen propiedades terapéuticas.

Da: aquí.

Daa-dach: expresión onomatopéyica que se utiliza para acompañar los primeros pasos de los niños.

Dfain: vestido tradicional compuesto de dos capas, una más opaca y la otra normalmente transparente.

Duros, francos, miles: los rifeños solían contar en duros. Así, un dirham suelen ser dos duros y las piezas de menos de un duro son francos. Pero en las zonas urbanas se suele utilizar más la forma empleada en las partes arabófonas: miles de francos que corresponden cada uno a diez dirhams. No se suele contar en dirhams.

Entrefiestas, 'Id Pequeño, 'Id Grande: el calendario que utilizan las mujeres de las zonas rurales del Rif es el musulmán, pero adaptando el nombre de los meses a la lengua propia. El 'Id Pequeño es la fiesta del final del Ramadán y el 'Id Grande la que se conoce como fiesta del cordero y se celebra cuarenta días después que la anterior. Al mes que queda en medio lo llaman Entre Ids, que yo he preferido traducir como Entrefiestas.

Funara: pañuelo que se utiliza para la cabeza.

Hacer el amor: la expresión literal no se refiere al sexo sino a cortejar a alguien.

Henna: hierba que se utiliza, en cantidad y mezclada con agua, para teñir pelo, manos y pies en días de celebración, incluso para curar heridas o en el ombligo de los recién nacidos.

Hígado: de la zona de donde vengo, en este órgano se localiza el amor a los hijos.

Imma: «madre» en rifeño.

Inu: «mío», «mía», de uso muy frecuente para expresar afecto.

Iwa qim: «va, para». Literalmente, «va, siéntate».

Jringu: tortita que se hace con harina, sal y levadura.

Khol: polvo azulado hecho con sulfato de antimonio, generalmente mezclado con alguna especia, que se usa para maquillarse los ojos y al que se le atribuyen propiedades terapéuticas y protectoras.

Lah istar: «Dios no lo quiera». Expresión muy utilizada para espantar todo tipo de mal.

Lala: apelativo con el que uno se dirige a las mujeres de los hermanos de su padre o a su suegra y que denota respeto.

Lalauillali: expresión onomatopéyica que se utiliza para describir una vida de desenfreno, fiesta y poca responsabilidad.

Luna delgada: tanto en árabe como en amazigh la luna tiene diferentes nombres según la fase en la que se encuentra. Las mujeres se guiaban por la luna para contar los meses y, por ejemplo, el momento en el que estaba previsto el embarazo era anunciado como «la luna fina» de la mujer.

Madre de la abuela: *imma n henna* es una expresión muy utilizada en el rifeño que sirve tanto para lamentarse de la propia suerte como para invocar a la madre en situaciones de sufrimiento. Es de difícil traducción porque no quiere decir la madre de la abuela de una persona, sino la madre nacida de la abuela, cosa que convierte la expresión en una invocación de la genealogía femenina utilizada tanto por mujeres como por hombres.

Molleja: simboliza, como el hígado, el amor por los hijos.

N: partícula de posesivo en amazig, usado para anunciar la genealogía familiar. Es el equivalente al árabe *ben* o *beni*, pero en este caso no significa «hijo de» sino «de». La forma tradicional de identificar a alguien en la zona del Rif es haciendo referencia al padre, el abuelo, el bisabuelo, etc., pero en algunos casos contados yo he llegado a oír genealogías femeninas sin que nadie me pudiera aclarar el motivo de escoger las madres, abuelas y bisabuelas para hablar de alguien.

Niño dormido o infante adormecido: mito por el cual se explica que un embarazo pueda durar más tiempo del establecido porque el bebé en gestación haya decidido esperar a que vuelva el padre ausente o a que cambien determinadas circunstancias.

Oro: la dote en Marruecos se paga directamente a la mujer. No se trata del precio que esta tiene, como se ha interpretado desde fuera, con las abundantes bromas de los guías turísticos de que se ofrecían tantos camellos por una mujer. La dote se da a la esposa para garantizarle un bien que le servirá para sobrevivir en caso de que el matrimonio no funcione. Hace unos años, esta dote consistía en un colgante de oro que simulaba un Corán, siete brazaletes, pendientes largos, un anillo y, dependiendo de las posibilidades de la familia del novio, más o menos piezas también de oro.

Parqui: parque. Es, evidentemente, un castellanismo. Hay muchos en el rifeño, sea por el protectorado, sea por la proximidad con Melilla o también por la emigración. Curiosamente, en árabe abundan más los préstamos del francés.

Qubbu: pieza de ropa que se pone sobre el vestido para salir fuera. El tradicional de lana lo llevaban los hombres como si fuese un abrigo, pero también los hay de tejidos más ligeros, generalmente reservados para las fiestas y celebraciones. El de las mujeres es de uso habitual, es la pieza que se ponen la mayoría para salir a la calle. Los hay de telas distintas, colores y formas variadas.

Remsemmen: pasta hecha con harina, sal y agua untada con abundante aceite o una mezcla de aceite y mantequilla. Se hace trabajando mucho rato la masa, que después se estira hasta quedar muy fina para luego doblarla sobre sí misma un par de veces y se acaba cociendo sobre la plancha para hacer el pan.

Riisar: pieza de tela muy larga que utilizaban las mujeres hasta no hace mucho, ahora ya en desuso. Se enrollaba de manera sofisticada alrededor del cuerpo, de modo parecido a como se hace con el sari, y acababa cogiéndose con un par de agujas justo sobre el pecho, unas agujas que se han convertido en símbolo de la identidad amazigh. Encima se ponían una faja de lana que enrollaban en la cintura.

Rmuncar: daño que se le hace a un inocente.

Rqabra: partera, señora mayor que se ocupaba de los partos.

Safi: suficiente. Es un arabismo.

Sbar: resistencia, capacidad para aguantar las adversidades.

Serwal: pantalones anchos.

Smelah: expresión que se utiliza para calmar a alguien que ha tenido un susto, sobre todo a los niños. Es una adaptación del original árabe *bi ismi Alah*, en nombre de Dios.

Subhanu jairi: canción que los compañeros jóvenes del novio le cantan durante la noche anterior a las nupcias.

Sufrías: hombres que viven solos o compartiendo piso con otros hombres.

Tbark Alah: expresión de elogio, agradecimiento a Dios por la abundancia que ha enviado.

Tessud: extender las mantas para dormir. Una tarea que tenía que hacerse cada día, ya que por la mañana se recogían para dar otros usos a la habitación.

Wa Alah: por Dios, utilizada para afirmar que algo es cierto —como cuando se dice «de verdad» o «en serio»—, pero también para jurar.

Zgoft: habitación construida sobre otra de la casa, que también realizaba funciones de atalaya.

Primera parte

Segunda parte

También en Booket: